АРИАДНА.
ПОВЕСТИ

Антон Павлович Чехов

Ариадна. Повести

Антон Павлович Чехов

В сборник вошли четыре гениальные повести **А. П. Чехова:** «Ариадна», «Моя жизнь», «Драма на охоте» и «Дуэль».

«Ариадна» - реалистический психологический рассказ о роли и природе женщин.

«Драма на охоте» – одна из ранних работ Чехова, написанная в редком для писателя жанре детектива. Однако, несмотря на детективную форму, на первом плане в повести психологизм и душевные переживания героев.

«Моя жизнь» — повесть, увидевшая свет в 1896 году. Повествование ведётся от имени дворянина, который увлёкся идеями народничества и толстовства, порвал отношения с отцом и занялся малярным делом. Мисаил Полознев вспоминает о своих отношениях с отцом, сестрой и женой.

«Дуэль» — одна из самых больших по размеру повестей. Впервые опубликована в 1891 году в газете «Новое время». Действие повести происходит на Кавказе на берегу Черного моря.

© Издательство Miller, 2024

ISBN: 978-1-7638476-3-7

1860—1904

Антон Чехов

Ариадна

На палубе парохода, шедшего из Одессы в Севастополь, какой-то господин, довольно красивый, с круглою бородкой, подошел ко мне, чтобы закурить, и сказал:

– Обратите внимание на этих немцев, что сидят около рубки. Когда сойдутся немцы или англичане, то говорят о ценах на шерсть, об урожае, о своих личных делах; но почему-то когда сходимся мы, русские, то говорим только о женщинах и высоких материях. Но главное – о женщинах.

Лицо этого господина было уже знакомо мне. Накануне мы возвращались в одном поезде из-за границы, и в Волочиске[1] я видел, как он во время таможенного осмотра стоял вместе с дамой, своей спутницей, перед целою горой чемоданов и корзин, наполненных дамским платьем, и как он был смущен и подавлен, когда пришлось платить пошлину за какую-то шелковую тряпку, а его спутница протестовала и грозила кому-то пожаловаться; потом по пути в Одессу я видел, как он носил в дамское отделение то пирожки, то апельсины.

Было немножко сыро, слегка покачивало, и дамы ушли к себе в каюты. Господин с круглою бородкой сел со мной рядом и продолжал:

– Да, когда русские сходятся, то говорят только о высоких материях и женщинах. Мы так интеллигентны, так важны, что изрекаем одни истины и можем решать вопросы только высшего порядка. Русский актер не умеет шалить, он в водевиле играет глубокомысленно; так и мы: когда приходится говорить о пустяках, то

[1] …в Волочиске – в местечке Волочиск Волынской губ., расположенном на австрийской границе.

мы трактуем их не иначе, как с высшей точки зрения. Это недостаток смелости, искренности и простоты. О женщинах же мы говорим так часто потому, мне кажется, что мы неудовлетворены. Мы слишком идеально смотрим на женщин и предъявляем требования, несоизмеримые с тем, что может дать действительность, мы получаем далеко не то, что хотим, и в результате неудовлетворенность, разбитые надежды, душевная боль, а что у кого болит, тот о том и говорит. Вам не скучно продолжать этот разговор?

– Нет, нисколько.

– В таком случае позвольте представиться, – сказал мой собеседник, слегка приподнимаясь: – Иван Ильич Шамохин, московский помещик некоторым образом... Вас же я хорошо знаю.

Он сел и продолжал, ласково и искренно глядя мне в лицо:

– Эти постоянные разговоры о женщинах какой-нибудь философ средней руки, вроде Макса Нордау, объяснил бы эротическим помешательством или тем, что мы крепостники и прочее, я же на это дело смотрю иначе. Повторяю: мы неудовлетворены, потому что мы идеалисты. Мы хотим, чтобы существа, которые рожают нас и наших детей, были выше нас, выше всего на свете. Когда мы молоды, то поэтизируем и боготворим тех, в кого влюбляемся; любовь и счастье у нас – синонимы. У нас в России брак не по любви презирается, чувственность смешна и внушает отвращение, и наибольшим успехом пользуются те романы и повести, в которых женщины красивы, поэтичны и возвышенны, и если русский человек издавна восторгается рафаэлевской мадонной или озабочен женской эмансипацией, то, уверяю вас, тут нет ничего напускного. Но беда вот в чем. Едва мы женимся или сходимся с женщиной, проходит каких-нибудь два-три года, как мы уже чувствуем себя разочарованными, обманутыми; сходимся с другими, и опять разочарование, опять ужас, и в конце концов убеждаемся, что женщины лживы, мелочны, суетны, несправедливы, неразвиты, жестоки, – одним словом, не только не выше, но даже неизмеримо ниже нас, мужчин. И нам, неудовлетворенным, обманутым, не остается ничего больше, как брюзжать и походя говорить о том, в чем мы так жестоко обманулись.

Пока Шамохин говорил, я заметил, что русский язык и русская обстановка доставляли ему большое удовольствие. Это оттого, вероятно, что за границей он сильно соскучился по родине. Хваля русских и приписывая им редкий идеализм, он не отзывался дурно об иностранцах, и это располагало в его пользу. Было также заметно, что на душе у него неладно и хочется ему говорить больше о себе самом, чем о женщинах, и что не миновать мне выслушать какую-нибудь длинную историю, похожую на исповедь.

И в самом деле, когда мы потребовали бутылку вина и выпили по стакану, он начал так:

– Помнится, в какой-то повести Вельтмана[1] кто-то говорит: «Вот так история!» А другой ему отвечает: «Нет, это не история, а только интродукция в историю». Так и то, что я до сих пор говорил, есть только интродукция, мне же, собственно, хочется рассказать вам свой последний роман. Виноват, я еще раз спрошу: вам не скучно слушать?

Я сказал, что не скучно, и он продолжал:

– Действие происходит в Московской губернии, в одном из ее северных уездов. Природа тут, должен я вам сказать, удивительная. Усадьба наша находится на высоком берегу быстрой речки, у так называемого быркого места, где вода шумит день и ночь; представьте же себе большой старый сад, уютные цветники, пасеку, огород, внизу река с кудрявым ивняком, который в большую росу кажется немножко матовым, точно седеет, а по ту сторону луг, за лугом на холме страшный, темный бор. В этом бору рыжики родятся видимо-невидимо, и в самой чаще живут лоси. Я умру, заколотят меня в гроб, а всё мне, кажется, будут сниться ранние утра, когда, знаете, больно глазам от солнца, или чудные весенние вечера, когда в саду и за садом кричат соловьи и дергачи, а с деревни доносится гармоника, в доме играют на рояле, шумит река – одним словом, такая музыка, что хочется и плакать и громко петь. Запашка у нас небольшая, но выручают луга, которые вместе с лесом дают тысяч около двух

---

[1] …в какой-то повести Вельтмана ~ в историю. – См.: А. Ф. Вельтман. Приключения, почерпнутые из моря житейского. Саломея. М., 1848, стр. 165.

ежегодно. Я у отца единственный сын, оба мы люди скромные, и этих денег, плюс еще отцовская пенсия, совершенно хватало. Первые три года по окончании университета я прожил в деревне, хозяйничал и всё ждал, что меня куда-нибудь выберут, главное же, я был сильно влюблен в одну необыкновенно красивую, обаятельную девушку. Была она сестрой моего соседа, помещика Котловича, прогоревшего барина, у которого в имении были ананасы, замечательные персики, громоотводы, фонтан посреди двора и в то же время ни копейки денег. Он ничего не делал, ничего не умел, был какой-то кволый, точно сделанный из пареной репы; лечил мужиков гомеопатией и занимался спиритизмом. Человек он, впрочем, был деликатный, мягкий и неглупый, но не лежит у меня душа к этим господам, которые беседуют с духами и лечат баб магнетизмом. Во-первых, у умственно не свободных людей всегда бывает путаница понятий и говорить с ними чрезвычайно трудно, и, во-вторых, обыкновенно никого они не любят, с женщинами не живут, а эта таинственность действует на впечатлительных людей неприятно. И наружность его мне не нравилась. Он был высок, толст, бел, с маленькой головой, с маленькими блестящими глазами, с белыми пухлыми пальцами. Он не жал вам руку, а мял. И всё, бывало, извиняется. Просит что-нибудь – извините, дает – тоже извините. Что же касается его сестры, то это лицо совсем из другой оперы. Надо вам заметить, что в детстве и в юности я не был знаком с Котловичами, так как мой отец был профессором в N. и мы долго жили в провинции, а когда я познакомился с ними, то этой девушке было уже двадцать два года, и она давно успела и институт кончить, и пожить года два-три в Москве, с богатой теткой, которая вывозила ее в свет. Когда я познакомился и мне впервые пришлось говорить с ней, то меня прежде всего поразило ее редкое и красивое имя – Ариадна. Оно так шло к ней! Это была брюнетка, очень худая, очень тонкая, гибкая, стройная, чрезвычайно грациозная, с изящными, в высшей степени благородными чертами лица. У нее тоже блестели глаза, но у брата они блестели холодно и слащаво, как леденцы, в ее же взгляде светилась молодость, красивая, гордая. Она покорила меня в первый же день знакомства – и не могло быть иначе. Первые впечатления были так властны, что я до сих пор не расстаюсь с иллюзиями, мне всё еще хочется думать, что у природы, когда она творила эту девушку, был какой-то широкий, изумительный замысел. Голос Ариадны, ее шаги, шляпка и даже отпечатки ее ножек на песчаном берегу, где она удила пескарей, вызывали во мне радость, страстную жажду жизни. По прекрасному лицу и прекрасным формам я судил о душевной организации, и каждое слово Ариадны, каждая улыбка восхищали меня, подкупали и заставляли предполагать в ней возвышенную душу. Она была ласкова, разговорчива, весела, проста в обращении, поэтично верила в бога, поэтично рассуждала о смерти, и в ее душевном складе было такое богатство оттенков, что даже своим недостаткам она могла придавать какие-то особенные, милые свойства. Положим, понадобилась ей новая лошадь, а денег нет, – ну, что ж за беда? Можно продать что-нибудь или заложить, а если приказчик божится, что ничего нельзя ни продать, ни заложить, то можно содрать с флигелей железные крыши и спустить их на фабрику или в самую горячую пору погнать рабочих лошадей на базар и продать там за бесценок. Эти необузданные желания порой приводили в отчаяние всю усадьбу, но выражала она их с таким изяществом, что ей в конце концов всё прощалось и всё позволялось, как богине или жене Цезаря. Любовь моя была трогательна, и ее скоро все заметили: и мой отец, и соседи, и мужики. И все мне сочувствовали. Когда, случалось, я угощал рабочих водкой, то они кланялись и говорили:

– Дай бог вам жениться на котловичевой барышне.

И сама Ариадна знала, что я ее люблю. Она часто приезжала к нам верхом или на шарабане и проводила иногда целые дни со мною и с отцом. С моим стариком она подружилась, и он даже научил ее кататься на велосипеде – это было его любимое развлечение. Помню, как однажды вечером они собрались кататься и я помогал ей сесть на велосипед, и в это время она была так хороша, что мне казалось, будто я, прикасаясь к ней, обжигал себе руки, я дрожал от восторга, и когда они оба, старик и она, красивые, стройные, покатили рядом по шоссе, встречная вороная лошадь, на которой ехал приказчик, бросилась в сторону, и мне показалось, что она бросилась оттого, что была тоже поражена красотой. Моя любовь, мое поклонение трогали Ариадну, умиляли ее, и ей страстно хотелось быть тоже очарованною, как я, и отвечать мне тоже любовью. Ведь это так поэтично!

Но любить по-настоящему, как я, она не могла, так как была холодна и уже достаточно испорчена. В ней уже сидел бес, который день и ночь шептал ей, что она очаровательна, божественна, и она, определенно не знавшая, для чего, собственно, она создана и для чего ей дана жизнь, воображала себя в будущем не иначе, как очень богатою и знатною, ей грезились балы, скачки, ливреи, роскошная гостиная, свой salon и целый рой графов, князей, посланников, знаменитых художников и артистов, и всё это поклоняется ей и восхищается ее красотой и туалетами... Эта жажда власти и личных успехов и эти постоянные мысли всё в одном направлении расхолаживают людей, и Ариадна была холодна: и ко мне, и к природе, и к музыке. Время между тем шло, а посланников всё не было, Ариадна продолжала жить у своего брата спирита, дела становились всё хуже, так что уже ей не на что было покупать себе платья и шляпки и приходилось хитрить и изворачиваться, чтобы скрывать свою бедность.

Как нарочно, когда она еще жила в Москве у тетки, к ней сватался некий князь Мактуев, человек богатый, но совершенно ничтожный. Она отказала ему наотрез. Но теперь иногда ее мучил червь раскаяния: зачем отказала. Как наш мужик дует с отвращением на квас с тараканами и все-таки пьет, так и она брезгливо морщилась при воспоминании о князе и все-таки говорила мне:

– Что ни говорите, а в титуле есть что-то необъяснимое, обаятельное...

Она мечтала о титуле, о блеске, но в то же время ей не хотелось упустить и меня. Как там ни мечтай о посланниках, а всё же сердце не камень и жаль бывает своей молодости. Ариадна старалась влюбиться, делала вид, что любит, и даже клялась мне в любви. Но я человек нервный, чуткий; когда меня любят, то я чувствую это даже на расстоянии, без уверений и клятв, тут же веяло на меня холодом, и когда она говорила мне о любви, то мне казалось, что я слышу пение металлического соловья. Ариадна сама чувствовала, что у нее не хватает пороху, ей было досадно, и я не раз видел, как она плакала. А то, можете себе представить, она вдруг обняла меня порывисто и поцеловала, – это произошло вечером, на берегу, – и я видел по глазам, что она меня не любит, а обняла просто из любопытства, чтобы испытать себя: что, мол, из этого выйдет. И мне сделалось страшно. Я взял ее за руки и проговорил в отчаянии:

– Эти ласки без любви причиняют мне страдание!

– Какой вы... чудак! – сказала она с досадой и отошла.

По всей вероятности, прошел бы еще год-два, и я женился бы на ней, тем и кончилась бы эта история, но судьбе угодно было устроить наш роман по-иному. Случилось так, что на нашем горизонте появилась новая личность. К брату Ариадны приехал погостить его университетский товарищ Лубков, Михаил Иваныч, милый человек, про которого кучера и лакеи говорили: «за-а-нятный господин!» Этак среднего роста, тощенький, плешивый, лицо, как у доброго буржуа, не интересное, но благообразное, бледное, с жесткими холеными усами, на шее гусиная кожа с пупырышками, большой кадык. Носил он pince-nez на широкой черной тесьме, картавил, не выговаривая ни *р*, ни *л*, так что, например, слово «сделал» у него выходило так: сдевав. Он был всегда весел, всё ему было смешно. Женился он как-то необыкновенно глупо, двадцати лет, получил в приданое два дома в Москве, под Девичьим, занялся ремонтом и постройкой бани, разорился в пух, и теперь его жена и четверо детей жили в «Восточных номерах», терпели нужду, и он должен был содержать их, – и это ему было смешно. Ему было 36 лет, а жене его уже 42, – и это тоже было смешно. Мать его, чванная, надутая особа с дворянскими претензиями, презирала его жену и жила отдельно с целою оравой собак и кошек, и он должен был выдавать ей особо по 75 рублей в месяц; и сам он был человек со вкусом, любил позавтракать в «Славянском Базаре» и пообедать в «Эрмитаже»; денег нужно было очень много, но дядя выдавал ему только по две тысячи в год, этого не хватало, и он по целым дням бегал по Москве, как говорится, высунув язык, и искал, где бы перехватить взаймы, – и это тоже было смешно. Приехал он к Котловичу, как говорил, для того, чтобы отдохнуть на лоне природы от семейной жизни. За обедом, за ужином, на прогулках он говорил нам про свою жену, про мать, про кредиторов, судебных приставов и смеялся над ними; смеялся над собой и уверял, что благодаря этой способности брать взаймы он приобрел много приятных знакомств. Смеялся он не переставая, и мы тоже смеялись. При нем и время мы стали проводить иначе. Я был склонен больше к тихим, так сказать, идиллическим удовольствиям; любил уженье рыбы, вечерние прогулки, собиранье грибов; Лубков же предпочитал пикники, ракеты, охоту с гончими. Он раза три в неделю затевал пикники, и Ариадна с серьезным, вдохновенным лицом записывала на бумажке устриц, шампанского, конфект и посылала меня в Москву, конечно, не спрашивая, есть ли у меня деньги. А на пикниках тосты, смех и опять жизнерадостные рассказы о том, как стара жена, какие у матери жирные собачки, какие милые люди кредиторы...

Лубков любил природу, но смотрел на нее как на нечто давно уже известное, притом по существу стоящее неизмеримо ниже его и созданное только для его удовольствия. Бывало, остановится перед каким-нибудь великолепным пейзажем и скажет: «Хорошо бы здесь чайку попить!» Однажды, увидев Ариадну, которая вдали шла с зонтиком, он кивнул на нее и сказал:

– Она худа, и это мне нравится. Я не люблю полных.

Меня это покоробило. Я попросил его не выражаться так при мне о женщинах. Он посмотрел на меня с удивлением и сказал:

– Что же в том дурного, что я люблю худых и не люблю полных?

Я ничего ему не ответил. Потом как-то, будучи в отличном расположении и слегка навеселе, он сказал:

– Я заметил, вы Ариадне Григорьевне нравитесь. Удивляюсь вам, отчего вы зеваете.

Мне стало неловко от этих слов, и я, смущаясь, высказал ему свой взгляд на любовь и женщин.

– Не знаю, – вздохнул он. – По-моему, женщина есть женщина, мужчина есть мужчина. Пусть Ариадна Григорьевна, как вы говорите, поэтична и возвышенна, но это не значит, что она должна быть вне законов природы. Вы сами видите, она уже в таком возрасте, когда ей нужен муж или любовник. Я уважаю женщин не меньше вашего, но думаю, что известные отношения не исключают поэзии. Поэзия сама по себе, а любовник сам по себе. Всё равно, как в сельском хозяйстве: красота природы сама по себе, а доход с лесов и полей сам по себе.

Когда я и Ариадна удили пескарей, Лубков лежал тут же на песке и подшучивал надо мной или учил меня, как жить.

– Удивляюсь, сударь, как это вы можете жить без романа! – говорил он. – Вы молоды, красивы, интересны, – одним словом, мужчина хоть куда, а живете по-монашески. Ох, уже эти мне старики в 28 лет! Я старше вас почти на десять лет, а кто из нас моложе? Ариадна Григорьевна, кто?

– Конечно, вы, – отвечала ему Ариадна.

И когда ему надоедало наше молчание и то внимание, с каким мы глядели на поплавки, он уходил в дом, а она говорила, глядя на меня сердито:

– В самом деле, вы не мужчина, а какая-то, прости господи, размазня. Мужчина должен увлекаться, безумствовать, делать ошибки, страдать! Женщина простит вам и дерзость и наглость, но она никогда не простит этой вашей рассудительности.

Она не на шутку сердилась и продолжала:

– Чтобы иметь успех, надо быть решительным и смелым. Лубков не так красив, как вы, но он интереснее вас и всегда будет иметь успех у женщин, потому что он не похож на вас, он мужчина…

И даже какое-то ожесточение слышалось в ее голосе. Однажды за ужином она, не обращаясь ко мне, стала говорить о том, что если бы она была мужчиной, то не кисла бы в деревне, а поехала бы путешествовать, жила бы зимой где-нибудь за границей, например, в

Италии. О, Италия! Тут отец мой невольно подлил масла в огонь; он долго рассказывал про Италию, как там хорошо, какая чудная природа, какие музеи! У Ариадны вдруг загорелось желание ехать в Италию. Она даже кулаком по столу ударила и глаза у ней засверкали: ехать!

И начались затем разговоры, как хорошо будет в Италии, – ах, Италия, ах да ох – и так каждый день, и когда Ариадна глядела мне через плечо, то по ее холодному и упрямому выражению я видел, что в своих мечтах она уже покорила Италию со всеми ее салонами, знатными иностранцами и туристами и что удержать ее уже невозможно. Я советовал обождать немного, отложить поездку на год-два, но она брезгливо морщилась и говорила:

– Вы рассудительны, как старая баба.

Лубков же был за поездку. Он говорил, что это обойдется очень дешево и что он тоже с удовольствием поедет в Италию и отдохнет там от семейной жизни. Я, каюсь, вел себя наивно, как гимназист. Не из ревности, а из предчувствия чего-то страшного, необычайного, я старался, когда было возможно, не оставлять их вдвоем, и они подшучивали надо мной; например, когда я входил, делали вид, что только что целовались и т. п.

Но вот в одно прекрасное утро является ко мне ее пухлый, белый брат спирит и выражает желание поговорить со мной наедине. Это был человек без воли; несмотря на воспитание и деликатность, он никак не мог удержаться, чтобы не прочесть чужого письма, если оно лежало перед ним на столе. И теперь в разговоре он признался, что нечаянно прочел письмо Лубкова к Ариадне.

– Из этого письма я узнал, что она в скором времени уезжает за границу. Милый друг, я очень взволнован! Объясните мне бога ради, я ничего не понимаю!

Когда он говорил это, то тяжело дышал, дышал мне прямо в лицо, и от него пахло вареной говядиной.

– Извините, я посвящаю вас в тайны этого письма, – продолжал он, – но вы друг Ариадны, она вас уважает! Быть может, вам известно что-нибудь. Она хочет уехать, но с кем? Господин Лубков тоже собирается с ней ехать. Извините, но это даже странно со стороны господина Лубкова. Он – женатый человек, имеет детей, а между тем объясняется в любви, пишет Ариадне «ты». Извините, но это странно!

Я похолодел, руки и ноги у меня онемели, и я почувствовал в груди боль, как будто положили туда трехугольный камень. Котлович в изнеможении опустился в кресло, и руки у него повисли, как плети.

– Что же я могу сделать? – спросил я.

– Внушить ей, убедить… Посудите: что ей Лубков? Пара ли он ей? О, боже, как это ужасно, как ужасно! – продолжал он, хватая себя за голову. – У нее такие чудесные партии, князь Мактуев и… и другие. Князь обожает ее и не дальше, как в среду на прошлой неделе, его покойный дед Иларион положительно, как дважды два, подтверждал, что Ариадна будет его женой. Положительно! Дед Иларион уже мертв, но это изумительно умный человек. Дух его мы вызываем каждый день.

После этого разговора я не спал всю ночь, хотел застрелиться. Утром я написал пять писем и все изорвал в клочки, потом рыдал в риге, потом взял у отца денег и уехал на Кавказ не простившись.

Конечно, женщина есть женщина и мужчина есть мужчина, но неужели всё это так же просто в наше время, как было до потопа, и неужели я, культурный человек, одаренный сложною духовною организацией, должен объяснять свое сильное влечение к женщине только тем, что формы тела у нее иные, чем у меня? О, как бы это было ужасно! Мне хочется думать, что боровшийся с природой человеческий гений боролся и с физической любовью, как с врагом, и что если он и не победил ее, то все же удалось ему опутать ее сетью иллюзий братства и любви; и для меня по крайней мере это уже не просто отправление моего животного организма, как у собаки или лягушки, а настоящая любовь, и каждое объятие бывает одухотворено чистым сердечным порывом и уважением к женщине. В самом деле, отвращение к животному инстинкту воспитывалось веками в сотнях поколений, оно унаследовано мною с кровью и составляет часть моего существа, и если я теперь поэтизирую любовь, то не так же ли это естественно и необходимо в наше время, как то, что мои ушные раковины неподвижны и что я не покрыт шерстью. Мне кажется, так мыслит большинство культурных людей, так как в настоящее время отсутствие в любви нравственного и поэтического элемента третируется уже, как явление атавизма; говорят, что оно есть симптом вырождения, многих помешательств. Правда, поэтизируя любовь, мы предполагаем в тех, кого любим, достоинства, каких у них часто не бывает, ну, а это служит для нас источником постоянных ошибок и постоянных страданий. Но уж лучше, по-моему, пусть будет так, то есть лучше страдать, чем успокаивать себя на том, что женщина есть женщина, а мужчина есть мужчина.

В Тифлисе я получил от отца письмо. Он писал, что Ариадна Григорьевна такого-то числа отбыла за границу с намерением прожить там всю зиму. Через месяц я вернулся домой. Была уже осень. Каждую неделю Ариадна присылала моему отцу письма на душистой бумаге, очень интересные, написанные прекрасным литературным языком. Я того мнения, что каждая женщина может быть писательницей. Ариадна очень подробно описывала, как ей нелегко было помириться с своей теткой и выпросить у нее на дорогу тысячу рублей и как долго она отыскивала в Москве одну свою дальнюю родственницу, старушку, чтоб уговорить ее ехать вместе. Это излишество подробностей очень уж отдавало сочиненностью, и я понял, конечно, что никакой у нее спутницы не было. Немного погодя и я получил от нее письмо, тоже душистое и литературное. Она писала, что соскучилась по мне, по моим красивым, умным, влюбленным глазам, дружески упрекала, что я гублю свою молодость, кисну в деревне в то время, как мог бы, подобно ей, жить в раю, под пальмами, вдыхать в себя аромат апельсиновых деревьев. И подписалась так: «брошенная вами Ариадна». Потом дня через два другое письмо в том же роде и подпись: «забытая вами». У меня мутилось в голове. Любил я ее страстно, снилась она мне каждую ночь, а тут еще «брошенная», «забытая» – к чему это? для чего? – а тут еще деревенская скука, длинные вечера, тягучие мысли насчет Лубкова... Неизвестность мучила меня, отравляла мне дни и ночи, стало невыносимо. Я не выдержал и поехал.

Ариадна звала меня в Аббацию. Я приехал туда в ясный, теплый день после дождя, капли которого еще висели на деревьях, и остановился в том же громадном, похожем на казарму dépendance'е,[1] где жили Ариадна и Лубков. Их не было дома. Я отправился в здешний парк, побродил по аллеям, потом сел. Прошел мимо австрийский генерал, заложив руки назад, с такими же красными лампасами, какие носят наши генералы. Провезли в колясочке младенца, и колеса визжали по сырому песку. Прошел дряхлый старик с желтухой, толпа англичанок, ксендз, потом опять австрийский генерал. Поплелись к будке военные музыканты, только что приехавшие из Фиуме, со сверкающими трубами; заиграла музыка. Вы бывали когда-нибудь в Аббации? Это грязный славянский городишка с одною только улицей, которая воняет и по которой после дождя нельзя проходить без калош. Я так много и всякий раз с таким умилением читал про этот рай земной, что когда я потом, подсучив брюки, осторожно переходил через узкую улицу и от скуки покупал жесткие груши у старой бабы, которая, узнав во мне русского, говорила «читиры», «давадцать», и когда я в недоумении спрашивал себя, куда же мне, наконец, идти и что мне тут делать, и когда мне непременно встречались русские, обманутые так же, как я, то мне становилось досадно и стыдно. Тут есть тихая бухта, по которой ходят пароходы и лодки с разноцветными парусами; отсюда видны и Фиуме, и далекие острова, покрытые лиловатою мглой, и это было бы картинно, если бы вид на бухту не загораживали отели и их dépendance'ы [2] нелепой мещанской архитектуры, которыми застроили весь этот зеленый берег жадные торгаши, так что большею частью вы ничего не видите в раю, кроме окон, террас и площадок с белыми столиками и черными лакейскими фраками. Тут есть парк, какой вы найдете теперь во всяком заграничном курорте. И темная, неподвижная, молчаливая зелень пальм, и ярко-желтый песок на аллеях, и ярко-зеленые скамьи, и блеск ревущих солдатских труб, и красные лампасы генерала – всё это надоедает в десять минут. А

[1] здесь – строении (франц.).
[2] пристройки (франц.).

между тем вы обязаны почему-то прожить здесь десять дней, десять недель! Таскаясь поневоле по этим курортам, я всё более убеждался, как неудобно и скучно живется сытым и богатым, как вяло и слабо воображение у них, как несмелы их вкусы и желания. И во сколько раз счастливее их те старые и молодые туристы, которые, не имея денег, чтобы жить в отелях, живут где придется, любуются видом моря с высоты гор, лежа на зеленой траве, ходят пешком, видят близко леса, деревни, наблюдают обычаи страны, слышат ее песни, влюбляются в ее женщин…

Пока я сидел в парке, стало темнеть, и в сумерках показалась моя Ариадна, изящная и нарядная, как принцесса; за нею шел Лубков, одетый во всё новое и широкое, купленное, вероятно, в Вене.

– Что же вы сегдитесь? – говорил он. – Что я вам сдевав?

Увидев меня, она вскрикнула от радости, и если б это было не в парке, наверное, бросилась бы мне на шею; она крепко жала мне руки и смеялась, и я тоже смеялся и едва не плакал от волнения. Начались расспросы: как в деревне, что отец, видел ли я брата и проч. Она требовала, чтобы я смотрел ей в глаза, и спрашивала, помню ли я пескарей, наши маленькие ссоры, пикники…

– В сущности, как всё это было хорошо, – вздохнула она. – Но мы и здесь живем не скучно. У нас есть много знакомых, мой милый, мой хороший! Завтра я представлю вас здесь одному русскому семейству. Только, пожалуйста, купите себе другую шляпу. – Она оглядела меня и поморщилась. – Аббация не деревня, – сказала она. – Тут надо быть комильфо.

Потом мы пошли в ресторан. Ариадна всё время смеялась, шалила и называла меня милым, хорошим, умным и точно глазам своим не верила, что я с ней. Так просидели мы часов до одиннадцати и разошлись очень довольные и ужином, и друг другом. На другой день Ариадна представила меня русскому семейству: «сын известного профессора, наш сосед по имению». Говорила она с этим семейством только об имениях и урожаях и при этом всё ссылалась на меня. Ей хотелось казаться очень богатой помещицей, и, право, это ей удавалось. Держалась она превосходно, как настоящая аристократка, какою, впрочем, она и была по происхождению.

– Но какова тетя! – сказала она вдруг, глядя на меня с улыбкой. – Мы с ней немножко поссорились, и она укатила в Меран. Какова?

Потом, когда мы гуляли с ней в парке, я спросил:

– Про какую это вы тетю говорили давеча? Что еще за тетя?

– Это ложь во спасение, – рассмеялась Ариадна. – Они не должны знать, что я без спутницы. – После минутного молчания она прижалась ко мне и сказала: – Голубчик, милый, подружитесь с Лубковым! Он такой несчастный! Его мать и жена просто ужасны.

Она говорила Лубкову *вы* и, уходя спать, прощалась с ним так же, как со мной, «до завтра», и жили они в разных этажах, – это подавало мне надежду, что всё вздор и никакого романа у них нет, и, встречаясь с ним, я чувствовал себя легко. И когда он однажды попросил у меня триста рублей взаймы, то я дал ему их с большим удовольствием.

Каждый день мы гуляли и только гуляли. То бродили по парку, то ели, то пили. Каждый день разговоры с русским семейством. Я мало-помалу привык к тому, что если я войду в парк, то непременно встречу старика с желтухой, ксендза и австрийского генерала, который носил с собою колоду маленьких карт и, где только можно было, садился и раскладывал пасьянс, нервно подергивая плечами. И музыка играла всё одно и то же. Дома в деревне мне бывало стыдно от мужиков, когда я в будни ездил с компанией на пикник или удил рыбу, так и здесь мне было стыдно от лакеев, кучеров, встречных рабочих; мне всё казалось, что они глядели на меня и думали: «Почему ты ничего не делаешь?» И этот стыд я испытывал от утра до вечера, каждый день. Странное, неприятное, монотонное время; разнообразилось оно разве только тем, что Лубков брал у меня взаймы то сто, то пятьдесят гульденов, и от денег вдруг оживал, как морфинист от морфия, и начинал шумно смеяться над женой, над собой или над кредиторами.

Но вот пошли дожди, стало холодно. Мы поехали в Италию, и я телеграфировал отцу, чтобы он, бога ради, прислал мне в Рим переводом рублей восемьсот. Мы останавливались в Венеции, в Болонье, во Флоренции и в каждом городе непременно попадали в дорогой отель, где с нас драли отдельно и за освещение, и за прислугу, и за отопление, и за хлеб к завтраку, и за право пообедать не в общей зале. Ели мы ужасно много. Утром нам подавали café complet.[1] В час завтрак: мясо, рыба, какой-нибудь омлет, сыр, фрукты и вино. В шесть часов обед из восьми блюд, с длинными антрактами, в течение которых мы пили пиво и вино. В девятом часу чай. Перед полуночью Ариадна объявляла, что она хочет есть, и требовала ветчины и яиц всмятку. С ней за компанию ели и мы. А в промежутках между едой мы бегали по музеям и выставкам, с постоянною мыслью, как бы не опоздать к обеду или завтраку. Я тосковал перед картинами, меня тянуло домой полежать, я утомлялся, искал глазами стула и лицемерно повторял за другими: «Какая прелесть! Сколько воздуху!» Мы, как сытые удавы, обращали внимание только на блестящие предметы, окна магазинов гипнотизировали нас, и мы восхищались фальшивыми брошками и покупали массу ненужных, ничтожных вещей.

То же было и в Риме. Тут шел дождь, дул холодный ветер. После жирного завтрака мы поехали осматривать храм Петра и, благодаря нашей сытости и, быть может, дурной погоде, он не произвел на нас никакого впечатления, и мы, уличая друг друга в равнодушии к искусству, едва не поссорились.

Пришли от отца деньги. Я отправился получать их, помню, утром. Со мной пошел и Лубков.

– Настоящее не может быть полным и счастливым, когда есть прошлое, – сказал он. – У меня от прошлого остался на шее большой багаж. Впрочем, будь деньги, всё бы не беда, а то яко наг, яко благ… Верите ли, у меня осталось только восемь франков, – продолжал он, понижая голос, – между тем, я должен послать жене сто и матери столько же. Да и здесь надо жить. Ариадна, точно ребенок, не хочет

[1] кофе с молоком, булки и масло (франц.).

войти в положение и сорит деньгами, как герцогиня. Для чего она вчера купила часы? И, скажите, для чего это нам продолжать разыгрывать из себя каких-то паинек? Ведь то, что она и я скрываем от прислуги и знакомых наши отношения, обходится нам в сутки лишних 10–15 франков, так как я занимаю отдельный номер. Для чего это?

Острый камень повернулся у меня в груди. Неизвестности уже не было, всё уже было ясно для меня, я весь похолодел, и тотчас же у меня явилось решение: не видеть их обоих, бежать от них, немедленно ехать домой…

– Сходиться с женщиной легко, – продолжал Лубков, – стоит только раздеть ее, а потом как всё это тяжело, какая ерунда!

Когда я считал полученные деньги, он сказал:

– Если вы не дадите мне тысячу франков взаймы, то я должен буду погибнуть. Эти ваши деньги для меня единственный ресурс.

Я дал ему, и он тотчас же оживился и стал смеяться над своим дядей, чудаком, который не мог сохранить в тайне от жены его адреса. Придя в отель, я уложился и заплатил по счету. Оставалось проститься с Ариадной.

Я постучался к ней.

– Entrez![1]

В ее номере был утренний беспорядок: на столе чайная посуда, недоеденная булка, яичная скорлупа; сильный, удушающий запах духов. Постель была не убрана, и было очевидно, что на ней спали двое. Сама Ариадна недавно еще встала с постели и была теперь во фланелевой блузе, не причесанная.

Я поздоровался, потом молча посидел минуту, пока она старалась привести в порядок свои волосы, и спросил, дрожа всем телом:

– Зачем… зачем вы выписали меня сюда за границу?

По-видимому, она догадалась, о чем я думаю; она взяла меня за руку и сказала:

---

[1] – Войдите! (франц.)

– Я хочу, чтобы вы были тут. Вы такой чистый!

Мне стало стыдно своего волнения, своей дрожи. А вдруг еще зарыдаю! Я вышел, не сказавши больше ни слова, и час спустя уже сидел в вагоне. Всю дорогу почему-то я воображал Ариадну беременной, и она была мне противна, и все женщины, которых я видел в вагонах и на станциях, казались мне почему-то беременными и были тоже противны и жалки. Я находился в положении того жадного, страстного корыстолюбца, который вдруг открыл бы, что все его червонцы фальшивы. Чистые, грациозные образы, которые так долго лелеяло мое воображение, подогреваемое любовью, мои планы, надежды, мои воспоминания, взгляды мои на любовь и женщину, – всё это теперь смеялось надо мной и показывало мне язык. Ариадна, спрашивал я с ужасом, эта молодая, замечательно красивая, интеллигентная девушка, дочь сенатора, в связи с таким заурядным, неинтересным пошляком? Но почему же ей не любить Лубкова? отвечал я себе. Чем он хуже меня? О, пусть она любит, кого ей угодно, но зачем лгать? Но с какой стати она должна быть откровенна со мной? И так далее, всё в таком роде, до одурения. А в вагоне было холодно. Ехал я в первом классе, но там сидят по трое на одном диване, двойных рам нет, наружная дверь отворяется прямо в купе, – и я чувствовал себя, как в колодках, стиснутым, брошенным, жалким, и ноги страшно зябли, и, в то же время, то и дело приходило на память, как обольстительна она была сегодня в своей блузе и с распущенными волосами, и такая сильная ревность вдруг овладевала мной, что я вскакивал от душевной боли, и соседи мои смотрели на меня с удивлением и даже страхом.

Дома я застал сугробы и двадцатиградусный мороз. Я люблю зиму, люблю, потому что в это время дома, даже в трескучие морозы, мне бывало особенно тепло. Приятно, надевши полушубок и валенки, в ясный морозный день делать что-нибудь в саду или на дворе, или читать у себя в жарко натопленной комнате, сидеть в кабинете отца перед камином, мыться в своей деревенской бане… Только вот если нет в доме матери, сестры или детей, то как-то жутко в зимние вечера, и кажутся они необыкновенно длинными и тихими. И чем теплее и уютнее, тем сильнее чувствуется это отсутствие. В ту зиму, когда я вернулся из-за границы, вечера были длинные-длинные, я сильно тосковал и от тоски не мог даже читать; днем еще туда-сюда, то снег в саду почистишь, то кур и телят покормишь, а по вечерам – хоть пропадай.

Прежде я не любил гостей, теперь же бывал им рад, так как знал, что непременно будет разговор об Ариадне. Часто приезжал спирит Котлович, чтобы поговорить о сестре, и иногда привозил с собою своего друга князя Мактуева, который был влюблен в Ариадну не менее моего. Сидеть в комнате Ариадны, перебирать клавиши ее пианино, смотреть в ее ноты, – для князя было уже потребностью, он не мог жить без этого, а дух деда Иллариона продолжал предсказывать, что рано или поздно она будет его женой. У нас обыкновенно князь сидел подолгу, этак от завтрака до полуночи, и всё молчал; молча выпивал бутылки две-три пива и только изредка, чтобы показать, что он тоже участвует в разговоре, смеялся отрывистым, печальным, глуповатым смехом. Перед тем, как уехать домой, он всякий раз отводил меня в сторону и говорил вполголоса:

– Когда вы видели в последний раз Ариадну Григорьевну? Здорова ли она? Я думаю, ей там не скучно?

Наступила весна. Надо было ходить на тягу, потом сеять яровые и клевер. Было грустно, но уже по-весеннему: хотелось мириться с потерей. Работая в поле и слушая жаворонков, я спрашивал себя: не покончить ли уж сразу с этим вопросом личного счастья, не жениться ли мне без затей на простой крестьянской девушке? Как вдруг в самый разгар работ получаю письмо с итальянскою маркой. И клевер, и пасека, и телята, и крестьянская девушка – всё разлетелось, как дым. На этот раз Ариадна писала, что она глубоко, бесконечно несчастна. Она упрекала меня, что я не протянул ей руку помощи, а взглянул на нее с высоты своей добродетели и покинул ее в минуту опасности. Всё это было написано крупным нервным почерком, с помарками и кляксами, и видно было, что она торопилась писать и страдала. В заключение она умоляла меня приехать и спасти ее.

Опять меня сорвало с якоря и понесло. Ариадна жила в Риме. Приехал я к ней поздно вечером и, когда она увидела меня, то зарыдала и бросилась мне на шею. За зиму она нисколько не изменилась и была всё так же молода и прелестна. Мы вместе поужинали и потом до рассвета катались по Риму, и всё время она рассказывала мне про свое житье-бытье. Я спросил, где Лубков.

– Не напоминайте мне про эту тварь! – крикнула она. – Он мне противен и гадок!

– Но ведь вы, кажется, любили его, – сказал я.

– Никогда! На первых порах он казался оригинальным и возбуждал жалость – вот и всё. Он нахален, берет женщину приступом, и это привлекательно. Но не будем говорить о нем. Это печальная страница моей жизни. Он уехал в Россию за деньгами – туда ему и дорога! Я сказала, чтоб он не смел возвращаться.

Она жила уже не в отеле, а на частной квартире из двух комнат, которые убрала по своему вкусу, холодно и роскошно. После того, как уехал Лубков, она задолжала своим знакомым около пяти тысяч франков, и мой приезд в самом деле был для нее спасением. Я рассчитывал увезти ее в деревню, но это мне не удалось. Она тосковала по родине, но воспоминания о пережитой бедности, о недостатках, о заржавленной крыше на доме брата вызывали в ней отвращение, дрожь, и когда я предлагал ей ехать домой, они судорожно сжимала мне руки и говорила:

– Нет, нет! Я там умру с тоски!

Затем любовь моя вступила в свой последний фазис, в свою последнюю четверть.

– Будьте прежним дусей, любите меня немножко, – говорила Ариадна, склоняясь ко мне. – Вы угрюмы и рассудительны, боитесь отдаться порыву и всё думаете о последствиях, а это скучно. Ну, прошу вас, умоляю, будьте ласковы!.. Мой чистый, мой святой, мой милый, я вас так люблю!

Я стал ее любовником. По крайней мере, с месяц я был, как сумасшедший, испытывая один восторг. Держать в объятиях молодое, прекрасное тело, наслаждаться им, чувствовать всякий раз, пробудившись от сна, ее теплоту и вспоминать, что она тут, она, моя Ариадна, – о, к этому не легко привыкнуть! Но я все-таки привык и мало-помалу стал относиться к своему новому положению сознательно. Прежде всего я понял, что Ариадна, как и прежде, не любила меня. Но ей хотелось любить серьезно, она боялась одиночества, а главное я был молод, здоров, крепок, она же была чувственна, как все вообще холодные люди, – и мы оба делали вид, что сошлись по взаимной страстной любви. Затем я понял кое-что и другое.

Жили мы в Риме, в Неаполе, во Флоренции; поехали было в Париж, но там нам показалось холодно, и мы вернулись в Италию. Мы всюду рекомендовались мужем и женой, богатыми помещиками, с нами охотно знакомились, и Ариадна имела большой успех. Так как она брала уроки живописи, то ее называли художницей и, представьте, к ней это очень шло, хотя таланта не было ни малейшего. Спала она каждый день до двух, до трех часов; кофе пила и завтракала в постели. За обедом она съедала суп, лангуста, рыбу, мясо, спаржу, дичь, и потом, когда ложилась, я подавал ей в постель чего-нибудь, например, ростбифа, и она съедала его с печальным, озабоченным выражением, а проснувшись ночью, кушала яблоки и апельсины.

Главным, так сказать, основным свойством этой женщины было изумительное лукавство. Она хитрила постоянно, каждую минуту, по-видимому, без всякой надобности, а как бы по инстинкту, по тем же побуждениям, по каким воробей чирикает или таракан шевелит усами. Она хитрила со мной, с лакеями, с портье, с торговцами в магазинах, со знакомыми; без кривлянья и ломанья не обходился ни один разговор, ни одна встреча. Нужно было войти в наш номер мужчине, – кто бы он ни был, гарсон или барон, – как она меняла взгляд, выражение, голос, и даже контуры ее фигуры менялись. Если бы вы видели ее тогда хоть раз, то сказали бы, что более светских и более богатых людей, чем мы, нет во всей Италии. Ни одного художника и музыканта она не пропускала, чтобы не налгать ему всякого вздора по поводу его замечательного таланта.

– Вы такой талант! – говорила она сладко-певучим голосом. – С вами даже страшно. Я думаю, вы должны видеть людей насквозь.

И всё это для того, чтобы нравиться, иметь успех, быть обаятельной! Она просыпалась каждое утро с единственною мыслью: «нравиться!» И это было целью и смыслом ее жизни. Если бы я сказал ей, что на такой-то улице в таком-то доме живет человек, которому она не нравится, то это заставило бы ее серьезно страдать. Ей каждый день нужно было очаровывать, пленять, сводить с ума. То, что я был в ее власти и перед ее чарами обращался в совершенное ничтожество, доставляло ей то самое наслаждение, какое победители испытывали когда-то на турнирах. Моего унижения было недостаточно, и она еще по ночам, развалившись, как тигрица, не укрытая, – ей всегда бывало жарко, – читала письма, которые присылал ей Лубков; он умолял ее вернуться в Россию, иначе клялся обокрасть кого-нибудь или убить, чтобы только добыть денег и приехать к ней. Она ненавидела его, но его страстные, рабские письма волновали ее. О своих чарах она была необыкновенного мнения; ей казалось, что если бы где-нибудь в многолюдном собрании увидели, как хорошо она сложена и какого цвета у нее кожа, то она победила бы всю Италию, весь свет. Эти разговоры о сложении, о цвете кожи оскорбляли меня, и, заметив это, она, когда бывала сердита, чтобы досадить мне, говорила всякие пошлости и дразнила меня, и дошло даже до того, что однажды на даче у одной дамы она рассердилась и сказала мне:

– Если вы не перестанете надоедать мне вашими поучениями, то я сейчас же разденусь и голая лягу вот на эти цветы!

Часто, глядя, как она спит или ест, или старается придать своему взгляду наивное выражение, я думал: для чего же даны ей богом эта необыкновенная красота, грация, ум? Неужели для того только, чтобы валяться в постели, есть и лгать, лгать без конца? Да и была ли она умна? Она боялась трех свечей, тринадцатого числа, приходила в ужас от сглаза и дурных снов, о свободной любви и вообще свободе толковала, как старая богомолка, уверяла, что Болеслав Маркевич лучше Тургенева. Но она была дьявольски хитра и остроумна, и в обществе умела казаться очень образованным, передовым человеком.

Ей ничего не стоило даже в веселую минуту оскорбить прислугу, убить насекомое; она любила бои быков, любила читать про убийства и сердилась, когда подсудимых оправдывали.

При той жизни, какую вели я и Ариадна, нам много нужно было денег. Бедный отец высылал мне свою пенсию, все свои доходишки, занимал для меня, где только можно было, и когда он однажды ответил мне «non habeo»,[1] я послал ему отчаянную телеграмму, в которой умолял заложить имение. Немного погодя я попросил его взять где-нибудь денег под вторую закладную. То и другое он исполнил безропотно и выслал мне все деньги до копейки. А Ариадна презирала практику жизни, ей не было никакого дела до всего этого, и, когда я, бросая тысячи франков на удовлетворение ее безумных желаний, кряхтел, как старое дерево, она с легкой душой напевала «Addio, bella Napoli». [2] Мало-помалу я охладел к ней и стал стыдиться нашей связи. Я не люблю беременности и родов, но теперь уже мечтал иногда о ребенке, который был бы хотя формальным оправданием этой нашей жизни. Чтобы не опротиветь себе окончательно, я стал посещать музеи и галереи и читать книжки, мало ел и бросил пить. Этак гоняешь себя на корде от утра до вечера, оно как будто на душе легче.

---

[1] не имею (лат.).

[2] «Прощай, прекрасный Неаполь». (итал.)

Надоел и я Ариадне. Кстати же люди, у которых она имела успех, были всё средние люди, посланников и салона по-прежнему не было, денег не хватало, и это оскорбляло ее и заставляло рыдать, и она объявила мне, наконец, что, пожалуй, она не прочь бы и в Россию. И вот мы едем. В последние месяцы перед отъездом она усердно переписывалась со своим братом, у нее, очевидно, какие-то тайные замыслы, а какие – бог весть. Мне уже надоело вникать в ее хитрости. Но мы едем не в деревню, а в Ялту, потом из Ялты на Кавказ. Теперь она может жить только в курортах, а если б вы знали, до какой степени я ненавижу все эти курорты, как в них мне бывает душно и стыдно. Мне бы теперь в деревню! Мне бы теперь работать, добывать хлеб в поте лица, искупать свои ошибки. Теперь я чувствую в себе избыток сил, и мне кажется, что, напрягши эти силы, я выкупил бы имение в пять лет. Но вот, как видите, осложнение. Здесь не заграница, а Россия матушка, приходится подумать о законном браке. Конечно, увлечение уже прошло, любви прежней нет и в помине, но, как бы ни было, я обязан на ней жениться.

* * *

Шамохин, взволнованный своим рассказом, и я спускались вниз и продолжали говорить о женщинах. Было уже поздно. Оказалось, что он и я помещались в одной каюте.

– Пока только в деревнях женщина не отстает от мужчины, – говорил Шамохин, – там она так же мыслит, чувствует и так же усердно борется с природой во имя культуры, как и мужчина. Городская же, буржуазная, интеллигентная женщина давно уже отстала и возвращается к своему первобытному состоянию, наполовину она уже человек-зверь, и благодаря ей очень многое, что было завоевано человеческим гением, уже потеряно; женщина мало-помалу исчезает, на ее место садится первобытная самка. Эта отсталость интеллигентной женщины угрожает культуре серьезной опасностью; в своем регрессивном движении она старается увлечь за собой мужчину и задерживает его движение вперед. Это несомненно.

Я спросил: зачем обобщать, зачем по одной Ариадне судить обо всех женщинах? Уже одно стремление женщин к образованию и равноправию полов, которое я понимаю как стремление к справедливости, само по себе исключает всякое предположение о регрессивном движении. Но Шамохин едва слушал меня и недоверчиво улыбался. Это был уже страстный, убежденный женоненавистник, и переубедить его было невозможно.

– Э, полноте! – перебил он. – Раз женщина видит во мне не человека, не равного себе, а самца и всю свою жизнь хлопочет только о том, чтобы понравиться мне, т. е. завладеть мной, то может ли тут быть речь о полноправии? Ох, не верьте им, они очень, очень хитры! Мы, мужчины, хлопочем насчет их свободы, но они вовсе не хотят этой свободы и только делают вид, что хотят. Ужасно хитрые, страшно хитрые!

Мне уже было скучно спорить и хотелось спать. Я повернулся лицом к стенке.

– Да-с, – слышал я, засыпая. – Да-с. А всему виной наше воспитание, батенька. В городах всё воспитание и образование женщины в своей главной сущности сводятся к тому, чтобы выработать из нее человека-зверя, т. е. чтобы она нравилась самцу и чтобы умела победить этого самца. Да-с, – Шамохин вздохнул. – Нужно, чтобы девочки воспитывались и учились вместе с мальчиками, чтобы те и другие были всегда вместе. Надо воспитывать женщину так, чтобы она умела, подобно мужчине, сознавать свою неправоту, а то она, по ее мнению, всегда права. Внушайте девочке с пеленок, что мужчина прежде всего не кавалер и не жених, а ее ближний, равный ей во всем. Приучайте ее логически мыслить, обобщать и не уверяйте ее, что ее мозг весит меньше мужского[1] и что поэтому она может быть

---

[1] …не уверяйте ее, что ее мозг весит меньше мужского… – В книжке «О женщинах» (СПб., 1–10 изд., 1886–1895), составленной К. А. Скальковским (на титуле автор обозначен: – ? –) и хорошо знакомой Чехову, была специальная глава: «О женском уме и женской учености». Ссылаясь на Шопенгауэра и Никола Шамфора, Скальковский доказывал органическую неполноценность женщины тем, в частности, что у нее в сравнении с мужчиной в голове «одной

равнодушна к наукам, искусствам, вообще культурным задачам. Мальчишка-подмастерье, сапожник или маляр, тоже имеет мозг меньших размеров, чем взрослый мужчина, однако же участвует в общей борьбе за существование, работает, страдает. Надо также бросить эту манеру ссылаться на физиологию, на беременность и роды, так как, во-первых, женщина родит не каждый месяц; во-вторых, не все женщины родят и, в-третьих, нормальная деревенская женщина работает в поле накануне родов – и ничего с ней не делается. Затем должно быть полнейшее равноправие в обыденной жизни. Если мужчина подает даме стул или поднимает оброненный платок, то пусть и она платит ему тем же. Я ничего не буду иметь против, если девушка из хорошего семейства поможет мне надеть пальто или подаст мне стакан воды…

Больше я ничего не слышал, так как уснул. На другой день утром, когда мы подходили к Севастополю, была неприятная сырая погода. Покачивало. Шамохин сидел со мной в рубке, о чем-то думал и молчал. Мужчины с поднятыми воротниками пальто и дамы с бледными, заспанными лицами, когда позвонили к чаю, стали спускаться вниз. Одна дама, молодая и очень красивая, та самая, которая в Волочиске сердилась на таможенных чиновников, остановилась перед Шамохиным и сказала ему с выражением капризного, избалованного ребенка:

– Жан, твою птичку укачало!

Потом, живя в Ялте, я видел, как эта красивая дама мчалась на иноходце, и за ней едва поспевали какие-то два офицера, и как она однажды утром, во фригийской шапочке и в фартучке, писала красками этюд, сидя на набережной, и большая толпа стояла поодаль и любовалась ею. Познакомился и я с ней. Она крепко-крепко пожала мне руку и, глядя на меня с восхищением, поблагодарила сладко-

---

клеткой меньше» и что вместилище женского черепа в среднем 1350 см3, а мужского – 1400 см3; средний вес женского мозга 1350 гр., а мужского 1390 гр. (изд. 9, СПб., 1895, стр. 113 и 116). Чехов высмеял эту книгу еще в 1886 г. в юмореске «О, женщины!» (см. т. V Сочинений).

певучим голосом за то удовольствие, какое я доставляю ей своими сочинениями.

– Не верьте, – шепнул мне Шамохин, – она ничего вашего не читала.

Как-то перед вечером, когда я гулял по набережной, мне встретился Шамохин; в руках у него были большие свертки с закусками и фруктами.

– Князь Мактуев здесь! – сказал он радостно. – Вчера приехал с ее братом-спиритом. Теперь я понимаю, о чем она тогда переписывалась с ним! Господи, – продолжал он, глядя на небо и прижимая свертки к груди, – если у нее наладится с князем, то ведь это значит свобода, я могу уехать тогда в деревню, к отцу!

И он побежал дальше.

– Я начинаю веровать в духов! – крикнул он мне, оглядываясь, – Дух деда Илариона, кажется, напророчил правду! О, если бы!

На другой день после этой встречи я выехал из Ялты, и чем кончился роман Шамохина – мне неизвестно.

МОЯ ЖИЗНЬ

(Рассказ провинциала)

I

Управляющий сказал мне: «Держу вас только из уважения к вашему почтенному батюшке, а то бы вы у меня давно полетели». Я ему ответил: «Вы слишком льстите мне, ваше превосходительство, полагая, что я умею летать». И потом я слышал, как он сказал: «Уберите этого господина, он портит мне нервы».

Дня через два меня уволили. Итак, за всё время, пока я считаюсь взрослым, к великому огорчению моего отца, городского архитектора, я переменил девять должностей. Я служил по различным ведомствам, но все эти девять должностей были похожи одна на другую, как капли воды: я должен был сидеть, писать, выслушивать глупые или грубые замечания и ждать, когда меня уволят.

Отец, когда я пришел к нему, сидел глубоко в кресле, с закрытыми глазами. Его лицо, тощее, сухое, с сизым отливом на бритых местах (лицом он походил на старого католического органиста), выражало смирение и покорность. Не отвечая на мое приветствие и не открывая глаз, он сказал:

– Если бы моя дорогая жена, а твоя мать была жива, то твоя жизнь была бы для нее источником постоянной скорби. В ее преждевременной смерти я усматриваю промысл божий. Прошу тебя, несчастный, – продолжал он, открывая глаза, – научи: что мне с тобою делать?

Прежде, когда я был помоложе, мои родные и знакомые знали, что со мною делать: одни советовали мне поступить в вольноопределяющиеся, другие – в аптеку, третьи – в телеграф;

теперь же, когда мне уже минуло двадцать пять и показалась даже седина в висках, и когда я побывал уже и в вольноопределяющихся, и в фармацевтах, и на телеграфе, всё земное для меня, казалось, было уже исчерпано, и уже мне не советовали, а лишь вздыхали или покачивали головами.

– Что ты о себе думаешь? – продолжал отец. – В твои годы молодые люди имеют уже прочное общественное положение, а ты взгляни на себя: пролетарий, нищий, живешь на шее отца!

И, по обыкновению, он стал говорить о том, что теперешние молодые люди гибнут, гибнут от неверия, материализма и излишнего самомнения, и что надо запретить любительские спектакли, так как они отвлекают молодых людей от религии и обязанностей.

– Завтра мы пойдем вместе, и ты извинишься перед управляющим и пообещаешь ему служить добросовестно, – заключил он. – Ни одного дня ты не должен оставаться без общественного положения.

– Я прошу вас выслушать меня, – сказал я угрюмо, не ожидая ничего хорошего от этого разговора. – То, что вы называете общественным положением, составляет привилегию капитала и образования. Небогатые же и необразованные люди добывают себе кусок хлеба физическим трудом, и я не вижу основания, почему я должен быть исключением.

– Когда ты начинаешь говорить о физическом труде, то это выходит глупо и пошло! – сказал отец с раздражением. – Пойми ты, тупой человек, пойми, безмозглая голова, что у тебя, кроме грубой физической силы, есть еще дух божий, святой огонь, который в высочайшей степени отличает тебя от осла или от гада и приближает к божеству! Этот огонь добывался тысячи лет лучшими из людей. Твой прадед Полознев, генерал, сражался при Бородине, дед твой был поэт, оратор и предводитель дворянства, дядя – педагог, наконец, я, твой отец, – архитектор! Все Полозневы хранили святой огонь для того, чтобы ты погасил его!

– Надо быть справедливым, – сказал я. – Физический труд несут миллионы людей.

– И пускай несут! Другого они ничего не умеют делать! Физическим трудом может заниматься всякий, даже набитый дурак и преступник, этот труд есть отличительное свойство раба и варвара, между тем как огонь дан в удел лишь немногим!

Продолжать этот разговор было бесполезно. Отец обожал себя, и для него было убедительно только то, что говорил он сам. К тому же я знал очень хорошо, что это высокомерие, с каким он отзывался о черном труде, имело в своем основании не столько соображения насчет святого огня, сколько тайный страх, что я поступлю в рабочие и заставлю говорить о себе весь город; главное же, все мои сверстники давно уже окончили в университете и были на хорошей дороге, и сын управляющего конторой Государственного банка был уже коллежским асессором, я же, единственный сын, был ничем! Продолжать разговор было бесполезно и неприятно, но я всё сидел и слабо возражал, надеясь, что меня, наконец, поймут. Ведь весь вопрос стоял просто и ясно и только касался способа, как мне добыть кусок хлеба, но простоты не видели, а говорили мне, слащаво округляя фразы, о Бородине, о святом огне, о дяде, забытом поэте, который когда-то писал плохие и фальшивые стихи, грубо обзывали меня безмозглою головой и тупым человеком. А как мне хотелось, чтобы меня поняли! Несмотря ни на что, отца и сестру я люблю, и во мне с детства засела привычка спрашиваться у них, засела так крепко, что я едва ли отделаюсь от нее когда-нибудь; бываю я прав или виноват, но я постоянно боюсь огорчить их, боюсь, что вот у отца от волнения покраснела его тощая шея, и как бы с ним не сделался удар.

– Сидеть в душной комнате, – проговорил я, – переписывать, соперничать с пишущею машиной для человека моих лет стыдно и оскорбительно. Может ли тут быть речь о святом огне!

– Все-таки это умственный труд, – сказал отец. – Но довольно, прекратим этот разговор, и во всяком случае, я предупреждаю: если ты не поступишь опять на службу и последуешь своим презренным наклонностям, то я и моя дочь лишим тебя нашей любви. Я лишу тебя наследства – клянусь истинным богом!

Совершенно искренно, чтобы показать всю чистоту побуждений, какими я хотел руководиться во всей своей жизни, я сказал:

– Вопрос о наследстве для меня не представляется важным. Я заранее отказываюсь от всего.

Почему-то, совершенно неожиданно для меня, эти слова сильно оскорбили отца. Он весь побагровел.

– Не смей так разговаривать со мною, глупец! – крикнул он тонким, визгливым голосом. – Негодяй! – И быстро и ловко, привычным движением ударил меня по щеке раз и другой. – Ты стал забываться!

В детстве, когда меня бил отец, я должен был стоять прямо, руки по швам, и глядеть ему в лицо. И теперь, когда он бил меня, я совершенно терялся и, точно мое детство всё еще продолжалось, вытягивался и старался смотреть прямо в глаза. Отец мой был стар и очень худ, но, должно быть, тонкие мышцы его были крепки, как ремни, потому что дрался он очень больно.

Я попятился назад в переднюю, и тут он схватил свой зонтик и несколько раз ударил меня по голове и по плечам; в это время сестра отворила из гостиной дверь, чтобы узнать, что за шум, но тотчас же с выражением ужаса и жалости отвернулась, не сказав в мою защиту ни одного слова.

Намерение мое не возвращаться в канцелярию, а начать новую рабочую жизнь, было во мне непоколебимо. Оставалось только выбрать род занятия – и это не представлялось особенно трудным, так как мне казалось, что я был очень силен, вынослив, способен на самый тяжкий труд. Мне предстояла однообразная, рабочая жизнь с проголодью, вонью и грубостью обстановки, с постоянною мыслью о заработке и куске хлеба. И – кто знает? – возвращаясь с работы по Большой Дворянской, я, быть может, не раз еще позавидую инженеру Должикову, живущему умственным трудом, но теперь думать обо всех этих будущих моих невзгодах мне было весело. Когда-то я мечтал о духовной деятельности, воображая себя то учителем, то врачом, то писателем, но мечты так и остались мечтами. Наклонность к умственным наслаждениям – например, к театру и чтению – у меня была развита до страсти, но была ли способность к умственному труду – не знаю. В гимназии у меня было непобедимое отвращение к греческому языку, так что меня должны были взять из четвертого класса. Долго ходили репетиторы и приготовляли меня в пятый класс, потом я служил по различным ведомствам, проводя бо́льшую часть дня совершенно праздно, и мне говорили, что это – умственный труд; моя деятельность в сфере учебной и служебной не требовала ни напряжения ума, ни таланта, ни личных способностей, ни творческого подъема духа: она была машинной; а такой умственный труд я ставлю ниже физического, презираю его и не думаю, чтобы он хотя одну минуту мог служить оправданием праздной, беззаботной жизни, так как сам он не что иное, как обман, один из видов той же праздности. По всей вероятности, настоящего умственного труда я не знал никогда.

Наступил вечер. Мы жили на Большой Дворянской – это была главная улица в городе, и на ней по вечерам, за неимением порядочного городского сада, гулял наш beau monde.[1] Эта прелестная улица отчасти заменяла сад, так как по обе стороны ее росли тополи, которые благоухали, особенно после дождя, и из-за заборов и палисадников нависали акации, высокие кусты сирени, черемуха, яблони. Майские сумерки, нежная молодая зелень с тенями, запах сирени, гуденье жуков, тишина, тепло – как всё это ново и как необыкновенно, хотя весна повторяется каждый год! Я стоял у калитки и смотрел на гуляющих. С большинством из них я рос и когда-то шалил вместе, теперь же близость моя могла бы смутить их, потому что одет я был бедно, не по моде, и про мои очень узкие брюки и большие, неуклюжие сапоги говорили, что это у меня макароны на кораблях. К тому же в городе у меня была дурная репутация оттого, что я не имел общественного положения и часто играл в дешевых трактирах на бильярде, и еще оттого, быть может, что меня два раза, без всякого с моей стороны повода, водили к жандармскому офицеру.

---

[1] высший свет (франц.).

В большом доме напротив, у инженера Должикова играли на рояле. Начинало темнеть, и на небе замигали звезды. Вот медленно, отвечая на поклоны, прошел отец в старом цилиндре с широкими загнутыми вверх полями, под руку с сестрой.

– Взгляни! – говорил он сестре, указывая на небо тем самым зонтиком, которым давеча бил меня. – Взгляни на небо! Звезды, даже самые маленькие, – всё это миры! Как ничтожен человек в сравнении со вселенной!

И говорил он это таким тоном, как будто ему было чрезвычайно лестно и приятно, что он так ничтожен. Что это за бездарный человек! К сожалению, он был у нас единственным архитектором, и за последние 15–20 лет, на моей памяти, в городе не было построено ни одного порядочного дома. Когда ему заказывали план, то он обыкновенно чертил сначала зал и гостиную; как в былое время институтки могли танцевать только от печки, так и его художественная идея могла исходить и развиваться только от зала и гостиной. К ним он пририсовывал столовую, детскую, кабинет, соединяя комнаты дверями, и потом все они неизбежно оказывались проходными и в каждой было по две, даже по три лишних двери. Должно быть, идея у него была неясная, крайне спутанная, куцая; всякий раз, точно чувствуя, что чего-то не хватает, он прибегал к разного рода пристройкам, присаживая их одну к другой, и я как сейчас вижу узкие сенцы, узкие коридорчики, кривые лестнички, ведущие в антресоли, где можно стоять только согнувшись и где вместо пола – три громадных ступени вроде банных полок; а кухня непременно под домом, со сводами и с кирпичным полом. У фасада упрямое, черствое выражение, линии сухие, робкие, крыша низкая, приплюснутая, а на толстых, точно сдобных трубах непременно проволочные колпаки с черными, визгливыми флюгерами. И почему-то все эти выстроенные отцом дома, похожие друг на друга, смутно напоминали мне его цилиндр, его затылок, сухой и упрямый. С течением времени в городе к бездарности отца пригляделись, она укоренилась и стала нашим стилем.

Этот стиль отец внес и в жизнь моей сестры. Начать с того, что он назвал ее Клеопатрой (как меня назвал Мисаилом). Когда она была еще девочкой, он пугал ее напоминанием о звездах, о древних мудрецах, о наших предках, подолгу объяснял ей, что такое жизнь, что такое долг; и теперь, когда ей было уже 26 лет, продолжал то же самое, позволяя ей ходить под руку только с ним одним и воображая почему-то, что рано или поздно должен явиться приличный молодой человек, который пожелает вступить с нею в брак из уважения к его личным качествам. А она обожала отца, боялась и верила в его необыкновенный ум.

Стало совсем темно, и улица мало-помалу опустела. В доме, что напротив, затихла музыка; отворились настежь ворота, и по нашей улице, балуясь, мягко играя бубенчиками, покатила тройка. Это инженер с дочерью поехал кататься. Пора спать!

В доме у меня была своя комната, но жил я на дворе в хибарке, под одною крышей с кирпичным сараем, которую построили когда-то, вероятно, для хранения сбруи, – в стены были вбиты большие костыли, – теперь же она была лишней, и отец вот уже тридцать лет складывал в ней свою газету, которую для чего-то переплетал по полугодиям и не позволял никому трогать. Живя здесь, я реже попадался на глаза отцу и его гостям, и мне казалось, что если я живу не в настоящей комнате и не каждый день хожу в дом обедать, то слова отца, что я живу у него на шее, звучат уже как будто не так обидно.

Меня поджидала сестра. Она тайно от отца принесла мне ужин: небольшой кусочек холодной телятины и ломтик хлеба. У нас в доме часто повторяли: «деньги счет любят», «копейка рубль бережет» и тому подобное, и сестра, подавленная этими пошлостями, старалась только о том, как бы сократить расходы, и оттого питались мы дурно. Поставив тарелку на стол, она села на мою постель и заплакала.

– Мисаил, – сказала она, – что ты с нами делаешь?

Она не закрывала лица, слезы у нее капали на грудь и на руки, и выражение было скорбное. Она упала на подушку и дала волю слезам, вздрагивая всем телом и всхлипывая.

– Ты опять оставил службу… – проговорила она. – О, как это ужасно!

– Но пойми, сестра, пойми… – сказал я, и оттого, что она плакала, мною овладело отчаяние.

Как нарочно, в лампочке моей выгорел уже весь керосин, она коптила, собираясь погаснуть, и старые костыли на стенах глядели сурово, и тени их мигали.

– Пощади нас! – сказала сестра, поднимаясь. – Отец в страшном горе, а я больна, схожу с ума. Что с тобою будет? – спрашивала она, рыдая и протягивая ко мне руки. – Прошу тебя, умоляю, именем нашей покойной мамы прошу: иди опять на службу!

– Не могу, Клеопатра! – сказал я, чувствуя, что еще немного – и я сдамся. – Не могу!

– Почему? – продолжала сестра. – Почему? Ну, если не поладил с начальником, ищи себе другое место. Например, отчего бы тебе не пойти служить на железную дорогу? Я сейчас говорила с Анютой Благово, она уверяет, что тебя примут на железную дорогу, и даже обещала похлопотать за тебя. Бога ради, Мисаил, подумай! Подумай, умоляю тебя!

Мы поговорили еще немного, и я сдался. Я сказал, что мысль о службе на строящейся железной дороге мне еще ни разу не приходила в голову и что, пожалуй, я готов попробовать.

Она радостно улыбнулась сквозь слезы и пожала мне руку и потом всё еще продолжала плакать, так как не могла остановиться, а я пошел в кухню за керосином.

II

Среди охотников до любительских спектаклей, концертов и живых картин с благотворительной целью первое место в городе принадлежало Ажогиным, жившим в собственном доме на Большой Дворянской; они всякий раз давали помещение и они же принимали на себя все хлопоты и расходы. Эта богатая помещичья семья имела в уезде тысяч около трех десятин с роскошною усадьбой, но деревни не любила и жила зиму и лето в городе. Состояла она из матери, высокой, худощавой, деликатной дамы, носившей короткие волосы, короткую кофточку и плоскую юбку на английский манер, – и трех дочерей, которых, когда говорили о них, называли не по именам, а просто: старшая, средняя и младшая. Все они были с некрасивыми острыми подбородками, близоруки, сутулы, одеты так же, как мать, неприятно шепелявили и все-таки, несмотря на это, обязательно участвовали в каждом представлении и постоянно делали что-нибудь с благотворительною целью – играли, читали, пели. Они были очень серьезны и никогда не улыбались и даже в водевилях с пением играли без малейшей веселости, с деловым видом, точно занимались бухгалтерией.

Я любил наши спектакли, а особенно репетиции, частые, немножко бестолковые, шумные, после которых нам всегда давали ужинать. В выборе пьес и в распределении ролей я не принимал никакого участия. На мне лежала закулисная часть. Я писал декорации, переписывал роли, суфлировал, гримировал, и на меня было возложено также устройство разных эффектов вроде грома, пения соловья и т. п. Так как у меня не было общественного положения и порядочного платья, то на репетициях я держался особняком, в тени кулис, и застенчиво молчал.

Декорации писал я у Ажогиных в сарае или на дворе. Мне помогал маляр, или, как он сам называл себя, подрядчик малярных работ, Андрей Иванов, человек лет пятидесяти, высокий, очень худой и бледный, с впалою грудью, с впалыми висками и с синевой под глазами, немножко даже страшный на вид. Он был болен какою-то изнурительною болезнью, и каждую осень и весну говорили про него, что он отходит, но он, полежавши, вставал и потом говорил с удивлением: «А я опять не помер!»

В городе его звали Редькой и говорили, что это его настоящая фамилия. Он любил театр так же, как я, и едва до него доходили слухи, что у нас затевается спектакль, как он бросал все свои работы и шел к Ажогиным писать декорации.

На другой день после объяснения с сестрой я с утра до вечера работал у Ажогиных. Репетиция была назначена в семь часов вечера, и за час до начала в зале уже были в сборе все любители, и по сцене ходили старшая, средняя и младшая и читали по тетрадкам. Редька в длинном рыжем пальто и в шарфе, намотанном на шею, уже стоял, прислонившись виском к стене, и смотрел на сцену с набожным выражением. Ажогина-мать подходила то к одному, то к другому гостю и говорила каждому что-нибудь приятное. У нее была манера пристально смотреть в лицо и говорить тихо, как по секрету.

– Должно быть, трудно писать декорации, – сказала она тихо, подходя ко мне. – А мы только что с мадам Муфке говорили о предрассудках, и я видела, как вы вошли. Бог мой, я всю, всю мою жизнь боролась с предрассудками! Чтобы убедить прислугу, какие пустяки все эти их страхи, я у себя всегда зажигаю три свечи и все свои важные дела начинаю тринадцатого числа.

Пришла дочь инженера Должикова, красивая, полная блондинка, одетая, как говорили у нас, во всё парижское. Она не играла, но на репетициях для нее ставили стул на сцене, и спектаклей не начинали раньше, пока она не появлялась в первом ряду, сияя и изумляя всех своим нарядом. Ей, как столичной штучке, разрешалось во время репетиций делать замечания, и делала она их с милою, снисходительною улыбкой, и видно было, что на наши представления она смотрела, как на детскую забаву. Про нее говорили, что она училась петь в петербургской консерватории и будто даже целую зиму пела в частной опере. Она мне очень нравилась, и обыкновенно на репетициях и во время спектакля я не спускал с нее глаз.

Я уже взял тетрадку, чтобы начать суфлировать, как неожиданно появилась сестра. Не снимая манто и шляпы, она подошла ко мне и сказала:

– Прошу тебя, пойдем.

Я пошел. За сценой, в дверях стояла Анюта Благово, тоже в шляпке, с темною вуалькой. Это была дочь товарища председателя суда, служившего в нашем городе давно, чуть ли не с самого основания окружного суда. Так как она была высока ростом и хорошо сложена, то участие ее в живых картинах считалось обязательным, и когда она изображала какую-нибудь фею или Славу, то лицо ее горело от стыда; но в спектаклях она не участвовала, а заходила на репетиции только на минутку, по какому-нибудь делу, и не шла в зал. И теперь видно было, что она зашла только на минутку.

– Мой отец говорил о вас, – сказала она сухо, не глядя на меня и краснея. – Должиков обещал вам место на железной дороге. Отправляйтесь к нему завтра, он будет дома.

Я поклонился и поблагодарил за хлопоты.

– А это вы можете оставить, – сказала она, указав на тетрадку.

Она и сестра подошли к Ажогиной и минуты две шептались с нею, поглядывая на меня. Они советовались о чем-то.

– В самом деле, – сказала Ажогина тихо, подходя ко мне и пристально глядя в лицо, – в самом деле, если это отвлекает вас от серьезных занятий, – она потянула из моих рук тетрадь, – то вы можете передать кому-нибудь другому. Не беспокойтесь, мой друг, идите себе с богом.

Я простился с нею и вышел сконфуженный. Спускаясь вниз по лестнице, я видел, как уходили сестра и Анюта Благово; они оживленно говорили о чем-то, должно быть о моем поступлении на железную дорогу, и спешили. Сестра раньше никогда не бывала на репетициях, и теперь, вероятно, ее мучила совесть, и она боялась, как бы отец не узнал, что она без его позволения была у Ажогиных.

Я отправился к Должикову на другой день, в первом часу. Лакей проводил меня в очень красивую комнату, которая была у инженера гостиной и в то же время рабочим кабинетом. Тут было всё мягко, изящно и для такого непривычного человека, как я, даже странно. Дорогие ковры, громадные кресла, бронза, картины, золотые и плюшевые рамы; на фотографиях, разбросанных по стенам, очень красивые женщины, умные, прекрасные лица, свободные позы; из гостиной дверь ведет прямо в сад, на балкон, видна сирень, виден стол, накрытый для завтрака, много бутылок, букет из роз, пахнет весной и дорогою сигарой, пахнет счастьем, – и всё, кажется, так и хочет сказать, что вот-де пожил человек, потрудился и достиг, наконец, счастья, возможного на земле. За письменным столом сидела дочь инженера и читала газету.

– Вы к отцу? – спросила она. – Он принимает душ, сейчас придет. Посидите пока, прошу вас.

Я сел.

– Вы ведь, кажется, против нас живете? – спросила она опять, после некоторого молчания.

– Да.

– Я от скуки каждый день наблюдаю из окна, уж вы извините, – продолжала она, глядя в газету, – и часто вижу вас и вашу сестру. У нее всегда такое доброе, сосредоточенное выражение.

Вошел Должиков. Он вытирал полотенцем шею.

– Папа, monsieur Полознев, – сказала дочь.

– Да, да, мне говорил Благово, – живо обратился он ко мне, не подавая руки. – Но, послушайте, что же я могу вам дать? Какие у меня места? Странные вы люди, господа! – продолжал он громко и таким тоном, как будто делал мне выговор. – Ходит вас ко мне по двадцать человек в день, вообразили, что у меня департамент! У меня линия, господа, у меня каторжные работы, мне нужны механики, слесаря, землекопы, столяры, колодезники, а ведь все вы можете только сидеть и писать, больше ничего! Все вы писатели!

И от него пахнуло на меня тем же счастьем, что и от его ковров и кресел. Полный, здоровый, с красными щеками, с широкою грудью, вымытый, в ситцевой рубахе и шароварах, точно фарфоровый, игрушечный ямщик. У него была круглая, курчавая бородка – и ни одного седого волоска, нос с горбинкой, а глаза темные, ясные, невинные.

– Что вы умеете делать? – продолжал он. – Ничего вы не умеете! Я инженер-с, я обеспеченный человек-с, но, прежде чем мне дали дорогу, я долго тер лямку, я ходил машинистом, два года работал в Бельгии как простой смазчик. Посудите сами, любезнейший, какую работу я могу вам предложить?

– Конечно, это так... – пробормотал я в сильном смущении, не вынося его ясных, невинных глаз.

– По крайней мере, умеете ли вы управляться с аппаратом? – спросил он, подумав.

– Да, я служил на телеграфе.

– Гм... Ну, там посмотрим. Отправляйтесь пока в Дубечню. Там у меня уже сидит один, но дрянь ужасная.

– А в чем будут заключаться мои обязанности? – спросил я.

– Там увидим. Отправляйтесь пока, я распоряжусь. Только, пожалуйста, у меня не пьянствовать и не беспокоить меня никакими просьбами. Выгоню.

Он отошел от меня и даже головой не кивнул. Я поклонился ему и его дочери, читавшей газету, и вышел. На душе у меня было тяжело до такой степени, что когда сестра стала спрашивать, как принял меня инженер, то я не мог выговорить ни одного слова.

Чтобы идти в Дубечню, я встал рано утром, с восходом солнца. На нашей Большой Дворянской не было ни души, все еще спали, и шаги мои раздавались одиноко и глухо. Тополи, покрытые росой, наполняли воздух нежным ароматом. Мне было грустно и не хотелось уходить из города. Я любил свой родной город. Он казался мне таким красивым и теплым! Я любил эту зелень, тихие солнечные утра, звон наших колоколов; но люди, с которыми я жил в этом городе, были мне скучны, чужды и порой даже гадки. Я не любил и не понимал их.

Я не понимал, для чего и чем живут все эти шестьдесят пять тысяч людей. Я знал, что Кимры добывают себе пропитание сапогами, что Тула делает самовары и ружья, что Одесса портовый город, но что такое наш город и что он делает – я не знал. Большая Дворянская и еще две улицы почище жили на готовые капиталы и на жалованье, получаемое чиновниками из казны; но чем жили остальные восемь улиц, которые тянулись параллельно версты на три и исчезали за холмом, – это для меня было всегда непостижимою загадкой. И как жили эти люди, стыдно сказать! Ни сада, ни театра, ни порядочного оркестра; городская и клубная библиотеки посещались только евреями-подростками, так что журналы и новые книги по месяцам лежали неразрезанными; богатые и интеллигентные спали в душных, тесных спальнях, на деревянных кроватях с клопами, детей держали в отвратительно грязных помещениях, называемых детскими, а слуги, даже старые и почтенные, спали в кухне на полу и укрывались лохмотьями. В скоромные дни в домах пахло борщом, а в постные – осетриной, жаренной на подсолнечном масле. Ели невкусно, пили нездоровую воду. В думе, у губернатора, у архиерея, всюду в домах много лет говорили о том, что у нас в городе нет хорошей и дешевой воды и что необходимо занять у казны двести тысяч на водопровод; очень богатые люди, которых у нас в городе можно было насчитать десятка три и которые, случалось, проигрывали в карты целые имения, тоже пили дурную воду и всю жизнь говорили с азартом о займе – и я не понимал этого; мне казалось, было бы проще взять и выложить эти двести тысяч из своего кармана.

Во всем городе я не знал ни одного честного человека. Мой отец брал взятки и воображал, что это дают ему из уважения к его душевным качествам; гимназисты, чтобы переходить из класса в класс, поступали на хлеба к своим учителям, и эти брали с них большие деньги; жена воинского начальника во время набора брала с рекрутов и даже позволяла угощать себя и раз в церкви никак не могла подняться с колен, так как была пьяна; во время набора брали и врачи, а городовой врач и ветеринар обложили налогом мясные лавки и трактиры; в уездном училище торговали свидетельствами, дававшими льготу по третьему разряду; благочинные брали с подчиненных причтов и церковных старост; в городской, мещанской, во врачебной и во всех прочих управах каждому просителю кричали вослед: «Благодарить надо!» – и проситель возвращался, чтобы дать 30–40 копеек. А те, которые взяток не брали, как, например, чины судебного ведомства, были надменны, подавали два пальца, отличались холодностью и узостью суждений, играли много в карты, много пили, женились на богатых и, несомненно, имели на среду вредное, развращающее влияние. Лишь от одних девушек веяло нравственного чистотой; у большинства из них были высокие стремления, честные, чистые души; но они не понимали жизни и верили, что взятки даются из уважения к душевным качествам, и, выйдя замуж, скоро старились, опускались и безнадежно тонули в тине пошлого, мещанского существования.

III

В нашей местности строилась железная дорога. Накануне праздников по городу толпами ходили оборванцы, которых звали «чугункой» и которых боялись. Нередко приходилось мне видеть, как оборванца с окровавленною физиономией, без шапки, вели в полицию, а сзади, в виде вещественного доказательства, несли самовар или недавно вымытое, еще мокрое белье. «Чугунка» обыкновенно толпилась около кабаков и на базарах; она пила, ела, нехорошо бранилась и каждую мимо проходившую женщину легкого поведения провожала пронзительным свистом. Наши лавочники, чтобы позабавить эту голодную рвань, поили собак и кошек водкой или привязывали собаке к хвосту жестянку из-под керосина, поднимали свист, и собака мчалась по улице, гремя жестянкой, визжа от ужаса; ей казалось, что ее преследует по пятам какое-то чудовище, она бежала далеко за город, в поле и там выбивалась из сил; и у нас в городе было несколько собак, постоянно дрожавших, с поджатыми хвостами, про которых говорили, что они не перенесли такой забавы, сошли с ума.

Вокзал строился в пяти верстах от города. Говорили, что инженеры за то, чтобы дорога подходила к самому городу, просили взятку в пятьдесят тысяч, а городское управление соглашалось дать только сорок, разошлись в десяти тысячах, и теперь горожане раскаивались, так как предстояло проводить до вокзала шоссе, которое по смете обходилось дороже. По всей линии были уже положены шпалы и рельсы, и ходили служебные поезда, возившие строительный материал и рабочих, и задержка была только за мостами, которые строил Должиков, да кое-где не были еще готовы станции.

Дубечня – так называлась наша первая станция – находилась в семнадцати верстах от города. Я шел пешком. Ярко зеленели озимь и яровые, охваченные утренним солнцем. Место было ровное, веселое, и вдали ясно вырисовывались вокзал, курганы, далекие усадьбы… Как хорошо было тут на воле! И как я хотел проникнуться сознанием свободы, хотя бы на одно это утро, чтобы не думать о том, что делалось в городе, не думать о своих нуждах, не хотеть есть! Ничто так не мешало мне жить, как острое чувство голода, когда мои лучшие мысли странно мешались с мыслями о гречневой каше, о котлетах, о жареной рыбе. Вот я стою один в поле и смотрю вверх на жаворонка, который повис в воздухе на одном месте и залился, точно в истерике, а сам думаю: «Хорошо бы теперь поесть хлеба с маслом!» Или вот сажусь у дороги и закрываю глаза, чтобы отдохнуть, прислушаться к этому чудесному майскому шуму, и мне припоминается, как пахнет горячий картофель. При моем большом росте и крепком сложении мне приходилось есть вообще мало, и потому главным чувством моим в течение дня был голод, и потому, быть может, я отлично понимал, почему такое множество людей работает только для куска хлеба и может говорить только о харчах.

В Дубечне штукатурили внутри станцию и строили верхний деревянный этаж у водокачки. Было жарко, пахло известкой, и рабочие вяло бродили по кучам щепы и мусора; около своей будки спал стрелочник, и солнце жгло ему прямо в лицо. Ни одного дерева. Слабо гудела телеграфная проволока, и на ней кое-где отдыхали ястреба. Бродя тоже по кучам, не зная, что делать, я вспоминал, как инженер на мой вопрос, в чем будут заключаться мои обязанности, ответил мне: «Там увидим». Но что можно было увидеть в этой пустыне? Штукатуры говорили про десятника и про какого-то Федота Васильева, я не понимал, и мною мало-помалу овладела тоска – тоска физическая, когда чувствуешь свои руки, ноги и всё свое большое тело и не знаешь, что делать с ними, куда деваться.

Походив, по крайней мере с два часа, я заметил, что от станции куда-то вправо от линии шли телеграфные столбы и через полторы-две версты оканчивались у белого каменного забора; рабочие сказали, что там контора, и наконец я сообразил, что мне нужно именно туда.

Это была очень старая, давно заброшенная усадьба. Забор из белого ноздреватого камня уже выветрился и обвалился местами, и на флигеле, который своею глухою стеной выходил в поле, крыша была ржавая, и на ней кое-где блестели латки из жести. В ворота был виден просторный двор, поросший бурьяном, и старый барский дом с жалюзи на окнах и с высокою крышей, рыжею от ржавчины. По сторонам долга, направо и налево, стояли два одинаковых флигеля; у одного окна были забиты досками, около другого, с открытыми окнами, висело на веревке белье и ходили телята. Последний телеграфный столб стоял во дворе, и проволока от него шла к окну того флигеля, который своею глухою стеной выходил в поле. Дверь была отворена, я вошел. За столом у телеграфного станка сидел какой-то господин с темною, кудрявою головой, в пиджаке из парусинки; он сурово, исподлобья поглядел на меня, но тотчас же улыбнулся и сказал:

– Здравствуй, маленькая польза!

Это был Иван Чепраков, мой товарищ по гимназии, которого исключили из второго класса за курение табаку. Мы вместе когда-то, в осеннее время, ловили щеглов, чижей и дубоносов и продавали их на базаре рано утром, когда еще наши родители спали. Мы подстерегали стайки перелетных скворцов и стреляли в них мелкою дробью, потом подбирали раненых, и одни у нас умирали в страшных мучениях (я до сих пор еще помню, как они ночью стонали у меня в клетке), других, которые выздоравливали, мы продавали и нагло божились при этом, что всё это одни самцы. Как-то раз на базаре у меня остался один только скворец, которого я долго предлагал покупателям и наконец сбыл за копейку. «Все-таки маленькая польза!» – сказал я себе в утешение, пряча эту копейку, и с того времени уличные мальчишки и гимназисты прозвали меня маленькою пользой; да и теперь еще мальчишки и лавочники, случалось, дразнили меня так, хотя, кроме меня, уже никто не помнил, откуда произошло это прозвище.

Чепраков был не крепкого сложения; узкогрудый, сутулый, длинноногий. Галстук веревочкой, жилетки не было вовсе, а сапоги хуже моих – с кривыми каблуками. Он редко мигал глазами и имел стремительное выражение, будто собирался что-то схватить, и всё суетился.

– Да ты постой, – говорил он, суетясь. – Да ты послушай!.. О чем, бишь, я только что говорил?

Мы разговорились. Я узнал, что имение, в котором я теперь находился, еще недавно принадлежало Чепраковым и только прошлого осенью перешло к инженеру Должикову, который полагал, что держать деньги в земле выгоднее, чем в бумагах, и уже купил в наших краях три порядочных имения с переводом долга; мать Чепракова при продаже выговорила себе право жить в одном из боковых флигелей еще два года и выпросила для сына место при конторе.

– Еще бы ему не покупать! – сказал Чепраков про инженера. – С одних подрядчиков дерет сколько! Со всех дерет!

Потом он повел меня обедать, решив суетливо, что жить я буду с ним вдвоем во флигеле, а столоваться у его матери.

– Она у меня скряга, – сказал он, – но дорого с тебя не возьмет.

В маленьких комнатах, где жила его мать, было очень тесно; все они, даже сени и передняя, были загромождены мебелью, которую после продажи имения перенесли сюда из большого дома; и мебель была всё старинная, из красного дерева. Госпожа Чепракова, очень полная, пожилая дама, с косыми китайскими глазами, сидела у окна в большом кресле и вязала чулок. Приняла она меня церемонно.

– Это, мамаша, Полознев, – представил меня Чепраков. – Он будет служить тут.

– Вы дворянин? – спросила она странным, неприятным голосом; мне показалось, будто у нее в горле клокочет жир.

– Да, – ответил я.

– Садитесь.

Обед был плохой. Подавали только пирог с горьким творогом и молочный суп. Елена Никифоровна, хозяйка, всё время как-то странно подмигивала то одним глазом, то другим. Она говорила, ела, но во всей ее фигуре было уже что-то мертвенное и даже как будто чувствовался запах трупа. Жизнь в ней едва теплилась, теплилось и сознание, что она – барыня-помещица, имевшая когда-то своих крепостных, что она – генеральша, которую прислуга обязана величать превосходительством; и когда эти жалкие остатки жизни вспыхивали в ней на мгновение, то она говорила сыну:

– Жан, ты не так держишь нож!

Или же говорила мне, тяжело переводя дух, с жеманством хозяйки, желающей занять гостя:

– А мы, знаете, продали наше имение. Конечно, жаль, привыкли мы тут, но Должиков обещал сделать Жана начальником станции Дубечни, так что мы не уедем отсюда, будем жить тут на станции, а это всё равно, что в имении. Инженер такой добрый! Не находите ли вы, что он очень красив?

Еще недавно Чепраковы жили богато, но после смерти генерала всё изменилось. Елена Никифоровна стала ссориться с соседями, стала судиться, недоплачивать приказчикам и рабочим; всё боялась, как бы ее не ограбили – и в какие-нибудь десять лет Дубечня стала неузнаваемою.

Позади большого дома был старый сад, уже одичавший, заглушенный бурьяном и кустарником. Я прошелся по террасе, еще крепкой и красивой; сквозь стеклянную дверь видна была комната с паркетным полом, должно быть, гостиная; старинное фортепиано да на стенах гравюры в широких рамах из красного дерева – и больше ничего. От прежних цветников уцелели одни пионы и маки, которые поднимали из травы свои белые и ярко-красные головы; по дорожкам, вытягиваясь, мешая друг другу, росли молодые клены и вязы, уже ощипанные коровами. Было густо, и сад казался непроходимым, но это только вблизи дома, где еще стояли тополи, сосны и старые липы-сверстницы, уцелевшие от прежних аллей, а дальше за ними сад расчищали для сенокоса, и тут уже не парило, паутина не лезла в рот и в глаза, подувал ветерок; чем дальше вглубь, тем просторнее, и уже росли на просторе вишни, сливы, раскидистые яблони, обезображенные подпорками и гангреной, и груши такие высокие, что даже не верилось, что это груши. Эту часть сада арендовали наши городские торговки, и сторожил ее от воров и скворцов мужик-дурачок, живший в шалаше.

Сад, всё больше редея, переходя в настоящий луг, спускался к реке, поросшей зеленым камышом и ивняком; около мельничной плотины был плёс, глубокий и рыбный, сердито шумела небольшая мельница с соломенною крышей, неистово квакали лягушки. На воде, гладкой, как зеркало, изредка ходили круги да вздрагивали речные лилии, потревоженные веселою рыбой. По ту сторону речки находилась деревушка Дубечня. Тихий голубой плёс манил к себе, обещая прохладу и покой. И теперь всё это – и плёс, и мельница, и уютные берега принадлежали инженеру!

И вот началась моя новая служба. Я получал телеграммы и отправлял их дальше, писал разные ведомости и переписывал начисто требовательные записи, претензии и рапорты, которые присылались к нам в контору безграмотными десятниками и мастерами. Но бóльшую часть дня я ничего не делал, а ходил по комнате, ожидая телеграмм, или сажал во флигеле мальчика, а сам уходил в сад и гулял, пока мальчик не прибегал сказать, что стучит аппарат. Обедал я у госпожи Чепраковой. Мясо подавали очень редко, блюда всё были молочные, а в среды и в пятницы – постные, и в эти дни подавались к столу розовые тарелки, которые назывались постными. Чепракова постоянно подмигивала – это была у нее такая привычка, и в ее присутствии мне всякий раз становилось не по себе.

Так как работы во флигеле не хватало и на одного, то Чепраков ничего не делал, а только спал или уходил с ружьем на плёс стрелять уток. По вечерам он напивался в деревне или на станции и перед тем, как спать, смотрелся в зеркальце и кричал:

– Здравствуй, Иван Чепраков!

Пьяный он был очень бледен и всё потирал руки и смеялся, точно ржал: ги-ги-ги! Из озорства он раздевался донага и бегал по полю голый. Ел мух и говорил, что они кисленькие.

IV

Как-то после обеда он прибежал во флигель, запыхавшись, и сказал:

– Ступай, там сестра твоя приехала.

Я вышел. В самом деле, у крыльца большого дома стояла городская извозчичья линейка. Приехала моя сестра, а с нею Анюта Благово и еще какой-то господин в военном кителе. Подойдя ближе, я узнал военного: это был брат Анюты, доктор.

– Мы к вам на пикник приехали, – сказал он. – Ничего?

Сестра и Анюта хотели спросить, как мне тут живется, но обе молчали и только смотрели на меня. Я тоже молчал. Они поняли, что мне тут не нравится, и у сестры навернулись слезы, а Анюта Благово стала красной. Пошли в сад. Доктор шел впереди всех и говорил восторженно:

– Вот так воздух! Мать честная, вот так воздух!

По наружному виду это был еще совсем студент. И говорил, и ходил он, как студент, и взгляд его серых глаз был такой же живой, простой и открытый, как у хорошего студента. Рядом со своею высокою и красивою сестрой он казался слабым, жидким; и бородка у него была жидкая, и голос тоже – жиденький тенорок, довольно, впрочем, приятный. Он служил где-то в полку и теперь приехал в отпуск к своим и говорил, что осенью поедет в Петербург держать экзамен на доктора медицины. У него уже была своя семья – жена и трое детей; женился он рано, когда еще был на втором курсе, и теперь в городе рассказывали про него, что он несчастлив в семейной жизни и уже не живет с женой.

– Который теперь час? – беспокоилась сестра. – Нам бы пораньше вернуться, папа отпустил меня к брату только до шести часов.

– Ох, уж ваш папа! – вздохнул доктор.

Я поставил самовар. На ковре перед террасой большого дома мы пили чай, и доктор, стоя на коленях, пил из блюдечка и говорил, что он испытывает блаженство. Потом Чепраков сходил за ключом и отпер стеклянную дверь, и все мы вошли в дом. Было здесь сумрачно, таинственно, пахло грибами, и шаги наши издавали гулкий шум, точно под полом был подвал. Доктор, стоя, тронул клавиши фортепиано, и оно ответило ему слабо, дрожащим, сиплым, но еще стройным аккордом; он попробовал голос и запел какой-то романс, морщась и нетерпеливо стуча ногой, когда какой-нибудь клавиш оказывался немым. Моя сестра уже не собиралась домой, а в волнении ходила по комнате и говорила:

– Мне весело! Мне очень, очень весело!

В ее голосе слышалось удивление, точно ей казалось невероятным, что у нее тоже может быть хорошо на душе. Это первый раз в жизни я видел ее такою веселою. Она даже похорошела. В профиль она была некрасива, у нее нос и рот как-то выдавались вперед и было такое выражение, точно она дула, но у нее были прекрасные темные глаза, бледный, очень нежный цвет лица и трогательное выражение доброты и печали, и когда она говорила, то казалась миловидною и даже красивою. Мы оба, я и она, уродились в нашу мать, широкие в плечах, сильные, выносливые, но бледность у нее была болезненная, она часто кашляла, и в глазах у нее я иногда подмечал выражение, какое бывает у людей, которые серьезно больны, но почему-то скрывают это. В ее теперешней веселости было что-то детское, наивное, точно та радость, которую во время нашего детства пригнетали и заглушали суровым воспитанием, вдруг проснулась теперь в душе и вырвалась на свободу.

Но когда наступил вечер и подали лошадей, сестра притихла, осунулась и села на линейку с таким видом, как будто это была скамья подсудимых.

Вот они все уехали, шум затих... Я вспомнил, что Анюта Благово за всё время не сказала со мною ни одного слова.

«Удивительная девушка! – подумал я. – Удивительная девушка!»

Наступил Петровский пост, и нас уже каждый день кормили постным. От праздности и неопределенности положения меня тяготила физическая тоска, и я, недовольный собою, вялый, голодный, слонялся по усадьбе и только ждал подходящего настроения, чтобы уйти.

Как-то перед вечером, когда у нас во флигеле сидел Редька, неожиданно вошел Должиков, сильно загоревший и серый от пыли. Он три дня пробыл на своем участке и теперь приехал в Дубечню на паровозе, а к нам со станции пришел пешком. В ожидании экипажа, который должен был прийти из города, он со своим приказчиком обошел усадьбу, громким голосом давая приказания, потом целый час сидел у нас во флигеле и писал какие-то письма; при нем на его имя приходили телеграммы, и он сам выстукивал ответы. Мы трое стояли молча, навытяжку.

– Какие беспорядки! – сказал он, брезгливо заглянув в ведомость. – Через две недели я перевожу контору на станцию и уж не знаю, что мне с вами делать, господа.

– Я стараюсь, ваше высокородие, – проговорил Чепраков.

– То-то, вижу, как вы стараетесь. Только жалованье умеете получать, – продолжал инженер, глядя на меня. – Всё надеетесь на протекцию, как бы поскорее и полегче faire la carrière.[1] Ну, я не посмотрю на протекцию. За меня никто не хлопотал-с. Прежде чем мне дали дорогу, я ходил машинистом, работал в Бельгии как простой смазчик-с. А ты, Пантелей, что здесь делаешь? – спросил он, повернувшись к Редьке. – Пьянствуешь с ними?

Он всех простых людей почему-то называл Пантелеями, а таких, как я и Чепраков, презирал и за глаза обзывал пьяницами, скотами, сволочью. Вообще к мелким служащим он был жесток и штрафовал, и гонял их со службы холодно, без объяснений.

Наконец, приехали за ним лошади. Он на прощанье пообещал уволить всех нас через две недели, обозвал приказчика болваном и затем, развалившись в коляске, покатил в город.

– Андрей Иваныч, – сказал я Редьке, – возьмите меня к себе в рабочие.

– Ну, что ж!

---

[1] сделать карьеру (франц.).

И мы пошли вместе по направлению к городу. Когда станция и усадьба остались далеко за нами, я спросил:

– Андрей Иваныч, зачем вы давеча приходили в Дубечню?

– Первое, ребята мои работают на линии, а второе – приходил к генеральше про́центы платить. Летошний год я у нее полсотню взял и плачу теперь ей по рублю в месяц.

Маляр остановился и взял меня за пуговицу.

– Мисаил Алексеич, ангел вы наш, – продолжал он, – я так понимаю, ежели какой простой человек или господин берет даже самый малый про́цент, тот уже есть злодей. В таком человеке не может правда существовать.

Тощий, бледный, страшный Редька закрыл глаза, покачал головой и изрек тоном философа:

– Тля ест траву, ржа – железо, а лжа – душу. Господи, спаси нас грешных!

V

Редька был непрактичен и плохо умел соображать; набирал он работы больше, чем мог исполнить, и при расчете тревожился, терялся и потому почти всегда бывал в убытке. Он красил, вставлял стекла, оклеивал стены обоями и даже принимал на себя кровельные работы, и я помню, как он, бывало, из-за ничтожного заказа бегал дня по три, отыскивая кровельщиков. Это был превосходный мастер, случалось ему иногда зарабатывать до десяти рублей в день, и если бы не это желание – во что бы то ни стало быть главным и называться подрядчиком, то у него, вероятно, водились бы хорошие деньги.

Сам он получал издельно, а мне и другим ребятам платил поденно, от семидесяти копеек до рубля в день. Пока стояла жаркая и сухая погода, мы исполняли разные наружные работы, главным образом красили крыши. С непривычки моим ногам было горячо, точно я ходил по раскаленной плите, а когда надевал валенки, то ногам было душно. Но это только на первых порах, потом же я привык, и всё пошло, как по маслу. Я жил теперь среди людей, для которых труд был обязателен и неизбежен и которые работали, как ломовые лошади, часто не сознавая нравственного значения труда и даже никогда не употребляя в разговоре самого слова «труд»; около них и я тоже чувствовал себя ломовиком, всё более проникаясь обязательностью и неизбежностью того, что я делал, и это облегчало мне жизнь, избавляя от всяких сомнений.

В первое время всё занимало меня, всё было ново, точно я вновь родился. Я мог спать на земле, мог ходить босиком, – а это чрезвычайно приятно; мог стоять в толпе простого народа, никого не стесняя, и когда на улице падала извозчичья лошадь, то я бежал и помогал поднять ее, не боясь запачкать свое платье. А главное, я жил на свой собственный счет и никому не был в тягость!

Окраска крыш, особенно с нашею олифой и краской, считалась очень выгодным делом, и потому этою грубой, скучной работой не брезговали даже такие хорошие мастера, как Редька. В коротких брючках, с тощими лиловыми ногами, он ходил по крыше, похожий на аиста, и я слышал, как, работая кистью, он тяжело вздыхал и говорил:

– Горе, горе нам, грешным!

По крыше он ходил так же свободно, как по полу. Несмотря на то, что он был болен и бледен, как мертвец, прыткость у него была необыкновенная; он так же, как молодые, красил купол и главы церкви без подмостков, только при помощи лестниц и веревки, и было немножко страшно, когда он тут, стоя на высоте, далеко от земли, выпрямлялся во весь свой рост и изрекал неизвестно для кого:

– Тля ест траву, ржа – железо, а лжа – душу!

Или же, думая о чем-нибудь, отвечал вслух своим мыслям:

– Всё может быть! Всё может быть!

Когда я возвращался с работы домой, то все эти, которые сидели у ворот на лавочках, все приказчики, мальчишки и их хозяева пускали мне вслед разные замечания, насмешливые и злобные, и это на первых порах волновало меня и казалось просто чудовищным.

– Маленькая польза! – слышалось со всех сторон. – Маляр! Охра!

И никто не относился ко мне так немилостиво, как именно те, которые еще так недавно сами были простыми людьми и добывали себе кусок хлеба черным трудом. В торговых рядах, когда я проходил мимо железной лавки, меня, как бы нечаянно, обливали водой и раз даже швырнули в меня палкой. А один купец-рыбник, седой старик, загородил мне дорогу и сказал, глядя на меня со злобой:

– Не тебя, дурака, жалко! Отца твоего жалко!

А мои знакомые при встречах со мною почему-то конфузились. Одни смотрели на меня, как на чудака и шута, другим было жаль меня, третьи же не знали, как относиться ко мне, и понять их было трудно. Как-то днем, в одном из переулков около нашей Большой Дворянской, я встретил Анюту Благово. Я шел на работу и нес две длинных кисти и ведро с краской. Узнав меня, Анюта вспыхнула.

– Прошу вас не кланяться мне на улице… – проговорила она нервно, сурово, дрожащим голосом, не подавая мне руки, и на глазах у нее вдруг заблестели слезы. – Если, по-вашему, всё это так нужно, то пусть… пусть, но прошу вас, не встречайтесь со мною!

Я уже жил не на Большой Дворянской, а в предместье Макарихе, у своей няни Карповны, доброй, но мрачной старушки, которая всегда предчувствовала что-нибудь дурное, боялась всех снов вообще и даже в пчелах и в осах, которые залетали к ней в комнату, видела дурные приметы. И то, что я сделался рабочим, по ее мнению, не предвещало ничего хорошего.

– Пропала твоя головушка! – говорила она печально, покачивая головой. – Пропала!

С нею в домике жил ее приемыш Прокофий, мясник, громадный, неуклюжий малый лет тридцати, рыжий, с жесткими усами. Встречаясь со мною в сенях, он молча и почтительно уступал мне дорогу, и если был пьян, то всей пятерней делал мне под козырек. По вечерам он ужинал, и сквозь дощатую перегородку мне слышно было, как он крякал и вздыхал, выпивая рюмку за рюмкой.

– Мамаша! – звал он вполголоса.

– Ну? – отзывалась Карповна, любившая без памяти своего приемыша – Что, сынок?

– Я вам, мамаша, могу снисхождение сделать. В сей земной жизни буду вас питать на старости лет в юдоли, а когда помрете, на свой счет похороню. Сказал – и верно.

Вставал я каждый день до восхода солнца, ложился рано. Ели мы, маляры, очень много и спали крепко, и только почему-то по ночам сильно билось сердце. С товарищами я не ссорился. Брань, отчаянные клятвы и пожелания вроде того, например, чтобы лопнули глаза или схватила холера, не прекращались весь день, но, тем не менее, все-таки жили мы между собою дружно. Ребята подозревали во мне религиозного сектанта и добродушно подшучивали надо мною, говоря, что от меня даже родной отец отказался, и тут же рассказывали, что сами они редко заглядывают в храм божий и что многие из них по десяти лет на духу не бывали, и такое свое беспутство оправдывали тем, что маляр среди людей всё равно, что галка среди птиц.

Ребята уважали меня и относились ко мне с почтением; им, очевидно, нравилось, что я не пью, не курю и веду тихую, степенную жизнь. Их только неприятно шокировало, что я не участвую в краже олифы и вместе с ними не хожу к заказчикам просить на чай. Кража хозяйской олифы и краски была у маляров в обычае и не считалась кражей, и замечательно, что даже такой справедливый человек, как Редька, уходя с работы, всякий раз уносил с собою немножко белил и олифы. А просить на чай не стыдились даже почтенные старики, имевшие в Макарихе собственные дома, и было досадно и стыдно, когда ребята гурьбой поздравляли какое-нибудь ничтожество с первоначатием или окончанием и, получив от него гривенник, униженно благодарили.

С заказчиками они держали себя, как лукавые царедворцы, и мне почти каждый день вспоминался шекспировский Полоний.

– А, должно быть, дождь будет, – говорил заказчик, глядя на небо.

– Будет, беспременно будет! – соглашались маляры.

– Впрочем, облака не дождевые. Пожалуй, не будет дождя.

– Не будет, ваше высокородие! Верно, не будет.

Заглазно они относились к заказчикам вообще иронически, и когда, например, видели барина, сидящего на балконе с газетой, то замечали:

– Газету читает, а есть, небось, нечего.

Дома у своих я не бывал. Возвращаясь с работы, я часто находил у себя записки, короткие в тревожные, в которых сестра писала мне об отце: то он был за обедом как-то особенно задумчив и ничего не ел, то пошатнулся, то заперся у себя и долго не выходил. Такие известия волновали меня, я не мог спать и, случалось даже, ходил ночью по Большой Дворянской мимо нашего дома, вглядываясь в темные окна и стараясь угадать, всё ли дома благополучно. По воскресеньям приходила ко мне сестра, но украдкой, будто не ко мне, а к няньке. И если входила ко мне, то очень бледная, с заплаканными глазами, и тотчас же начинала плакать.

– Наш отец не перенесет этого! – говорила она. – Если, не дай бог, с ним случится что-нибудь, то тебя всю жизнь будет мучить совесть. Это ужасно, Мисаил! Именем нашей матери умоляю тебя: исправься!

– Сестра, дорогая моя, – говорил я, – как исправляться, если я убежден, что поступаю по совести? Пойми!

– Я знаю, что по совести, но, может быть, это можно как-нибудь иначе, чтобы никого не огорчать.

– Ох, батюшки! – вздыхала за дверью старуха. – Пропала твоя головушка! Быть беде, родимые мои, быть беде!

VI

В одно из воскресений ко мне неожиданно явился доктор Благово. Он был в кителе поверх шелковой рубахи и в высоких лакированных сапогах.

– А я к вам! – начал он, крепко, по-студенчески пожимая мне руку. – Каждый день слышу про вас и всё собираюсь к вам потолковать, как говорится, по душам. В городе страшная скука, нет ни одной живой души, не с кем слово сказать. Жарко, мать пречистая! – продолжал он, снимая китель и оставаясь в одной шелковой рубахе. – Голубчик, позвольте с вами поговорить!

Мне самому было скучно и давно уже хотелось побыть в обществе не маляров. Я искренно обрадовался ему.

– Начну с того, – сказал он, садясь на мою постель, – что я вам сочувствую от всей души и глубоко уважаю эту вашу жизнь. Здесь в городе вас не понимают; да и некому понимать, так как, сами знаете, здесь, за весьма малыми исключениями, всё гоголевские свиные рыла. Но я тогда же на пикнике сразу угадал вас. Вы – благородная душа, честный, возвышенный человек! Уважаю вас и считаю за великую честь пожать вашу руку! – продолжал он восторженно. – Чтобы изменить так резко и круто свою жизнь, как сделали это вы, нужно было пережить сложный душевный процесс, и, чтобы продолжать теперь эту жизнь и постоянно находиться на высоте своих убеждений, вы должны изо дня в день напряженно работать и умом, и сердцем. Теперь, для начала нашей беседы, скажите, не находите ли вы, что если бы силу воли, это напряжение, всю эту потенцию, вы затратили на что-нибудь другое, например, на то, чтобы сделаться со временем великим ученым или художником, то ваша жизнь захватывала бы шире и глубже и была бы продуктивнее во всех отношениях?

Мы разговорились, и когда у нас зашла речь о физическом труде, то я выразил такую мысль: нужно, чтобы сильные не порабощали слабых, чтобы меньшинство не было для большинства паразитом или насосом, высасывающим из него хронически лучшие соки, то есть нужно, чтобы все без исключения – и сильные и слабые, богатые и бедные, равномерно участвовали в борьбе за существование, каждый сам за себя, а в этом отношении нет лучшего нивелирующего средства, как физический труд, в качестве общей, для всех обязательной повинности.

– Стало быть, по-вашему, физическим трудом должны заниматься все без исключения? – спросил доктор.

– Да.

– А не находите ли вы, что если все, в том числе и лучшие люди, мыслители и великие ученые, участвуя в борьбе за существование каждый сам за себя, станут тратить время на битье щебня и окраску крыш, то это может угрожать прогрессу серьезною опасностью?

– В чем же опасность? – спросил я. – Ведь прогресс – в делах любви, в исполнении нравственного закона. Если вы никого не порабощаете, никому не в тягость, то какого вам нужно еще прогресса?

– Но позвольте! – вдруг вспылил Благово, вставая. – Но, позвольте! Если улитка в своей раковине занимается личным самосовершенствованием и ковыряется в нравственном законе, то вы это называете прогрессом?

– Почему же – ковыряется? – обиделся я. – Если вы не заставляете своих ближних кормить вас, одевать, возить, защищать вас от врагов, то в жизни, которая вся построена на рабстве, разве это не прогресс? По-моему, это прогресс самый настоящий и, пожалуй, единственно возможный и нужный для человека.

– Пределы общечеловеческого, мирового прогресса в бесконечности, и говорить о каком-то «возможном» прогрессе, ограниченном нашими нуждами или временными воззрениями, это, извините, даже странно.

– Если пределы прогресса в бесконечности, как вы говорите, то, значит, цели его неопределенны, – сказал я. – Жить и не знать определенно, для чего живешь!

– Пусть! Но это «не знать» не так скучно, как ваше «знать». Я иду по лестнице, которая называется прогрессом, цивилизацией, культурой, иду и иду, не зная определенно, куда иду, но, право, ради одной этой чудесной лестницы стоит жить; а вы знаете, ради чего живете – ради того, чтобы одни не порабощали других, чтобы художник и тот, кто растирает для него краски, обедали одинаково. Но ведь это мещанская, кухонная, серая сторона жизни, и для нее одной жить – неужели не противно? Если одни насекомые порабощают других, то и черт с ними, пусть съедают друг друга! Не о них нам надо думать – ведь они всё равно помрут и сгниют, как ни спасайте их от рабства, – надо думать о том великом иксе, который ожидает всё человечество в отдаленном будущем.

Благово спорил со мною горячо, но в то же время было заметно, что его волнует какая-то посторонняя мысль.

– Должно быть, ваша сестра не придет, – сказал он, посмотрев на часы. – Вчера она была у наших и говорила, что будет у вас. Вы всё толкуете – рабство, рабство… – продолжал он. – Но ведь это вопрос частный, и все такие вопросы решаются человечеством постепенно, само собой.

Заговорили о постепенности. Я сказал, что вопрос – делать добро или зло – каждый решает сам за себя, не дожидаясь, когда человечество подойдет к решению этого вопроса путем постепенного развития. К тому же постепенность – палка о двух концах. Рядом с процессом постепенного развития идей гуманных наблюдается и постепенный рост идей иного рода. Крепостного права нет, зато растет капитализм. И в самый разгар освободительных идей, так же, как во времена Батыя, большинство кормит, одевает и защищает меньшинство, оставаясь само голодным, раздетым и беззащитным. Такой порядок прекрасно уживается с какими угодно веяниями и течениями, потому что искусство порабощения тоже культивируется постепенно. Мы уже не дерем на конюшне наших лакеев, но мы придаем рабству утонченные формы, по крайней мере, умеем находить для него оправдание в каждом отдельном случае. У нас идеи – идеями, но если бы теперь, в конце XIX века, можно было взвалить на рабочих еще также наши самые неприятные физиологические отправления, то мы взвалили бы и потом, конечно, говорили бы в свое оправдание, что если, мол, лучшие люди, мыслители и великие ученые станут тратить свое золотое время на эти отправления, то прогрессу может угрожать серьезная опасность.

Но вот пришла и сестра. Увидев доктора, она засуетилась, встревожилась и тотчас же заговорила о том, что ей пора домой, к отцу.

– Клеопатра Алексеевна, – сказал Благово убедительно, прижимая обе руки к сердцу, – что станется с вашим батюшкой, если вы проведете со мною и братом каких-нибудь полчаса?

Он был простосердечен и умел сообщать свое оживление другим. Моя сестра, подумав минуту, рассмеялась и повеселела вдруг, внезапно, как тогда на пикнике. Мы пошли в поле и, расположившись на траве, продолжали наш разговор и смотрели на город, где все окна, обращенные на запад, казались ярко-золотыми оттого, что заходило солнце.

После этого, всякий раз, когда приходила ко мне сестра, являлся и Благово, и оба здоровались с таким видом, как будто встреча их у меня была нечаянной. Сестра слушала, как я и доктор спорили, и в это время выражение у нее было радостно восторженное, умиленное и пытливое, и мне казалось, что перед ее глазами открывался мало-помалу иной мир, какого она раньше не видала даже во сне и какой старалась угадать теперь. Без доктора она была тиха и грустна, и если теперь иногда плакала, сидя на моей постели, то уже по причинам, о которых не говорила.

В августе Редька приказал нам собираться на линию. Дня за два перед тем, как нас «погнали» за город, ко мне пришел отец. Он сел и не спеша, не глядя на меня, вытер свое красное лицо, потом достал из кармана наш городской «Вестник» и медленно, с ударением на каждом слове, прочел о том, что мой сверстник, сын управляющего конторою Государственного банка, назначен начальником отделения в казенной палате.

– А теперь взгляни на себя, – сказал он, складывая газету, – нищий, оборванец, негодяй! Даже мещане и крестьяне получают образование, чтобы стать людьми, а ты, Полознев, имеющий знатных, благородных предков, стремишься в грязь! Но я пришел сюда не для того, чтобы разговаривать с тобою; на тебя я уже махнул рукой, – продолжал он придушенным голосом, вставая. – Я пришел затем, чтобы узнать: где твоя сестра, негодяй? Она ушла из дому после обеда, и вот уже восьмой час, а ее нет. Она стала часто уходить, не говоря мне, она уже менее почтительна, – и я вижу тут твое злое, подлое влияние. Где она?

В руках у него был знакомый мне зонтик, и я уже растерялся и вытянулся, как школьник, ожидая, что отец начнет бить меня, но он заметил взгляд мой, брошенный на зонтик, и, вероятно, это сдержало его.

– Живи, как хочешь! – сказал он. – Я лишаю тебя моего благословения!

– Батюшки-светы, – бормотала за дверью нянька. – Бедная, несчастная твоя головушка! Ох, чует мое сердце, чует!

Я работал на линии. Весь август непрерывно шли дожди, было сыро и холодно; с полей не свозили хлеба, и в больших хозяйствах, где косили машинами, пшеница лежала не в копнах, а в кучах, и я помню, как эти печальные кучи с каждым днем становились всё темнее, и зерно прорастало в них. Работать было трудно; ливень портил всё, что мы успевали сделать. Жить и спать в станционных зданиях нам не позволялось, и ютились мы в грязных, сырых землянках, где летом жила «чугунка», и по ночам я не мог спать от холода и оттого, что по лицу и по рукам ползали мокрицы. А когда работали около мостов, то по вечерам приходила к нам гурьбой «чугунка» только затем, чтобы бить маляров, – для нее это был род спорта. Нас били, выкрадывали у нас кисти и, чтобы раздразнить нас и вызвать на драку, портили нашу работу, например, вымазывали будки зеленою краской. В довершение всех наших бед, Редька стал платить крайне неисправно. Все малярные работы на участке были сданы подрядчику, этот сдал другому, и уже этот сдал Редьке, выговорив себе процентов двадцать. Работа сама по себе была невыгодна, а тут еще дожди; время пропадало даром, мы не работали, а Редька был обязан платить ребятам поденно. Голодные маляры едва не били его, обзывали жуликом, кровопийцей, Иудой-христопродавцем, а он, бедняга, вздыхал, в отчаянии воздевал к небу руки и то и дело ходил к госпоже Чепраковой за деньгами.

VII

Наступила дождливая, грязная, темная осень. Наступила безработица, и я дня по три сидел дома без дела или же исполнял разные не малярные работы, например, таскал землю для черного наката, получая за это по двугривенному в день. Доктор Благово уехал в Петербург. Сестра не приходила ко мне. Редька лежал у себя дома больной, со дня на день ожидая смерти.

И настроение было осеннее. Быть может оттого, что, ставши рабочим, я уже видел нашу городскую жизнь только с ее изнанки, почти каждый день мне приходилось делать открытия, приводившие меня просто в отчаяние. Те мои сограждане, о которых раньше я не был никакого мнения или которые с внешней стороны представлялись вполне порядочными, теперь оказывались людьми низкими, жестокими, способными на всякую гадость. Нас, простых людей, обманывали, обсчитывали, заставляли по целым часам дожидаться в холодных сенях или в кухне, нас оскорбляли и обращались с нами крайне грубо. Осенью в нашем клубе я оклеивал обоями читальню и две комнаты; мне заплатили по семь копеек за кусок, но приказали расписаться – по двенадцати, и когда я отказался исполнить это, то благообразный господин в золотых очках, должно быть, один из старшин клуба, сказал мне:

– Если ты, мерзавец, будешь еще много разговаривать, то я тебе всю морду побью.

И когда лакей шепнул ему, что я сын архитектора Полознева, то он сконфузился, покраснел, но тотчас же оправился и сказал:

– А черт с ним!

В лавках нам, рабочим, сбывали тухлое мясо, лёглую муку и спитой чай; в церкви нас толкала полиция, в больницах нас обирали фельдшера и сиделки, и если мы по бедности не давали им взяток, то нас в отместку кормили из грязной посуды; на почте самый маленький чиновник считал себя вправе обращаться с нами, как с животными, и кричать грубо и нагло: «Обожди! Куда лезешь?» Даже дворовые собаки – и те относились к нам недружелюбно и бросались на нас с какою-то особенною злобой. Но главное, что больше всего поражало меня в моем новом положении, это совершенное отсутствие справедливости, именно то самое, что у народа определяется словами: «Бога забыли». Редкий день обходился без мошенничества. Мошенничали и купцы, продававшие нам олифу, и подрядчики, и ребята, и сами заказчики. Само собою, ни о каких наших правах не могло быть и речи, и свои заработанные деньги мы должны были всякий раз выпрашивать, как милостыню, стоя у черного крыльца без шапок.

Я оклеивал в клубе одну из комнат, смежных с читальней; вечером, когда я уже собирался уходить, в эту комнату вошла дочь инженера Должикова, с пачкой книг в руках.

Я поклонился ей.

– А, здравствуйте! – сказала она, тотчас же узнав меня и протягивая руку. – Очень рада вас видеть.

Она улыбалась и осматривала с любопытством и с недоумением мою блузу, ведро с клейстером, обои, растянутые на полу; я смутился, и ей тоже стало неловко.

– Вы извините, что я на вас смотрю так, – сказала она. – Мне много говорили о вас. Особенно доктор Благово – он просто влюблен в вас. И с сестрой вашей я уже познакомилась; милая, симпатичная девушка, но я никак не могла убедить ее, что в вашем опрощении нет ничего ужасного. Напротив, вы теперь самый интересный человек в городе.

Она опять поглядела на ведро с клейстером, на обои и продолжала:

– Я просила доктора Благово познакомить меня с вами поближе, но, очевидно, он забыл или не успел. Как бы ни было, мы все-таки знакомы, и если бы вы пожаловали ко мне как-нибудь запросто, то я была бы вам чрезвычайно обязана. Мне так хочется поговорить! Я простой человек, – сказала она, протягивая мне руку, – и, надеюсь, у меня вы будете без стеснения. Отца нет, он в Петербурге.

Она ушла в читальню, шурша платьем, а я, придя домой, долго не мог уснуть.

В эту же невеселую осень какая-то добрая душа, очевидно, желая хотя немного облегчить мое существование, изредка присылала мне то чаю и лимонов, то печений, то жареных рябчиков. Карповна говорила, что приносил это всякий раз солдат, а от кого – неизвестно; и солдат расспрашивал, здоров ли я, каждый ли день я обедаю и есть ли у меня теплое платье. Когда наступили морозы, мне таким же образом, в мое отсутствие, с солдатом прислали мягкий вязаный шарф, от которого шел нежный, едва уловимый запах духов, и я угадал, кто была моя добрая фея. От шарфа пахло ландышами, любимыми духами Анюты Благово.

К зиме набралось больше работы, стало веселей. Редька опять ожил, и мы вместе работали в кладбищенской церкви, где шпатлевали иконостас для позолоты. Это была работа чистая, покойная и, как говорили наши, спорая. В один день можно было много сработать, и притом время бежало быстро, незаметно. Ни брани, ни смеха, ни громких разговоров. Само место обязывало к тишине и благочинию и располагало к тихим, серьезным мыслям. Погруженные в работу, мы стояли или сидели неподвижно, как статуи; была тишина мертвая, какая подобает кладбищу, так что если падал инструмент или трещал огонь в лампадке, то звуки эти раздавались гулко и резко – и мы оглядывались. После долгой тишины слышалось гуденье, точно летели пчелы; это у притвора, не торопясь, вполголоса, отпевали младенца; или живописец, писавший на куполе голубя и вокруг него звезды, начинал тихо посвистывать и, спохватившись, тотчас же умолкал; или Редька, отвечая своим мыслям, говорил со вздохом: «Всё может быть! Всё может быть!»; или над нашими головами раздавался медленный заунывный звон, и маляры замечали, что это, должно быть, богатого покойника несут...

Дни проводил я в этой тишине, в церковных сумерках, а в длинные вечера играл на бильярде или ходил в театр на галерею, в своей новой триковой паре, которую я купил себе на заработанные деньги. У Ажогиных уже начались спектакли и концерты; декорации писал теперь один Редька. Он рассказывал мне содержание пьес и живых картин, какие ему приходилось видеть у Ажогиных, и я слушал его с завистью. Меня сильно тянуло на репетиции, но идти к Ажогиным я не решался.

За неделю до Рождества приехал доктор Благово. И опять мы спорили и по вечерам играли на бильярде. Играя, он снимал сюртук и расстегивал на груди рубаху и вообще старался почему-то придать себе вид отчаянного кутилы. Пил он немного, но шумно, и ухитрялся оставлять в таком плохом, дешевом трактире, как «Волга», по двадцати рублей в вечер.

Опять у меня стала бывать сестра; оба они, увидев друг друга, всякий раз удивлялись, но по радостному, виноватому лицу ее видно было, что встречи эти были не случайные. Как-то вечером, когда мы играли на бильярде, доктор сказал мне:

– Послушайте, отчего вы не бываете у Должиковой? Вы не знаете Марии Викторовны, это умница, прелесть, простая, добрая душа.

Я рассказал ему, как весною принял меня инженер.

– Пустое! – рассмеялся доктор. – Инженер – сам по себе, а она – сама по себе. Право, голубчик, не обижайте ее, сходите к ней как-нибудь. Например, давайте сходим к ней завтра вечером. Хотите?

Он уговорил меня. На другой день вечером, надевши свою новую триковую пару и волнуясь, я отправился к Должиковой. Лакей уже не показался мне таким надменным и страшным и мебель такою роскошною, как в то утро, когда я являлся сюда просителем. Мария Викторовна ожидала меня и встретила, как старого знакомого, и пожала руку крепко, дружески. Она была в сером суконном платье с широкими рукавами и в прическе, которую у нас в городе, год спустя, когда она вошла в моду, называли «собачьими ушами». Волосы с висков были зачесаны на уши, и от этого лицо у Марии Викторовны стало как будто шире, и она показалась мне в этот раз очень похожей на своего отца, у которого лицо было широкое, румяное, и в выражении было что-то ямщицкое. Она была красива и изящна, но не молода, лет тридцати на вид, хотя на самом деле ей было двадцать пять, не больше.

– Милый доктор, как я ему благодарна! – говорила она, сажая меня. – Если бы не он, то вы не пришли бы ко мне. Мне скучно до смерти! Отец уехал и оставил меня одну, и я не знаю, что мне делать в этом городе.

Затем она стала расспрашивать меня, где я теперь работаю, сколько получаю, где живу.

– Вы тратите на себя только то, что зарабатываете? – спросила она.

– Да.

– Счастливый человек! – вздохнула она. – В жизни всё зло, мне кажется, от праздности, от скуки, от душевной пустоты, а всё это неизбежно, когда привыкаешь жить на счет других. Не подумайте, что я рисуюсь, искренно вам говорю: неинтересно и неприятно быть богатым. Приобретайте друзей богатством неправедным – так сказано, потому что вообще нет и не может быть богатства праведного.

Она с серьезным, холодным выражением оглядела мебель, точно хотела сосчитать ее, и продолжала:

– Комфорт и удобства обладают волшебною силой; они мало-помалу затягивают людей даже с сильною волей. Когда-то отец и я жили небогато и просто, а теперь видите как. Слыханное ли дело, – сказала она, пожав плечами, – мы проживаем до двадцати тысяч в год! В провинции!

– На комфорт и удобства приходится смотреть как на неизбежную привилегию капитала и образования, – сказал я, – и мне кажется, что удобства жизни можно сочетать с каким угодно, даже с самым тяжелым и грязным трудом. Ваш отец богат, однако же, как он говорит, ему пришлось побывать и в машинистах, и в простых смазчиках.

Она улыбнулась и с сомнением покачала головой.

– Папа иногда ест и тюрю с квасом, – сказала она. – Забава, прихоть!

В это время послышался звонок, и она встала.

– Образованные и богатые должны работать, как все, – продолжала она, – а если комфорт, то одинаково для всех. Никаких привилегий не должно быть. Ну, бог с нею, с философией. Расскажите мне что-нибудь веселенькое. Расскажите мне про маляров. Какие они? Смешные?

Пришел доктор. Я стал рассказывать про маляров, но с непривычки стеснялся и рассказывал, как этнограф, серьезно и вяло. Доктор тоже рассказал несколько анекдотов из жизни мастеровых. Он пошатывался, плакал, становился на колени и даже, изображая пьяного, ложился на пол. Это была настоящая актерская игра, и Мария Викторовна, глядя на него, хохотала до слез. Потом он играл на рояле и пел своим приятным жиденьким тенором, а Мария Викторовна стояла возле и выбирала для него, что петь, и поправляла, когда он ошибался.

– Я слышал, вы тоже поете? – спросил я.

– Тоже! – ужаснулся доктор. – Она – чудная певица, артистка, а вы – тоже! Эка хватил!

– Я когда-то занималась серьезно, – ответила она на мой вопрос, – но теперь бросила.

Сидя на низкой скамеечке, она рассказывала нам про свою жизнь в Петербурге и изображала в лицах известных певцов, передразнивая их голоса и манеру петь; рисовала в альбоме доктора, потом меня, рисовала плохо, но оба мы вышли похожи. Она смеялась, шалила, мило гримасничала, и это больше шло к ней, чем разговоры о богатстве неправедном, и мне казалось, что говорила она со мною давеча о богатстве и комфорте не серьезно, а подражая кому-то. Это была превосходная комическая актриса. Я мысленно ставил ее рядом с нашими барышнями, и даже красивая, солидная Анюта Благово не выдерживала сравнения с нею; разница была громадная, как между хорошей культурной розой и диким шиповником.

Мы втроем ужинали. Доктор и Мария Викторовна пили красное вино, шампанское и кофе с коньяком; они чокались и пили за дружбу, за ум, за прогресс, за свободу и не пьянели, а только раскраснелись и часто хохотали без причины, до слез. Чтобы не показаться скучным, и я тоже пил красное вино.

– Талантливые, богато одаренные натуры, – сказала Должикова, – знают, как им жить, и идут своею дорогой; средние же люди, как я, например, ничего не знают и ничего сами не могут; им ничего больше не остается, как подметить какое-нибудь глубокое общественное течение и плыть, куда оно понесет.

– Разве можно подметить то, чего нет? – спросил доктор.

– Нет, потому что мы не видим.

– Так ли? Общественные течения – это новая литература выдумала. Их нет у нас.

Начался спор.

– Никаких глубоких общественных течений у нас нет и не было, – говорил доктор громко. – Мало ли чего не выдумала новая литература! Она выдумала еще каких-то интеллигентных тружеников в деревне, а у нас обыщите все деревни и найдете разве только Неуважай-Корыто в пиджаке или в черном сюртуке, делающего в слове «еще» четыре ошибки. Культурная жизнь у нас еще не начиналась. Та же дикость, то же сплошное хамство, то же ничтожество, что и пятьсот лет назад. Течения, веяния, но ведь всё это мелко, мизерабельно, притянуто к пошлым, грошовым интересикам – и неужели в них можно видеть что-нибудь серьезное? Если вам покажется, что вы подметили глубокое общественное течение, и, следуя за ним, вы посвятите вашу жизнь таким задачам в современном вкусе, как освобождение насекомых от рабства или воздержание от говяжьих котлет, то – поздравляю вас, сударыня. Учиться нам нужно, учиться и учиться, а с глубокими общественными течениями погодим: мы еще не доросли до них и, по совести, ничего в них не понимаем.

– Вы не понимаете, а я понимаю, – сказала Мария Викторовна. – Вы сегодня бог знает какой скучный!

– Наше дело – учиться и учиться, стараться накоплять возможно больше знаний, потому что серьезные общественные течения там, где знания, и счастье будущего человечества только в знании. Пью за науку!

– Одно несомненно: надо устраивать себе жизнь как-нибудь по-иному, – сказала Мария Викторовна, помолчав и подумав, – а та жизнь, какая была до сих пор, ничего не стоит. Не будем говорить о ней.

Когда мы вышли от нее, то в соборе било уже два часа.

– Понравилась? – спросил доктор. – Не правда ли, славная?

В первый день Рождества мы обедали у Марии Викторовны и потом, в продолжение всех праздников, ходили к ней почти каждый день. У нее никто не бывал, кроме нас, и она была права, когда говорила, что, кроме меня и доктора, у нее в городе нет никого знакомых. Время мы проводили большею частью в разговорах; иногда доктор приносил с собою какую-нибудь книгу или журнал и читал нам вслух. В сущности, это был первый образованный человек, какого я встретил в жизни. Не могу судить, много ли он знал, но он постоянно обнаруживал свои знания, так как хотел, чтобы и другие также знали. Когда он говорил о чем-нибудь относящемся к медицине, то не походил ни на одного из наших городских докторов, а производил какое-то новое, особенное впечатление, и мне казалось, что если бы он захотел, то мог бы стать настоящим ученым. И это, пожалуй, был единственный человек, который в то время имел серьезное влияние на меня. Видаясь с ним и прочитывая книги, какие он давал мне, я стал мало-помалу чувствовать потребность в знаниях, которые одухотворяли бы мой невеселый труд. Мне уже казалось странным, что раньше я не знал, например, что весь мир состоит из шестидесяти простых тел, не знал, что такое олифа, что такое краски, и как-то мог обходиться без этих знаний. Знакомство с доктором подняло меня и нравственно. Я часто спорил с ним, и хотя обыкновенно оставался при своем мнении, но всё же, благодаря ему, я мало-помалу стал замечать, что для самого меня не всё было ясно, и я уже старался выработать в себе возможно определенные убеждения, чтобы указания совести были определенны и не имели бы в себе ничего смутного. Тем не менее все-таки этот самый образованный и лучший человек в городе далеко еще не был совершенством. В его манерах, в привычке всякий разговор сводить на спор, в его приятном теноре и даже в его ласковости было что-то грубоватое, семинарское, и когда он снимал сюртук и оставался в одной шелковой рубахе или бросал в трактире лакею на чай, то мне казалось всякий раз, что культура – культурой, а татарин всё еще бродит в нем.

На Крещение он опять уехал в Петербург. Он уехал утром, а после обеда пришла ко мне сестра. Не снимая шубы и шапки, она сидела молча, очень бледная, и смотрела в одну точку. Ее познабливало, и видно было, что она перемогалась.

– Ты, должно быть, простудилась, – сказал я.

Глаза у нее наполнились слезами, она встала и пошла к Карповне, не сказав мне ни слова, точно я обидел ее. И немного погодя я слышал, как она говорила тоном горького упрека:

– Нянька, для чего я жила до сих пор? Для чего? Ты скажи: разве я не погубила своей молодости? В лучшие годы своей жизни только и знать, что записывать расходы, разливать чай, считать копейки, занимать гостей и думать, что выше этого ничего нет на свете! Нянька, пойми, ведь и у меня есть человеческие запросы, и я хочу жить, а из меня сделали какую-то ключницу. Ведь это ужасно, ужасно!

Она швырнула ключи в дверь, и они со звоном упали в моей комнате. Это были ключи от буфета, от кухонного шкапа, от погреба и от чайной шкатулки – те самые ключи, которые когда-то еще носила моя мать.

– Ах, ох, батюшки! – ужасалась старуха. – Святители-угодники!

Уходя домой, сестра зашла ко мне, чтобы подобрать ключи, и сказала:

– Ты извини меня. Со мною в последнее время делается что-то странное.

VIII

Как-то, вернувшись от Марии Викторовны поздно вечером, я застал у себя в комнате молодого околоточного в новом мундире; он сидел за моим столом и перелистывал книгу.

– Наконец-то! – сказал он, вставая и потягиваясь. – Я к вам уже в третий раз прихожу. Губернатор приказал, чтобы вы пришли к нему завтра ровно в девять часов утра. Непременно.

Он взял с меня подписку, что я в точности исполню приказ его превосходительства, и ушел. Это позднее посещение околоточного и неожиданное приглашение к губернатору подействовали на меня самым угнетающим образом. У меня с раннего детства остался страх перед жандармами, полицейскими, судейскими, и теперь меня томило беспокойство, будто я в самом деле был виноват в чем-то. И я никак не мог уснуть. Нянька и Прокофий тоже были взволнованы и не спали. К тому же еще у няньки болело ухо, она стонала и несколько раз принималась плакать от боли. Услышав, что я не сплю, Прокофий осторожно вошел ко мне с лампочкой и сел у стола.

– Вам бы перцовки выпить… – сказал он, подумав. – В сей юдоли как выпьешь, оно и ничего. И ежели бы мамаше влить в ухо перцовки, то большая польза.

В третьем часу он собрался в бойню за мясом. Я знал, что мне уже не уснуть до утра, и, чтобы как-нибудь скоротать время до девяти часов, я отправился вместе с ним. Мы шли с фонарем, а его мальчик Николка, лет тринадцати, с синими пятнами на лице от ознобов, по выражению – совершенный разбойник, ехал за нами в санях, хриплым голосом понукая лошадь.

– Вас у губернатора, должно, наказывать будут, – говорил мне доро́гой Прокофий. – Есть губернаторская наука, есть архимандритская наука, есть офицерская наука, есть докторская наука, и для каждого звания есть своя наука. А вы не де́ржитесь своей науки, и этого вам нельзя дозволить.

Бойня находилась за кладбищем, и раньше я видел ее только издали. Это были три мрачных сарая, окруженные серым забором, от которых, когда дул с их стороны ветер, летом в жаркие дни несло удушливою вонью. Теперь, войдя во двор, в потемках я не видел сараев; мне всё попадались лошади и сани, пустые и уже нагруженные мясом; ходили люди с фонарями и отвратительно бранились. Бранились и Прокофий, и Николка, так же гадко, и в воздухе стоял непрерывный гул от брани, кашля и лошадиного ржанья.

Пахло трупами и навозом. Таяло, снег уже перемешался с грязью, и мне в потемках казалось, что я хожу по лужам крови.

Набравши полные сани мяса, мы отправились на рынок в мясную лавку. Стало светать. Пошли одна за другою кухарки с корзинами и пожилые дамы в салопах. Прокофий с топором в руке, в белом, обрызганном кровью фартуке, страшно клялся, крестился на церковь, кричал громко на весь рынок, уверяя, что он отдает мясо по своей цене и даже себе в убыток. Он обвешивал, обсчитывал, кухарки видели это, но, оглушенные его криком, не протестовали, а только обзывали его ка́том. Поднимая и опуская свой страшный топор, он принимал картинные позы и всякий раз со свирепым выражением издавал звук «гек!», и я боялся, как бы в самом деле он не отрубил кому-нибудь голову или руку.

Я пробыл в мясной лавке всё утро, и когда, наконец, пошел к губернатору, то от моей шубы пахло мясом и кровью. Душевное состояние у меня было такое, будто я, по чьему-то приказанию, шел с рогатиной на медведя. Я помню высокую лестницу с полосатым ковром и молодого чиновника во фраке со светлыми пуговицами, который, молча, двумя руками, указал мне на дверь и побежал доложить. Я вошел в зал, в котором обстановка была роскошна, но холодна и безвкусна, и особенно неприятно резали глаза высокие и узкие зеркала в простенках и ярко-желтые портьеры на окнах; видно было, что губернаторы менялись, а обстановка оставалась всё та же. Молодой чиновник опять указал мне двумя руками на дверь, и я направился к большому зеленому столу, за которым стоял военный генерал с Владимиром на шее.

– Господин Полознев, я просил вас явиться, – начал он, держа в руке какое-то письмо и раскрывая рот широко и кругло, как буква *о*, –

я просил вас явиться, чтобы объявить вам следующее. Ваш уважаемый батюшка письменно и устно обращался к губернскому предводителю дворянства, прося его вызвать вас и поставить вам на вид всё несоответствие поведения вашего со званием дворянина, которое вы имеете честь носить. Его превосходительство Александр Павлович, справедливо полагая, что поведение ваше может служить соблазном, и находя, что тут одного убеждения с его стороны было бы недостаточно, а необходимо серьезное административное вмешательство, представил мне вот в этом письме свои соображения относительно вас, которые я разделяю.

Он говорил это тихо, почтительно, стоя прямо, точно я был его начальником, и глядя на меня совсем не строго. Лицо у него было дряблое, поношенное, всё в морщинах, под глазами отвисали мешки, волоса он красил, и вообще по наружности нельзя было определить, сколько ему лет – сорок или шестьдесят.

– Надеюсь, – продолжал он, – что вы оцените деликатность почтенного Александра Павловича, который обратился ко мне не официально, а частным образом. Я также пригласил вас неофициально и говорю с вами не как губернатор, а как искренний почитатель вашего родителя. Итак, прошу вас – или изменить ваше поведение и вернуться к обязанностям, приличным вашему званию, или же, во избежание соблазна, переселиться в другое место, где вас не знают и где вы можете заниматься чем вам угодно. В противном же случае я должен буду принять крайние меры.

Он с полминуты простоял молча, с открытым ртом, глядя на меня.

– Вы вегетарианец?[1] – спросил он.

– Нет, ваше превосходительство, я ем мясо.

Он сел и потянул к себе какую-то бумагу; я поклонился и вышел.

До обеда уже не стоило идти на работу. Я отправился домой спать, но не мог уснуть от неприятного, болезненного чувства, навеянного на меня бойней и разговором с губернатором, и, дождавшись вечера,

---

[1] Вы вегетарианец? – Вегетарианство, распространенное в оппозиционно настроенных кругах (например, вегетарианцами были толстовцы), вызывало со стороны официальной церкви осуждение.

расстроенный, мрачный, пошел к Марии Викторовне. Я рассказывал ей о том, как я был у губернатора, а она смотрела на меня с недоумением, точно не верила, и вдруг захохотала весело, громко, задорно, как умеют хохотать только добродушные, смешливые люди.

– Если бы это рассказать в Петербурге! – проговорила она, едва не падая от смеха и склоняясь к своему столу. – Если бы это рассказать в Петербурге!

IX

Теперь мы виделись уже часто, раза по два в день. Она почти каждый день после обеда приезжала на кладбище и, поджидая меня, читала надписи на крестах и памятниках; иногда входила в церковь и, стоя возле меня, смотрела, как я работаю. Тишина, наивная работа живописцев и позолотчиков, рассудительность Редьки и то, что я наружно ничем не отличался от других мастеровых и работал, как они, в одной жилетке и в опорках, и что мне говорили *ты* – это было ново для нее и трогало ее. Однажды при ней живописец, писавший наверху голубя, крикнул мне:

– Мисаил, дай-ка мне белил!

Я отнес ему белил, и, когда потом спускался вниз по жидким подмосткам, она смотрела на меня, растроганная до слез, и улыбалась.

– Какой вы милый! – сказала она.

У меня с детства осталось в памяти, как у одного из наших богачей вылетел из клетки зеленый попугай и как потом эта красивая птица целый месяц бродила по городу, лениво перелетая из сада в сад, одинокая, бесприютная. И Мария Викторовна напоминала мне эту птицу.

– Кроме кладбища, мне теперь положительно негде бывать, – говорила она мне со смехом. – Город прискучил до отвращения. У Ажогиных читают, поют, сюсюкают, я не переношу их в последнее время; ваша сестра – нелюдимка, m-lle Благово за что-то ненавидит меня, театра я не люблю. Куда прикажете деваться?

Когда я бывал у нее, от меня пахло краской и скипидаром, руки мои были темны – и ей это нравилось; она хотела также, чтобы я приходил к ней не иначе как в своем обыкновенном рабочем платье; но в гостиной это платье стесняло меня, я конфузился, точно был в мундире, и потому, собираясь к ней, всякий раз надевал свою новую триковую пару. И это ей не нравилось.

– А вы, сознайтесь, не вполне еще освоились с вашею новою ролью, – сказала она мне однажды. – Рабочий костюм стесняет вас, вам неловко в нем. Скажите, не оттого ли это, что в вас нет уверенности и что вы не удовлетворены? Самый род труда, который вы избрали, эта ваша малярия – неужели она удовлетворяет вас? – спросила она, смеясь. – Я знаю, окраска делает предметы красивее и прочнее, но ведь эти предметы принадлежат горожанам, богачам, и, в конце концов, составляют роскошь. К тому же вы сами не раз говорили, что каждый должен добывать себе хлеб собственными руками, между тем вы добываете деньги, а не хлеб. Почему бы не держаться буквального смысла ваших слов? Нужно добывать именно хлеб, то есть нужно пахать, сеять, косить, молотить или делать что-нибудь такое, что имеет непосредственное отношение к сельскому хозяйству, например, пасти коров, копать землю, рубить избы...

Она открыла хорошенький шкап, стоявший около ее письменного стола, и сказала:

– Всё это я вам к тому говорю, что мне хочется посвятить вас в свою тайну. Voilà! Это моя сельскохозяйственная библиотека. Тут и поле, и огород, и сад, и скотный двор, и пасека. Я читаю с жадностью и уже изучила в теории всё до капельки. Моя мечта, моя сладкая грёза: как только наступит март, уеду в нашу Дубечню. Дивно там, изумительно! Не правда ли? В первый год я буду приглядываться к делу и привыкать, а на другой год уже сама стану работать по-настоящему, не щадя, как говорится, живота. Отец обещал подарить мне Дубечню, и я буду делать в ней всё, что захочу.

Раскрасневшись, волнуясь до слез и смеясь, она мечтала вслух о том, как она будет жить в Дубечне и какая это будет интересная жизнь. А я завидовал ей. Март был уже близко, дни становились всё больше и больше, и в яркие солнечные полдни капало с крыш и пахло весной; мне самому хотелось в деревню.

И когда она сказала, что переедет жить в Дубечню, мне живо представилось, как я останусь в городе один, и я почувствовал, что ревную ее к шкапу с книгами и к сельскому хозяйству. Я не знал и не любил сельского хозяйства и хотел было сказать ей, что сельское хозяйство есть рабское занятие, но вспомнил, что нечто подобное было уже не раз говорено моим отцом, и промолчал.

Наступил Великий пост. Приехал из Петербурга инженер Виктор Иваныч, о существовании которого я уже стал забывать. Приехал он неожиданно, не предупредив даже телеграммой. Когда я пришел, по обыкновению, вечером, он, умытый, подстриженный, помолодевший лет на десять, ходил по гостиной и что-то рассказывал; дочь его, стоя на коленях, вынимала из чемоданов коробки, флаконы, книги и подавала всё это лакею Павлу. Увидав инженера, я невольно сделал шаг назад, а он протянул ко мне обе руки и сказал, улыбаясь, показывая свои белые, крепкие, ямщицкие зубы:

– Вот и он, вот и он! Очень рад видеть вас, господин маляр! Маша всё рассказала, она тут спела вам целый панегирик. Вполне вас понимаю и одобряю! – продолжал он, беря меня под руку. – Быть порядочным рабочим куда умнее и честнее, чем изводить казенную бумагу и носить на лбу кокарду. Я сам работал в Бельгии, вот этими руками, потом ходил два года машинистом…

Он был в коротком пиджаке и по-домашнему в туфлях, ходил, как подагрик, слегка переваливаясь и потирая руки. Что-то напевая, он тихо мурлыкал и всё пожимался от удовольствия, что, наконец, вернулся домой и принял свой любимый душ.

– Спора нет, – говорил он мне за ужином, – спора нет, все вы милые, симпатичные люди, но почему-то, господа, как только вы беретесь за физический труд или начинаете спасать мужика, то всё это у вас в конце концов сводится к сектантству. Разве вы не сектант? Вот вы не пьете водки. Что же это, как не сектантство?

Чтобы доставить ему удовольствие, я выпил водки. Выпил и вина. Мы пробовали сыры, колбасы, паштеты, пикули и всевозможные закуски, которые привез с собою инженер, и вина, полученные в его отсутствие из-за границы. Вина были превосходны. Почему-то вина и сигары инженер получал из-за границы беспошлинно: икру и балыки кто-то присылал ему даром, за квартиру он не платил, так как хозяин дома поставлял на линию керосин; и вообще на меня он и его дочь производили такое впечатление, будто всё лучшее в мире было к их услугам и получалось ими совершенно даром.

Я продолжал бывать у них, но уже не так охотно. Инженер стеснял меня, и в его присутствии я чувствовал себя связанным. Я не выносил его ясных, невинных глаз, рассуждения его томили меня, были мне противны; томило и воспоминание о том, что еще так недавно я был подчинен этому сытому, румяному человеку и что он был со мною немилосердно груб. Правда, он брал меня за талию, ласково хлопал по плечу, одобрял мою жизнь, но я чувствовал, что он по-прежнему презирает мое ничтожество и терпит меня только в угоду своей дочери; и я уже не мог смеяться и говорить, что хочу, и держался нелюдимом, и всё ждал, что, того и гляди, он обзовет меня Пантелеем, как своего лакея Павла. Как возмущалась моя провинциальная, мещанская гордость! Я, пролетарий, маляр, каждый день хожу к людям богатым, чуждым мне, на которых весь город смотрит, как на иностранцев, и каждый день пью у них дорогие вина и ем необыкновенное – с этим не хотела мириться моя совесть! Идя к ним, я угрюмо избегал встречных и глядел исподлобья, точно в самом деле был сектантом, а когда уходил от инженера домой, то стыдился своей сытости.

А главное, я боялся увлечься. Шел ли я по улице, работал ли, говорил ли с ребятами, я всё время думал только о том, как вечером пойду к Марии Викторовне, и воображал себе ее голос, смех, походку. Собираясь к ней, я всякий раз долго стоял у няньки перед кривым зеркалом, завязывая себе галстук, моя триковая пара казалась мне отвратительною, и я страдал и в то же время презирал себя за то, что я так мелочен. Когда она кричала мне из другой комнаты, что она не одета, и просила подождать, я слышал, как она одевалась; это волновало меня, я чувствовал, будто подо мною опускается пол. А когда я видел на улице, хотя бы издали, женскую фигуру, то непременно сравнивал; мне казалось тогда, что все наши женщины и девушки вульгарны, нелепо одеты, не умеют держать себя; и эти сравнения возбуждали во мне чувство гордости: Мария Викторовна лучше всех! А по ночам я видел ее и себя во сне.

Как-то за ужином мы вместе с инженером съели целого омара. Возвращаясь потом домой, я вспомнил, что инженер за ужином два раза сказал мне «любезнейший», и я рассудил, что в этом доме ласкают меня, как большого несчастного пса, отбившегося от своего хозяина, что мною забавляются, и, когда я надоем, меня прогонят, как пса. Мне стало стыдно и больно, больно до слез, точно меня оскорбили, и я, глядя на небо, дал клятву положить всему этому конец.

На другой день я не пошел к Должиковым. Поздно вечером, когда было совсем темно и лил дождь, я прошелся по Большой Дворянской, глядя на окна. У Ажогиных уже спали, и только в одном из крайних окон светился огонь; это у себя в комнате старуха Ажогина вышивала при трех свечах, воображая, что борется с предрассудками. У наших было темно, а в доме напротив, у Должиковых, окна светились, но ничего нельзя было разглядеть сквозь цветы и занавески. Я всё ходил по улице; холодный мартовский дождь поливал меня. Я слышал, как мой отец вернулся из клуба; он постучал в ворота, через минуту в окне показался огонь, и я увидел сестру, которая шла торопливо с лампой и на ходу одною рукой поправляла свои густые волосы. Потом отец ходил в гостиной из угла в угол и говорил о чем-то, потирая руки, а сестра сидела в кресле неподвижно, о чем-то думая, не слушая его.

Но вот они ушли, огонь погас… Я оглянулся на дом инженера – и тут уже было темно. В темноте, под дождем, я почувствовал себя безнадежно одиноким, брошенным на произвол судьбы, почувствовал, как в сравнении с этим моим одиночеством, в сравнении со страданием, настоящим и с тем, которое мне еще предстояло в жизни, мелки все мои дела, желания и всё то, что я до сих пор думал, говорил. Увы, дела и мысли живых существ далеко не так значительны, как их скорби! И не отдавая себе ясно отчета в том, что я делаю, я изо всей силы дернул за звонок у ворот Должикова, порвал его и побежал по улице, как мальчишка, испытывая страх и думая, что сейчас непременно выйдут и узнают меня. Когда я остановился в конце улицы, чтобы перевести дух, слышно было только, как шумел дождь да как где-то далеко по чугунной доске стучал сторож.

Я целую неделю не ходил к Должиковым. Триковая пара была продана. Малярной работы не было, я опять жил впроголодь, добывая себе по 10–20 копеек в день, где придется, тяжелою неприятною работой. Болтаясь по колена в холодной грязи, надсаживая грудь, я хотел заглушить воспоминания и точно мстил себе за все те сыры и консервы, которыми меня угощали у инженера; но всё же, едва я ложился в постель, голодный и мокрый, как мое грешное воображение тотчас же начинало рисовать мне чудные, обольстительные картины, и я с изумлением сознавался себе, что я люблю, страстно люблю, и засыпал крепко и здорово, чувствуя, что от этой каторжной жизни мое тело становится только сильнее и моложе.

В один из вечеров некстати пошел снег и подуло с севера, точно опять наступала зима. Вернувшись с работы в этот вечер, я застал в своей комнате Марию Викторовну. Она сидела в шубке, держа обе руки в муфте.

– Отчего вы не бываете у меня? – спросила она, поднимая свои умные, ясные глаза, а я сильно смутился от радости и стоял перед ней навытяжку, как перед отцом, когда тот собирался бить меня; она смотрела мне в лицо, и по глазам ее было видно, что она понимает, почему я смущен.

– Отчего вы не бываете у меня? – повторила она. – Если вы не хотите бывать, то вот я сама пришла.

Она встала и близко подошла ко мне.

– Не покидайте меня, – сказала она, и глаза ее наполнились слезами. – Я одна, я совершенно одна!

Она заплакала и проговорила, закрывая лицо муфтой:

– Одна! Мне тяжело жить, очень тяжело, и на всем свете нет у меня никого, кроме вас. Не покидайте меня!

Ища платка, чтобы утереть слезы, она улыбнулась; мы молчали некоторое время, потом я обнял ее и поцеловал, при этом оцарапал себе щеку до крови булавкой, которою была приколота ее шапка.

И мы стали говорить так, как будто были близки друг другу уже давно-давно…

X

Дня через два она послала меня в Дубечню, и я был несказанно рад этому. Когда я шел на вокзал и потом сидел в вагоне, то смеялся без причины, и на меня смотрели, как на пьяного. Шел снег и был мороз по утрам, но дороги уже потемнели, и над ними, каркая, носились грачи.

Сначала я предполагал устроить помещение для нас обоих, для меня и Маши, в боковом флигеле, против флигеля госпожи Чепраковой, но в нем, как оказалось, издавна жили голуби и утки, и очистить его было невозможно без того, чтобы не разрушить множества гнезд. Пришлось волей-неволей отправляться в неуютные комнаты большого дома с жалюзи. Мужики называли этот дом палатами; в нем было больше двадцати комнат, а мебели только одно фортепиано да детское креслице, лежавшее на чердаке, и если бы Маша привезла из города всю свою мебель, то и тогда все-таки нам не удалось бы устранить этого впечатления угрюмой пустоты и холода. Я выбрал три небольших комнаты с окнами в сад и с раннего утра до ночи убирал их, вставляя новые стекла, оклеивая обоями, заделывая в полу щели и дыры. Это был легкий, приятный труд. То и дело я бегал к реке взглянуть, не идет ли лед; всё мне чудилось, что прилетели скворцы. А ночью, думая о Маше, я с невыразимо сладким чувством, с захватывающею радостью прислушивался к тому, как шумели крысы и как над потолком гудел и стучал ветер; казалось, что на чердаке кашлял старый домовой.

Снег был глубокий; его много еще подвалило в конце марта, но он растаял быстро, как по волшебству, вешние воды прошли буйно, так что в начале апреля уже шумели скворцы и летали в саду желтые бабочки. Была чудесная погода. Я каждый день перед вечером ходил к городу встречать Машу, и что это было за наслаждение ступать босыми ногами по просыхающей, еще мягкой дороге! На полпути я садился и смотрел на город, не решаясь подойти к нему близко. Вид его смущал меня. Я всё думал: как отнесутся ко мне мои знакомые, узнав о моей любви? Что скажет отец? Особенно же смущала меня мысль, что жизнь моя осложнилась и что я совсем потерял способность управлять ею, и она, точно воздушный шар, уносила меня бог знает куда. Я уже не думал о том, как мне добыть себе пропитание, как жить, а думал – право, не помню о чем.

Маша приезжала в коляске; я садился к ней, и мы ехали вместе в Дубечню, веселые, свободные. Или, дождавшись захода солнца, я возвращался домой недовольный, скучный, недоумевая, отчего не приехала Маша, а у ворот усадьбы или в саду меня встречало неожиданно милое привидение – она! Оказывалось, что она приехала по железной дороге и со станции пришла пешком. Какое это было торжество! В простеньком шерстяном платье, в косыночке, со скромным зонтиком, но затянутая, стройная, в дорогих заграничных ботинках – это была талантливая актриса, игравшая мещаночку. Мы осматривали наше хозяйство и решали, где будет чья комната, где у нас будут аллеи, огород, пасека. У нас уже были куры, утки и гуси, которых мы любили за то, что они были наши. У нас уже были приготовлены для посева овес, клевер, тимошка, греча и огородные семена, и мы всякий раз осматривали всё это и обсуждали подолгу, какой может быть урожай, и всё, что говорила мне Маша, казалось мне необыкновенно умным и прекрасным. Это было самое счастливое время моей жизни.

Вскоре после Фоминой недели мы венчались в нашей приходской церкви, в селе Куриловке, в трех верстах от Дубечни. Маша хотела, чтобы всё устроилось скромно; по ее желанию, шаферами у нас были крестьянские парни, пел один дьячок, и возвращались мы из церкви на небольшом тряском тарантасе, и она сама правила. Из городских гостей у нас была только моя сестра Клеопатра, которой дня за три до свадьбы Маша послала записку. Сестра была в белом платье и в перчатках. Во время венчания она тихо плакала от умиления и радости, выражение лица у нее было материнское, бесконечно доброе. Она опьянела от нашего счастья и улыбалась, будто вдыхала в себя сладкий чад, и, глядя на нее во время нашего венчания, я понял, что для нее на свете нет ничего выше любви, земной любви, и что она мечтает о ней тайно, робко, но постоянно и страстно. Она обнимала и целовала Машу и, не зная, как выразить свой восторг, говорила ей про меня:

– Он добрый! Он очень добрый!

Перед тем, как уехать от нас, она переоделась в свое обыкновенное платье и повела меня в сад, чтобы поговорить со мною наедине.

– Отец очень огорчен, что ты ничего не написал ему, – сказала она, – нужно было попросить у него благословения. Но, в сущности, он очень доволен. Он говорит, что эта женитьба поднимет тебя в глазах всего общества и что под влиянием Марии Викторовны ты станешь серьезнее относиться к жизни. Мы по вечерам теперь говорим только о тебе, и вчера он даже выразился так: «наш Мисаил». Это меня порадовало. По-видимому, он что-то задумал, и мне кажется, он хочет показать тебе пример великодушия и первый заговорит о примирении. Очень возможно, что на днях он приедет сюда к вам.

Она несколько раз торопливо перекрестила меня и сказала:

– Ну, бог с тобою, будь счастлив. Анюта Благово очень умная девушка, она говорит про твою женитьбу, что это бог посылает тебе новое испытание. Что ж? В семейной жизни не одни радости, но и страдания. Без этого нельзя.

Провожая ее, я и Маша прошли пешком версты три; потом, возвращаясь, мы шли тихо и молча, точно отдыхали. Маша держала меня за руку, на душе было легко и уже не хотелось говорить о любви; после венчания мы стали друг другу еще ближе и родней, и нам казалось, что уже ничто не может разлучить нас.

– Твоя сестра – симпатичное существо, – сказала Маша, – но похоже, будто ее долго мучили. Должно быть, твой отец ужасный человек.

Я стал рассказывать ей, как воспитывали меня и сестру и как, в самом деле, было мучительно и бестолково наше детство. Узнав, что еще так недавно меня бил отец, она вздрогнула и прижалась ко мне.

– Не рассказывай больше, – проговорила она. – Это страшно.

Теперь уже она не расставалась со мною. Мы жили в большом доме, в трех комнатах, и по вечерам крепко запирали дверь, которая вела в пустую часть дома, точно там жил кто-то, кого мы не знали и боялись. Я вставал рано, с рассветом, и тотчас же принимался за какую-нибудь работу. Я починял телеги, проводил в саду дорожки, копал гряды, красил крышу на доме. Когда пришло время сеять овес, я пробовал двоить, скородить, сеять, и делал всё это добросовестно, не отставая от работника; я утомлялся, от дождя и от резкого холодного ветра у меня подолгу горели лицо и ноги, по ночам снилась мне вспаханная земля. Но полевые работы не привлекали меня. Я не знал сельского хозяйства и не любил его; это, быть может, оттого, что предки мои не были земледельцами и в жилах моих текла чисто городская кровь. Природу я любил нежно, любил и поле, и луга, и огороды, но мужик, поднимающий сохою землю, понукающий свою жалкую лошадь, оборванный, мокрый, с вытянутою шеей, был для меня выражением грубой, дикой, некрасивой силы, и, глядя на его неуклюжие движения, я всякий раз невольно начинал думать о давно прошедшей, легендарной жизни, когда люди не знали еще употребления огня. Суровый бык, ходивший с крестьянским стадом, и лошади, когда они, стуча копытами, носились по деревне, наводили на меня страх, и всё мало-мальски крупное, сильное и сердитое, был ли то баран с рогами, гусак или цепная собака, представлялось мне выражением всё той же грубой, дикой силы. Это предубеждение особенно сильно говорило во мне в дурную погоду, когда над черным вспаханным полем нависали тяжелые облака. Главное же, когда я пахал или сеял, а двое-трое стояли и смотрели, как я это делаю, то у меня не было сознания неизбежности и обязательности этого труда, и мне казалось, что я забавляюсь. И я предпочитал делать что-нибудь во дворе, и ничто мне так не нравилось, как красить крышу.

Я ходил через сад и через луг на нашу мельницу. Ее арендовал Степан, куриловский мужик, красивый, смуглый, с густою черною бородой, на вид – силач. Мельничного дела он не любил и считал его скучным и невыгодным, а жил на мельнице только для того, чтобы не жить дома. Он был шорник, и около него всегда приятно пахло смолой и кожей. Разговаривать он не любил, был вял, неподвижен и всё напевал «у-лю-лю-лю», сидя на берегу или на пороге. К нему приходили иногда из Куриловки его жена и теща, обе белолицые, томные, кроткие; они низко кланялись ему и называли его «вы, Степан Петрович». А он, не ответив на их поклон ни движением, ни словом, садился в стороне на берегу и напевал тихо: «у-лю-лю-лю». Проходил в молчании час-другой. Теща и жена, пошептавшись, вставали и некоторое время глядели на него, ожидая, что он оглянется, потом низко кланялись и говорили сладкими, певучими голосами:

– Прощайте, Степан Петрович!

И уходили. После того, убирая оставленный ими узел с баранками или рубаху, Степан вздыхал и говорил, мигнув в их сторону:

– Женский пол!

Мельница в два постава работала днем и ночью. Я помогал Степану, это мне нравилось, и когда он уходил куда-нибудь, я охотно оставался вместо него.

XI

После теплой, ясной погоды наступила распутица; весь май шли дожди, было холодно. Шум мельничных колес и дождя располагал к лени и ко сну. Дрожал пол, пахло мукой, и это тоже нагоняло дремоту. Жена в коротком полушубке, в высоких, мужских калошах, показывалась раза два в день и говорила всегда одно и то же:

– И это называется летом! Хуже, чем в октябре!

Вместе мы пили чай, варили кашу или по целым часам сидели молча, ожидая, не утихнет ли дождь. Раз, когда Степан ушел куда-то на ярмарку, Маша пробыла на мельнице всю ночь. Когда мы встали, то нельзя было понять, который час, так как дождевые облака заволокли всё небо; только пели сонные петухи в Дубечне и кричали дергачи на лугу; было еще очень, очень рано... Мы с женой спустились к плёсу и вытащили вершу, которую накануне при нас забросил Степан. В ней бился один большой окунь и, задирая вверх клешню, топорщился рак.

– Выпусти их, – сказала Маша. – Пусть и они будут счастливы.

Оттого, что мы встали очень рано и потом ничего не делали, этот день казался очень длинным, самым длинным в моей жизни. Перед вечером вернулся Степан, и я пошел домой, в усадьбу.

– Сегодня приезжал твой отец, – сказала мне Маша.

– Где же он? – спросил я.

– Уехал. Я его не приняла.

Видя, что я стою и молчу, что мне жаль моего отца, она сказала:

– Надо быть последовательным. Я не приняла и велела передать ему, чтобы он уже больше не беспокоился и не приезжал к нам.

Через минуту я уже был за воротами и шел в город, чтобы объясниться с отцом. Было грязно, скользко, холодно. В первый раз после свадьбы мне стало вдруг грустно, и в мозгу моем, утомленном этим длинным серым днем, промелькнула мысль, что, быть может, я живу не так, как надо. Я утомился, мало-помалу мною овладели слабодушие, лень, не хотелось двигаться, соображать, и, пройдя немного, я махнул рукой и вернулся назад.

Среди двора стоял инженер в кожаном пальто с капюшоном и говорил громко:

– Где мебель? Была прекрасная мебель в стиле empire, были картины, были вазы, а теперь хоть шаром покати! Я покупал имение с мебелью, черт бы ее драл!

Около него стоял и мял в руках свою шапку генеральшин работник Моисей, парень лет 25-ти, худой, рябоватый, с маленькими наглыми глазами; одна щека у него была больше другой, точно он отлежал ее.

– Вы, ваше высокоблагородие, изволили покупать без мебели, – нерешительно проговорил он. – Я помню-с.

– Замолчать! – крикнул инженер, побагровел, затрясся, и эхо в саду громко повторило его крик.

XII

Когда я делал что-нибудь в саду или на дворе, то Моисей стоял возле и, заложив руки назад, лениво и нагло глядел на меня своими маленькими глазками. И это до такой степени раздражало меня, что я бросал работу и уходил.

От Степана мы узнали, что этот Моисей был любовником у генеральши. Я заметил, что когда к ней приходили за деньгами, то сначала обращались к Моисею, и раз я видел, как какой-то мужик, весь черный, должно быть, угольщик, кланялся ему в ноги; иногда, пошептавшись, он выдавал деньги сам, не докладывая барыне, из чего я заключил, что при случае он оперировал самостоятельно, за свой счет.

Он стрелял у нас в саду под окнами, таскал из нашего погреба съестное, брал, не спросясь, лошадей; а мы возмущались, переставали верить, что Дубечня наша, и Маша говорила, бледнея:

– Неужели мы должны жить с этими гадами еще полтора года?

Сын генеральши, Иван Чепраков, служил кондуктором на нашей дороге. За зиму он сильно похудел и ослабел, так что уже пьянел с одной рюмки и зябнул в тени. Кондукторское платье он носил с отвращением и стыдился его, но свое место считал выгодным, так как мог красть свечи и продавать их. Мое новое положение возбуждало в нем смешанное чувство удивления, зависти и смутной надежды, что и с ним может случиться что-нибудь подобное. Он провожал Машу восхищенными глазами, спрашивал, что я теперь ем за обедом, и на его тощем, некрасивом лице появлялось грустное и сладкое выражение, и он шевелил пальцами, точно осязал мое счастье.

– Послушай, маленькая польза, – говорил он суетливо, каждую минуту закуривая; там, где он стоял, было всегда насорено, так как на одну папиросу он тратил десятки спичек. – Послушай, жизнь у меня теперь подлейшая. Главное, всякий прапорщик может кричать: «ты кондуктор! ты!» Понаслушался я, брат, в вагонах всякой всячины и, знаешь, понял: скверная жизнь! Погубила меня мать! Мне в вагоне один доктор сказал: если родители развратные, то дети у них выходят пьяницы или преступники. Вот оно что!

Раз он пришел во двор, шатаясь. Глаза у него бессмысленно блуждали, дыхание было тяжелое; он смеялся, плакал и говорил что-то, как в горячечном бреду, и в его спутанной речи были понятны для меня только слова: «Моя мать! Где моя мать?», которые произносил он с плачем, как ребенок, потерявший в толпе свою мать. Я увел его к себе в сад и уложил там под деревом, и потом весь день и всю ночь я и Маша по очереди сидели возле него. Ему было нехорошо, а Маша с омерзением глядела в его бледное, мокрое лицо и говорила:

– Неужели эти гады проживут в нашем дворе еще полтора года? Это ужасно! Это ужасно!

А сколько огорчений причиняли нам крестьяне! Сколько тяжелых разочарований на первых же порах, в весенние месяцы, когда так хотелось быть счастливым! Моя жена строила школу. Я начертил план школы на шестьдесят мальчиков, и земская управа одобрила его, но посоветовала строить школу в Куриловке, в большом селе, которое было всего в трех верстах от нас; кстати же куриловская школа, в которой учились дети из четырех деревень, в том числе из нашей Дубечни, была стара и тесна, и по гнилому полу уже ходили с опаской. В конце марта Машу, по ее желанию, назначили попечительницей куриловской школы, а в начале апреля мы три раза собирали сход и убеждали крестьян, что их школа тесна и стара и что необходимо строить новую. Приезжали член земской управы и инспектор народных училищ и тоже убеждали. После каждого схода нас окружали и просили на ведро водки; нам было жарко в толпе, мы скоро утомлялись и возвращались домой недовольные и немного сконфуженные. В конце концов мужики отвели под школу землю и обязались доставить из города на своих лошадях весь строительный материал. И как только управились с яровыми, в первое же воскресенье из Куриловки и Дубечни пошли подводы за кирпичом для фундамента. Выехали чуть свет на заре, а возвратились поздно вечером; мужики были пьяны и говорили, что замучились.

Как нарочно, дожди и холод продолжались весь май. Дорога испортилась, стало грязно. Подводы, возвращаясь из города, заезжали обыкновенно к нам во двор – и какой это был ужас! Вот в воротах показывается лошадь, расставив передние ноги, пузатая; она, прежде чем въехать во двор, кланяется; вползает на роспусках двенадцатиаршинное бревно, мокрое, осклизлое на вид; возле него, запахнувшись от дождя, не глядя под ноги, не обходя луж, шагает мужик с полой, заткнутою за пояс. Показывается другая подвода – с тёсом, потом третья – с бревном, четвертая... и место перед домом мало-помалу запруживается лошадьми, бревнами, досками. Мужики и бабы с окутанными головами и с подтыканными платьями, озлобленно глядя на наши окна, шумят, требуют, чтобы к ним вышла барыня; слышны грубые ругательства. А в стороне стоит Моисей, и нам кажется, что он наслаждается нашим позором.

– Не станем больше возить! – кричат мужики. – Замучились! Пошла бы сама и возила!

Маша, бледная, оторопев, думая, что сейчас к ней ворвутся в дом, высылает на полведра; после этого шум стихает, и длинные бревна одно за другим ползут обратно со двора.

Когда я собирался на постройку, жена волновалась и говорила:

– Мужики злятся. Как бы они тебе не сделали чего-нибудь. Нет, погоди, и я с тобой поеду.

Мы уезжали в Куриловку вместе, и там плотники просили у нас на чай. Сруб уже был готов, пора уже было класть фундамент, но не приходили каменщики; происходила задержка, и плотники роптали. А когда, наконец, пришли каменщики, то оказалось, что нет песку: как-то упустили из виду, что он нужен. Пользуясь нашим безвыходным положением, мужики запросили по тридцати копеек за воз, хотя от постройки до реки, где брали песок, не было и четверти версты, а всех возов понадобилось более пятисот. Конца не было недоразумениям, брани и попрошайству, жена возмущалась, а подрядчик-каменщик, Тит Петров, семидесятилетний старик, брал ее за руку и говорил:

– Гляди ты сюда! Гляди ты сюда! Привези ты мне только песку, пригоню тебе сразу десять человек, и в два дня будет готово! Гляди ты сюда!

Но привезли песок, прошло и два, и четыре дня, и неделя, а на месте будущего фундамента всё еще зияла канава.

– Этак с ума сойдешь! – волновалась жена. – Что за народ! Что за народ!

Во время этих неурядиц к нам приезжал инженер Виктор Иваныч. Он привозил с собою кульки с винами и закусками, долго ел и потом ложился спать на террасе и храпел, так что работники покачивали головами и говорили:

– Одначе!

Маша бывала не рада его приезду, не верила ему и в то же время советовалась с ним; когда он, выспавшись после обеда и вставши не в духе, дурно отзывался о нашем хозяйстве или выражал сожаление, что купил Дубечню, которая принесла ему уже столько убытков, то на лице у бедной Маши выражалась тоска; она жаловалась ему, он зевал и говорил, что мужиков надо драть.

Нашу женитьбу и нашу жизнь он называл комедией, говорил, что это каприз, баловство.

– С нею уже бывало нечто подобное, – рассказывал он мне про Машу. – Она раз вообразила себя оперною певицей и ушла от меня; я искал ее два месяца и, любезнейший, на одни телеграммы истратил тысячу рублей.

Он уже не называл меня ни сектантом, ни господином маляром и не относился с одобрением к моей рабочей жизни, как раньше, а говорил:

– Вы – странный человек! Вы – ненормальный человек! Не смею предсказывать, но вы дурно кончите-с!

А Маша плохо спала по ночам и всё думала о чем-то, сидя у окна нашей спальни. Не было уже смеха за ужином, ни милых гримас. Я страдал, и когда шел дождь, то каждая капля его врезывалась в мое сердце, как дробь, и я готов был пасть перед Машей на колени и извиняться за погоду. Когда во дворе шумели мужики, то я тоже чувствовал себя виноватым. По целым часам я просиживал на одном месте, думая только о том, какой великолепный человек Маша, какой это чудесный человек. Я страстно любил ее, и меня восхищало всё, что она делала, всё, что говорила. У нее была склонность к тихим кабинетным занятиям, она любила читать подолгу, изучать что-нибудь; она, знавшая хозяйство только по книгам, удивляла всех нас своими познаниями, и советы, какие она давала, все пригодились, и ни один из них не пропал в хозяйстве даром. И при всем том, сколько благородства, вкуса и благодушия, того самого благодушия, какое бывает только у прекрасно воспитанных людей!

Для этой женщины со здоровым, положительным умом беспорядочная обстановка с мелкими заботами и дрязгами, в которой мы теперь жили, была мучительна; я это видел и сам не мог спать по ночам, голова моя работала, и слезы подступали к горлу. Я метался, не зная, что делать.

Я скакал в город и привозил Маше книги, газеты, конфеты, цветы, я вместе со Степаном ловил рыбу, по целым часам бродя по шею в холодной воде под дождем, чтобы поймать налима и разнообразить наш стол; я униженно просил мужиков не шуметь, поил их водкой, подкупал, давал им разные обещания. И сколько я еще делал глупостей!

Дожди, наконец, перестали, земля высохла. Встанешь утром, часа в четыре, выйдешь в сад – роса блестит на цветах, шумят птицы и насекомые, на небе ни одного облачка; и сад, и луг, и река так прекрасны, но воспоминания о мужиках, о подводах, об инженере! Я и Маша вместе уезжали на беговых дрожках в поле, взглянуть на овес. Она правила, я сидел сзади; плечи у нее были приподняты и ветер играл ее волосами.

– Права держи! – кричала она встречным.

– Ты похожа на ямщика, – сказал я ей как-то.

– А может быть! Ведь мой дед, отец инженера, был ямщик. Ты не знал этого? – спросила она, обернувшись ко мне, и тотчас же представила, как кричат и как поют ямщики.

«И слава богу! – думал я, слушая ее. – Слава богу!»

И опять воспоминания о мужиках, о подводах, об инженере...

XIII

Приехал на велосипеде доктор Благово. Стала часто бывать сестра. Опять разговоры о физическом труде, о прогрессе, о таинственном иксе, ожидающем человечество в отдаленном будущем. Доктор не любил нашего хозяйства, потому что оно мешало нам спорить, и говорил, что пахать, косить, пасти телят недостойно свободного человека и что все эти грубые виды борьбы за существование люди со временем возложат на животных и на машины, а сами будут заниматься исключительно научными исследованиями. А сестра всё просила отпустить ее пораньше домой, и если оставалась до позднего вечера или ночевать, то волнениям не было конца.

– Боже мой, какой вы еще ребенок! – говорила с упреком Маша. – Это даже смешно, наконец.

– Да, смешно, – соглашалась сестра, – я сознаю, что это смешно; но что делать, если я не в силах побороть себя? Мне всё кажется, что я поступаю дурно.

Во время сенокоса у меня с непривычки болело всё тело; сидя вечером на террасе со своими и разговаривая, я вдруг засыпал, и надо мною громко смеялись. Меня будили и усаживали за стол ужинать, меня одолевала дремота, и я, как в забытьи, видел огни, лица, тарелки, слышал голоса и не понимал их. А вставши рано утром, тотчас же брался за косу или уходил на постройку и работал весь день.

Оставаясь в праздники дома, я замечал, что жена и сестра скрывают от меня что-то и даже как будто избегают меня. Жена была нежна со мною по-прежнему, но были у нее какие-то свои мысли, которых она не сообщала мне. Было несомненно, что раздражение ее против крестьян росло, жизнь для нее становилась всё тяжелее, а между тем она уже не жаловалась мне. С доктором теперь она говорила охотнее, чем со мною, и я не понимал, отчего это так.

В нашей губернии был обычай: во время сенокоса и уборки хлеба по вечерам на барский двор приходили рабочие и их угощали водкой, даже молодые девушки выпивали по стакану. Мы не держались этого; косари и бабы стояли у нас на дворе до позднего вечера, ожидая водки, и потом уходили с бранью. А Маша в это время сурово хмурилась и молчала или же говорила доктору с раздражением, вполголоса:

– Дикари! Печенеги!

В деревне новичков встречают неприветливо, почти враждебно, как в школе. Так встретили и нас. В первое время на нас смотрели как на людей глупых и простоватых, которые купили себе имение только потому, что некуда девать денег. Над нами смеялись. В нашем лесу и даже в саду мужики пасли свой скот, угоняли к себе в деревню наших коров и лошадей и потом приходили требовать за потраву. Приходили целыми обществами к нам во двор и шумно заявляли, будто мы, когда косили, захватили край какой-нибудь не принадлежащей нам Бышеевки или Семенихи; а так как мы еще не знали точно границ нашей земли, то верили на слово и платили штраф; потом же оказывалось, что косили мы правильно. В нашем лесу драли липки. Один дубеченский мужик, кулак, торговавший водкой без патента, подкупал наших работников и вместе с ними обманывал нас самым предательским образом: новые колеса на телегах заменял старыми, брал наши пахотные хомуты и продавал их нам же и т. п. Но обиднее всего было то, что происходило в Куриловке на постройке; там бабы по ночам крали тёс, кирпич, изразцы, железо; староста с понятыми делал у них обыск, сход штрафовал каждую на два рубля, и потом эти штрафные деньги пропивались всем миром.

Когда Маша узнавала об этом, то с негодованием говорила доктору или моей сестре:

– Какие животные! Это ужас! ужас!

И я слышал не раз, как она выражала сожаление, что затеяла строить школу.

– Поймите, – убеждал ее доктор, – поймите, что если вы строите эту школу и вообще делаете добро, то не для мужиков, а во имя культуры, во имя будущего. И чем эти мужики хуже, тем больше поводов строить школу. Поймите!

В голосе его, однако, слышалась неуверенность, и мне казалось, что он вместе с Машей ненавидел мужиков.

Маша часто уходила на мельницу и брала с собою сестру, и обе, смеясь, говорили, что они идут посмотреть на Степана, какой он красивый. Степан, как оказалось, был медлителен и неразговорчив только с мужчинами, в женском же обществе держал себя развязно и говорил без умолку. Раз, придя на реку купаться, я невольно подслушал разговор. Маша и Клеопатра, обе в белых платьях, сидели на берегу под ивой, в широкой тени, а Степан стоял возле, заложив руки назад, и говорил:

– Нешто мужики – люди? Не люди, а, извините, зверьё, шарлатаны. Какая у мужика жизнь? Только есть да пить, харчи бы подешевле, да в трактире горло драть без ума; и ни тебе разговоров хороших, ни обращения, ни формальности, а так, невежа! И сам в грязи, и жена в грязи, и дети в грязи, в чем был, в том и лег, картошку из щей тащит прямо пальцами, квас пьет с тараканом – хоть бы подул!

– Бедность ведь! – вступилась сестра.

– Какая бедность! Оно точно, нужда, да ведь нужда нужде рознь, сударыня. Вот ежели человек в остроге сидит, или, скажем, слепой, или без ног, то это, действительно, не дай бог никому, а ежели он на воле, при своем уме, глаза и руки у него есть, сила есть, бог есть, то чего ему еще? Баловство, сударыня, невежество, а не бедность. Ежели вот вы, положим, хорошие господа, по образованию вашему, из милости пожелаете оказать ему способие, то он ваши деньги пропьет по своей подлости или, того хуже, сам откроет питейное заведение и на ваши деньги начнет народ грабить. Вы изволите говорить – бедность. А разве богатый мужик живет лучше? Тоже, извините, как свинья. Грубиян, горлан, дубина, идет поперек себя толще, морда пухлая, красная – так бы, кажется, размахнулся и ляпнул его, подлеца. Вот Ларион дубеченский тоже богатый, а, небось, лубки в вашем лесу дерет не хуже бедного; и сам ругатель, и дети ругатели, а как выпьет лишнее, чкнется носом в лужу и спит. Все они, сударыня, не стоющие. Поживешь с ними в деревне, так словно в аду. Навязла она у меня в зубах, деревня-то эта, и благодарю господа, царя небесного, и сыт я, и одет, отслужил в драгунах свой срок, отходил старостой три года, и вольный я казак теперь: где хочу, там и живу. В деревне жить не желаю, и никто не имеет права меня заставить. Говорят, жена. Ты, говорят, обязан в избе с женой жить. А почему такое? Я к ей не нанимался.

– Скажите, Степан, вы женились по любви? – спросила Маша.

– Какая у нас в деревне любовь? – ответил Степан и усмехнулся. – Собственно, сударыня, ежели вам угодно знать, я женат во второй раз. Я сам не куриловский, а из Залегоща, а в Куриловку меня потом в зятья взяли. Значит, родитель не пожелал делить нас промежду себе – нас всех пять братьев, я поклонился и был таков, пошел в чужую деревню, в зятья. А первая моя жена померла в молодых летах.

– Отчего?

– От глупости. Плачет, бывало, всё плачет и плачет без толку, да так и зачахла. Какие-то всё травки пила, чтобы покрасиветь, да, должно, повредила внутренность. А вторая моя жена, куриловская – что в ней? Деревенская баба, мужичка, и больше ничего. Когда ее за меня сватали, мне поманилось: думаю, молодая, белая из себя, чисто живут. Мать у ней словно бы хлыстовка и кофей пьет, а главное, значит, чисто живут. Стало быть, женился, а на другой день сели обедать, приказал я теще ложку подать, а она подает ложку и, гляжу, пальцем ее вытерла. Вот тебе на, думаю, хороша у вас чистота. Пожил с ними год и ушел. Мне, может, на городской бы жениться, – продолжал он, помолчав. – Говорят, жена мужу помощница. Для чего мне помощница, я и сам себе помогу, а ты лучше со мной поговори, да не так, чтобы всё те-те-те-те, а обстоятельно, чувствительно. Без хорошего разговора – что за жизнь!

Степан вдруг замолчал, и тотчас же послышалось его скучное, монотонное «у-лю-лю-лю». Это значило, что он увидел меня.

Маша бывала часто на мельнице и в беседах со Степаном, очевидно, находила удовольствие; Степан так искренно и убежденно бранил мужиков – и ее тянуло к нему. Когда она возвращалась с мельницы, то всякий раз мужик-дурачок, который стерег сад, кричал на нее:

– Девка Палашка! Здорово, девка Палашка! – И лаял на нее по-собачьи: – Гав! гав!

А она останавливалась и смотрела на него со вниманием, точно в лае этого дурачка находила ответ на свои мысли, и, вероятно, он притягивал ее так же, как брань Степана. А дома ожидало ее какое-нибудь известие, вроде того, например, что деревенские гуси потолкли у нас на огороде капусту или что Ларион вожжи украл, и она говорила, пожав плечами, с усмешкой:

– Что же вы хотите от этих людей!

Она негодовала, на душе у нее собиралась накипь, а я, между тем, привыкал к мужикам и меня всё больше тянуло к ним. В большинстве это были нервные, раздраженные, оскорбленные люди; это были люди с подавленным воображением, невежественные, с бедным, тусклым кругозором, всё с одними и теми же мыслями о серой земле, о серых днях, о черном хлебе, люди, которые хитрили, но, как птицы, прятали за дерево только одну голову, – которые не умели считать. Они не шли к вам на сенокос за двадцать рублей, но шли за полведра водки, хотя за двадцать рублей могли бы купить четыре ведра. В самом деле, были и грязь, и пьянство, и глупость, и обманы, но при всем том, однако, чувствовалось, что жизнь мужицкая, в общем, держится на каком-то крепком, здоровом стержне. Каким бы неуклюжим зверем ни казался мужик, идя за своею сохой, и как бы он ни дурманил себя водкой, всё же, приглядываясь к нему поближе, чувствуешь, что в нем есть то нужное и очень важное, чего нет, например, в Маше и в докторе, а именно, он верит, что главное на земле – правда, и что спасение его и всего народа в одной лишь правде, и потому больше всего на свете он любит справедливость. Я говорил жене, что она видит пятна на стекле, но не видит самого стекла; в ответ она молчала или же напевала, как Степан: «у-лю-лю-лю»… Когда эта добрая, умная женщина бледнела от негодования и с дрожью в голосе говорила с доктором о пьянстве и обманах, то меня приводила в недоумение и поражала ее забывчивость. Как могла она забыть, что ее отец, инженер, тоже пил, много пил, и что деньги, на которые была куплена Дубечня, были приобретены путем целого ряда наглых, бессовестных обманов? Как могла она забыть?

XIV

И сестра тоже жила своею особою жизнью, которую тщательно скрывала от меня. Она часто шепталась с Машей. Когда я подходил к ней, она вся сжималась и взгляд ее становился виноватым, умоляющим; очевидно, в ее душе происходило что-то такое, чего она боялась или стыдилась. Чтобы как-нибудь не встретиться в саду или не остаться со мною вдвоем, она все время держалась около Маши, и мне приходилось говорить с нею редко, только за обедом.

Как-то вечером я тихо шел садом, возвращаясь с постройки. Уже начинало темнеть. Не замечая меня, не слыша моих шагов, сестра ходила около старой, широкой яблони, совершенно бесшумно, точно привидение. Она была в черном и ходила быстро, все по одной линии, взад и вперед, глядя в землю. Упало с дерева яблоко, она вздрогнула от шума, остановилась и прижала руки к вискам. В это самое время я подошел к ней.

В порыве нежной любви, которая вдруг прилила к моему сердцу, со слезами, вспоминая почему-то нашу мать, наше детство, я обнял ее за плечи и поцеловал.

– Что с тобою? – спросил я. – Ты страдаешь, я давно это вижу. Скажи, что с тобою?

– Мне страшно… – проговорила она, дрожа.

– Что же с тобой? – допытывался я. – Ради бога, будь откровенна!

– Я буду, буду откровенна, я скажу тебе всю правду. Скрывать от тебя – это так тяжело, так мучительно! Мисаил, я люблю... – продолжала она шепотом. – Я люблю, я люблю... Я счастлива, но почему мне так страшно!

Послышались шаги, показался между деревьями доктор Благово в шелковой рубахе, в высоких сапогах. Очевидно, здесь около яблони у них было назначено свидание. Увидев его, она бросилась к нему порывисто, с болезненным криком, точно его отнимали у нее:

– Владимир! Владимир!

Она прижималась к нему и с жадностью глядела ему в лицо, и только теперь я заметил, как похудела и побледнела она в последнее время. Особенно это было заметно по ее кружевному воротничку, который я давно знал и который теперь свободнее, чем когда-либо, облегал ее шею, тонкую и длинную. Доктор смутился, но тотчас же оправился и сказал, приглаживая ее волосы:

– Ну, полно, полно... Зачем так нервничать? Видишь, я приехал.

Мы молчали, застенчиво поглядывая друг на друга. Потом мы шли втроем, и я слышал, как доктор говорил мне:

– Культурная жизнь у нас еще не начиналась. Старики утешают себя, что если теперь нет ничего, то было что-то в сороковых или шестидесятых годах; это – старики, мы же с вами молоды, наших мозгов еще не тронул marasmus senilis,[1] мы не можем утешать себя такими иллюзиями. Начало Руси было в 862 году, а начала культурной Руси, я так понимаю, еще не было.

Но я не вникал в эти соображения. Как-то было странно, не хотелось верить, что сестра влюблена, что она вот идет и держит за руку чужого и нежно смотрит на него. Моя сестра, это нервное, запуганное, забитое, не свободное существо, любит человека, который уже женат и имеет детей! Чего-то мне стало жаль, а чего именно – не знаю; присутствие доктора почему-то было уже неприятно, и я никак не мог понять, что может выйти из этой их любви.

---

[1] старческое бессилие (лат.).

XV

Я и Маша ехали в Куриловку на освящение школы.

– Осень, осень, осень… – тихо говорила Маша, глядя по сторонам. – Прошло лето. Птиц нет, и зелены одни только вербы.

Да, уже прошло лето. Стоят ясные, теплые дни, но по утрам свежо, пастухи выходят уже в тулупах, а в нашем саду на астрах роса не высыхает в течение всего дня. Всё слышатся жалобные звуки, и не разберешь, ставня ли это ноет на своих ржавых петлях или летят журавли – и становится хорошо на душе и так хочется жить!

– Прошло лето… – говорила Маша. – Теперь мы с тобою можем подвести итоги. Мы много работали, много думали, мы стали лучше от этого, – честь нам и слава, – мы преуспели в личном совершенстве; но эти наши успехи имели ли заметное влияние на окружающую жизнь, принесли ли пользу, хотя кому-нибудь? Нет. Невежество, физическая грязь, пьянство, поразительно высокая детская смертность – всё осталось, как и было, и оттого, что ты пахал и сеял, а я тратила деньги и читала книжки, никому не стало лучше. Очевидно, мы работали только для себя и широко мыслили только для себя.

Подобные рассуждения сбивали меня, и я не знал, что думать.

– Мы от начала до конца были искренни, – сказал я, – а кто искренен, тот и прав.

– Кто спорит? Мы были правы, но мы неправильно осуществляли то, в чем мы правы. Прежде всего, самые наши внешние приемы – разве они не ошибочны? Ты хочешь быть полезен людям, но уж одним тем, что ты покупаешь имение, ты с самого начала преграждаешь себе всякую возможность сделать для них что-нибудь полезное. Затем, если ты работаешь, одеваешься и ешь, как мужик, то ты своим авторитетом как бы узаконяешь эту их тяжелую, неуклюжую одежду, ужасные избы, эти их глупые бороды… С другой стороны, допустим, что ты работаешь долго, очень долго, всю жизнь, что в конце концов получаются кое-какие практические результаты, но что они, эти твои результаты, что они могут против таких стихийных сил, как гуртовое невежество, голод, холод, вырождение? Капля в море! Тут нужны другие способы борьбы, сильные, смелые, скорые! Если в самом деле хочешь быть полезен, то выходи из тесного круга обычной деятельности и старайся действовать сразу на массу! Нужна прежде всего шумная, энергическая проповедь. Почему искусство, например, музыка, так живуче, так популярно и так сильно на самом деле? А потому, что музыкант или певец действует сразу на тысячи. Милое, милое искусство! – продолжала она, мечтательно глядя на небо. – Искусство дает крылья и уносит далеко-далеко! Кому надоела грязь, мелкие грошовые интересы, кто возмущен, оскорблен и негодует, тот может найти покой и удовлетворение только в прекрасном.

Когда мы подъезжали к Куриловке, погода была ясная, радостная. Кое-где во дворах молотили, пахло ржаною соломой. За плетнями ярко краснела рябина, и деревья кругом, куда ни взглянешь, были всё золотые или красные. На колокольне звонили, несли к школе образа, и было слышно, как пели: «Заступница усердная». [1] А какой прозрачный воздух, как высоко летали голуби!

Служили в классной молебен. Потом куриловские крестьяне поднесли Маше икону, а дубеченские – большой крендель и позолоченную солонку. И Маша разрыдалась.

– А ежели что было сказано лишнее или какие неудовольствия, то простите, – сказал один старик и поклонился ей и мне.

Когда мы ехали домой, Маша оглядывалась на школу; зеленая крыша, выкрашенная мною и теперь блестевшая на солнце, долго была видна нам. И я чувствовал, что взгляды, которые бросала теперь Маша, были прощальные.

---

[1] «Заступница усердная» – песнопение в честь Казанской богородицы.

XVI

Вечером она собралась в город.

В последнее время она часто уезжала в город и там ночевала. В ее отсутствие я не мог работать, руки у меня опускались и слабели; наш большой двор казался скучным, отвратительным пустырем, сад шумел сердито, и без нее дом, деревья, лошади для меня уже не были «наши».

Я никуда не выходил из дому, а все сидел за ее столом, около ее шкапа с сельскохозяйственными книгами, этими бывшими фаворитами, теперь уже ненужными, смотревшими на меня так сконфуженно. По целым часам, пока било семь, восемь, девять, пока за окнами наступала осенняя ночь, черная, как сажа, я осматривал ее старую перчатку, или перо, которым она всегда писала, или ее маленькие ножницы; я ничего не делал и ясно сознавал, что если раньше делал что-нибудь, если пахал, косил, рубил, то потому только, что этого хотела она. И если бы она послала меня чистить глубокий колодец, где бы я стоял по пояс в воде, то я полез бы и в колодец, не разбирая, нужно это или нет. А теперь, когда ее не было возле, Дубечня с ее развалинами, неубранством, с хлопающими ставнями, с ворами, ночными и дневными, представлялась мне уже хаосом, в котором всякая работа была бы бесполезна. Да и для чего мне было тут работать, для чего заботы и мысли о будущем, если я чувствовал, что из-под меня уходит почва, что роль моя здесь, в Дубечне, уже сыграна, что меня, одним словом, ожидает та же участь, которая постигла книги по сельскому хозяйству? О, какая это была тоска ночью, в часы одиночества, когда я каждую минуту прислушивался с тревогой, точно ждал, что вот-вот кто-нибудь крикнет, что мне пора уходить. Мне не было жаль Дубечни, мне было жаль своей любви, для которой, очевидно, тоже наступила уже своя осень. Какое это огромное счастье любить и быть любимым и какой ужас чувствовать, что начинаешь сваливаться с этой высокой башни!

Маша вернулась из города на другой день к вечеру. Она была недовольна чем-то, но скрывала это и только сказала, зачем это вставлены все зимние рамы – этак задохнуться можно. Я выставил две рамы. Нам есть не хотелось, но мы сели и поужинали.

– Пойди, вымой руки, – сказала жена. – От тебя пахнет замазкой.

Она привезла из города новые иллюстрированные журналы, и мы вместе рассматривали их после ужина. Попадались приложения с модными картинками и выкройками. Маша оглядывала их мельком и откладывала в сторону, чтобы потом рассмотреть особо, как следует; но одно платье с широкою, как колокол, гладкою юбкой и с большими рукавами заинтересовало ее, и она минуту смотрела на него серьезно и внимательно.

– Это недурно, – сказала она.

– Да, это платье тебе очень пойдет, – сказал я. – Очень!

И глядя с умилением на платье, любуясь этим серым пятном только потому, что оно ей понравилось, я продолжал нежно:

– Чудное, прелестное платье! Прекрасная, великолепная Маша! Дорогая моя Маша!

И слезы закапали на картинку.

– Великолепная Маша… – бормотал я. – Милая, дорогая Маша…

Она пошла и легла, а я еще с час сидел и рассматривал иллюстрации.

– Напрасно ты выставил рамы, – сказала она из спальни. – Боюсь, как бы не было холодно. Ишь ведь, как задувает!

Я прочел кое-что из «смеси» – о приготовлении дешевых чернил и о самом большом брильянте на свете. Мне опять попалась модная картинка с платьем, которое ей понравилось, и я вообразил себе ее на балу с веером, с голыми плечами, блестящую, роскошную, знающую толк и в музыке, и в живописи, и в литературе, и какою маленькою, короткою показалась мне моя роль!

Наша встреча, это наше супружество были лишь эпизодом, каких будет еще не мало в жизни этой живой, богато одаренной женщины. Всё лучшее в мире, как я уже сказал, было к ее услугам и получалось ею совершенно даром, и даже идеи и модное умственное движение служили ей для наслаждения, разнообразя ей жизнь, и я был лишь извозчиком, который довез ее от одного увлечения к другому. Теперь уж я не нужен ей, она выпорхнет, и я останусь один.

И как бы в ответ на мои мысли на дворе раздался отчаянный крик:

– Ка-ра-у-л!

Это был тонкий бабий голос, и, точно желая передразнить его, в трубе загудел ветер тоже тонким голосом. Прошло с полминуты, и опять послышалось сквозь шум ветра, но уже как будто с другого конца двора:

– Ка-ра-у-л!

– Мисаил, ты слышишь? – спросила тихо жена. – Ты слышишь?

Она вышла ко мне из спальни в одной сорочке, с распущенными волосами, и прислушалась, глядя на темное окно.

– Кого-то душат! – проговорила она. – Этого еще недоставало.

Я взял ружье и вышел. На дворе было очень темно, дул сильный ветер, так что трудно было стоять. Я прошелся к воротам, прислушался: шумят деревья, свистит ветер и в саду, должно быть, у мужика-дурачка лениво подвывает собака. За воротами тьма кромешная, на линии ни одного огонька. И около того флигеля, где в прошлом году была контора, вдруг раздался придушенный крик:

– Ка-ра-у-л!

– Кто там? – окликнул я.

Боролись два человека. Один выталкивал, а другой упирался, и оба тяжело дышали.

– Пусти! – говорил один, и я узнал Ивана Чепракова; он-то и кричал тонким бабьим голосом. – Пусти, проклятый, а то я тебе все руки искусаю!

В другом я узнал Моисея. Я рознял их и при этом не удержался и ударил Моисея по лицу два раза. Он упал, потом поднялся, и я ударил его еще раз.

– Они хотели меня убить, – бормотал он. – К мамашиному комоду подбирались… Их я желаю запереть во флигеле для безопасности-с.

А Чепраков был пьян, не узнавал меня и все глубоко вздыхал, как бы набирая воздуху, чтобы опять крикнуть караул.

Я оставил их и вернулся в дом; жена лежала в постели, уже одетая. Я рассказал ей о том, что происходило на дворе, и не скрыл даже, что бил Моисея.

– Страшно жить в деревне, – проговорила она. – И какая это длинная ночь, бог с ней.

– Ка-ра-у-л! – послышалось опять, немного погодя.

– Я пойду уйму их, – сказал я.

– Нет, пусть они себе там перегрызут горла, – проговорила она с брезгливым выражением.

Она глядела в потолок и прислушивалась, а я сидел возле, не смея заговорить с нею, с таким чувством, как будто я был виноват, что на дворе кричали «караул» и что ночь была такая длинная.

Мы молчали, и я с нетерпением ждал, когда в окнах забрезжит свет. А Маша все время глядела так, будто очнулась от забытья и теперь удивлялась, как это она, такая умная, воспитанная, такая опрятная, могла попасть в этот жалкий провинциальный пустырь, в шайку мелких, ничтожных людей, и как это она могла забыться до такой степени, что даже увлеклась одним из этих людей и больше полугода была его женой. Мне казалось, что для нее было уже всё равно, что я, что Моисей, что Чепраков; всё для нее слилось в этом пьяном, диком «караул» – и я, и наш брак, и наше хозяйство, и осенняя распутица; и когда она вздыхала или двигалась, чтобы лечь поудобнее, то я читал на ее лице: «О, поскорее бы утро!»

Утром она уехала.

Я прожил в Дубечне еще три дня, поджидая ее, потом сложил все наши вещи в одну комнату, запер и пошел в город. Когда я позвонился к инженеру, то был уже вечер, и на нашей Большой Дворянской горели фонари. Павел сказал мне, что никого нет дома: Виктор Иваныч уехал в Петербург, а Мария Викторовна, должно быть, у Ажогиных на репетиции. Помню, с каким волнением я шел потом к Ажогиным, как стучало и замирало мое сердце, когда я поднимался по лестнице и долго стоял вверху на площадке, не смея войти в этот храм муз! В зале на столике, на рояле, на сцене горели свечи, везде по три, и первый спектакль был назначен на тринадцатое число, и теперь первая репетиция была в понедельник – тяжелый день. Борьба с предрассудками! Все любители сценического искусства были уже в сборе; старшая, средняя и младшая ходили по сцене, читая свои роли по тетрадкам. В стороне ото всех неподвижно стоял Редька, прислонившись виском к стене, и с обожанием смотрел на сцену, ожидая начала репетиции. Всё как было!

Я направился к хозяйке – надо было поздороваться, но вдруг все зашикали, замахали мне, чтобы я не стучал ногами. Стало тихо. Подняли крышку у рояля, села какая-то дама, щуря свои близорукие глаза на ноты, и к роялю подошла моя Маша, разодетая, красивая, но красивая как-то особенно, по-новому, совсем не похожая на ту Машу, которая весной приходила ко мне на мельницу; она запела:

Отчего я люблю тебя, светлая ночь?[1]

За всё время нашего знакомства это в первый раз я слышал, как она пела. У нее был хороший, сочный, сильный голос, и, пока она пела, мне казалось, что я ем спелую, сладкую, душистую дыню. Вот она кончила, ей аплодировали, и она улыбалась очень довольная, играя глазами, перелистывая ноты, поправляя на себе платье, точно птица, которая вырвалась, наконец, из клетки и на свободе оправляет свои крылья. Волосы у нее были зачесаны на уши, и на лице было нехорошее, задорное выражение, точно она хотела сделать всем нам вызов или крикнуть на нас, как на лошадей: «Эй, вы, милые!»

И, должно быть, в это время она была очень похожа на своего деда ямщика.

– И ты здесь? – спросила она, подавая мне руку. – Ты слышал, как я пела? Ну, как ты находишь? – и не дожидаясь моего ответа, она

---

[1] Отчего я люблю тебя, светлая ночь? – Из романса П. И. Чайковского на слова Я. П. Полонского («Ночь», 1852).

продолжала: – Очень кстати, что ты здесь. Сегодня ночью я уезжаю ненадолго в Петербург. Ты меня отпустишь?

В полночь я провожал ее на вокзал. Она нежно обняла меня, вероятно, в благодарность за то, что я не задавал ненужных вопросов, и обещала писать мне, а я долго сжимал ее руки и целовал их, едва сдерживая слезы, не говоря ей ни слова.

А когда она уехала, я стоял, смотрел на удалявшиеся огни, ласкал ее в своем воображении и тихо говорил:

– Милая моя Маша, великолепная Маша…

Ночевал я в Макарихе у Карповны, а утром уже вместе с Редькой обивал мебель у одного богатого купца, выдававшего свою дочь за доктора.

XVII

В воскресенье после обеда приходила ко мне сестра и пила со мною чай.

– Теперь я очень много читаю, – говорила она, показывая мне книги, которые она, идя ко мне, взяла из городской библиотеки. – Спасибо твоей жене и Владимиру, они возбудили во мне самосознание. Они спасли меня, сделали то, что я теперь чувствую себя человеком. Прежде, бывало, я не спала по ночам от разных забот: «ах, за неделю у нас сошло много сахару! ах, как бы не пересолить огурцы!» И теперь я тоже не сплю, но у меня уже другие мысли. Я мучаюсь, что так глупо, малодушно прошла у меня половина жизни. Свое прошлое я презираю, стыжусь его, а на отца я смотрю теперь, как на своего врага. О, как я благодарна твоей жене! А Владимир? Это такой чудный человек! Они открыли мне глаза.

– Это нехорошо, что ты не спишь по ночам, – сказал я.

– Ты думаешь – я больна? Нисколько. Владимир выслушал меня и говорил, что я совершенно здорова. Но дело не в здоровье, оно не так важно… Ты мне скажи: я права?

Она нуждалась в нравственной поддержке – это было очевидно. Маша уехала, доктор Благово был в Петербурге, и в городе не оставалось никого, кроме меня, кто бы мог сказать ей, что она права. Она пристально вглядывалась мне в лицо, стараясь прочесть мои тайные мысли, и если я при ней задумывался и молчал, то она это принимала на свой счет и становилась печальна. Приходилось всё время быть настороже, и когда она спрашивала меня, права ли она, то я спешил ответить ей, что она права и что я глубоко ее уважаю.

– Ты знаешь? Мне у Ажогиных дали роль, – продолжала она. – Хочу играть на сцене. Хочу жить, одним словом, хочу пить из полной чаши. Таланта у меня нет никакого, и роль всего в десять строк, но всё же это неизмеримо выше и благороднее, чем разливать чай по пяти раз на день и подглядывать, не съела ли кухарка лишнего куска. А главное, пусть, наконец, отец увидит, что и я способна на протест.

После чаю она легла на мою постель и полежала некоторое время с закрытыми глазами, очень бледная.

– Какая слабость! – проговорила она, поднимаясь. – Владимир говорил, что все городские женщины и девушки малокровны от безделья. Какой умный человек Владимир! Он прав, бесконечно прав. Надо работать!

Через два дня она пришла к Ажогиным на репетицию, с тетрадкой. Она была в черном платье, с коралловою ниткой на шее, с брошью, похожею издали на слоеный пирожок, и в ушах были большие серьги, в которых блестело по брильянту. Когда я взглянул на нее, то мне стало неловко: меня поразила безвкусица. Что она некстати надела серьги и брильянты и была странно одета, заметили и другие; я видел на лицах улыбки и слышал, как кто-то проговорил, смеясь:

– Клеопатра Египетская.

Она старалась быть светскою, непринужденной, покойной и оттого казалась манерною и странной. Простота и миловидность покинули ее.

– Сейчас я объявила отцу, что ухожу на репетицию, – начала она, подходя ко мне, – и он крикнул, что лишает меня благословения, и даже едва не ударил меня. Представь, я не знаю своей роли, – сказала она, заглядывая в тетрадку. – Я непременно собьюсь. Итак, жребий брошен, – продолжала она в сильном волнении. – Жребий брошен…

Ей казалось, что все смотрят на нее и все изумлены тем важным шагом, на который она решилась, что все ждут от нее чего-то особенного, и убедить ее, что на таких маленьких и неинтересных людей, как я и она, никто не обращает внимания, было невозможно.

До третьего акта ей нечего было делать, и ее роль гостьи, провинциальной кумушки, заключалась лишь в том, что она должна была постоять у двери, как бы подслушивая, и потом сказать короткий монолог. До своего выхода, по крайней мере часа полтора, пока на сцене ходили, читали, пили чай, спорили, она не отходила от меня и всё время бормотала свою роль и нервно мяла тетрадку; и, воображая, что все смотрят на нее и ждут ее выхода, она дрожащею рукой поправляла волосы и говорила мне:

– Я непременно собьюсь… Как тяжело у меня на душе, если б ты знал! У меня такой страх, будто меня поведут сейчас на смертную казнь.

Наконец, настала ее очередь.

– Клеопатра Алексеевна, – вам! – сказал режиссер.

Она вышла на середину сцепы с выражением ужаса на лице, некрасивая, угловатая, и с полминуты простояла, как в столбняке, совершенно неподвижно, и только одни большие сережки качались под ушами.

– В первый раз можно по тетрадке, – сказал кто-то.

Мне было ясно, что она дрожит и от дрожи не может говорить и развернуть тетрадку, и что ей вовсе не до роли, и я уже хотел пойти к ней и сказать ей что-нибудь, как она вдруг опустилась на колени среди сцены и громко зарыдала.

Всё двигалось, всё шумело вокруг, один я стоял, прислонившись к кулисе, пораженный тем, что произошло, не понимая, не зная, что мне делать. Я видел, как ее подняли и увели. Я видел, как ко мне подошла Анюта Благово; раньше я не видел ее в зале, и теперь она точно из земли выросла. Она была в шляпе, под вуалью, и, как всегда, имела такой вид, будто зашла только на минуту.

– Я говорила ей, чтобы она не играла, – сказала она сердито, отрывисто выговаривая каждое слово и краснея. – Это – безумие! Вы должны были удержать ее!

Быстро подошла Ажогина-мать в короткой кофточке с короткими рукавами, с табачным пеплом на груди, худая и плоская.

– Друг мой, это ужасно, – проговорила она, ломая руки и, по обыкновению, пристально всматриваясь мне в лицо. – Это ужасно! Ваша сестра в положении... она беременна! Уведите ее, прошу вас...

Она тяжело дышала от волнения. А в стороне стояли три дочери, такие же, как она, худые и плоские, и пугливо жались друг к другу. Они были встревожены, ошеломлены, точно в их доме только что поймали каторжника. Какой позор, как страшно! А ведь это почтенное семейство всю свою жизнь боролось с предрассудками; очевидно, оно полагало, что все предрассудки и заблуждения человечества только в трех свечах, в тринадцатом числе, в тяжелом дне – понедельнике!

– Прошу вас... прошу... – повторяла госпожа Ажогина, складывая губы сердечком на слоге «шу» и выговаривая его, как «шю». – Прошю, уведите ее домой.

XVIII

Немного погодя я и сестра шли по улице. Я прикрывал ее полой своего пальто; мы торопились, выбирая переулки, где не было фонарей, прячась от встречных, и это было похоже на бегство. Она уже не плакала, а глядела на меня сухими глазами. До Макарихи, куда я вел ее, было ходьбы всего минут двадцать, и, странное дело, за такое короткое время мы успели припомнить всю нашу жизнь, мы обо всем переговорили, обдумали наше положение, сообразили...

Мы решили, что нам уже нельзя больше оставаться в этом городе и что когда я добуду немного денег, то мы переедем куда-нибудь в другое место. В одних домах уже спали, в других играли в карты; мы ненавидели эти дома, боялись их и говорили об изуверстве, сердечной грубости, ничтожестве этих почтенных семейств, этих любителей драматического искусства, которых мы так испугали, и я спрашивал, чем же эти глупые, жестокие, ленивые, нечестные люди лучше пьяных и суеверных куриловских мужиков или чем лучше они животных, которые тоже приходят в смятение, когда какая-нибудь случайность нарушает однообразие их жизни, ограниченной инстинктами. Что было бы теперь с сестрой, если бы она осталась жить дома? Какие нравственные мучения испытывала бы она, разговаривая с отцом, встречаясь каждый день со знакомыми? Я воображал себе это, и тут же мне приходили на память люди, всё знакомые люди, которых медленно сживали со света их близкие и родные, припомнились замученные собаки, сходившие с ума, живые воробьи, ощипанные мальчишками догола и брошенные в воду, – и длинный, длинный ряд глухих медлительных страданий, которые я наблюдал в этом городе непрерывно с самого детства; и мне было непонятно, чем живут эти шестьдесят тысяч жителей, для чего они читают евангелие, для чего молятся, для чего читают книги и журналы. Какую пользу принесло им всё то, что до сих пор писалось и говорилось, если у них всё та же душевная темнота и то же отвращение к свободе, что было и сто, и триста лет назад? Подрядчик-плотник всю свою жизнь строит в городе дома и всё же до самой смерти вместо «галерея» говорит «галдарея», так и эти шестьдесят тысяч жителей поколениями читают и слышат о правде, о милосердии и свободе, и всё же до самой смерти лгут от утра до вечера, мучают друг друга, а свободы боятся и ненавидят ее, как врага.

– Итак, судьба моя решена, – сказала сестра, когда мы пришли домой. – После того, что случилось, я уже не могу возвратиться *туда*. Господи, как это хорошо! У меня стало легко на душе.

Она тотчас легла в постель. На ресницах у нее блестели слезы, но выражение было счастливое, спала она крепко и сладко, и видно было, что в самом деле у нее легко на душе и что она отдыхает. Давно-давно уже она не спала так!

И вот мы начали жить вместе. Она всё пела и говорила, что ей очень хорошо, и книги, которые мы брали в библиотеке, я уносил обратно не читанными, так как она уже не могла читать; ей хотелось только мечтать и говорить о будущем. Починяя мое белье или помогая Карповне около печки, она то напевала, то говорила о своем Владимире, об его уме, прекрасных манерах, доброте, об его необыкновенной учености, и я соглашался с нею, хотя уже не любил ее доктора. Ей хотелось работать, жить самостоятельно, на свой счет, и она говорила, что пойдет в учительницы или в фельдшерицы, как только позволит здоровье, и будет сама мыть полы, стирать белье. Она уже страстно любила своего маленького; его еще не было на свете, но она уже знала, какие у него глаза, какие руки и как он смеется. Она любила поговорить о воспитании, а так как лучшим человеком на свете был Владимир, то и все рассуждения ее о воспитании сводились к тому только, чтобы мальчик был так же очарователен, как его отец. Конца не было разговорам, и всё, что она говорила, возбуждало в ней живую радость. Иногда радовался и я, сам не зная чему.

Должно быть, она заразила меня своею мечтательностью. Я тоже ничего не читал и только мечтал; по вечерам, несмотря на утомление, я ходил по комнате из угла в угол, заложив руки в карманы, и говорил о Маше.

– Как ты думаешь, – спрашивал я сестру, – когда она вернется? Мне кажется, она вернется к Рождеству, не позже. Что ей там делать?

– Если она тебе не пишет, то, очевидно, вернется очень скоро.

– Это правда, – соглашался я, хотя отлично знал, что Маше уже незачем возвращаться в наш город.

Я сильно соскучился по ней и уже не мог не обманывать себя и старался, чтобы меня обманывали другие. Сестра ожидала своего доктора, а я – Машу, и оба мы непрерывно говорили, смеялись и не замечали, что мешаем спать Карповне, которая лежала у себя на печке и всё бормотала:

– Самовар-то гудел поутру, гуде-ел! Ох, не к добру, сердечные, не к добру.

У нас никто не бывал, кроме почтальона, приносившего сестре письма от доктора, да Прокофия, который иногда вечером заходил к нам и, молча поглядев на сестру, уходил и уж у себя в кухне говорил:

– Всякое звание должно свою науку помнить, а кто не желает этого понимать по своей гордости, тому юдоль.

Он любил слово «юдоль». Как-то – это было уже на святках, – когда я проходил базаром, он зазвал меня к себе в мясную лавку и, не подавая мне руки, заявил, что ему нужно поговорить со мною о каком-то очень важном деле. Он был красен от мороза и от водки; возле него за прилавком стоял Николка с разбойничьим лицом, держа в руке окровавленный нож.

– Я желаю выразить вам мои слова, – начал Прокофий. – Это событие не может существовать, почему что, сами понимаете, за такую юдоль люди не похвалят ни нас, ни вас. Мамаша, конечно, из жалости не может говорить неприятности, чтобы ваша сестрица перебралась на другую квартиру по причине своего положения, а я больше не желаю, потому что ихнего поведения не могу одобрить.

Я понял его и вышел из лавки. В тот же день я и сестра перебрались к Редьке. У нас не было денег на извозчика, и мы шли пешком; я нес на спине узел с нашими вещами, у сестры же ничего не было в руках, но она задыхалась, кашляла и всё спрашивала, скоро ли мы дойдем.

XIX

Наконец, пришло письмо от Маши.

«Милый, хороший М. А., – писала она, – добрый, кроткий „ангел вы наш“, как называет вас старый маляр, прощайте, я уезжаю с отцом в Америку на выставку. Через несколько дней я увижу океан – так далеко от Дубечни, страшно подумать! Это далеко и необъятно, как небо, и мне хочется туда, на волю, я торжествую, я безумствую, и вы видите, как нескладно мое письмо. Милый, добрый, дайте мне свободу, скорее порвите нить, которая еще держится, связывая меня и вас. То, что я встретила и узнала вас, было небесным лучом, озарившим мое существование; но то, что я стала вашею женой, было ошибкой, вы понимаете это, и меня теперь тяготит сознание ошибки, и я на коленях умоляю вас, мой великодушный друг, скорее-скорее до отъезда моего в океан, телеграфируйте, что вы согласны исправить нашу общую ошибку, снять этот единственный камень с моих крыльев, и мой отец, который примет на себя все хлопоты, обещает мне не слишком отягощать вас формальностями. Итак, вольная на все четыре стороны? Да?

Будьте счастливы, да благословит вас бог, простите меня, грешную.

Жива, здорова. Сорю деньгами, делаю много глупостей и каждую минуту благодарю бога, что у такой дурной женщины, как я, нет детей. Я пою и имею успех, но это не увлечение, нет, это – моя пристань, моя келия, куда я теперь ухожу на покой. У царя Давида было кольцо с надписью: „всё проходит“.[1] Когда грустно, то от этих

---

[1] У царя Давида было кольцо с надписью: «всё проходит». – Мысль о бренности всего земного, сформулированная по-древнееврейски: «и это тоже пройдет», обыкновенно приписывается не Давиду, а сыну его Соломону; она отвечает основному девизу книги «Экклесиаст»: «Суета сует и все суета и томление духа». В. Н. Ладыженский в воспоминаниях о Чехове, пересказывая это место «Моей жизни», писал о кольце не Давида, как у Чехова, а Соломона (см. «Современный мир», 1914, № 6, стр.111). На имя Давида наталкивает

слов становится весело, а когда весело, то становится грустно. И я завела себе такое кольцо с еврейскими буквами, и этот талисман удержит меня от увлечений. Всё проходит, пройдет и жизнь, значит, ничего не нужно. Или нужно одно лишь сознание свободы, потому что когда человек свободен, то ему ничего, ничего, ничего не нужно. Порвите же нитку. Вас и сестру крепко обнимаю. Простите и забудьте вашу М.»

Сестра лежала в одной комнате, Редька, который опять был болен и уже выздоравливал, – в другой. Как раз в то время, когда я получил это письмо, сестра тихо прошла к маляру, села возле и стала читать. Она каждый день читала ему Островского или Гоголя, и он слушал, глядя в одну точку, не смеясь, покачивая головой, и изредка бормотал про себя:

– Всё может быть! Всё может быть!

Если в пьесе изображалось что-нибудь некрасивое, безобразное, то он говорил как бы с злорадством, тыча в книгу пальцем:

– Вот она, лжа-то! Вот она что делает, лжа-то!

Пьесы привлекали его и содержанием, и моралью, и своею сложною искусною постройкой, и он удивлялся *ему*, никогда не называя *его* по фамилии:

– Как это *он* ловко всё пригнал к месту!

Теперь сестра тихо прочла только одну страницу и не могла больше; не хватало голоса. Редька взял ее за руку и, пошевелив высохшими губами, сказал едва слышно, сиплым голосом:

– Душа у праведного белая и гладкая, как мел, а у грешного, как пемза. Душа у праведного – олифа светлая, а у грешного – смола газовая. Трудиться надо, скорбеть надо, болезновать надо, – продолжал он, – а который человек не трудится и не скорбит, тому не будет царства небесного. Горе, горе сытым, горе сильным, горе

семейное предание, сообщенное нам С. М. Чеховым. М. П. Чехов имел обыкновение говорить: «У царя Давида было кольцо с надписью: „Все кончается“, а у его сына царя Соломона было кольцо с надписью: „Ничто не кончается“». Ср. слова Полознева на стр. 279.

богатым, горе заимодавцам! Не видать им царствия небесного. Тля ест траву, ржа – железо...

– А лжа – душу, – продолжила сестра и рассмеялась.

Я еще раз прочел письмо. В это время в кухню пришел солдат, приносивший нам раза два в неделю, неизвестно от кого, чай, французские булки и рябчиков, от которых пахло духами. Работы у меня не было, приходилось сидеть дома по целым дням, и, вероятно, тот, кто присылал нам эти булки, знал, что мы нуждаемся.

Я слышал, как сестра разговаривала с солдатом и весело смеялась. Потом она, лежа, ела булку и говорила мне:

– Когда ты не захотел служить и ушел в маляры, я и Анюта Благово с самого начала знали, что ты прав, но нам было страшно высказать это вслух. Скажи, какая это сила мешает сознаваться в том, что думаешь? Взять вот хотя бы Анюту Благово. Она тебя любит, обожает, она знает, что ты прав; она и меня любит, как сестру, и знает, что я права, и, небось, в душе завидует мне, но какая-то сила мешает ей прийти к нам, она избегает нас, боится.

Сестра сложила на груди руки и сказала с увлечением:

– Как она тебя любит, если б ты знал! В этой любви она признавалась только мне одной, и то потихоньку, в потемках. Бывало, в саду заведет в темную аллею и начнет шептать, как ты ей дорог. Увидишь, она никогда не пойдет замуж, потому что любит тебя. Тебе жаль ее?

– Да.

– Это она прислала булки. Смешная, право, к чему скрываться? Я тоже была смешной и глупой, а вот ушла оттуда и уже никого не боюсь, думаю и говорю вслух, что хочу, – и стала счастливой. Когда жила дома, и понятия не имела о счастье, а теперь я не поменялась бы с королевой.

Пришел доктор Благово. Он получил докторскую степень и теперь жил в нашем городе, у отца, отдыхал и говорил, что скоро опять уедет в Петербург. Ему хотелось заняться прививками тифа и, кажется, холеры; хотелось поехать за границу, чтобы усовершенствоваться и потом занять кафедру. Он уже оставил военную службу и носил просторные шевиотовые пиджаки, очень широкие брюки и превосходные галстуки. Сестра была в восторге от его булавок, запонок и от красного шелкового платочка, который он, вероятно, из кокетства держал в переднем кармане пиджака. Однажды, от нечего делать, мы с нею принялись считать на память все его костюмы и решили, что у него их, по крайней мере, штук десять. Было ясно, что он по-прежнему любит мою сестру, но он ни разу даже в шутку не сказал, что возьмет ее с собою в Петербург или за границу, и я не мог себе ясно представить, что будет с нею, если она останется жива, что будет с ее ребенком. А она только без конца мечтала и не думала серьезно о будущем, она говорила, что пусть он едет, куда хочет, и пусть даже бросит ее, лишь бы сам был счастлив, а с нее довольно и того, что было.

Обыкновенно, придя к нам, он выслушивал ее очень внимательно и требовал, чтобы она при нем пила молоко с каплями. И в этот раз было то же самое. Он выслушал ее и заставил выпить стакан молока, и после этого в наших комнатах запахло креозотом.

– Вот умница, – сказал он, принимая от нее стакан. – Тебе нельзя много говорить, а в последнее время ты болтаешь, как сорока. Пожалуйста, молчи.

Она засмеялась. Потом он вошел в комнату Редьки, где я сидел, и ласково похлопал меня по плечу.

– Ну что, старик? – спросил он, наклоняясь к больному.

– Ваше высокоблагородие… – проговорил Редька, тихо пошевелив губами, – ваше высокоблагородие, осмелюсь доложить… все под богом ходим, всем помирать надо… Дозвольте правду сказать… Ваше высокоблагородие, не будет вам царства небесного!

– Что же делать, – пошутил доктор, – надо быть кому-нибудь и в аду.

И вдруг что-то сделалось с моим сознанием; точно мне приснилось, будто зимой, ночью, я стою в бойне на дворе, а рядом со мною Прокофий, от которого пахнет перцовкой; я сделал над собой усилие и протер глаза, и тотчас же мне представилось, будто я иду к губернатору для объяснений. Ничего подобного не было со мной ни раньше, ни потом, и эти странные воспоминания, похожие на сон, я объясняю переутомлением нервов. Я переживал и бойню, и объяснение с губернатором и в то же время смутно сознавал, что этого нет на самом деле.

Когда я очнулся, то увидел, что я уже не дома, а на улице, и вместе с доктором стою около фонаря.

– Грустно, грустно, – говорил он, и слезы текли у него по щекам. – Она весела, постоянно смеется, надеется, а положение ее безнадежно, голубчик. Ваш Редька ненавидит меня и всё хочет дать понять, что я поступил с нею дурно. Он по-своему прав, но у меня тоже своя точка зрения, и я нисколько не раскаиваюсь в том, что произошло. Надо любить, мы все должны любить – не правда ли? – без любви не было бы жизни; кто боится и избегает любви, тот не свободен.

Мало-помалу он перешел на другие темы, заговорил о науке, о своей диссертации, которая понравилась в Петербурге; он говорил с увлечением и уже не помнил ни о моей сестре, ни о своем горе, ни обо мне. Жизнь увлекала его. У той – Америка и кольцо с надписью, думал я, а у этого – докторская степень и ученая карьера, и только я и сестра остались при старом.

Простившись с ним, я подошел к фонарю и еще раз прочел письмо. И я вспомнил, живо вспомнил, как весной, утром, она пришла ко мне на мельницу, легла и укрылась полушубочком – ей хотелось походить на простую бабу. А когда, в другой раз, – это было тоже утром, – мы доставали из воды вершу, то на нас с прибрежных ив сыпались крупные капли дождя, и мы смеялись…

В нашем доме на Большой Дворянской было темно. Я перелез через забор и, как делал это в прежнее время, прошел черным ходом в кухню, чтобы взять там лампочку. В кухне никого не было; около печи шипел самовар, поджидая моего отца. «Кто-то теперь, – подумал я, – разливает отцу чай?» Взявши лампочку, я пошел в хибарку и тут примостил себе постель из старых газет и лег. Костыли на стенах сурово глядели по-прежнему, и тени их мигали. Было холодно. Мне представилось, что сейчас должна прийти сестра и принести мне ужин, но тотчас же я вспомнил, что она больна и лежит в доме Редьки, и мне показалось странным, что я перелез через забор и лежу в нетопленой хибарке. Сознанье мое путалось, и я видел всякий вздор.

Звонок. С детства знакомые звуки: сначала проволока шуршит по стене, потом в кухне раздается короткий, жалобный звон. Это из клуба вернулся отец. Я встал и отправился в кухню. Кухарка Аксинья, увидев меня, всплеснула руками и почему-то заплакала.

– Родной мой! – заговорила она тихо. – Дорогой! О, господи!

И от волнения стала мять в руках свой фартук. На окне стояли четвертные бутыли с ягодами и водкой. Я налил себе чайную чашку и с жадностью выпил, потому что мне сильно хотелось пить. Аксинья только недавно вымыла стол и скамьи, и в кухне был запах, какой бывает в светлых, уютных кухнях у опрятных кухарок. И этот запах, и крик сверчка когда-то в детстве манили нас, детей, сюда в кухню и располагали к сказкам, к игре в короли...

– А Клеопатра где? – спрашивала Аксинья тихо, торопясь, сдерживая дыхание. – А шапка твоя где, батюшка? А жена, сказывают, в Питер уехала ?

Она служила еще при нашей матери и купала когда-то меня и Клеопатру в корыте, и теперь для нее мы всё еще были дети, которых нужно было наставлять. В какие-нибудь четверть часа она выложила передо мною все свои соображения, какие с рассудительностью старой слуги скапливала в тиши этой кухни всё время, пока мы не виделись. Она сказала, что доктора можно заставить жениться на Клеопатре, – стоит только припугнуть его, и если хорошо написать прошение, то архиерей расторгнет его первый брак; что хорошо бы потихоньку от жены Дубечню продать, а деньги положить в банк на мое имя; что если бы я и сестра поклонились отцу в ноги и попросили хорошенько, то, быть может, он простил бы нас; что надо бы отслужить молебен царице небесной...

– Ну, иди, батюшка, поговори с ним, – сказала она, когда послышался кашель отца. – Ступай, поговори, поклонись, голова не отвалится.

Я пошел. Отец уже сидел за столом и чертил план дачи с готическими окнами и с толстою башней, похожею на пожарную каланчу – нечто необыкновенно упрямое и бездарное. Я, войдя в кабинет, остановился так, что мне был виден этот чертеж. Я не знал, зачем я пришел к отцу, но помню, когда я увидел его тощее лицо, красную шею, его тень на стене, то мне захотелось броситься к нему на шею и, как учила Аксинья, поклониться ему в ноги; но вид дачи с готическими окнами и с толстою башней удержал меня.

– Добрый вечер, – сказал я.

Он взглянул на меня и тотчас же опустил глаза на свой чертеж.

– Что тебе нужно? – спросил он немного погодя.

– Я пришел вам сказать – сестра очень больна. Она скоро умрет, – добавил я глухо.

– Что ж? – вздохнул отец, снимая очки и кладя их на стол. – Что посеешь, то и пожнешь. Что посеешь, – повторил он, вставая из-за стола, – то и пожнешь. Я прошу тебя вспомнить, как два года назад ты пришел ко мне, и вот на этом самом месте я просил тебя, умолял оставить свои заблуждения, напоминал тебе о долге, чести и о твоих обязанностях по отношению к предкам, традиции которых мы должны свято хранить. Послушал ли ты меня? Ты пренебрег моими советами и с упорством продолжал держаться своих ложных взглядов; мало того, в свои заблуждения ты вовлек также сестру и заставил ее потерять нравственность и стыд. Теперь вам обоим приходится нехорошо. Что ж? Что посеешь, то и пожнешь!

Он говорил это и ходил по кабинету. Вероятно, он думал, что я пришел к нему с повинною, и, вероятно, он ждал, что я начну просить за себя и сестру. Мне было холодно, я дрожал, как в лихорадке, и говорил с трудом, хриплым голосом.

– И я тоже прошу вспомнить, – сказал я, – на этом самом месте я умолял вас понять меня, вдуматься, вместе решить, как и для чего нам жить, а вы в ответ заговорили о предках, о дедушке, который писал стихи. Вам говорят теперь о том, что ваша единственная дочь безнадежна, а вы опять о предках, о традициях... И такое легкомыслие в старости, когда смерть не за горами, когда осталось жить каких-нибудь пять, десять лет!

– Ты зачем пришел сюда? – строго спросил отец, очевидно оскорбленный тем, что я попрекнул его легкомыслием.

– Не знаю. Я люблю вас, мне невыразимо жаль, что мы так далеки друг от друга, – вот я и пришел. Я еще люблю вас, но сестра уже окончательно порвала с вами. Она не прощает и уже никогда не простит. Ваше одно имя возбуждает в ней отвращение к прошлому, к жизни.

– А кто виноват? – крикнул отец. – Ты же и виноват, негодяй!

– Да, пусть я виноват, – сказал я. – Сознаю, я виноват во многом, но зачем же эта ваша жизнь, которую вы считаете обязательною и для нас, – зачем она так скучна, так бездарна, зачем ни в одном из этих домов, которые вы строите вот уже тридцать лет, нет людей, у которых я мог бы поучиться, как жить, чтобы не быть виноватым? Во всем городе ни одного честного человека! Эти ваши дома – проклятые гнезда, в которых сживают со света матерей, дочерей, мучают детей... Бедная моя мать! – продолжал я в отчаянии. – Бедная сестра! Нужно одурять себя водкой, картами, сплетнями, надо подличать, ханжить или десятки лет чертить и чертить, чтобы не замечать всего ужаса, который прячется в этих домах. Город наш существует уже сотни лет, и за всё время он не дал родине ни одного полезного человека – ни одного! Вы душили в зародыше все мало-мальски живое и яркое! Город лавочников, трактирщиков, канцеляристов, ханжей, ненужный, бесполезный город, о котором не пожалела бы ни одна душа, если бы он вдруг провалился сквозь землю.

– Я не желаю слушать тебя, негодяй! – сказал отец и взял со стола линейку. – Ты пьян! Ты не смеешь являться в таком виде к отцу! Говорю тебе в последний раз, и передай это своей безнравственной сестре, что вы от меня ничего не получите. Непокорных детей я вырвал из своего сердца, и если они страдают от непокорности и упорства, то я не жалею их. Можешь уходить откуда пришел! Богу угодно было наказать меня вами, но я со смирением переношу это испытание и, как Иов, нахожу утешение в страданиях и постоянном труде. Ты не должен переступать моего порога, пока не исправишься. Я справедлив, всё, что я говорю, это полезно, и если ты хочешь себе добра, то ты должен всю свою жизнь помнить то, что я говорил тебе и говорю.

Я махнул рукой и вышел. Затем не помню, что было ночью и на другой день.

Говорят, что я ходил по улицам без шапки, шатаясь, и громко пел, а за мною толпами ходили мальчишки и кричали:

– Маленькая польза! Маленькая польза!

XX

Если бы у меня была охота заказать себе кольцо, то я выбрал бы такую надпись: «ничто не проходит». Я верю, что ничто не проходит бесследно и что каждый малейший шаг наш имеет значение для настоящей и будущей жизни.

То, что я пережил, не прошло даром. Мои большие несчастья, мое терпение тронули сердца обывателей, и теперь меня уже не зовут маленькой пользой, не смеются надо мною, и, когда я прохожу торговыми рядами, меня уже не обливают водой. К тому, что я стал рабочим, уже привыкли и не видят ничего странного в том, что я, дворянин, ношу ведра с краской и вставляю стекла; напротив, мне охотно дают заказы, и я считаюсь уже хорошим мастером и лучшим подрядчиком, после Редьки, который хотя и выздоровел и хотя по-прежнему красит без подмостков купола на колокольнях, но уже не в силах управляться с ребятами; вместо него я теперь бегаю по городу и ищу заказов, я нанимаю и рассчитываю ребят, я беру деньги взаймы под большие проценты. И теперь, ставши подрядчиком, я понимаю, как это из-за грошового заказа можно дня по три бегать по городу и искать кровельщиков. Со мною вежливы, говорят мне *вы*, и в домах, где я работаю, меня угощают чаем и присылают спросить, не хочу ли я обедать. Дети и девушки часто приходят и с любопытством и с грустью смотрят на меня.

Как-то я работал в губернаторском саду, красил там беседку под мрамор. Губернатор, гуляя, зашел в беседку и, от нечего делать, заговорил со мною, и я напомнил ему, как он когда-то приглашал меня к себе для объяснений. Он минуту вглядывался мне в лицо, потом сделал рот, как *о*, развел руками и сказал:

– Не помню!

Я постарел, стал молчалив, суров, строг, редко смеюсь, и говорят, что я стал похож на Редьку и, как он, нагоняю на ребят скуку своими бесполезными наставлениями.

Мария Викторовна, бывшая жена моя, живет теперь за границей, а ее отец, инженер, где-то в восточных губерниях строит дорогу и покупает там имения. Доктор Благово тоже за границей. Дубечня перешла опять к госпоже Чепраковой, которая купила ее, выторговав у инженера двадцать процентов уступки. Моисей ходит уже в шляпе котелком; он часто приезжает в город на беговых дрожках по каким-то делам и останавливается около банка. Говорят, что он уже купил себе имение с переводом долга и постоянно справляется в банке насчет Дубечни, которую тоже собирается купить. Бедный Иван Чепраков долго шатался по городу, ничего не делая и пьянствуя. Я попытался было пристроить его к нашему делу, и одно время он вместе с нами красил крыши и вставлял стекла, и даже вошел во вкус, и, как настоящий маляр, крал олифу, просил на чай, пьянствовал. Но скоро дело надоело ему, он заскучал и вернулся в Дубечню, и потом ребята признавались мне, что он подговаривал их как-нибудь ночью вместе с ним убить Моисея и ограбить генеральшу.

Отец сильно постарел, сгорбился и по вечерам гуляет около своего дома. Я у него не бываю.

Прокофий во время холеры лечил лавочников перцовкой и дегтем и брал за это деньги, и, как я узнал из нашей газеты, его наказывали розгами за то, что он, сидя в своей мясной лавке, дурно отзывался о докторах. Его приказчик Николка умер от холеры. Карповна еще жива и по-прежнему любит и боится своего Прокофия. Увидев меня, она всякий раз печально качает головой и говорит со вздохом:

– Пропала твоя головушка!

В будни я бываю занят с раннего утра до вечера. А по праздникам, в хорошую погоду, я беру на руки свою крошечную племянницу (сестра ожидала мальчика, но родилась у нее девочка) и иду, не спеша, на кладбище. Там я стою, или сижу, и подолгу смотрю на дорогую мне могилу и говорю девочке, что тут лежит ее мама.

Иногда у могилы я застаю Анюту Благово. Мы здороваемся и стоим молча или говорим о Клеопатре, об ее девочке, о том, как грустно жить на этом свете. Потом, выйдя из кладбища, мы идем молча, и она замедляет шаг – нарочно, чтобы подольше идти со мной рядом. Девочка, радостная, счастливая, жмурясь от яркого дневного света, смеясь, протягивает к ней ручки, и мы останавливаемся и вместе ласкаем эту милую девочку.

А когда входим в город, Анюта Благово, волнуясь и краснея, прощается со мною и продолжает идти одна, солидная, суровая. И уже никто из встречных, глядя на нее, не мог бы подумать, что она только что шла рядом со мною и даже ласкала ребенка.

ДРАМА НА ОХОТЕ

(ИСТИННОЕ ПРОИСШЕСТВИЕ)

В один из апрельских полудней 1880 года в мой кабинет вошел сторож Андрей и таинственно доложил мне, что в редакцию явился какой-то господин и убедительно просит свидания с редактором.

— Должно быть, чиновник-с, — добавил Андрей, — с кокардой...

— Попроси его прийти в другое время, — сказал я. — Сегодня я занят. Скажи, что редактор принимает только по субботам.

— Он и третьего дня приходил, вас спрашивал. Говорит, что дело большое. Просит и чуть не плачет. В субботу, говорит, ему несвободно... Прикажете принять?

Я вздохнул, положил перо и принялся ждать господина с кокардой. Начинающие писатели и вообще люди, не посвященные в редакционные тайны, приходящие при слове «редакция» в священный трепет, заставляют ждать себя немалое время. Они, после редакторского «проси», долго кашляют, долго сморкаются, медленно отворяют дверь, еще медленнее входят и этим отнимают немало времени. Господин же с кокардой не заставил ждать себя. Не успела за Андреем затвориться дверь, как я увидел в своем кабинете высокого широкоплечего мужчину, державшего в одной руке бумажный сверток, а в другой — фуражку с кокардой.

Человек, так добивавшийся свидания со мной, играет в моей повести очень видную роль, Необходимо описать его наружность.

Он, как я уже сказал, высок, широкоплеч и плотен, как хорошая рабочая лошадь. Всё его тело дышит здоровьем и силой. Лицо розовое, руки велики, грудь широкая, мускулистая, волосы густы, как у здорового мальчика. Ему под сорок. Одет он со вкусом и по последней моде в новенький, недавно сшитый триковый костюм. На груди большая золотая цепь с брелоками, на мизинце мелькает крошечными яркими звездочками бриллиантовый перстень. Но, что главнее всего и что так немаловажно для всякого мало-мальски порядочного героя романа или повести, — он чрезвычайно красив. Я не женщина и не художник. Мало я смыслю в мужской красоте, но господин с кокардой своею наружностью произвел на меня впечатление. Его большое мускулистое лицо осталось навсегда в моей памяти. На этом лице вы увидите настоящий греческий нос с горбинкой, тонкие губы и хорошие голубые глаза, в которых светятся доброта и еще что-то, чему трудно подобрать подходящее название. Это «что-то» можно подметить в глазах маленьких животных, когда они тоскуют или когда им больно. Что-то умоляющее, детское, безропотно терпящее... У хитрых и очень умных людей не бывает таких глаз.

От всего лица так и веет простотой, широкой, простецкой натурой, правдой... Если не ложь, что лицо есть зеркало души, то в первый день свидания с господином с кокардой я мог бы дать честное слово, что он не умеет лгать. Я мог бы даже держать пари.

Проиграл бы я пари или нет — читатель увидит далее.

Каштановые волосы и борода густы и мягки, как шёлк. Говорят, что мягкие волосы служат признаком мягкой, нежной, «шёлковой» души... Преступники и злые, упрямые характеры имеют, в большинстве случаев, жесткие волосы. Правда это или нет — читатель опять-таки увидит далее... Ни выражение лица, ни борода — ничто так не мягко и не нежно в господине с кокардой, как движения его большого, тяжелого тела. В этих движениях сквозят воспитанность, легкость, грация и даже — простите за выражение — некоторая женственность. Не много нужно усилий моему герою, чтобы согнуть подкову или сплющить в кулаке коробку из-под сардинок, а между тем ни одно его движение не выдает в нем физически сильного. За дверную ручку или за шляпу он берется, как за бабочку: нежно, осторожно, слегка касаясь пальцами. Шаги его бесшумны, рукопожатия слабы. Глядя на него, забываешь, что он могуч, как Голиаф, что одной рукой может поднять он то, чего не поднять пяти редакционным Андреям. Глядя на его легкие движения, не верится, что он силен и тяжел. Спенсер мог бы назвать его образцом грации.

Войдя ко мне в кабинет, он сконфузился. Его нежную, чуткую натуру, вероятно, шокировал мой нахмуренный, недовольный вид.

— Извините, ради бога! — начал он мягким, сочным баритоном. — Я врываюсь к вам не в урочное время и заставляю вас делать для меня исключение. Вы так заняты! Но видите ли, в чем дело, г. редактор: я завтра уезжаю в Одессу по одному очень важному делу... Имей я возможность отложить эту поездку до субботы, то, верьте, я не просил бы вас делать для меня исключение. Я преклоняюсь перед правилами, потому что люблю порядок...

«Как, однако, он много говорит!» — подумал я, протягивая руку к перу и тем давая знать, что мне некогда. (Уж больно надоели мне тогда посетители!)

— Я отниму у вас одну только минуту! — продолжал мой герой извиняющимся голосом. — Но прежде всего позвольте представиться... Кандидат прав Иван Петрович Камышев, бывший судебный следователь... К пишущим людям не имею чести принадлежать, но, тем не менее, явился к вам с чисто писательскими целями. Перед вами стоит желающий попасть в начинающие, несмотря на свои под сорок. Но лучше поздно, чем никогда.

— Очень рад... Чем могу быть полезен?

Желающий попасть в начинающие сел и продолжал, глядя на пол своими умоляющими глазами:

— Я притащил к вам маленькую повесть, которую мне хотелось бы напечатать в вашей газете. Я вам откровенно скажу, г. редактор: написал я свою повесть не для авторской славы и не для звуков сладких... Для этих хороших вещей я уже постарел. Вступаю же на путь авторский просто из меркантильных побуждений... Заработать хочется... Я теперь решительно никаких не имею занятий. Был, знаете ли, судебным следователем в С — м уезде, прослужил пять с лишком лет, но ни капитала не нажил, ни невинности не сохранил...

Камышев вскинул на меня своими добрыми глазами и тихо засмеялся.

— Надоедная служба... Служил-служил, махнул рукой и бросил. Занятий у меня теперь нет, есть почти нечего... И если вы, минуя достоинства, напечатаете мою повесть, то сделаете мне больше, чем одолжение... Вы поможете мне... Газета не богадельня, не странноприимный дом... Я это знаю, но... уж вы будьте так добры...

«Лжешь»! — подумал я.

Брелоки и перстень на мизинце плохо вязались с письмом ради куска хлеба, да и по лицу Камышева пробежала чуть заметная, уловимая опытным глазом тучка, которую можно видеть на лицах только редко лгущих людей.

— Какой сюжет вашей повести? — спросил я,

— Сюжет… Как бы вам сказать? Сюжет не новый… Любовь, убийство… Да вы прочтете, увидите… «Из записок судебного следователя»…

Я, вероятно, поморщился, потому что Камышев сконфуженно замигал глазами, встрепенулся и проговорил быстро:

— Повесть моя написана по шаблону бывших судебных следователей, но… в ней вы найдете быль, правду… Всё, что в ней изображено, всё от крышки до крышки происходило на моих глазах… Я был и очевидцем и даже действующим лицом.

— Дело не в правде… Не нужно непременно видеть, чтоб описать… Это не важно. Дело в том, что наша бедная публика давно уже набила оскомину на Габорио ц Шкляревском. Ей надоели все эти таинственные убийства, хитросплетения сыщиков и необыкновенная находчивость допрашивающих следователей. Публика, конечно, разная бывает, но я говорю о той публике, которая читает мою газету. Как называется ваша повесть?

— «Драма на охоте».

— Гм… Несерьезно, знаете ли… Да и, откровенно говоря, у меня накопилась такая масса материала, что решительно нет возможности принимать новые вещи, даже при несомненных их достоинствах…

— А уж мою-то вещь примите, пожалуйста… Вы говорите, что несерьезно, но… трудно ведь назвать вещь, не видавши ее… И неужели вы не можете допустить, что и судебные следователи могут писать серьезно?

Всё это проговорил Камышев заикаясь, вертя между пальцами карандаш и глядя себе ноги. Кончил он тем, что сильно сконфузился и замигал глазами. Мне стало жаль его.

— Хорошо, оставьте, — сказал я. — Только не обещаю вам, что ваша повесть будет прочтена в скором времени. Вам придется подождать…

— Долго?

— Не знаю… Зайдите месяца… этак через два, через три…

— Долгонько… Но не смею настаивать… Пусть будет по-вашему…

Камышев поднялся и взялся за фуражку.

— Спасибо за аудиенцию, — сказал он. — Пойду теперь домой и буду питать себя надеждами. Три месяца надежд! Но, однако, я вам надоел. Честь имею кланяться!

— Позвольте, одно только слово, — сказал я, перелистывая его толстую, исписанную мелким почерком тетрадь. — Вы пишете здесь от первого лица… Вы, стало быть, под судебным следователем разумеете здесь себя?

— Да, но под другой фамилией. Роль моя в этой повести несколько скандальна… Неловко же под своей фамилией… Так через три месяца?

— Да, пожалуй, не ранее…

— Будьте здоровехоньки!

Бывший судебный следователь галантно раскланялся, осторожно взялся за дверную ручку и исчез, оставив на моем столе свое произведение. Я взял тетрадь и спрятал ее в стол.

Повесть красавца Камышева покоилась в моем столе два месяца. Однажды, уезжая из редакции на дачу, я вспомнил о ней и взял ее с собою.

Сидя в вагоне, я открыл тетрадь и начал читать из середины. Середина заинтересовала меня. В тот же день вечером я, несмотря на отсутствие досуга, прочел всю повесть от начала до слова «Конец», написанного размашистым почерком. Ночью я еще раз прочел эту повесть, а на заре ходил по террасе из угла в угол и тер себе виски, словно хотел вытереть из головы новую, внезапно набежавшую, мучительную мысль… А мысль была действительно мучительная, невыносимо острая... Мне казалось, что я, не судебный следователь и еще того менее не присяжный психолог, открыл страшную тайну одного человека, тайну, до которой мне не было никакого дела... Я ходил по террасе и убеждал себя не верить своему открытию...

Повесть Камышева не попала в мою газету по причинам, изложенным в конце моей беседы с читателем. С читателем я встречусь еще раз. Теперь же, надолго расставаясь с ним, я предлагаю на его прочтение повесть Камышева.

Эта повесть не выделяется из ряда вон. В ней много длиннот, немало шероховатостей... Автор питает слабость к эффектам и сильным фразам... Видно, что он пишет первый раз в жизни, рукой непривычной, невоспитанной... Но все-таки повесть его читается легко. Фабула есть, смысл тоже, и, что важнее всего, она оригинальна, очень характерна и то, что называется, sui generis[1]. Есть в ней и кое-какие литературные достоинства. Прочесть ее стоит... Вот она:

---

[1] в своем роде (лат.).

Драма на охоте (Из записок судебного следователя)

Глава I

— Муж убил свою жену! Ах, как вы глупы! Дайте же мне наконец сахару!

Этот крик разбудил меня. Я потянулся и почувствовал во всех своих членах тяжесть, недомогание... Можно отлежать себе руку и ногу, но на этот раз мне казалось, что я отлежал себе всё тело от головы до пяток. Не укрепляющим, а расслабляющим образом действует послеобеденный сон в душной, сушащей атмосфере, под жужжанье мух и комаров. Разбитый и облитый потом, я поднялся и пошел к окну. Был шестой час вечера. Солнце стояло еще высоко и жгло с таким же усердием, как и три часа тому назад. До захода и прохлады оставалось еще много времени.

— Муж убил свою жену!

— Полно тебе врать, Иван Демьяныч! — сказал я, давая легкий щелчок носу Ивана Демьяныча. — Мужья убивают жен только в романах да под тропиками, где кипят африканские страсти, голубчик. С нас же довольно и таких ужасов, как кражи со взломом или проживательство по чужому виду.

— Кражи со взломом... — процедил сквозь свой крючковатый нос Иван Демьяныч. — Ах, как вы глупы!

— Но что же поделаешь, голубчик? Чем мы, люди, виноваты, что нашим мозгам предел положен? Впрочем, Иван Демьяныч, не грешно быть дураком при этакой температуре. Ты вот у меня умница, но небось и твои мозги раскисли и поглупели от этой жары.

Моего попугая зовут не попкой и не другим каким-нибудь птичьим названием, а Иваном Демьянычем. Это имя получил он совершенно случайно. Однажды мой человек Поликарп, чистя его клетку, вдруг сделал открытие, без которого моя благородная птица и доселе величалась бы попкой... Лентяя вдруг ни с того ни с сего осенила мысль, что нос моего попугая очень похож на нос нашего деревенского лавочника Ивана Демьяныча, и с той поры за попугаем навсегда осталось имя и отчество длинноносого лавочника. С легкой руки Поликарпа и вся деревня окрестила мою диковинную птицу в Ивана Демьяныча. Волею Поликарпа птица попала в люди, а лавочник утерял свое настоящее прозвище: он до конца дней своих будет фигурировать в устах деревенщины, как «следователев попугай».

Ивана Демьяныча я купил у матери моего предшественника, судебного следователя Поспелова, умершего незадолго перед моим назначением. Я купил его вместе со старинною дубовою мебелью, кухонным хламом и всем вообще хозяйством, оставшимся после покойника. Мои стены до сих пор еще украшают фотографические карточки его родственников, а над моею кроватью всё еще висит портрет самого хозяина. Покойник, худощавый, жилистый человек с рыжими усами и большой нижней губой, сидит, выпучив глаза, в полинялой ореховой раме и не отрывает от меня глаз всё время, пока я лежу на его кровати... Я не снял со стен ни одной карточки, короче говоря — я оставил квартиру такой же, какою и принял. Я слишком ленив для того, чтобы заниматься собственным комфортом, и не мешаю висеть на моих стенах не только покойникам, но даже и живым, если последние того пожелают[1]. — А. Ч.].

Ивану Демьянычу было так же душно, как и мне. Он ерошил свои перья, оттопыривал крылья и громко выкрикивал фразы, выученные им у моего предшественника Поспелова и Поликарпа. Чтобы занять чем-нибудь свой послеобеденный досуг, я сел перед клеткой и стал наблюдать за движениями попугая, старательно искавшего и не находившего выхода из тех мук, которые причиняли ему духота и насекомые, обитавшие в его перьях... Бедняжка казался очень несчастным...

---

[1] Прошу у читателя извинения за подобные выражения. Ими богата повесть несчастного Камышева, и если я их не вычеркнул, то только потому, что счел нужным, в интересах характеристики автора, печатать его повесть in toto[без пропусков — лат.

— А в котором часу они просыпаются? — донесся до меня чей-то бас из передней…

— Как когда! — отвечал голос Поликарпа. — Когда и в пять просыпается, а когда и до утра дрыхнет… Известно, делать нечего…

— Вы ихний камердинер будете?

— Прислуга. Ну, не мешай мне, замолчи… Нешто не видишь, что я читаю?

Я заглянул в переднюю. Там, на большом красном сундуке, валялся мой Поликарп и, по обыкновению, читал какую-то книгу. Впившись своими сонными, никогда не моргающими глазами в книгу, он шевелил губами и хмурился. Видимо, его раздражало присутствие постороннего лица, высокого мужика-бородача, стоявшего перед сундуком и тщетно старавшегося завязать беседу. При моем появлении мужик сделал шаг от сундука и по-солдатски вытянулся в струнку. Поликарп состроил недовольное лицо и, не отрывая глаз от книги, слегка приподнялся.

— Что тебе нужно? — обратился я к мужику.

— Я от графа, ваше благородие. Граф изволили вам кланяться и просили вас немедля к себе-с…

— Разве граф приехал? — удивился я.

— Точно так, ваше благородие… Вчерась ночью приехали… Письмо вот извольте-с…

— Опять черти принесли! — проговорил мой Поликарп. — Два лета без него покойно прожили, а нынче опять свинюшник в уезде заведет. Опять сраму не оберешься.

— Молчи, тебя не спрашивают!

— Меня и спрашивать не надо… Сам скажу. Опять будете от него в пьяном безобразии приезжать и в озере купаться, как есть, во всем костюме… Чисть потом! И за три дня не вычистишь!

— Что теперь граф делает? — спросил я мужика…

— Изволили обедать садиться, когда меня к вам посылали… До обеда рыбку удили в купальне-с… Как прикажете отвечать?

Я распечатал письмо и прочел в нем следующее:

«Милый мой Лекок! Если ты еще жив, здравствуешь и еще не забыл своего всепьянейшего друга, то, ни минуты не медля, облекайся в свои одежды и мчись ко мне. Приехал только прошлою ночью, но уже умираю от скуки. Нетерпение, с которым я ожидаю тебя, не знает границ. Хотел было сам съездить за тобой и увезти тебя в мою берлогу, но жара сковала все мои члены. Сижу на одном месте и обмахиваюсь веером. Ну, как живешь ты? Как поживает твой умнейший Иван Демьяныч? Всё еще воюешь со своим педантом Поликарпом? Приезжай скорей и рассказывай.

Твой А. К.»

Не нужно было глядеть на подпись, чтобы в крупном, некрасивом почерке узнать пьяную, редко пишущую руку моего друга, графа Алексея Карнеева. Краткость письма, претензия его на некоторую игривость и бойкость свидетельствовали, что мой недалекий друг много изорвал почтовой бумаги, прежде чем сумел сочинить это письмо.

В письме отсутствовало местоимение «который» и старательно обойдены деепричастия — то и другое редко удается графу в один присест.

— Как прикажете ответить? — повторил мужик.

Я не сразу ответил на этот вопрос, да и всякий чистоплотный человек промедлил бы на моем месте. Граф любил меня и искреннейше навязывался ко мне в друзья, я же не питал к нему ничего похожего на дружбу и даже не любил его; честнее было бы поэтому прямо раз навсегда отказаться от его дружбы, чем ехать к нему и лицемерить. К тому же ехать к графу — значило еще раз окунуться в жизнь, которую мой Поликарп величал «свинюшником» и которая два года тому назад, во всё время до отъезда графа в Петербург, расшатывала мое крепкое здоровье и сушила мой мозг. Эта беспутная, необычная жизнь, полная эффектов и пьяного бешенства, не успела подорвать мой организм, но зато сделала меня известным всей губернии… Я популярен…

Рассудок говорил мне всю сущую правду, краска стыда за недавнее прошлое разливалась по моему лицу, сердце сжималось от страха при одной мысли, что у меня не хватит мужества отказаться от поездки к графу, но я не долго колебался. Борьба продолжалась не более минуты.

— Кланяйся графу, — сказал я посланному, — и поблагодари за память… Скажи, что я занят и что…. Скажи, что я…

И в тот самый момент, когда с моего языка готово уже было сорваться решительное «нет», мною вдруг овладело тяжелое чувство… Молодой человек, полный жизни, сил и желаний, заброшенный волею судеб в деревенские дебри, был охвачен чувством тоски, одиночества…

Вспомнился мне графский сад с роскошью его прохладных оранжерей и полумраком узких, заброшенных аллей… Эти аллеи, защищенные от солнца сводом из зеленых, сплетающихся ветвей старушек-лип, знают меня… Знают они и женщин, которые искали моей любви и полумрака… Вспомнилась мне роскошная гостиная, с сладкою ленью ее бархатных диванов, тяжелых портьер и ковров, мягких, как пух, с ленью, которую так любят молодые, здоровые животные… Пришла мне на память моя пьяная удаль, не знающая границ в своей шири, сатанинской гордости и презрении к жизни. И мое большое тело, утомленное сном, вновь захотело движений…

— Скажи, что я буду!

Мужик поклонился и вышел.

— Знал бы, не впускал его, чёрта! — проворчал Поликарп, быстро и бесцельно перелистывая книгу.

— Оставь книгу и поди оседлай Зорьку! — сказал я строго. — Живо!

— Живо… Как же, беспременно… Так вот возьму и побегу… Добро бы за дедом ехал, а то поедет чёрту рога ломать!

Это было сказано полушёпотом, но так, чтоб я слышал. Лакей, прошептавши дерзость, вытянулся передо мной и, презрительно ухмыляясь, стал ожидать ответной вспышки, но я сделал вид, что не слышал его слов. Мое молчание — лучшее и острейшее орудие в сражениях с Поликарпом. Это презрительное пропускание мимо ушей его ядовитых слов обезоруживает его и лишает почвы. Оно как наказание действует сильнее, чем подзатыльник или поток ругательных слов... Когда Поликарп вышел на двор седлать Зорьку, я заглянул в книгу, которую помешал ему читать... Это был «Граф Монте-Кристо», страшный роман Дюма... Мой цивилизованный дурак читает всё, начиная с вывесок питейных домов и кончая Огюстом Контом, лежащим у меня в сундуке вместе с другими мною не читаемыми, заброшенными книгами; но из всей массы печатного и писанного он признает одни только страшные, сильно действующие романы с знатными «господами», ядами и подземными ходами, остальное же он окрестил «чепухой». Об его чтении мне придется еще говорить в будущем, теперь же — ехать! Через четверть часа копыта моей Зорьки уже вздымали пыль по дороге от деревни до графской усадьбы. Солнце было близко к своему ночлегу, но жар и духота давали еще себя чувствовать... Накаленный воздух был неподвижен и сух, несмотря на то, что дорога моя лежала по берегу громаднейшего озера... Справа видел я водную массу, слева ласкала мой взгляд молодая, весенняя листва дубового леса, а между тем мои щеки переживали Сахару.

«Быть грозе!» — подумал я, мечтая о хорошем, холодном ливне...

Озеро тихо спало. Ни одним звуком не приветствовало оно полета моей Зорьки, и лишь писк молодого кулика нарушал гробовое безмолвие неподвижного великана. Солнце гляделось в него, как в большое зеркало, и заливало всю его ширь от моей дороги до далекого берега ослепительным светом. Ослепленным глазам казалось, что не от солнца, а от озера берет свой свет природа.

Зной вогнал в дремоту и жизнь, которою так богато озеро и его зеленые берега... Попрятались птицы, не плескалась рыба, тихо ждали прохлады полевые кузнечики и сверчки. Кругом была пустыня. Лишь изредка моя Зорька вносила меня в густое облако прибрежных комаров, да вдали на озере еле шевелились три черные лодочки старика Михея, нашего рыболова, взявшего на откуп всё озеро.

Я ехал не по прямой линии, а по окружности, какою представлялись берега круглого озера. Ехать по прямой линии можно было только на лодке, ездящие же сухим путем делают большой круг и проигрывают около восьми верст. Во всё время пути я, глядя на озеро, видел противоположный глинистый берег, над которым белела полоса цветшего черешневого сада, из-за черешен высилась графская клуня, усеянная разноцветными голубями, и белела маленькая колокольня графской церкви. У глинистого берега стояла купальня, обитая парусом; на перилах сушились простыни. Всё это я видел, и моим глазам казалось, что меня отделяет от моего приятеля-графа какая-нибудь верста, а между тем, чтобы добраться до графской усадьбы, мне нужно было проскакать шестнадцать верст.

На пути я думал о своих странных отношениях к графу. Интересно мне было дать себе в них отчет, регулировать их, но — увы! — этот отчет оказался непосильной задачей. Сколько я ни думал, ни решал, а в конце концов пришлось остановиться на заключении, что я плохой знаток самого себя и вообще человека. Люди, знавшие меня и графа, различно истолковывают наши взаимные отношения. Узкие лбы, не видящие ничего дальше своего носа, любят утверждать, что знатный граф видел в «бедном и незнатном» судебном следователе хорошего прихвостня-собутыльника. Я, пишущий эти строки, по их разумению, ползал и пресмыкался у графского стола ради крох и огрызков! По их мнению, знатный богач, пугало и зависть всего С — го уезда, был очень умен и либерален; иначе тогда непонятно было бы милостивое снисхождение до дружбы с неимущим следователем и тот сущий либерализм, который сделал графа нечувствительным к моему «ты». Люди же поумнее объясняют наши близкие отношения общностью «духовных интересов». Я и граф — сверстники. Оба мы кончили курс в одном и том же университете, оба мы юристы и оба очень мало знаем: я знаю кое-что, граф же забыл и утопил в алкоголе всё, что знал когда-нибудь. Оба мы гордецы и, в силу каких-то одним только нам известных причин, как дикари, чуждаемся общества. Оба мы не стесняемся мнением света (т. е. С — го уезда), оба безнравственны и оба плохо кончим. Таковы связующие нас «духовные интересы». Более этого ничего не могут сказать о наших отношениях знавшие нас люди.

Они, конечно, сказали бы более, если бы знали, как слаба, мягка и податлива натура друга моего графа и как силен и крепок я. Они многое сказали бы, если бы знали, как любил меня этот тщедушный человек и как я его не любил! Он первый предложил мне свою дружбу, и я первый сказал ему «ты», но с какою разницей в тоне! Он, в припадке хороших чувств, обнял меня и робко попросил моей дружбы — я же, охваченный однажды чувством презрения, брезгливости, сказал ему:

— Полно тебе молоть чепуху!

И это «ты» он принял как выражение дружбы и стал носить его, платя мне честным, братским «ты»...

Да, лучше и честнее я сделал бы, если бы повернул свою Зорьку и поехал назад к Поликарпу и Ивану Демьянычу.

Впоследствии я думал не раз: сколько несчастий не пришлось бы мне перенести на своих плечах и сколько добра принес бы я своим ближним, если бы в этот вечер у меня хватило решимости поворотить назад, если бы моя Зорька взбесилась и унесла меня подальше от этого страшного большого озера! Сколько мучительных воспоминаний не давили бы теперь моего мозга и не заставляли бы мою руку то и дело оставлять перо и хвататься за голову! Но не стану забегать вперед, тем более, что впереди придется еще много раз останавливаться на горечи. Теперь о веселом...

Моя Зорька внесла меня в ворота графской усадьбы. У самых ворот она споткнулась, и я, потеряв стремя, чуть было не свалился на землю.

— Худой знак, барин! — крикнул мне какой-то мужик, стоявший у одной из дверей длинных графских конюшен.

Я верю в то, что человек, упавший с лошади, может сломать себе шею, но не верую в предзнаменования. Отдав повода мужику и обивая хлыстом пыль с ботфортов, я побежал в дом. Меня никто не встретил. Окна и двери в комнатах были открыты настежь, но, несмотря на это, в воздухе стоял тяжелый, странный запах, То была смесь запаха ветхих, заброшенных покоев с приятным, но едким, наркотическим запахом тепличных растений, недавно принесенных из оранжереи в комнаты... В зале, на одном из диванов, обитых светло-голубой шёлковой материей, лежали две помятые подушки, а перед диваном на круглом столе я увидел стакан с несколькими каплями жидкости, распространявшей запах крепкого рижского бальзама. Всё это говорило за то, что дом обитаем, но я, обойдя все одиннадцать комнат, не встретил ни одной живой души. В доме царила такая же пустыня, как и вокруг озера...

Из так называемой «мозаиковой» гостиной вела в сад большая стеклянная дверь. Я с шумом отворил ее и по мраморной террасе спустился в сад. Тут, пройдя несколько шагов по аллее, я встретил девяностолетнюю старуху Настасью, бывшую когда-то нянькой у графа. Это — маленькое, сморщенное, забытое смертью существо, с лысой головкой и колючими глазами. Когда глядишь на ее лицо, то невольно припоминаешь прозвище, данное ей дворней: «Сычиха»... Увидев меня, она вздрогнула и чуть не уронила стакан со сливками, который она несла обеими руками.

— Здорово, Сычиха! — сказал я ей.

Она искоса поглядела на меня и молча прошла мимо... Я взял ее за плечо...

— Не бойся, дура... Где граф?

Старуха показала себе на уши.

— Ты глуха? А давно ты оглохла?

Старуха, несмотря на свой преклонный возраст, отлично слышит и видит, но находит нелишним клеветать на свои органы чувств... Я пригрозил ей пальцем и отпустил ее.

Пройдя еще несколько шагов, я услышал голоса, а немного погодя увидел и людей. В том месте, где аллея расширялась в площадку, окруженную чугунными скамьями, под тенью высоких белых акаций стоял стол, на котором блестел самовар. Около стола говорили. Я тихо подошел по траве к площадке и, скрывшись за сиреневый куст, стал искать глазами графа.

Мой друг, граф Карнеев, сидел за столом на складном решетчатом стуле и пил чай. На нем был пестрый халат, в котором я видел его два года тому назад, и соломенная шляпа. Лицо было озабочено, сосредоточено, сжато в складки, так что человек, не знакомый с ним, мог бы подумать, что его мучит в данную минуту солидная мысль, забота... Наружно граф нисколько не изменился за время нашей двухлетней разлуки. То же маленькое худое тело, жидкое и дряблое, как тело коростеля. Те же узкие чахоточные плечи с маленькой рыженькой головкой. Носик по-прежнему розов, щеки, как и два года тому назад, отвисают тряпочками. На лице ничего смелого, сильного, мужественного... Всё слабо, апатично и вяло. Внушительны одни только большие, отвисающие вниз усы. Моему другу кто-то сказал, что ему идут длинные усы. Он поверил и теперь каждое утро меряет, насколько длиннее стала растительность над его бледными губами. С этими усами он напоминает усатого, но очень молодого и хилого котенка.

Рядом с графом за тем же столом сидел какой-то неизвестный мне толстый человек с большой стриженой головой и очень черными бровями. Лицо этого было жирно и лоснилось, как спелая дыня. Усы длиннее, чем у графа, лоб маленький, губы сжаты, и глаза лениво глядят на небо... Черты лица расплылись, но, тем не менее, они жестки, как высохшая кожа. Тип не русский... Толстый человек был без сюртука и без жилета, в одной сорочке, на которой темнели мокрые от пота места. Он пил не чай, а зельтерскую воду.

В почтительном отдалении от стола стоял плотный, приземистый человечек с красным, жирным затылком и оттопыренными ушами. Это был управляющий графа, Урбенин. Ради приезда его сиятельства, он нарядился в новую черную пару и теперь испытывал муки. Пот ручьями лил с его красного, загоревшего лица. Рядом с управляющим стоял мужик, приезжавший ко мне с письмом. Только тут я заметил, что у этого мужика не было одного глаза. Вытянувшись в струнку и не позволяя себе ни малейшего движения, он стоял, как статуя, и ждал вопросов.

— Взять бы вот у тебя, Кузьма, твою нагайку да отшпандорить тебя во все корки, — говорил ему с расстановкой своим внушительным и мягким баском управляющий. — Разве можно так неряшливо исполнять господские приказания? Ты должен был просить их пожаловать сюда немедленно и узнать, когда именно они могут быть?

— Да, да, да... — нервничал граф. — Ты должен был всё узнать! Он сказал: буду! Но ведь этого недостаточно! Он мне сейчас нужен! Обя-за-тель-но сейчас! Ты его просил, а он тебя не понял!

— На что он тебе так понадобился? — спросил графа толстяк.

— Мне нужно его видеть!

— Только-то? А по-моему, Алексей, этот твой следователь лучше бы сделал, если бы сегодня посидел у себя дома. Мне теперь не до гостей.

Я сделал большие глаза. Что значило это хозяйское, повелительное «мне»?

— Но ведь это не гость! — сказал умоляющим голосом мой друг. — Он не помешает тебе отдохнуть после дороги. С ним, пожалуйста, не церемонься!.. Увидишь, что это за человек! Ты сразу его полюбишь и подружишься с ним, голубчик!

Я вышел из-за сиреневых кустов и направился к столу. Граф увидел меня, узнал, и на просиявшем лице его заиграла улыбка.

— Вот и он! Вот и он! — заговорил он, краснея от удовольствия и выскакивая из-за стола. — Как это мило с твоей стороны!

И, подбежав ко мне, он подскочил, обнял меня и своими жесткими усами несколько раз поцарапал мою щеку. За поцелуями следовало продолжительное рукопожатие и засматривание мне в глаза...

— А ты, Сергей, нисколько не изменился! Всё тот же! Такой же красавец и силач! Спасибо, что уважил и приехал!

Освободившись от графских объятий, я поздоровался с управляющим, моим хорошим знакомым, и сел за стол.

— Ах, голубчик! — продолжал встревоженный и обрадованный граф. — Если бы ты знал, как мне приятно видеть твою серьезную физиономию! Ты незнаком? Позволь тебе представить: мой хороший друг Каэтан Казимирович Пшехоцкий. А это вот, — продолжал он, указав толстяку на меня, — мой хороший, давнишний друг Сергей Петрович Зиновьев! Здешний следователь…

Чернобровый толстяк слегка приподнялся и подал мне свою жирную, ужасно потную руку.

— Очень приятно, — пробормотал он, рассматривая меня. — Очень рад.

Изливши свои чувства и успокоившись, граф налил мне стакан холодного красно-бурого чая и придвинул к моим рукам ящик с печеньями.

— Кушай… Проездом через Москву у Эйнема купил. А я на тебя сердит, Сережа, так сердит, что даже хотел поругаться с тобой!.. Мало того, что ты не написал мне в эти два года ни строчки, но даже не удостоил ответом ни одного моего письма! Это не по-дружески!

— Я не умею писать писем, — сказал я, — да кстати же у меня нет и времени для переписки. И о чем, скажи, пожалуйста, я мог писать тебе?

— Мало ли о чем?

— Право, не о чем. Я признаю письма только трех сортов: любовные, поздравительные и деловые. Первых я не писал потому, что ты не женщина и я в тебя не влюблен, вторые тебе не нужны, а от третьих мы избавлены, так как у нас с тобой отродясь общих дел не было.

— Это, положим, так, — согласился граф, быстро и охотно со всем соглашающийся, — но все-таки мог бы хоть строчку… И потом, как рассказывает вот Петр Егорыч, ты за все два года ни разу не наведался сюда, точно за тысячу верст живешь или… брезгуешь моим добром. Мог бы здесь пожить, поохотиться. И мало ли что могло здесь без меня случиться!

Граф говорил много и долго. Раз начавши говорить о чем-нибудь, он болтал языком без умолку и без конца, как бы мелка и жалка ни была тема.

В произнесении звуков он был неутомим, как мой Иван Демьяныч. Я едва выносил его за эту способность. Остановил его на этот раз лакей Илья, высокий, тонкий человек в поношенной пятнистой ливрее, поднесший графу на серебряном подносе рюмку водки и полстакана воды. Граф выпил водку, запил водой и, поморщившись, покачал головой.

— А ты еще не бросил походя дуть водку! — сказал я.

— Не бросил, Сережа!

— Ну, хоть брось пьяную манеру морщиться и качать головой! Противно.

— Я, голубчик, всё бросаю... Мне доктора запретили пить. Пью теперь только потому, что сразу нездорово бросать... Нужно постепенно...

Я поглядел на больное, истрепавшееся лицо графа, на рюмку, на лакея в желтых башмаках, поглядел я на чернобрового поляка, который с первого же раза показался мне почему-то негодяем и мошенником, на одноглазого вытянувшегося мужика, — и мне стало жутко, душно... Мне вдруг захотелось оставить эту грязную атмосферу, предварительно открыв графу глаза на всю мою к нему безграничную антипатию... Был момент, когда я готов уже был подняться и уйти... Но я не ушел... Мне помешала (стыдно сознаться!) простая физическая лень...

— Дай и мне водки! — сказал я Илье.

Продолговатые тени стали ложиться на аллею и нашу площадку...

Далекое кваканье лягушек, карканье ворон и пение иволги приветствовали уже закат солнца. Наступал весенний вечер...

— Посади Урбенина, — шепнул я графу. — Он стоит перед тобой, как мальчишка.

— Ах, сам я и не догадался! Петр Егорыч, — обратился граф к управляющему, — садитесь, пожалуйста! Будет вам стоять!

Урбенин сел и поглядел на меня благодарными глазами. Вечно здоровый и веселый, он показался мне на этот раз больным, скучающим. Лицо его было точно помято, сонно, и глаза глядели на нас лениво, нехотя...

— Что у нас новенького, Петр Егорыч? Что хорошенького? — спросил его Карнеев. — Нет ли чего-нибудь этакого... из ряда вон выдающегося?

— Всё по-старому, ваше сиятельство...

— Нет ли того... новеньких девочек, Петр Егорыч?

Нравственный Петр Егорыч покраснел.

— Не знаю, ваше сиятельство... Я в это не вхожу.

— Есть, ваше сиятельство, — пробасил всё время до этого молчавший одноглазый Кузьма. — И очень даже стоющие.

— Хорошие?

— Всякие есть, ваше сиятельство, на всякий скус... И брунетки, и баландинки, и всякие...

— Ишь ты!.. Постой, постой... Я теперь припоминаю тебя... Мои бывший Лепорелло, секретарь по части... Тебя, кажется, Кузьмой зовут?

— Точно так...

— Помню, помню... Какие же теперь у тебя есть на примете? Небось, всё мужички?

— Больше, известно, мужички, но есть и почище...

— Где ж это ты почище нашел? — спросил Илья, щуря на Кузьму глаза.

— На Святой к почтарю свояченица приехала... Настась Иванна... Девка вся на винтах — сам бы ел, да деньги надобны... Кровь во всю щеку и прочее такое... Есть и того почище. Только вас и дожидалась, ваше сиятельство. Молоденькая, пухлявенькая, шустренькая...

красота! Этакой красоты, ваше сиятельство, и в Питинбурге не изволили видеть...

— Кто же это?

— Оленька, лесничего Скворцова дочка.

Под Урбениным затрещал стул. Упираясь руками о стол и багровея, управляющий медленно поднялся и повернул свое лицо к одноглазому мужику. Выражение утомления и скуки уступило свое место сильному гневу...

— Замолчи, хам! — проворчал он. — Гадина одноглазая!.. Говори, что хочешь, но не смей ты трогать порядочных людей!

— Я вас не трогаю, Петр Егорыч, — невозмутимо проговорил Кузьма.

— Я не про себя говорю, болван! Впрочем... простите меня, ваше сиятельство, — обратился управляющий к графу. — Простите, что я сделал сцену, но я просил бы ваше сиятельство запретить вашему Лепорелло, как вы изволили его назвать, распространять свое усердие на особ, достойных всякого уважения!

— Я ничего... — пролепетал наивный граф. — Он ничего не сказал такого особенного.

Обиженный и взволнованный до крайности, Урбенин отошел от стола и стал к нам боком. Скрестив на груди руки и мигая глазами, он спрятал от нас свое багровое лицо за веточку и задумался.

Не предчувствовал ли этот человек, что в недалеком будущем его нравственному чувству придется испытать оскорбления в тысячу раз горшие?

— Не понимаю, чего он обиделся! — шепнул мне граф. — Вот чудак! Оскорбительного ведь ничего не было сказано.

После двухлетнего трезвого житья рюмка водки подействовала на меня слегка опьяняюще. В мозгу и по всему телу моему разлилось чувство легкости, удовольствия. К тому же я стал ощущать вечернюю прохладу, которая мало-помалу вытесняла дневную духоту... Я предложил пройтись. Из дома принесли графу и его новому другу-поляку их сюртуки, и мы пошли. За нами последовал и Урбенин.

Графский сад, по которому мы гуляли, ввиду его поражающей роскоши, достоин особого, специального описания. В ботаническом, хозяйственном и во многих других отношениях он богаче и грандиознее всех садов, какие я когда-либо видел. Кроме вышеописанных поэтических аллей с зелеными сводами, вы найдете в нем всё, чего только может требовать от сада взгляд прихотливого баловня. Тут и всевозможные, туземные и иностранные, фруктовые деревья, начиная с черешен и слив и кончая крупным, с гусиное яйцо, абрикосом. Шелковица, барбарис, французские бергамотовые деревья и даже маслина попадаются на каждом шагу... Тут и полуразрушенные, поросшие мхом гроты, фонтаны, прудики, предназначенные для золотой рыбы и ручных карпов, горы, беседки, дорогие оранжереи... И эта редкая роскошь, собранная руками дедов и отцов, это богатство больших, полных роз, поэтических гротов и бесконечных аллей было варварски заброшено и отдано во власть сорным травам, воровскому топору и галкам, бесцеремонно вившим свои уродливые гнезда на редких деревьях! Законный владелец этого добра шел рядом со мной, и ни один мускул его испитого и сытого лица не дрогнул при виде запущенности и кричащей человеческой неряшливости, словно не он был хозяином сада. Раз только, от нечего делать, он заметил управляющему, что недурно было бы, если бы дорожки были посыпаны песочком. Он обратил внимание на отсутствие никому не нужного песочка, а не заметил голых, умерших за холодную зиму деревьев и коров, гулявших по саду. На его замечание Урбенин ответил, что для надзора за садом нужно иметь человек десять работников, а так как его сиятельство не изволит жить у себя в имении, то затраты на сад являются роскошью ненужной и непроизводительной. Граф, конечно, согласился с этим доводом.

— Да и некогда мне, признаться! — махнул рукой Урбенин. — Летом в поле, зимой в городе хлеб продаешь... Не до сада тут!

Главная, так называемая «генеральная» аллея, вся прелесть которой состояла в ее старых, широких липах и в массе тюльпанов, тянувшихся двумя пестрыми полосами во всю ее длину, оканчивалась вдали желтым пятном. То была желтая каменная беседка, в которой когда-то был буфет с биллиардом, кеглями и китайской игрой. Мы бесцельно направились к этой беседке... У ее входа мы были встречены живым существом, несколько расстроившим нервы моих не храбрых спутников.

— Змея! — вдруг взвизгнул граф, хватая меня за руку и бледнея. — Посмотри!

Поляк сделал шаг назад, остановился, как вкопанный, и растопырил руки, точно загораживая путь привидению... На верхней ступени каменной полуразрушенной лестнички лежала молодая змея из породы наших обыкновенных русских гадюк. Увидев нас, она подняла головку и зашевелилась... Граф еще раз взвизгнул и спрятался за мою спину.

— Не бойтесь, ваше сиятельство!.. — сказал лениво Урбенин, занося ногу на первую ступень...

— А если укусит?

— Не укусит. Да и вообще, кстати говоря, вред от укушения этих змей преувеличен. Я был раз укушен старой змеей — и не умер, как видите.

— Человеческое жало опаснее змеиного! — не преминул сморальничать со вздохом Урбенин.

И подлинно. Не успел управляющий пройти две-три ступени, как змея вытянулась во всю свою длину и с быстротою молнии юркнула в щель между двух плит. Войдя в беседку, мы увидели другое живое существо. На старом, полинявшем биллиарде с порванным сукном лежал старик невысокого роста в синем пиджаке, полосатых панталонах и жокейском картузике. Он сладко и бесмятежно спал. Вокруг его беззубого, похожего на дупло рта и на остром носу хозяйничали мухи. Худой, как скелет, с открытым ртом и неподвижный, он походил на труп, только что принесенный из мертвецкого подвала для вскрытия.

— Франц! — толкнул его Урбенин. — Франц!

После пяти-шести толчков Франц закрыл рот, приподнялся, обвел всех нас глазами и опять лег. Через минуту рот его был опять открыт, и мух, гулявших около его носа, опять беспокоило легкое дрожанье от храпа.

— Спит, свинья беспутная! — вздохнул Урбенин.

— Это, кажется, наш садовник Трихер? — спросил граф.

— Он самый... Вот так вот каждый день... Днем спит как убитый, а ночью в карты играет. Сегодня, сказывают, до шести часов утра играл...

— Во что же он играет?

— В азартные игры... Больше всё в стуколку.

— Ну, такие господа плохо дело делают... Жалованье они только даром берут.

— Это я не для того вам сказал, ваше сиятельство, — спохватился Урбенин, — чтобы жаловаться или выражать неудовольствие, а просто так... хотелось пожалеть, что такой способный человек и страсти подвержен. А человек он трудящийся, ничего себе... недаром жалованье берет,

Мы еще раз взглянули на картежника Франца и вышли из беседки. Отсюда мы направились к садовой калитке, выходившей в поле.

В редком романе не играет солидной роли садовая калитка. Если вы сами не подметили этого, то справьтесь у моего Поликарпа, проглотившего на своем веку множество страшных и нестрашных романов, и он, наверное, подтвердит вам этот ничтожный, но все-таки характерный факт.

Мой роман тоже не избавлен от калитки. Но моя калитка разнится от других тем, что моему перу придется провести сквозь нее много несчастных и почти ни одного счастливого, что бывает в других романах только в обратном порядке. И, что хуже всего, эту калитку мне приходилось уже раз описывать, но не как романисту, а как судебному следователю... У меня проведет она сквозь себя более преступников, чем влюбленных.

Через четверть часа мы, подпираясь тростями, плелись на гору, называемую у нас Каменной Могилой. У деревень существует легенда, что под этой каменной грудой покоится тело какого-то татарского хана, боявшегося, чтобы после его смерти враги не надругались над его прахом, а потому и завещавшего взвалить на себя гору камня. Но эта легенда едва ли справедлива... Каменные пласты, их взаимное положение и величина исключают вмешательство человеческих рук в происхождение этой горы. Она стоит особняком в поле и напоминает собою опрокинутый колпак.

Взобравшись на нее, мы увидели всё озеро во всей его пленительной шири и не поддающейся описанию красоте. Солнце уже не отражалось в нем; оно зашло и оставило после себя широкую багровую полосу, окрасившую окрестности в приятный, розовато-желтый цвет. У наших ног расстилалась графская усадьба с ее домом, церковью и садом, а вдали, по ту сторону озера, серела деревенька, в которой волею судеб я имел свою резиденцию. Поверхность озера была по-прежнему неподвижна. Лодочки старика Михея, отделившись друг от друга, спешили к берегу.

В сторону от моей деревеньки темнела железнодорожная станция с дымком от локомотива, а позади нас, по другую сторону Каменной Могилы, расстилалась новая картина. У подножия Могилы шла дорога, по бокам которой высились старики-тополи. Дорога эта вела к графскому лесу, тянувшемуся до самого горизонта.

Я и граф стояли на горе. Урбенин и поляк, как люди тяжелые, предпочли подождать нас внизу, на дороге.

— Что это за шишка? — спросил я графа, кивнув на поляка. — Где ты его подцепил?

— Это очень милый господин, Сережа, очень милый! — встревоженно заговорил граф. — Ты скоро подружишься с ним!

— Ну, это едва ли. Отчего он всё молчит?

— По натуре он молчалив! Но зато как умен!

— Да что он за человек?

— В Москве я с ним познакомился. Он очень милый. После ты всё узнаешь, Сережа, а теперь не спрашивай. Спустимся?

Мы спустились с Могилы и пошли по дороге к лесу. Стало заметно темнеть. Из лесу доносилось кукуканье кукушки и голосовые вздрагивания утомленного, вероятно, молодого соловья.

— Ау! ау! — услышали мы звонкий детский голосок, подходя к лесу. — Ловите меня!

И из лесу выбежала маленькая девочка, лет пяти, с белой, как лен, головкой и в голубом платье. Увидев нас, она звонко захохотала и, подпрыгивая, подскочила к Урбенину и обняла его колено. Урбенин поднял ее и поцеловал в щеку.

— Моя дочка Саша! — сказал он. — Рекомендую.

За Сашей гнался из лесу гимназист лет пятнадцати, сын Урбенина. Увидев нас, он в нерешимости снял шапку, надел и опять снял. За ним тихо двигалось красное пятно. Это пятно сразу приковало к себе наше внимание.

— Какое чудное видение! — воскликнул граф, хватая меня за руку. — Погляди! Какая прелесть! Что это за девочка? Я и не знал, что в моих лесах обитают такие наяды!

Я взглянул на Урбенина, чтобы спросить, что это за девушка, и, странно, только в этот момент заметил, что управляющий ужасно пьян. Он, красный как рак, покачнулся и схватил меня за локоть.

— Сергей Петрович! — зашептал он мне на ухо, обдавая меня спиртными парами, — умоляю вас — удержите графа от дальнейших замечаний относительно этой девушки. Он по привычке может лишнее сказать, а это в высшей степени достойная особа!

«В высшей степени достойная особа» представляла из себя девятнадцатилетнюю девушку с прекрасной белокурой головкой, добрыми голубыми глазами и длинными кудрями. Она была в ярко-красном, полудетском, полудевическом платье. Стройные, как иглы, ножки в красных чулках сидели в крошечных, почти детских башмачках. Круглые плечи ее всё время, пока я любовался ею, кокетливо ежились, словно им было холодно и словно их кусал мой взгляд.

— При таком молодом лице и такие развитые формы! — шепнул мне граф, потерявший еще в самой ранней молодости способность уважать женщин и не глядеть на них с точки зрения испорченного животного.

У меня же, помню, затеплилось в груди хорошее чувство. Я был еще поэтом и в обществе лесов, майского вечера и начинающей мерцать вечерней звезды мог глядеть на женщину только поэтом... Я смотрел на девушку в красном с тем же благоговением, с каким привык глядеть на леса, горы, лазурное небо. У меня еще тогда осталась некоторая доля сентиментальности, полученной мною в наследство от моей матери-немки.

— Кто это? — спросил граф.

— Это дочь лесничего Скворцова, ваше сиятельство! — сказал Урбенин.

— Это та Оленька, о которой говорил одноглазый мужик?

— Да, он упомянул ее имя, — ответил управляющий, глядя на меня умоляющими, большими глазами.

Девушка в красном пропустила нас мимо себя, по-видимому, не обращая на нас ни малейшего внимания. Глаза ее глядели куда-то в сторону, но я, человек, знающий женщин, чувствовал на своем лице ее зрачки.

— Кто из них граф? — услышал я позади нас ее шёпот.

— Вот этот, с длинными усами, — отвечал гимназист.

И мы услышали сзади себя серебристый смех... То был смех разочарованной... Она думала, что граф, владелец этих громадных лесов и широкого озера — я, а не этот пигмей с испитым лицом и длинными усами...

Я услышал глубокий вздох, выходивший из коренастой груди Урбенина. Железный человек еле двигался.

— Отпусти управляющего, — шепнул я графу. — Он болен или... пьян.

— Вы, кажется, больны, Петр Егорыч! — обратился граф к Урбенину. — Вы мне не нужны, а потому я вас не задерживаю.

— Не беспокойтесь, ваше сиятельство. Благодарю вас за ваше внимание, но я не болен.

Я оглянулся... Красное пятно не двигалось и глядело нам вслед...

Бедная белокурая головка! Думал ли я в этот тихий, полный покоя майский вечер, что она впоследствии будет героиней моего беспокойного романа?

Теперь, когда я пишу эти строки, в мои теплые окна злобно стучит осенний дождь и где-то надо мной воет ветер. Я гляжу на темное окно и на фоне ночного мрака силюсь создать силою воображения мою милую героиню... И я вижу ее с ее невинно-детским, наивным, добрым личиком и любящими глазами. Мне хочется бросить перо и разорвать, сжечь то, что уже написано. К чему трогать память этого молодого, безгрешного существа?

Но тут же, около моей чернильницы, стоит ее фотографический портрет. Здесь белокурая головка представлена во всем суетном величии глубоко павшей красивой женщины. Глаза, утомленные, но гордые развратом, неподвижны. Здесь она именно та змея, вред от укушения которой Урбенин не назвал бы преувеличенным.

Она дала буре поцелуй, и буря сломала цветок у самого корня. Много взято, но зато слишком дорого и заплачено. Читатель простит ей ее грехи...

Мы пошли по лесу.

Сосны скучны своим молчаливым однообразием. Все они одинакового роста, похожи одна на другую и во все времена года сохраняют свой вид, не зная ни смерти, ни весеннего обновления. Но зато привлекательны они своею угрюмостью: неподвижны, бесшумны, словно унылую думу думают.

— Не воротиться ли нам? — предложил граф.

На этот вопрос не последовало ответа. Поляку было решительно всё равно, где бы ни быть, Урбенин не считал свой голос решающим, а я слишком обрадовался лесной прохладе и смолистому воздуху, чтобы поворотить назад. К тому же нужно было убить чем-нибудь, хотя бы простою прогулкой, время до ночи. Мысль о приближающейся дикой ночи сопровождалась сладким замиранием сердца. Я, стыдно сознаться, мечтал о ней и мысленно уже предвкушал ее наслаждение. А по тому нетерпению, с каким граф то и дело посматривал на часы, видно было, что и его терзало ожидание. Мы чувствовали, что понимали друг друга.

Около домика лесничего, ютившегося между сосен на маленькой квадратной площадке, нас встретили со звонким, певучим лаем две маленькие собаки желто-огненного цвета, неизвестной мне породы, гибкие, как угри, и лоснящиеся. Узнав Урбенина, они весело замахали хвостами и побежали к нему, из чего можно было заключить, что управляющий часто посещал домик лесничего. Тут же около домика встретил нас какой-то парень без сапог и без шапки, с крупными веснушками на удивленном лице. Минуту он глядел на нас молча, выпучив глаза, потом же, узнав, вероятно, графа, ахнул и опрометью побежал в домик.

— Я знаю, зачем он побежал, — засмеялся граф. — Я его помню… Это Митька.

Граф не обознался. Меньше чем через минуту Митька вышел из домика, неся на подносе рюмку водки и полстакана воды.

— На доброе здоровье, ваше сиятельство! — сказал он, поднося и улыбаясь во всё свое глупое, удивленное лицо.

Граф выпил водку, «закусил» водой, но на этот раз не поморщился. В ста шагах от домика стояла чугунная скамья, такая же старая, как и сосны. Мы сели на нее и занялись созерцанием майского вечера во всей его тихой красоте… Над нашими головами с карканьем летали испуганные вороны, с разных сторон доносилось соловьиное пение; это только и нарушало всеобщую тишину.

Граф не умеет молчать даже в тихий весенний вечер, когда человеческий голос менее всего приятен.

— Я не знаю, останешься ли ты доволен? — обратился он ко мне. — Я заказал к ужину уху из ершей и дичь. К водке будет холодная осетрина и поросенок с хреном.

Словно рассердясь на эту прозу, поэтические сосны вдруг зашевелили своими верхушками, и по лесу пронесся тихий ропот. Свежий ветерок пробежал по просеке и поиграл травой.

— Будет вам! — крикнул Урбенин собачонкам огненного цвета, мешавшим ему своими ласками закурить папиросу. — А мне сдается, что сегодня будет дождь. По воздуху чувствую. Сегодня была такая ужасная жара, что не нужно быть ученым профессором, чтобы предсказать дождь. Для хлеба будет хорошо.

«А на что тебе хлеб, — подумал я, — если его граф пропьет? Незачем дождю и трудиться».

По лесу еще раз пробежал ветерок, но на этот раз более резкий. Сосны и трава зароптали громче.

— Пойдемте домой.

Мы встали и лениво поплелись назад, к домику.

— Лучше быть этой белокурой Оленькой, — обратился я к Урбенину, — и жить здесь со зверями, чем судебным следователем и жить с людьми... Покойнее. Не правда ли, Петр Егорыч?

— Чем ни быть, лишь бы на душе было покойно, Сергей Петрович.

— А у этой хорошенькой Оленьки покойно на душе?

— Одному только богу ведома чужая душа, но мне кажется, что ей не из чего беспокоиться. Горя не много, грехов — как у малолетка... Это очень хорошая девушка! Но вот, наконец, и небо про дождь заговорило...

Послышался грохот не то далекого экипажа, не то игры в кегли... Прогремел где-то вдали за лесом гром... Митька, всё время следивший за нами, вздрогнул и быстро закрестился...

— Гроза! — встрепенулся граф. — Вот сюрприз! Этак нас дорогой дождь захватит... И темно как стало! Говорил: воротимся! Так нет, дальше пошел...

— Мы в домике грозу переждем, — предложил я.

— Зачем же в домике? — заговорил Урбенин, как-то странно мигая глазами. — Дождь будет идти всю ночь, так и вы всю ночь в домике просидите? А вы не извольте беспокоиться... Идите себе, а Митька побежит вперед, экипаж вам навстречу вышлет.

— Ничего, авось и не всю ночь дождь будет хлестать... Грозовые тучи обыкновенно скоро проходят... Кстати же я незнаком еще с новым лесничим, и хотелось бы с этой Оленькой поболтать... узнать, что за птичка...

— Я не прочь! — согласился граф.

— Но как вы туда пойдете, ежели... ежели там того... не прибрано? — залепетал встревоженно Урбенин. — Просидеть там в духоте, ваше сиятельство, в то время, когда дома быть можно... Не понимаю, что за удовольствие!.. А знакомиться с лесничим, ежели он болен...

Очевидно было, что управляющему сильно не хотелось, чтобы мы вошли в домик лесничего. Он даже растопырил руки, точно желая загородить нам дорогу... Я понял по его лицу, что у него были причины не впускать нас. Уважаю я чужие причины и тайны, но на этот раз меня сильно подстрекнуло любопытство. Я настоял, и мы вошли в домик.

— В зал пожалуйте! — не сказал, а как-то особенно икнул, захлебываясь от радости, босой Митька...

Представьте вы себе самый маленький в мире зал с некрашеными деревянными стенами. Стены увешаны олеографиями «Нивы», фотографиями в раковинных, или, как они у нас называются, ракушковых рамочках и аттестатами... Один аттестат — благодарность какого-то барона за долголетнюю службу, остальные — лошадиные... Кое-где по стенам вьется плющ... В углу перед маленьким образом тихо теплится и слабо отражается в серебряной оправе синий огонек. У стен жмутся стулья, по-видимому, недавно купленные... Куплено много лишних, но и их поставили: девать некуда... Тут же теснятся кресла с диваном в белоснежных чехлах с оборками и кружевами и круглый лакированный стол. На диване дремлет ручной заяц... Уютно, чистенько и тепло... На всем заметно присутствие женщины. Даже этажерочка с книгами глядит как-то невинно, по-женски, словно ей так и хочется сказать, что на ней нет ничего, кроме слабеньких романов и смирных стихов... Прелесть таких уютных, теплых комнаток чувствуется не так весною, как осенью, когда ищешь приюта от холода, сырости...

Митька с шумом, сопя, дуя и громко чиркая спичками, зажег две свечи и осторожно, как молоко, поставил их на стол. Мы сели на кресла, переглянулись и засмеялись...

— Николай Ефимыч больной лежит, — пояснил отсутствие хозяев Урбенин, — а Ольга Николаевна, должно быть, моих детей пошла провожать...

— Митька, двери заперты? — услышали мы слабый тенор из соседней комнаты.

— Заперты-с, Николай Ефимыч! — прохрипел Митька и полетел опрометью в соседнюю комнату.

— То-то... Смотри, чтобы все заперты были... — сказал тот же слабый голос. — На ключ, крепко-накрепко... Если воры будут лезть, то ты мне скажешь... Я их, мерзавцев, ружьем... подлецов этаких...

— Беспременно-с, Николай Ефимыч!

Мы засмеялись и вопросительно поглядели на Урбенина. Тот покраснел и, чтобы скрыть свое смущение, начал поправлять на окне занавеску... Что сей сон значил? Мы опять переглянулись.

Но недоумевать было некогда. На дворе послышались поспешные шаги, затем шум на крыльце и хлопанье дверью. В «зал» влетела девушка в красном.

— «Любл-лю гро-зу в на-ча-ле мая!» — запела она высоким, визжащим сопрано, прерывая свой визг смехом, но, увидев нас, она вдруг остановилась и умолкла.

Она сконфузилась и тихо, как овечка, пошла в комнату, откуда только что слышался голос ее отца, Николая Ефимыча.

— Не ожидала! — усмехнулся Урбенин.

Через несколько времени она тихо вошла, села на стул, ближайший к двери, и стала нас рассматривать. Смотрела она на нас смело, в упор, словно мы были не новые для нее люди, а животные зоологического сада. Минуту и мы глядели на нее молча, не двигаясь... Я согласился бы и год просидеть неподвижно и глядеть на нее — до того хороша она была в этот вечер. Свежий, как воздух, румянец, часто дышащая, поднимающаяся грудь, кудри, разбросанные на лоб, на плечи, на правую руку, поправляющую воротничок, большие блестящие глаза... всё это на одном маленьком теле, поглощаемое одним взглядом... Поглядишь один раз на это маленькое пространство и увидишь больше, чем если бы глядел целые века на нескончаемый горизонт... На меня глядела она серьезно, снизу вверх, вопрошающе; когда же ее глаза переходили с меня на графа или поляка, то я начинал читать в них обратное: взгляд сверху вниз и смех...

Первый заговорил я.

— Рекомендуюсь, — сказал я, вставая и подходя к ней, — Зиновьев... А это, рекомендую, мой друг, граф Карнеев... Просим прощения, что без приглашения вломились в ваш хорошенький домик... Мы, конечно, не сделали бы этого, если бы нас не загнала гроза...

— Но ведь от этого не развалится наш домик! — сказала она, смеясь и подавая мне руку.

Она показала мне прелестные зубы. Я сел рядом с ней на стул и рассказал ей о том, как неожиданно встретилась на нашем пути гроза. Начался разговор о погоде — начале всех начал. Пока мы с ней беседовали, Митька уже успел два раза поднести графу водки и неразлучной с ней воды... Пользуясь тем, что я на него не смотрю, граф после обеих рюмок сладко поморщился и покачал головой.

— Вы, может быть, закусить желаете? — спросила меня Оленька и, не дожидаясь ответа, вышла из комнаты…

Первые капли застучали по стеклам… Я подошел к окну… Было уже совсем темно, и сквозь стекло я не увидел ничего, кроме ползущих вниз дождевых капель и отражения собственного носа. Блеснул свет от молнии и осветил несколько ближайших сосен…

— Двери заперты? — услышал я опять слабый тенор. — Митька, поди, подлая твоя душа, запри двери! Мучение мое, господи!

Баба с двойным, перетянутым животом и с глупым озабоченным лицом вошла в зал, низко поклонилась графу и покрыла стол белой скатертью. За ней осторожно двигался Митька, неся закуски. Через минуту на столе стояли водка, ром, сыр и тарелка с какой-то жареной птицей. Граф выпил рюмку водки, но есть не стал. Поляк недоверчиво понюхал птицу и принялся ее резать.

— Уже начался дождь! Поглядите! — сказал я вошедшей Оленьке.

Девушка в красном подошла к моему окну, и в это самое время нас осветило на мгновение белым сиянием… Раздался наверху треск, и мне показалось, что что-то большое, тяжелое сорвалось на небе с места и с грохотом покатилось на землю… Оконные стекла и рюмки, стоявшие перед графом, содрогнулись и издали свой стеклянный звук… Удар был сильный…

— Вы боитесь грозы? — спросил я Оленьку.

Та прижала щеку к круглому плечу и поглядела на меня детски доверчиво.

— Боюсь, — прошептала она, немного подумав. — Гроза убила у меня мою мать… В газетах даже писали об этом… Моя мать шла по полю и плакала… Ей очень горько жилось на этом свете… Бог сжалился над ней и убил со своим небесным электричеством.

— Откуда вы знаете, что там электричество?

— Я училась… Вы знаете? Убитые грозой и на войне и умершие от тяжелых родов попадают в рай… Этого нигде не написано в книгах, но это верно. Мать моя теперь в раю. Мне кажется, что и меня убьет гроза когда-нибудь и что и я буду в раю... Вы образованный человек?

— Да...

— Стало быть, вы не будете смеяться... Мне вот как хотелось бы умереть. Одеться в самое дорогое, модное платье, какое я на днях видела на здешней богачке, помещице Шеффер, надеть на руки браслеты... Потом стать на самый верх Каменной Могилы и дать себя убить молнии так, чтобы все люди видели... Страшный гром, знаете, и конец...

— Какая дикая фантазия! — усмехнулся я, заглядывая в глаза, полные священного ужаса перед страшной, но эффектной смертью. — А в обыкновенном платье вы не хотите умирать?

— Нет... — покачала головой Оленька. — И так, чтобы все люди видели.

— Ваше теперешнее платье лучше всяких модных и дорогих платьев... Оно идет к вам. В нем вы похожи на красный цветок зеленого леса.

— Нет, это неправда! — наивно вздохнула Оленька. — Это платье дешевое, не может быть оно хорошим.

К нашему окну подошел граф с явным намерением поговорить с хорошенькой Оленькой. Мой друг говорит на трех европейских языках, но не умеет говорить с женщинами. Он как-то некстати постоял около нас, нелепо улыбнулся, промычал «мда» и отошел вспять, к графину с водкой.

— Вы, когда входили сюда в комнату, — сказал я Оленьке, — пели «Люблю грозу в начале мая». Разве эти стихи переложены на песню?

— Нет, я пою по-своему все стихи, какие только знаю.

Я случайно оглянулся назад. На нас глядел Урбенин. В глазах его я прочел ненависть, злобу, которые вовсе не идут к его доброму, мягкому лицу.

«Ревнует он, что ли?» — подумал я.

Бедняга, уловив мой вопросительный взгляд, поднялся со стула и пошел зачем-то в переднюю... Даже по его походке было заметно, что он был взволнован. Удары грома, один другого сильнее и раскатистее, стали повторяться всё чаще и чаще... Молния беспрерывно красила в свой приятный, ослепительный свет небо, и сосны, и мокрую почву... До конца дождя было еще далеко. Я отошел от окна к этажерке с книгами и занялся осмотром Оленькиной библиотеки. «Скажи, что ты читаешь, и я скажу, кто ты», — но из добра, симметрично покоившегося на этажерке, трудно было вывести какое бы то ни было заключение об умственном уровне и «образовательном цензе» Оленьки. Тут была какая-то странная смесь. Три хрестоматии, одна книжка Борна, задачник Евтушевского, второй том Лермонтова, Шкляревский, журнал «Дело», поваренная книга, «Складчина»... Я мог бы насчитать вам еще более книг, но в то время, когда я взял с этажерки «Складчину» и начал ее перелистывать, дверь из другой комнаты отворилась, и в зал вошел субъект, сразу отвлекший мое внимание от Оленькиного образовательного ценза. Это был высокий жилистый человек в ситцевом халате и порванных туфлях, с достаточно оригинальным лицом. Лицо его, исписанное синими жилочками, было украшено фельдфебельскими усами и бачками и в общем напоминало птичью физиономию. Всё лицо было вытянуто вперед, словно стремилось к кончику носа... Такие лица называются, кажется, «кувшинными рылами». Маленькая головка этого субъекта сидела на длинной худощавой шейке с большим кадыком и покачивалась, как скворечня на ветре... Странный человек обвел нас мутными, зелеными глазами и уставился на графа...

— Двери заперты? — спросил он умоляющим голосом.

Граф поглядел на меня и пожал плечами...

— Не беспокойся, папаша! — сказала Оленька. — Всё заперто... Иди в свою комнату!

— А сарай заперт?

— Он немножко тово... трогается иногда, — шепнул Урбенин, показываясь из передней. — Боится воров и вот, как видите, всё насчет дверей хлопочет… Николай Ефимыч, — обратился он к странному субъекту, — иди к себе в комнату и ложись спать! Не беспокойся, всё заперто!

— А окна заперты?

Николай Ефимыч быстро обегал все окна, попробовал их запоры и, не взглянув на нас, зашаркал туфлями в свою комнату.

— Находит на него иногда, на беднягу, — начал пояснять по его уходе Урбенин. — Хороший, славный такой человек, знаете ли, семейный — и этакая напасть! Чуть ли не каждое лето в уме мешается…

Я посмотрел на Оленьку. Та конфузливо, спрятав от нас свое лицо, приводила в порядок свои потревоженные книги. Ей, по-видимому, стыдно было за своего сумасшедшего отца.

— А экипаж приехал, ваше сиятельство! — сказал Урбенин. — Можете ехать, если желаете!

— Откуда же этот экипаж взялся? — спросил я.

— Я посылал за ним…

Через минуту я сидел с графом в карете, слушал раскаты грома и злился…

— Выжил-таки нас из домика этот Петр Егорыч, чёрт его возьми! — ворчал я, не на шутку рассердясь. — Так и не дал разглядеть эту Оленьку! Я не съел бы ее у него… Старый дурак! Всё время от ревности лопался… Он влюблен в эту девочку…

— Да, да, да… Представь, и я это заметил! И не впускал он нас в домик только из ревности и за экипажем послал из ревности… Ха-ха!

— Седина в бороду, а бес в ребро… Впрочем, брат, трудно не влюбиться в эту девушку в красном, видя ее каждый день такой, какой мы ее сегодня видели! Чертовски хорошенькая! Только не по его рылу она… Он должен это понимать и не ревновать так эгоистически… Люби, но не мешай и другим, тем более, что знаешь, что она не про тебя писана… Этакий ведь старый болван!

— Помнишь, как он вскипел, когда Кузьма за чаем упомянул ее имя? — хихикнул граф. — Я думал, что он всех нас побьет тогда… Так горячо не заступаются за честное имя женщины, к которой равнодушны...

— Заступаются, брат... Но дело не в этом... Важно вот что... Если он нами так командовал сегодня, то что выделывает он с маленькими людьми, с теми, которые находятся в его распоряжении! Небось, ключникам, экономам, охотникам и прочим малым лира сего и подступиться к ней не дает! Любовь и ревность делают человека несправедливым, бессердечным, человеконенавистником... Держу пари, что он заел уж из-за этой Оленьки не одного служащего под его начальством. Умно поэтому сделаешь, если будешь давать поменьше веры его жалобам на служащих и докладам о необходимости изгнания того или другого. Вообще на время ограничь его власть... Любовь пройдет — ну, тогда нечего будет бояться. Он добрый и честный малый...

— А как тебе нравится ее папенька? — засмеялся граф,

— Сумасшедший... Ему нужно в сумасшедшем доме сидеть, а не лесами заведовать... Вообще не солжешь, если на воротах своей усадьбы повесишь вывеску: «Сумасшедший дом»... У тебя здесь настоящий Бедлам! Лесничий этот, Сычиха, Франц, помешанный на картах, влюбленный старик, экзальтированная девушка, спившийся граф... чего лучше?

— А ведь этот лесничий жалованье получает! Как же он служит, если он сумасшедший?

— Очевидно, Урбенин держит его только из-за дочери... Урбенин говорит, что на Николая Ефимыча находит почти каждое лето... Но это едва ли... Не каждое лето, а постоянно болен этот лесничий... К счастью, твой Петр Егорыч редко лжет и выдает себя, если соврет что-нибудь...

— В прошлом году Урбенин уведомлял меня, что старый лесничий Ахметьев едет в монахи на Афон, и рекомендовал мне «опытного, честного и заслуженного» Скворцова... Я, конечно, дал согласие, как и всегда его даю. Письма ведь не лица: не выдают себя, если лгут.

Карета въехала во двор и остановилась у подъезда. Мы вышли из нее. Дождь уже прошел. Громовая туча, сверкая молниями и издавая сердитый ропот, спешила на северо-восток, всё более и более открывая голубое, звездное небо. Казалось, тяжело вооруженная сила, произведя опустошения и взявши страшную дань, стремилась к новым победам... Отставшие тучки гнались за ней и спешили, словно боялись не догнать... Природа получала обратно свой мир...

И этот мир чудился в тихом ароматном воздухе, полном неги и соловьиных мелодий, в молчании спящего сада, в ласкающем свете поднимающейся луны... Озеро проснулось после дневного сна и легким ворчаньем давало знать о себе человеческому слуху...

В такое время хорошо кататься по полю в покойной коляске или работать на озере веслами... Но мы пошли в дом... Там нас ожидала иного рода «поэзия».

Самоубийцей называется тот, кто, под влиянием психической боли или угнетаемой невыносимым страданием, пускает себе пулю в лоб; для тех же, кто дает волю своим жалким, опошляющим душу страстям в святые дни весны и молодости, нет названия на человеческом языке. За пулей следует могильный покой, за погубленной молодостью следуют годы скорби и мучительных воспоминаний. Кто профанировал свою весну, тот понимает теперешнее состояние моей души. Я еще не стар, не сед, но я уже не живу. Психиатры рассказывают, что один солдат, раненный при Ватерлоо, сошел с ума и впоследствии уверял всех и сам в то верил, что он убит при Ватерлоо, а что то, что теперь считают за него, есть только его тень, отражение прошлого. Нечто похожее на эту полусмерть переживаю теперь и я...

— Я очень рад, что ты ничего не ел у лесничего и не испортил себе аппетита, — сказал мне граф, когда мы входили в дом. — Мы отлично поужинаем... по-старому... Подавать! — приказал он Илье, стаскивавшему с него сюртук и надевавшему халат.

Мы отправились в столовую. Тут, на сервированном столе, уже «кипела жизнь». Бутылки всех цветов и всевозможного роста стояли рядами, как на полках в театральных буфетах, и, отражая в себе ламповый свет, ждали нашего внимания. Соленая, маринованная и всякая другая закуска стояла на другом столе с графином водки и английской горькой. Около же винных бутылок стояли два блюда: одно с поросенком, другое с холодной осетриной...

— Ну-с... — начал граф, наливая три рюмки и пожимаясь, как от холода. — Будем здоровы! Бери свою рюмку, Каэтан Казимирович!

Я выпил, поляк же отрицательно покачал головой. Он придвинул к себе осетрину, понюхал ее и начал есть.

Прошу извинения у читателя. Сейчас мне придется описывать совсем не «романтическое».

— Ну-с... они выпили по другой, — сказал граф, наливая вторые рюмки. — Дерзай, Лекок!

Я взял свою рюмку, поглядел на нее и поставил...

— Чёрт возьми, давно уже я не пил, — сказал я. — Не вспомнить ли старину? — И, не долго думая, я налил пять рюмок и одну за другой опрокинул себе в рот. Иначе я не умел пить. Маленькие школьники учатся у больших курить папиросы: граф, глядя на меня, налил себе пять рюмок и, согнувшись дугой, сморщившись и качая головой, выпил их. Мои пять рюмок показались ему ухарством, но я пил вовсе не для того, чтобы прихвастнуть талантом пить... Мне хотелось опьянения, хорошего, сильного опьянения, какого я давно уже не испытывал, живя у себя в деревеньке. Выпивши, я сел за стол и принялся за поросенка...

Опьянение не заставило долго ждать себя. Скоро я почувствовал легкое головокружение. В груди заиграл приятный холодок — начало счастливого, экспансивного состояния. Мне вдруг, без особенно заметного перехода, стало ужасно весело. Чувство пустоты, скуки уступило свое место ощущению полного веселья, радости. Я начал улыбаться. Захотелось мне вдруг болтовни, смеха, людей. Жуя поросенка, я стал чувствовать полноту жизни, чуть ли не самое довольство жизнью, чуть ли не счастье.

— Отчего же вы ничего не выпьете? — обратился я к поляку.

— Он ничего не пьет, — сказал граф. — Ты не принуждай его.

— Но все-таки хоть что-нибудь да пьете же!

Поляк положил себе в рот большой кусок осетрины и отрицательно покачал головой. Молчание его меня подзадорило.

— Послушайте, Каэтан… как вас по батюшке… отчего вы всё молчите? — спросил я его. — Я не имел еще удовольствия слышать вашего голоса.

Две брови его, похожие на летящую ласточку, поднялись, и он поглядел на меня.

— А вам желательно, чтоб я говорил? — спросил он с сильным польским акцентом.

— Весьма желательно.

— А на что вам?

— Помилуйте! На пароходах за обедом чужие и незнакомые люди поднимают между собой разговор, а мы с вами знакомы уже несколько часов, рассматриваем друг друга и не проговорили между собой еще ни одного слова! На что это похоже?

Поляк молчал.

— Отчего же вы молчите? — спросил я, обождав немного. — Ответьте что-нибудь!

— Я не желаю отвечать вам. В вашем голосе я слышу смех, а я не люблю насмешек.

— Он нисколько не смеется! — встревожился граф. — Откуда это ты взял, Каэтан? Он дружески…

— Со мной графы и князья не говорили таким тоном! — сказал Каэтан, хмурясь. — Я не люблю такого тона.

— Стало быть, не удостоите беседой? — продолжал я приставать, выпивая еще рюмку и смеясь.

— Знаешь, зачем собственно я приехал сюда? — перебил граф, желая переменить разговор. — Я тебе не говорил еще об этом? Прихожу я в Петербурге к одному знакомому доктору, у которого я лечусь постоянно, и жалуюсь на свою болезнь Он выслушал, выстукал, ощупал, знаешь ли, всего и говорит: «Вы не трус?» Я хоть не трус, но, знаешь, побледнел: «Не трус», — говорю.

— Короче, брат... Надоело.

— Предсказал скорую смерть, если я не оставлю Петербурга и не уеду! У меня вся печень испорчена от долгого питья... Я и решил ехать сюда. Да и глупо там сидеть... Здесь именье такое роскошное, богатое... Климат один чего стоит!.. Делом, по крайней мере, можно заняться! Труд самое лучшее, самое радикальное лекарство. Не правда ли, Каэтан? Займусь хозяйством и брошу пить... Доктор не велел мне ни одной рюмки... ни одной!

— Ну, и не пей.

— Я и не пью... Сегодня в последний раз, ради свидания с тобой (граф потянулся ко мне и чмокнул меня в щеку)... с моим милым, хорошим другом, завтра же — ни капли! Бахус прощается сегодня со мной навеки... На прощанье, Сережа, коньячку... выпьем?

Мы выпили коньяку.

— Вылечусь, Сережа-голубчик, и займусь хозяйством... Рациональным хозяйством! Урбенин — добрый, милый... понимает всё, но разве он хозяин? Он рутинер! Надо журналы выписывать, читать, следить за всем, участвовать на сельскохозяйственных выставках, а он необразован для этого! В Оленьку... неужели он влюблен? Ха-ха! Я сам займусь, а его помощником своим сделаю... В выборах буду участвовать, общество веселить... а? Ведь и тут можно счастливо прожить! Ты как думаешь? Ну, вот ты уж и смеешься! Уж и смеешься! Право, с тобой нельзя ни о чем говорить!

Мне было весело, смешно. Смешил меня граф, смешили свечи, бутылки, лепные зайцы и утки, украшавшие стены столовой... Не смешила меня одна только трезвая физиономия Каэтана Казимировича. Присутствие этого человека раздражало меня.

— Нельзя ли этого шляхтича к чёрту? — шепнул я графу.

— Что ты! Ради бога... — залепетал граф, хватая меня за обе руки, словно я собирался колотить его поляка. — Пусть себе сидит!

— Но я не могу его видеть! Послушайте! — обратился я к Пшехоцкому. — Вы отказались со мной говорить, но, простите меня, я не потерял еще надежды покороче познакомиться с вашей разговорной способностью...

— Оставь! — дернул меня граф за рукав. — Умоляю!

— Я буду приставать к вам до тех пор, пока вы не станете отвечать мне, — продолжал я. — Что вы хмуритесь? Нешто и теперь слышите в моем голосе смех?

— Если б я выпил столько, сколько вы, то я стал бы с вами разговаривать, а то мы с вами не пара... — проворчал поляк.

— Мы с вами не пара, что и требовалось доказать... Я хотел сказать именно то же самое... Гусь свинье не товарищ, пьяный трезвому не родня... Пьяный мешает трезвому, трезвый пьяному. В соседней гостиной есть отличные мягкие диваны! На них хорошо полежать после осетринки с хреном. Туда не слышен мой голос. Не желаете ли вы туда отправиться?

Граф всплеснул руками и, мигая глазами, заходил по столовой.

Он трус и боится «крупных» разговоров... Меня же, когда я бывал пьян, тешили недоразумения и неудовольствия...

— Я не понимаю! Я не по-нимаю! — простонал граф, не зная, что сказать и что предпринять...

Он знал, что меня трудно было остановить.

— Я с вами еще мало знаком, — продолжал я, — может быть, вы прекраснейший человек, а потому мне и не хотелось бы с вами спозаранку ссориться... Я не ссорюсь с вами... Я приглашаю вас только понять, что трезвым не место среди пьяных... Присутствие трезвого действует раздражающе на пьяный организм!.. Поймите вы это!

— Говорите, что вам угодно! — вздохнул Пшехоцкий. — Меня ничем не проймете, молодой человек...

— Будто бы ничем? А если я назову вас упрямой свиньей, вы тоже не обидитесь?

Поляк покраснел — и только. Граф, бледный, подошел ко мне, сделал умоляющее лицо и развел руками.

— Ну, прошу тебя! Умерь свой язык!

Я вошел уже в свою пьяную роль и хотел продолжать, но на счастье графа и поляка послышались шаги и в столовую вошел Урбенин.

— Приятного аппетита! — начал он. — Я пришел узнать, ваше сиятельство, не будет ли каких приказаний?

— Приказаний пока нет, а просьба есть... — отвечал граф. — Очень рад, что вы пришли, Петр Егорыч... Садитесь с нами ужинать и давайте толковать о хозяйстве...

Урбенин сел. Граф выпил коньяку и начал излагать ему план своих будущих действий в области рационального хозяйства. Говорил он долго, утомительно, то и дело повторяясь и меняя тему. Урбенин слушал его, как серьезные люди слушают болтовню детей и женщин, лениво и внимательно... Он ел ершовую уху и печально глядел в свою тарелку.

— Я привез с собой прекрасные чертежи! — сказал, между прочим, граф. — Замечательные чертежи! Хотите, я вам покажу?

Карнеев вскочил и побежал к себе в кабинет за чертежами. Урбенин, пользуясь его отсутствием, быстро налил себе пол чайного стакана водки, выпил и не закусил.

— Противная эта водка! — сказал он, глядя с ненавистью на графин.

— Отчего вы при графе не пьете, Петр Егорыч? — спросил я его. — Неужто вы боитесь?

— Лучше, Сергей Петрович, лицемерить и пить тайком, чем пить при графе. Вы знаете, у графа странный характер... Украдь я у него заведомо двадцать тысяч, он ничего, по своей беспечности, не скажет, а забудь я дать ему отчет в потраченном гривеннике или выпей при нем водки, он начнет плакаться, что у него разбойник-управляющий. Вы его хорошо знаете.

Урбенин налил себе еще полстакана и выпил.

— Вы, кажется, прежде не пили, Петр Егорыч, — сказал я.

— Да, а теперь пью… Ужасно пью! — шепнул он. — Ужасно, день и ночь, не давая себе ни минуты отдыха! И граф никогда не пил в такой мере, в какой я теперь пью… Ужасно тяжело, Сергей Петрович! Одному только богу ведомо, как тяжело у меня на сердце! Уж именно, что с горя пью… Я вас всегда любил и уважал, Сергей Петрович, и откровенно вам скажу… повеситься рад бы!

— Отчего же это?

— Глупость моя… Не одни только дети бывают глупы… Бывают дураки и в пятьдесят лет. Причин не спрашивайте.

Вошел граф и прекратил его излияния.

— Отличнейший ликер! — сказал он, ставя на стол вместо «замечательных» чертежей, пузатую бутылку с сургучной печатью бенедиктинцев. — Проездом через Москву у Депре взял. Не желаешь ли, Сережа?

— Ты ведь, кажется, за чертежами ходил! — сказал я.

— Я? За какими чертежами? Ах, да! Но, брат, сам чёрт ничего не разберет в моих чемоданах… Рылся-рылся и бросил… Ликер очень мил. Не хочешь ли?

Урбенин посидел еще немного, простился и вышел. По уходе его мы принялись за красное. Это вино окончательно меня разобрало. Получилось опьянение, какого я именно и хотел, когда ехал к графу. Я стал чрезмерно бодр душою, подвижен, необычайно весел. Мне захотелось подвига неестественного, смешного, пускающего пыль в глаза… В эти минуты, мне казалось, я мог бы переплыть всё озеро, открыть самое запутанное дело, победить любую женщину… Мир с его жизнями приводил меня в восторг, я любил его, но в то же время хотелось придираться, жечь ядовитыми остротами, издеваться… Смешного чернобрового поляка и графа нужно было осмеять, заездить едкой остротой, обратить в порошок.

— Что же вы молчите? — начал я. — Говорите, я слушаю вас! Ха-ха! Я ужасно люблю, когда люди с серьезными, солидными физиономиями говорят детскую чушь!.. Это такая насмешка, такая насмешка над человечьими мозгами!.. Лица не соответствуют мозгам!

Чтобы не лгать, надо иметь идиотскую физиономию, а у вас лица греческих мудрецов!

Я не кончил... Язык у меня запутался от мысли, что я говорю с людьми ничтожными, не стоящими и полуслова! Мне нужна была зала, полная людей, блестящих женщин, тысячи огней... Я поднялся, взял свой стакан и пошел ходить по комнатам. Когда мы кутим, мы не стесняем себя пространством, не ограничиваемся одной только столовой, а берем весь дом и часто даже всю усадьбу...

В «мозаиковой» гостиной я выбрал себе турецкую софу, лег на нее и отдал себя во власть фантазий и воздушных замков. Мечты пьяные, но одна другой грандиознее и безграничнее, охватили мой молодой мозг... Получился новый мир, полный одуряющей прелести и не поддающихся описанию красот.

Недоставало только, чтоб я заговорил рифмами и стал видеть галлюцинации.

Граф подошел ко мне и сел на край софы... Ему хотелось что-то сказать мне. Это желание сообщить мне что-то особенное я начал читать в его глазах уже вскоре после вышеописанных пяти рюмок. Я знал, о чем он хотел говорить...

— Как я много выпил сегодня! — сказал он мне. — Это для меня вреднее всякого яда... Но сегодня в последний раз... Честное слово, в последний раз... У меня есть воля...

— Ладно, ладно...

— В последний... Сережа, друг, в последний раз не послать ли в город телеграмму?

— Пожалуй, пошли...

— Кутнем уж в последний раз как следует... Ну, встань же, напиши... — Сам граф не умеет писать телеграмм. У него выходят слишком длинны и неполны. Я поднялся и написал:

«С... Ресторан „Лондон". Содержателю хора Карпову. Оставить всё и ехать немедленно с двухчасовым поездом. Граф».

— Теперь без четверти одиннадцать, — сказал граф. Человек будет скакать до станции три четверти часа, maximum час... Телеграмму получит Карпов в первом часу... На поезд, стало быть, поспеет... Если на этот не поспеет, то приедет с товарным... Да?

Телеграмма была послана с одноглазым Кузьмой... Илье было приказано, чтобы через час были посланы экипажи на станцию... Я, чтоб убить чем-нибудь время, начал медленно зажигать лампы и свечи во всех комнатах, затем отпер рояль и попробовал клавиши...

Затем, помню, я лежал на той же софе, ни о чем не думал и молча отстранял рукой пристававшего с разговорами графа... Был я в каком-то забытьи, полудремоте, чувствуя только яркий свет ламп и веселое, покойное настроение... Образ девушки в красном, склонившей головку на плечо, с глазами, полными ужаса перед эффектною смертью, постоял передо мной и тихо погрозил мне маленьким пальцем... Образ другой девушки, в черном платье и с бледным, гордым лицом, прошел мимо и поглядел на меня не то с мольбой, не то с укоризной.

Далее я слышал шум, смех, беготню... Черные, глубокие глаза заслонили мне свет. Я видел их блеск, их смех... На сочных губах играла радостная улыбка... То улыбалась моя цыганка Тина...

— Это ты? — спросил ее голос. — Ты спишь? Вставай, милый... Я давно уже тебя не видела...

Я молча пожал ей руку и привлек ее к себе...

— Пойдем же туда... Все наши приехали...

— Останься... Мне тут хорошо, Тина...

— Но... здесь много света... Ты сумасшедший... Могут войти...

— Кто войдет, тому я сверну шею... Мне хорошо, Тина... Два года уже прошло, как я тебя не видел...

В зале заиграли на рояле.

Ах, Москва, Москва,

Москва... белокаменная...

— заорало несколько голосов...

— Видишь, они все поют там... Никто не войдет...

— Да, да…

Свидание с Тиной вывело меня из забытья… Через десять минут она ввела меня в залу, где полукругом стоял хор… Граф сидел верхом на стуле и отбивал руками такт… Пшехоцкий стоял позади его стула и удивленными глазами глядел на певчих птиц… Я вырвал из рук Карпова его балалайку, махнул рукой и затянул…

Вниз по ма-а-атушке… па-а-а Во-о-о…

Па-а В-о-о-о-лге…

— подхватил хор…

Ай, жги, говори… говори…

Я махнул рукой, и мгновенно, с быстротой молнии наступил новый переход…

Ночи безумные, ночи веселые…

Ничто так раздражающе и щекочуще не действует на мои нервы, как подобные резкие переходы. Я задрожал от восторга и, охватив Тину одной рукой, а другой махая в воздухе балалайкой, допел до конца «Ночи безумные»… Балалайка с треском ударилась о пол и разлетелась на мелкие щепки…

— Вина!

Далее мои воспоминания приближаются к хаосу… Всё перемешалось, спуталось, всё мутно, неясно… Помню я серое небо раннего утра… Мы едем на лодках… Озеро слегка волнуется и словно ворчит, глядя на наши дебоширства… Я стою посредине лодки и качаюсь… Тина уверяет меня, что я могу упасть в воду, и просит сесть… Я же громко изъявляю сожаление, что на озере нет таких высоких волн, как Каменная Могила, и пугаю своим криком мартынов, мелькающих белыми пятнами на синей поверхности озера. Далее следует длинный жаркий день с его нескончаемыми завтраками, десятилетними наливками, пуншами, дебошем… Из этого дня к помню только несколько моментов… Я помню себя качающимся с Тиной в саду на качелях. Я стою на одном конце доски, она на другом. Я работаю всем своим туловищем с ожесточением, насколько хватает у меня сил, и сам не знаю, что именно мне нужно: чтобы Тина сорвалась с качелей и убилась или же чтоб она взлетела под самые облака? Тина стоит бледная как смерть, но, гордая и самолюбивая, она стиснула зубы, чтобы ни одним звуком не выдать своего страха. Мы взлетаем всё выше и выше и... не помню, чем кончилось. Далее следует прогулка с Тиной в далекую аллею с зеленым сводом, скрывающим от солнца. Поэтический полумрак, черные косы, сочные губы, шёпот... Затем рядом со мной идет маленькое контральто, блондинка с острым носиком, детскими глазками и очень тонкой талией. Я гуляю с ней до тех пор, пока Тина, проследив нас, не делает мне сцены... Цыганка бледна, взбешена... Она называет меня «проклятым» и, обиженная, собирается уехать в город. Граф, бледный, с дрожащими руками, бегает около нас и, по обыкновению, не находит слов, чтоб уговорить Тину остаться... Та в конце концов дает мне пощечину... Странно: я прихожу в бешенство от малейшего, едва оскорбительного слова, сказанного мужчиной, и совершенно индифферентен к пощечинам, которые дают мне женщины... Опять длинное «после обеда», опять змея на лестнице, опять спящий Франц с мухами около рта, опять калитка... Девушка в красном стоит на Каменной Могиле, но, завидев нас, исчезает, как ящерица.

К вечеру мы опять друзья с Тиной. За вечером следует та же буйная ночь, с музыкой, залихватским пением, с щекочущими нервы переходами... и ни одной минуты сна!

— Это самоистребление! — шепнул мне Урбенин, зашедший на минутку послушать наше пение...

Он, конечно, прав. Далее, помню, я и граф стоны в саду друг против друга и спорим. Около нас прохаживается чернобровый Каэтан, всё время не принимавший никакого участия в нашем веселье, но, тем не менее, не спавший и ходивший всё время за нами, как тень... Небо уже бело, и на верхушке самого высокого дерева уже начинают золотиться лучи восходящего солнца. Кругом возня воробьев, пенье скворцов, шелест, хлопанье отяжелевших за ночь крыльев... Слышно мычанье стада и крики пастухов. Около нас столик с мраморной доской. На столике свеча Шандора с бледным огнем. Окурки, бумажки от конфект, разбитые рюмки, апельсинные корки...

— Ты должен это взять! — говорю я, подавая графу пачку кредитных билетов. — Я заставлю тебя взять!

— Ведь я же их приглашал, а не ты! — убеждает граф, стараясь уловить мою пуговицу. — Я здесь хозяин... я угощал тебя, — с какой же стати тебе платить? Пойми, что ты даже оскорбляешь меня этим!

— Я тоже нанимал их, потому плачу половину. Не берешь? Не понимаю этого одолжения! Неужели ты думаешь, что если ты богат, как дьявол, то имеешь право делать мне такие одолжения? Чёрт возьми, я нанимал Карпова, я ему и заплачу! Не нужно твоей половины! Я писал телеграмму!

— В ресторане, Сережа, ты можешь платить, сколько тебе угодно, в моем же доме не ресторан... И потом я решительно не понимаю, из-за чего ты хлопочешь, не понимаю твоей прыти. У тебя мало денег, у меня же добра этого куры не клюют... Сама справедливость на моей стороне!

— Так ты не возьмешь? Нет? Не нужно...

Я подношу к бледному огню Шандора кредитные бумажки, зажигаю их и бросаю на землю. Из груди Каэтана вдруг вырывается стон. Он делает большие глаза, бледнеет и падает своим тяжелым телом на землю, стараясь затушить ладонями огонь на деньгах... Это ему удается.

— Я не понимаю! — говорит он, кладя в карман обожженные кредитки. — Жечь деньги?! Словно это прошлогоднее полово или любовные письма... Лучше я бедному отдам кому-нибудь, чем отдавать их огню.

Я иду в дом... Там во всех комнатах, на диванах и коврах, спят вразвалку изнеможенные, заезженные певцы... Моя Тина спит на софе в «мозаиковой гостиной»...

Она раскинулась и тяжело дышит... Зубы ее стиснуты, лицо бледно... Вероятно, ей снятся качели... По всем комнатам ходит Сычиха и злобно поглядывает своими острыми глазками на людей, так внезапно нарушивших мертвую тишину забытой усадьбы... Она недаром ходит и утруждает свои старые кости...

Вот всё то, что осталось в моей памяти после двух диких ночей, остальное же не удержалось в пьяных мозгах или же неудобно для описания... Но довольно и этого!..

Никогда в другое время Зорька не несла меня с таким усердием, как в утро после сожжения кредиток... Ей тоже хотелось домой... Озеро тихо катило свои пенящиеся волны и, отражая в себе поднимающееся солнце, готовилось к дневному сну... Леса и прибрежные ивы стояли недвижимы, словно на утренней молитве... Трудно описать тогдашнее состояние моей души... Много не распространяясь, скажу только, что я несказанно обрадовался и в то же время чуть не сгорел со стыда, когда при повороте от графской усадьбы увидел на берегу старое, изможденное честным трудом и болезнями, святое лицо старика Михея... Михей своею наружностью напоминает библейских рыболовов... Он сед, как лунь, бородат и созерцательно глядит на небо... Когда он стоит неподвижно на берегу и следит взором за бегущими облаками, то можно подумать, что он видит в небе ангелов... Я люблю такие лица...

Увидев его, я осадил свою Зорьку и подал ему руку, как бы желая очиститься прикосновением к его честной мозолистой руке... Он поднял на меня свои маленькие прозорливые глаза и усмехнулся.

— Здравствуй, хороший барин! — сказал он, неумело подавая мне руку. — Что опять заскакал? Аль тот лодырь приехал?

— Приехал.

— То-то... по лику вижу... А я стою вот тут и гляжу... Мир и есть мир. Суета сует... Взглянь-ка! Немцу помирать надо, а он о суете заботится... Видишь?

Старик указал палкой на графскую купальню. От купальни быстро плыла лодка. В ней сидел человек в жокейском картузике и синей куртке. То был садовник Франц.

— Каждое утро на остров деньги возит и прячет... Нет у глупого понятия в голове, что для него что песок, что деньги — одна цена... Умрет — не возьмет с собой. Дай, барин, цигарку!

Я подал ему портсигар. Он взял три папироски и сунул их за пазуху.

— Это я племяннику... Пущай покурит.

Нетерпеливая Зорька задвигалась и полетела. Я поклонился старику, благодарный, что он дал моим глазам отдохнуть на его лице. Он долго глядел мне вслед.

Дома встретил меня Поликарп... Презрительным, сокрушающим взглядом он измерил мое барское тело, словно желая узнать, купался ли я на этот раз во всем костюме или нет?

— Поздравляем! — проворчал он. — Получил удовольствие!

— Молчи, дурак! — сказал я.

Меня злила его глупая физиономия. Быстро раздевшись, я укрылся одеялом и закрыл глаза.

Голова закружилась, и мир окутался туманом. В тумане промелькнули знакомые образы... Граф, змея, Франц, собаки огненного цвета, девушка в красном, сумасшедший Николай Ефимыч.

— Муж убил свою жену! Ах, как вы глупы!

Девушка в красном погрозила мне пальцем, Тина заслонила мне свет своими черными глазами и... я уснул...

— Как сладко и безмятежно он спит! Глядя на это бледное, утомленное лицо, на эту невинно-детскую улыбку и прислушиваясь к этому ровному дыханию, можно подумать, что здесь на кровати лежит не судебный следователь, а сама спокойная совесть! Можно подумать, что граф Карнеев еще не приехал, что не было ни пьянства, ни цыганок, ни скандалов на озере... Вставайте, ехиднейший человек! Вы не стоите, чтобы пользоваться таким благом, как покойный сон! Поднимайтесь!

Я открыл глаза и сладко потянулся... От окна до моей кровати шел широкий солнечный луч, в котором, гоняясь одна за другой и волнуясь, летали белые пылинки, отчего и сам луч казался подернутым матовой белизной... Луч то исчезал с моих глаз, то опять появлялся, смотря по тому, входил ли в область луча или выходил из нее шагавший по моей спальне наш милейший уездный врач Павел Иванович Вознесенский. В длинном расстегнутом сюртуке, болтающемся на нем, как на вешалке, заложив руки в карманы своих необыкновенно длинных брюк, доктор ходил из угла в угол, от стула к стулу, от портрета к портрету и щурил свои близорукие глаза на всё, что только попадалось на пути его взгляду. Покорный своей привычке совать свой нос и запускать «глазенапа» всюду, где только возможно, — он, то нагибаясь, то сильно вытягиваясь, заглядывал в рукомойник, в складки опущенной сторы, в дверные щели, в лампу... словно искал чего-то или желал удостовериться, всё ли цело... Вглядываясь пристально сквозь очки в какую-нибудь щель или пятно на обоях, он хмурился, принимал озабоченное выражение, нюхал своим длинным носом, старательно скоблил ногтем... Всё это проделывал он машинально, бессознательно и по привычке, но, тем не менее, быстро перебегая глазами с одного предмета на другой, он имел вид знатока, производящего экспертизу.

— Поднимайтесь, вам говорят! — будил он меня своим певучим тенором, заглядывая в мыльницу и снимая с мыла ногтем волосок.

— А... а... а... здравствуйте, господин щур! — зевнул я, увидев его, нагнувшегося над рукомойником. — Сколько зим, сколько лет!

Весь уезд дразнит доктора «щуром» за его вечно прищуренные глаза; дразнил и я. Увидев, что я проснулся, Вознесенский подошел ко мне, сел на край кровати и тотчас же потянул к своим прищуренным глазам коробку со спичками...

— Так спят одни только лентяи да люди со спокойною совестью, — сказал он, — а так как вы ни то, ни другое, то вам подобало бы, друже, вставать немножко пораньше...

— А который теперь час?

— Одиннадцатый на исходе.

— Чёрт вас возьми, щуренька! Никто не просил вас будить меня так рано! Вы знаете, я уснул сегодня только в шестом часу, и если бы не вы, то проспал бы до вечера.

— Так! — услышал я из соседней комнаты бас Поли-карпа. — Мало он еще спал! Вторые сутки спит, и всё ему мало! Да вы знаете, какой сегодня день? — спросил Поликарп, входя в спальную и глядя на меня так, как умные глядят на дураков.

— Среда, — сказал я.

— Как же, беспременно. Нарочно для вас так и сделали, чтобы в неделе две среды было...

— Сегодня четверг! — сказал доктор. — Так это, голубчик, вы изволили всю среду проспать? Мило! очень мило! Сколько же это вы выпили, позвольте вас спросить?

— Я двое суток не спал, а выпил... не помню, сколько я выпил.

Услабши Поликарпа, я начал одеваться и описывать доктору пережитые мною так недавно «ночи безумные, речи бессвязные», которые так хороши и чувствительны в романсах и так безобразны на деле. В своих описаниях я старался не выходить из пределов «легкого жанра», держаться фактов и не вдаваться в мораль, хотя всё это и противно натуре человека, питающего страсть к итогам и выводам... Я говорил и делал вид, что говорю о пустяках, нимало меня не тревожащих. Щадя целомудрие Павла Ивановича и зная его отвращение к графу, я многое скрыл, многого коснулся только слегка, но, тем не менее, несмотря даже на игривость моего тона, на карикатурный пошиб моей речи, доктор во всё время моего рассказа глядел мне в лицо серьезно, то и дело покачивая головой и нетерпеливо подергивая течами. Он ни разу не улыбнулся... Очевидно, мой «легкий жанр» произвел на него далеко не легкое впечатление.

— Что же вы не смеетесь, щуренька? — спросил я, покончив со своими описаниями...

— Если бы всё это не вы мне рассказывали и если бы не один случай, то я не поверил бы всему этому. Уж больно безобразно, друже!

— О каком случае вы говорите?

— Вчера под вечер был у меня мужик, которого вы так неделикатно попотчевали веслом… Иван Осипов…

— Иван Осипов… — пожал я плечами. — Первый раз слышу!

— Высокий такой, рыжий… с веснушками на лице… Припомните-ка! Вы ударили его веслом по голове.

— Ничего не понимаю! Никакого Осипова не знаю, веслом никого не потчевал… Всё это вам снилось, дядя!

— Дай бог, чтобы снилось… Он явился ко мне с отношением от карнеевского волостного правления и попросил медицинского свидетельства… В отношении написано, да и сам он не врет, что рана нанесена ему вами… И теперь не помните? Рана ушибленная, повыше лба, на границе с волосистой частью… До кости хватили, батенька!

— Не помню! — прошептал я. — Кто он? Чем занимается?

— Обыкновенный карнеевский мужик, у вас же там на озере был гребцом, когда вы кутили…

— Гм… может быть! Не помню… Вероятно, был пьян и как-нибудь нечаянно…

— Нет-с, не нечаянно… Он говорит, что вы рассердились на него за что-то, долго бранились и потом, рассвирепев, подскочили к нему и при свидетелях хватили… Мало того, вы крикнули: «Я убью тебя, шельму этакую!..»

Я покраснел и прошелся из угла в угол.

— Хоть убей, не помню! — проговорил я, изо всех сил напрягая память. — Не помню! Вы говорите «рассвирепев»… В пьяном виде я бываю непростительно мерзок!

— Чего же лучше!

— Мужик, очевидно, хочет затеять скандал, но не это важно… Важен сам факт, побои… Неужели я способен драться? И за что я ударил бедного мужика?

— Да-с… Свидетельства, конечно, я не мог ему не дать, но не преминул посоветовать ему обратиться к вам… Вы сойдитесь с ним как-нибудь… Побои легкие, но, рассуждая неофициально, рана головы, проникающая до черепа, штука серьезная… Нередки случаи, когда, по-видимому, самая пустая рана головы, отнесенная к легким побоям, оканчивалась омертвением костей черепа и, стало быть, путешествием ad patres[1].

И «щур», увлекшись, поднялся, зашагал около стен и, размахивая руками, начал выкладывать передо мною свои познания по хирургической патологии... Омертвение костей черепа, воспаление мозга, смерть и другие ужасы так и сыпались из его рта с бесконечными объяснениями макроскопических и микроскопических процессов, сопровождающих эту туманную и неинтересную для меня terram incognitam[2].

— Будет вам, барабошка! — остановил я его медицинскую болтовню. — Неужели вы не знаете, как всё это скучно?

— Это ничего, что скучно... Вы слушайте и казнитесь... Авось в другой раз будете поосторожней и не станете делать ненужных глупостей... Из-за этого паршивца Осипова, если вы с ним не сойдетесь, вы можете место потерять! Жрецу Фемиды судиться за побои... ведь это скандал!

Павел Иванович — единственный человек, сентенции которого я выслушиваю с легкой душою, не морщась, которому дозволяется вопросительно заглядывать в мои глаза и запускать исследующую руку в дебри моей души... Мы с ним приятели в самом лучшем смысле этого слова и уважаем друг друга, хотя у нас с ним и существуют счеты неприятного, щекотливого свойства... Между мною и им, как черная кошка, прошла женщина. Этот вечный casus belli[3] породил между нами счеты, но не поссорил нас, и мы продолжаем быть в мире. «Щур» — очень хороший малый... Я люблю его простое, далеко не пластическое лицо с большим носом, прищуренными глазами и жидкой рыжей бородкой. Я люблю его высокую, тонкую, узкоплечую фигуру, на которой сюртуки ж пальто болтаются, как на вешалке.

---

[1] к праотцам (лат.).
[2] неизвестную землю, область (лат.).
[3] повод к войне (лат.).

Его уродливо сшитые брюки собираются безобразными складками у колен и безбожно топчутся сапогами; его белый галстук вечно сидит не на месте… Но вы не подумайте, что он неряха… Взглянувши раз на его доброе, сосредоточенное лицо, вы поймете, что ему некогда хлопотать о своей наружности, да и не умеет он… Он молод, честен, не суетен, любит свою медицину, вечно в разъездах, — этого достаточно, чтобы объяснить в его пользу все промахи его незатейливого туалета. Он, как артист, не знает цены деньгам и невозмутимо жертвует своим комфортом и благами жизни кое-каким своим страстишкам, и оттого-то он дает впечатление человека неимущего, еле сводящего концы с концами… Он не курит, не пьет, не платит женщинам, но, тем не менее, две тысячи, которые вырабатывает он службой и практикой, уходят от него так же быстро, как уходят у меня мои деньги, когда я переживаю период кутежа. Две страсти обирают его: страсть давать взаймы и страсть выписывать по газетным объявлениям… Взаймы дает он всякому просящему, не говоря ни слова и не заикаясь об обратной получке… Никаким гвоздем не выковыришь из него бесшабашной веры в людскую добросовестность, и эта вера еще рельефнее сказывается в его постоянных выписываниях вещей, воспеваемых в газетных объявлениях… Он выписывает всё, нужное и ненужное. Выписывает книги, зрительные трубки, юмористические журналы, столовые приборы, «состоящие из 100 вещей», хронометры… И немудрено, если больные, приходящие к Павлу Ивановичу, принимают его комнату за арсенал или музей… Его надували и надувают, но вера попрежнему сильна и бесшабашна… Малый он славный, и мы еще не раз встретимся с ним на страницах этого романа…

— Как, однако, я у вас засиделся, — спохватился он, взглянув на свои дешевые, с одной крышкой, часы, выписанные им из Москвы «с ручательством на 5 лет», но, тем не менее, два раза уже бывшие в починке. — Мне пора, друже! Прощайте и смотрите вы мне! Эти графские кутежи добром не кончатся! Не говорю уж о вашем здоровье… Ах, да! Будете завтра в Теневе?

— А что там завтра?

— Престольный праздник! Все там будут, и вы приезжайте! Обязательно приезжайте! Я дал слово, что вы непременно приедете. Не сделайте же меня лгуном…

Кому дал он слово — не нужно было спрашивать. Мы понимали друг друга. Простившись со мной, доктор надел свое поношенное пальто и уехал…

Я остался один… Чтобы заглушить неприятные мысли, начинавшие копошиться в моей голове, я подошел к своему письменному столу и, стараясь не думать, не отдавать себе отчета, занялся полученными бумагами… Конверт, первый попавшийся мне на глаза, содержал в себе следующее письмо:

«Душечка мой Сережа! Извени, что я тебя беспокою, но я так удивлена, что не знаю, к кому и обратиться… Это ни на что не похоже. Конечно, теперь не варотиш, и мне не жалко, но посуди сам, что если ворам делать поблашку, то порядочной женщине нигде нельзя быть покойной. После того, как ты уехал, я проснулась на дивани и не нашла на себе многих вещей. Украли браслет, золотую запонку, десять жемчужин из ожерелья и вынули из партмонета рублей сто дених. Я хотела жаловаться графу, но он спал, и так и уехала. Это нехорошо. Графский дом, а воруют как в трактире. Ты скажи графу. Целую тебя и кланяюсь. Твоя любящая Тина».

Что дом его сиятельства изобиловал ворами — для меня не было новостью, и я приобщил письмо Тины к сведениям, уже имевшимся у меня на этот счет в памяти. Рано или поздно — я должен был пустить в дело эти сведения… Я знал воров.

Письмо черноглазой Тины, ее жирный, сочный почерк напомнили мозаиковую гостиную и вызвали во мне желание, похожее на желание опохмелиться, но я превозмог себя и силою своей воли заставил себя работать. Сначала мне было невыразимо скучно разбирать размашистые почерки приставов, но потом мое внимание мало-помалу фиксировалось на краже со взломом, и я стал работать с наслаждением. Целый день сидел я за своим письменным столом, а Поликарп то и дело проходил мимо меня и недоверчиво поглядывал на мою работу. В мое степенство ему не верилось, и он каждую минуту ждал, что я поднимусь из-за стола и прикажу седлать Зорьку; но к вечеру, видя мое упорство, он поверил и выражение угрюмости на лице сменил выражением удовольствия… Он стал ходить на цыпочках, говорил шёпотом… Когда мимо моих окон прошли парни с гармоникой, он вышел на улицу и прокричал:

— Чего вы, черти, здесь расходились? Ходите другой улицей! Нешто не знаете, махаметы, что барин занимается!

Вечером, подав в столовой самовар, он тихо отворил мою дверь и ласково позвал меня пить чай.

— Пожалуйте чай кушать! — сказал он, нежно вздохнув и почтительно улыбаясь.

А когда я пил чай, он тихо подошел сзади ко мне и поцеловал меня в плечо…

— Вот этак лучше, Сергей Петрович, — забормотал он. — Наплюйте на того белобрысого чёрта, чтоб ему… Статочное ли дело при вашем высоком понятии и при вашей образованности малодушием заниматься? Ваше дело благородное… Надо, чтобы все вас ублажали, боялись, а ежели будете с тем чёртом людям головы проламывать да в озере в одеже купаться, то всякий скажет: «Никакого ума! Пустяковый человек!» И пойдет тогда по миру слава! Удаль купцу к лицу, а не благородному… Благородному наука требуется, служба…

— Ну, будет, будет…

— Не путайтесь с графом, Сергей Петрович! А коли желаете дружиться, то чем не человек доктор Павел Иваныч? Только что оборванный ходит, да зато ведь ума много!

Искренность Поликарпа меня растеплила... Мне захотелось сказать ему ласковое слово...

— Ты какой роман теперь читаешь? — спросил я его.

— Графа Монте-Кристова. Вот граф! Так это настоящий граф! Непохож на вашего замазуру!

После чая я опять сел за работу и работал до тех пор, пока мои веки не стали опускаться и закрывать утомленные глаза... Ложась спать, я приказал Поликарпу разбудить меня в пять часов.

На другой день, в шестом часу утра, я, весело насвистывая и сбивая тростью головки цветов, шел пешком в Тенево, где в этот день был престольный праздник и куда приглашал меня мой друг «щур», Павел Иванович. Утро было прелестное. Само счастье, казалось, висело над землей и, отражаясь в бриллиантовых росинках, манило к себе душу прохожего... Лес, окутанный утренним светом, был тих и неподвижен, словно прислушивался к моим шагам и чириканью птичьей братии, встречавшей меня выражениями недоверия и испуга... Воздух был пропитан испарениями весенней зелени и своею нежностью ласкал мои здоровые легкие. Я дышал им и, окидывая восторженными глазами простор, чувствовал весну, молодость, и мне казалось, что молодые березки, придорожная травка и гудевшие без умолку майские жуки разделяли это мое чувство.

«И к чему там, в мире, — думал я, — теснится человек в своих тесных лачугах, в своих узких и тесных идейках, если здесь такой простор для жизни и мысли? Отчего он не идет сюда?»

И мое напоэтизированное воображение не хотело мешать себе мыслью о зиме и хлебе, этих двух печалях, загоняющих поэтов в холодный, прозаический Петербург и в нечистоплотную Москву, где платят гонорар за стихи, но не дают вдохновения.

Мимо меня проезжали крестьянские обозы и помещичьи брички, спешившие к обедне и на ярмарку. То и дело приходилось снимать шапку и отвечать на приветливые поклоны мужиков и знакомых помещиков. Всякий предлагал «подвезти», но идти было лучше, чем ехать, и я всякий раз отказывался. Мимо меня, между прочими, проехал на беговых дрожках и графский садовник Франц, в синей куртке и жокейском картузике... Он лениво поглядел на меня сонными, прокисшими глазками и еще ленивее сделал под козырек. Сзади него был привязан пятиведерный бочонок с железными обручами, очевидно, водочный... Противная рожа Франца и его бочонок расстроили несколько мое поэтическое настроение, но скоро поэзия опять восторжествовала, когда я услышал сзади себя шум экипажа и, оглянувшись, увидел тяжелый шарабан, запряженный в пару гнедых лошадок, а в тяжелом шарабане на кожаном ящикообразном сиденье — мою новую знакомку, «девушку в красном», говорившую со мной за два дня до этого про «электричество», убившее ее мать... Хорошенькое, свежевымытое и несколько заспанное личико Оленьки просияло и слегка зарумянилось, когда она увидела меня, шагавшего по краю межи, отделявшей лес от дороги. Она весело закивала мне головой и улыбнулась так приветливо, как улыбаются одни только старые знакомые.

— Доброе утро! — крикнул я ей.

Она сделала мне ручкой и вместе со своим тяжелым шарабаном исчезла с моих глаз, не дав мне наглядеться на ее хорошенькое, свежее личико. На этот раз она не была одета в красное. На ней был какой-то темно-зеленый турнюр с большими пуговицами да широкополая соломенная шляпа, но, тем не менее, она мне понравилась не меньше прежнего. Я с удовольствием поговорил бы с ней и послушал ее голос. Я хотел бы заглянуть в ее глубокие глаза при блеске солнца, как заглядывал в них тогда вечером, при сверкавшей молнии. Мне хотелось высадить ее из некрасивого шарабана и предложить ей пройти остальной путь рядом со мной, что я и сделал бы, если бы не «условия» света. Мне почему-то казалось, что она охотно согласилась бы на это предложение... Недаром она два раза оглянулась на меня, когда шарабан поворачивал за высокие ольхи!..

До Тенева от места моего жительства было шесть верст — расстояние для человека молодого в хорошее утро почти незаметное. В начале седьмого часа я уже пробирался между возами и ярмарочными балаганами к теневской церкви. Торговый шум, несмотря на раннее утро и на то, что обедня еще не кончилась, уже стоял в воздухе. Скрипенье возов, ржанье лошадей, мычанье коров, игра в игрушечные трубы — всё это мешалось с возгласами барышников-цыган и пением уже успевших «налимониться» мужиков. Сколько веселых, праздничных лиц, сколько типов! Сколько прелести и движения в этой массе, пестреющей яркими цветами платьев, залитой светом утреннего солнца! Всё это, многотысячное, копошилось, двигалось, шумело, чтобы в несколько часов сделать свое дело и к вечеру разъехаться, оставив после себя на площади, как бы в воспоминание, сенные отбросы, кое-где рассыпанный овес и ореховую скорлупу... Народ густыми толпами валил к церкви и от церкви.

Церковный крест испускал из себя золотые лучи, такие же яркие, как и само солнце. Он сверкал и, казалось, сгорал золотым огнем. Ниже его горела тем же огнем церковная глава, и лоснился на солнце свежевыкрашенный зеленый купол, а за сверкающим крестом широко расстилалась прозрачная, далекая синева. Я, пройдя через ограду, наполненную народом, пробрался в церковь. Обедня недавно еще началась, и, когда я вошел, читали еще только апостол. В церкви стояла тишина, нарушаемая чтением да шагами кадившего дьякона. Народ стоял тихо, неподвижно, с благоговением всматриваясь в открытые царские врата и прислушиваясь к протяжному чтению. Деревенские приличия или, вернее, деревенская порядочность строго преследует всякое поползновение к нарушению в церкви благоговейной тишины. Мне всегда становилось совестно, когда меня вынуждало что-нибудь улыбаться в церкви или разговаривать. К несчастью, в редких только случаях я не встречал в церкви своих знакомых, которых у меня, к сожалению, было очень много; обыкновенно же, чуть только, бывало, входил я в церковь, как ко мне тотчас же подходил какой-нибудь «интеллигент» и после длинных предисловий о погоде начинал разговор о своих грошовых делах. Я отвечал «да» и «нет», но был так щепетилен, что был не в силах совсем отказать своему собеседнику во внимании. И моя щепетильность не дешево мне стоила: я беседовал и конфузливо косился на молящихся соседей, боясь, что я оскорбляю их своей праздной болтовней.

И на этот раз не обошлось без знакомых. Войдя в церковь, я у самого входа увидел мою героиню, ту самую «девушку в красном», которую я встретил, пробираясь в Тенево.

Бедняжка, красная как рак и вспотевшая, стояла в толпе и обводила умоляющими глазами все лица, ища избавителя. Она застряла в тесной толпе и, не двигаясь ни взад ни вперед, походила на птичку, которую сильно стиснули в кулаке. Увидев меня, она горько улыбнулась и закивала мне своим хорошеньким подбородком.

— Проводите меня ради бога вперед! — заговорила она, хватая меня за рукав. — Здесь ужасная духота и… тесно… Прошу вас!

— Но ведь и впереди тесно! — сказал я.

— Но там всё чисто одетые, приличные… Здесь простой народ, а для нас отведено место впереди… И вы там должны быть…

Стало быть, красна она была не потому, что в церкви душно и тесно. Ее маленькую головку мучил вопрос местничества! Я внял мольбам суетной девочки и, осторожно расталкивая народ, провел ее до самого амвона, где был уже в сборе весь цвет нашего уездного бомонда. Поставив Оленьку на подобающее ее аристократическим поползновениям место, я стал позади бомонда и занялся наблюдениями.

Мужчины и дамы, по обыкновению, шептались и хихикали. Мировой судья Калинин, жестикулируя пальцами и поматывая головой, вполголоса рассказывал помещику Деряеву о своих болезнях. Деряев почти вслух бранил докторов и советовал мировому полечиться у какого-то Евстрата Иваныча. Дамы, увидев Оленьку, ухватились за нее, как за хорошую тему, и зашушукали. Одна только девушка, по-видимому, молилась… Она стояла на коленях и, устремив свои черные глаза вперед, шевелила губами. Она не заметила, как из-под ее шляпки выпал локон и беспорядочно повис на бледном виске… Она не заметила, как около нее остановился я с Оленькой.

Это была дочь мирового Калинина. Надежда Николаевна. Когда я ранее говорил о женщине, черной кошкой пробежавшей между мною и доктором, то говорил о ней… Доктор любил ее так, как способны любить только такие хорошие натуры, как мой милый «щур» Павел Иванович… Теперь он, как шест, стоял около нее, держа руки по швам и вытянув шею… Изредка он вскидывал свои любящие вопрошающие глаза на ее сосредоточенное лицо… Он словно сторожил ее молитву, и в его глазах светилось страстное, тоскующее желание быть предметом ее молитвы. Но, к его несчастью, он знал, за кого она молилась… Не за него…

Я кивнул Павлу Ивановичу, когда тот оглянулся на меня, и мы оба вышли из церкви.

— Давайте шляться по ярмарке, — предложил я.

Мы закурили папиросы и пошли по лавкам.

— Как поживает Надежда Николаевна? — спросил я доктора, входя с ним в палатку, в которой продавались игрушки…

— Ничего себе… Кажется, здорова… — отвечал доктор, щурясь на маленького солдатика с лиловым лицом и в пунцовом мундире. — О вас спрашивала…

— Что же она обо мне спрашивала?

— Так, вообще… Сердится, что вы давно у них не бывали… Ей хочется повидаться с вами и спросить вас о причинах такого внезапного охлаждения к их дому… Ездили почти каждый день и потом — на тебе! Словно отрезал… И не кланяется даже.

— Врете, щур… Действительно, я за неимением досуга перестал посещать Калининых… Что правда, то правда. Отношения же мои с этой семьей по-прежнему отменные… Всегда кланяюсь, если встречаю кого-нибудь из них.

Однако, встретившись в прошлый четверг с ее отцом, вы почему-то не нашли нужным ответить на его поклон.

— Я не люблю этого болвана мирового, — сказал я, — и не могу равнодушно глядеть на его рожу, но всё-таки у меня еще хватает силы кланяться ему и пожимать протягиваемую им руку. Вероятно, я не заметил его в четверг или не узнал. Вы сегодня не в духе, щуренька, и придираетесь…

— Люблю я вас, голубчик, — вздохнул Павел Иванович, — но не верю вам… «Не заметил, не узнал…» Не нужно мне ни ваших оправданий, ни отговорок… К чему они, если в них так мало правды? Вы славный, хороший человек, но в вашем больном мозгу есть, торчит гвоздем маленький кусочек, который, простите, способен на всякую пакость…

— Покорнейше благодарим.

— Вы не сердитесь, голубчик… Дай бог, чтоб я заблуждался, но мне кажется, что вы немножко психопат. У вас иногда, вопреки воле и направлению вашей хорошей натуры, вырываются такие желания и поступки, что все знающие вас за порядочного человека становятся в тупик… Диву даешься, как это ваши высоконравственные принципы, которые я имею честь знать, могут уживаться с теми вашими внезапными побуждениями, которые в исходе дают кричащую мерзость! Какой это зверь? — обратился вдруг Павел Иванович к торговцу, переменив тон и поднося к глазам деревянного зверя с человеческим носом, гривой и серыми полосами на спине.

— Лев, — зевнул продавец. — А може, и другая какая тварь. Шут их разберет!

От игрушечных балаганов мы направились к «красным» лавкам, где уже кипела торговля.

— Эти игрушки только обманывают детей, — сказал доктор. — Они дают самые превратные понятия о флоре ж фауне. Этот лев, например… Полосат, багров и пищит… Нешто львы пищат?

— Послушайте, щуренька, — сказал я. — По-видимому, вам хочется мне что-то сказать, и вы словно не решаетесь… Говорите…

Мне приятно вас слушать даже тогда, когда вы говорите неприятные вещи...

— Приятно, друже, или неприятно, а уж вы послушайте... Мне о многом хотелось бы с вами поговорить...

— Начинайте... Я обращаюсь в одно очень большое ухо.

— Я уже высказал вам свое предположение относительно того, что вы психопат. Теперь не угодно ли выслушать доказательство?.. Я буду говорить откровенно, быть может, иногда несколько резко... вас покоробит от моих слов, но вы не сердитесь, друже... Вы знаете мои к вам чувства: люблю вас больше всех в уезде и уважаю... Говорю вам не ради упрека и осуждений, не для того, чтоб колоть вас. Будем оба объективны, друже... Станем рассматривать вашу психию беспристрастным оком, как печенку или желудок...

— Хорошо, будем объективны, — согласился я.

— Превосходно... Начнем хоть с ваших отношений с Калининым... Если вы справитесь у вашей памяти, то она скажет вам, что вы начали посещать Калининых тотчас же по приезде в наш богоспасаемый уезд. Вашего знакомства не искали... Вы с первого же раза не понравились мировому своим надменным видом, насмешливым тоном и дружбой с кутилой графом, и вам не бывать бы у мирового, если бы вы сами не сделали ему визита. Помните? Вы познакомились с Надеждой Николаевной и стали ездить к мировому чуть ли не каждый день... Бывало, когда ни придешь, вы вечно там... Прием оказывался вам самый радушный. Люди ласкали вас, как только умели... И отец, и мать, и маленькие сестры... Привязались к вам, как к родному... Вами восторгаются, вас носят на руках, хохочут от малейшей вашей остроты... Вы для них образец ума, благородства, джентльменства. Вы словно понимаете всё это и за привязанность платите привязанностью — ездите каждый день, даже в дни подпраздничных приборов и суматох. Наконец, для вас не секрет та несчастная любовь, которую вы возбудили к себе в Наденьке... Ведь не секрет? Вы, знающий, что она в вас по уши влюблена, всё ездите и ездите... И что же, друже? Год тому назад вы вдруг, ни с того ни с сего, внезапно прекращаете свои визиты. Вас ждут неделю… месяц… ждут до сегодня, а вы всё не показываетесь… Вам пишут, вы не отвечаете… Наконец, вы даже не кланяетесь… Вам, придающему большое значение приличиям, эти ваши поступки должны показаться верхом невежливости! Отчего вы так резко и круто отчалили от Калининых? Вас обидели? Нет… Вам надоело? В таком случае вы могли бы отчалить постепенно, без этой обидной, ничем не мотивированной резкости…

— Перестал в гости ездить, — усмехнулся я, — и попал в психопаты. Как вы наивны, щуренька! Не всё ли равно — сразу ли прекратить знакомство или постепенно? Сразу даже честнее — лицемерия меньше. Какие всё это пустяки, однако!

— Допустим, что всё это пустяки или что вас заставили так круто повернуть причины скрытые, до которых нет дела постороннему оку. Но чем объяснить ваши дальнейшие поступки?

— Например?

— Например, вы являетесь однажды в нашу земскую управу, — не знаю, какое было у вас там дело, — и на вопрос председателя, отчего вас не стало видно у Калининых, вы сказали… Припомните-ка, что вы сказали! «Боюсь, что меня женят!» Вот что сорвалось с вашего языка! И это вы сказали во время заседания, громко, отчетливо, — так, что могли вас слышать все сто человек, бывшие в зале заседания! Красиво? В ответ на ваши слова слышатся смех и скабрезные остроты на тему о ловле женихов. Вашу фразу подхватывает какой-то мерзавец, идет к Калининым и подносит ее Наденьке во время обеда… За что такая обида, Сергей Петрович?

Павел Иванович загородил мне дорогу, стал передо мной и продолжал, глядя мне в лицо умоляющими, почти плачущими глазами:

— За что такая обида? За что? За то, что эта хорошая девушка вас любит? Допустим, что отец, как и всякий отец, имел поползновения на вашу особу… Он, по-отечески, всех имеет в виду: и вас, и меня, и Маркузина… Все родители одинаковы… Нет сомнения, что и она, по уши влюбленная, быть может, надеялась стать вашей женой… Так за это давать такую звонкую пощечину? Дяденька, дяденька! Не вы ли сами добивались этих поползновений на вашу особу? Вы каждый день ездили, обыкновенные гости так часто не ездят. Днем вы удили с нею рыбу, вечерами гуляли в саду, ревниво оберегая ваше tkte-a-tkte... Вы узнали, что она любит вас и ни на йоту не изменили вашего поведения... Можно было после этого не подозревать в вас добрых намерений? Я был уверен, что вы на ней женитесь! И вы... вы пожаловались, посмеялись! За что? Что она вам сделала?

— Не кричите, щуренька, народ смотрит, — сказал я, обходя Павла Ивановича. — Прекратим этот разговор. Это бабий разговор... Скажу вам только три строчки, и будет с вас. Ездил я к Калининым, потому что скучал и интересовался Наденькой... Она очень интересная девица... Может быть, я и женился бы на ней, но, узнав, что вы ранее меня попали в претенденты ее сердца, узнав, что вы к ней неравнодушны, я порешил стушеваться... Жестоко было бы с моей стороны мешать такому хорошему малому, как вы...

— Merci за одолжение! Я вас не просил об этой милостивой подачке, и, насколько могу судить теперь по выражению вашего лица, вы говорите сейчас неправду, говорите зря, не вдумываясь в ваши слова... И потом то обстоятельство, что я славный малый, не помешало вам, однако, в одно из последних ваших посещений сделать Наденьке в беседке предложение, от которого не поздоровилось бы славному малому, если бы он на ней женился!

— Эге-ге!.. Откуда вам известно об этом предложении, щуренька? Стало быть, ваши дела недурно идут, если вам стали уже поверять такие тайны!.. Но, однако, вы побледнели от злости и чуть ли не собираетесь бить меня... А еще тоже уговаривался быть объективным! Какой вы смешной, щуренька! Ну, бросим эту галиматью... Пойдем на почту...

Мы направились к почтовому отделению, которое весело глядело своими тремя окошечками на базарную площадь. Сквозь серый палисадник пестрел цветник нашего приемщика Максима Федоровича, известного в нашем уезде знатока по части устройства клумб, гряд, газонов и проч.

Максима Федоровича мы застали за очень приятным занятием... Красный от удовольствия и улыбающийся, он сидел за своим зеленым столом и, как книгу, перелистывал толстую пачку сторублевых бумажек. По-видимому, на расположение его духа мог влиять вид даже чужих денег.

— Здравствуйте, Максим Федорыч! — поздоровался я с ним. — Откуда это у вас такая куча денег?

— А вот-с, в Санкт-Петербург отправляют! — сладенько улыбнулся приемщик и указал подбородком в угол, где на единственном имевшемся в почтовом отделении стуле сидела темная человеческая фигура... Увидев меня, эта фигура поднялась и подошла ко мне. В ней я узнал моего нового знакомого, моего новоиспеченного врага, которого я так обидел, когда напился у графа...

— Мое почтение, — сказал он.

— Здравствуйте, Каэтан Казимирович, — ответил я, делая вид, что не вижу протянутой им руки. — Граф здоров?

— Слава богу... Скучает только немножко... Вас ждет к себе каждую минуту...

На лице Пшехоцкого я прочел желание побеседовать со мною. Откуда могло явиться такое желание после той «свиньи», которой я угостил его в тот вечер, и откуда такая перемена в обращении?

— Как много у вас денег! — сказал я, глядя на посылаемые им пачки сторублевок.

И словно кто толкнул меня по мозгам! У одной из сторублевок я увидел обожженные края и совершенно сгоревший угол... Это была та самая сторублевка, которую я хотел сжечь на огне Шандора, когда граф отказался взять ее у меня на уплату цыганам, и которую поднял Пшехоцкий, когда я бросил ее на землю.

— Лучше я бедному отдам кому-нибудь, — сказал он тогда, — чем отдавать их огню.

Каким же «бедным» посылал он ее теперь?

— Семь тысяч пятьсот рублей, — протяжно сосчитал Максим Федорыч. — Совершенно верно!

Неловко вторгаться в чужие тайны, но ужасно мне хотелось узнать, кому и чьи это деньги посылал в Петербург чернобровый поляк? Деньги эти во всяком случае были не его, графу же некому было посылать их.

«Обобрал пьяного графа, — подумал я. — Если графа умеет обирать глухая и глупая Сычиха, то что стоит этому гусю запустить в его карман свою лапу?»

— Ах... кстати, и я пошлю деньги, — спохватился Павел Иванович. — Знаете, господа? Даже невероятно! За пятнадцать рублей пять вещей с пересылкой! Зрительная труба, хронометр, календарь и еще что-то... Максим Федорыч, одолжите мне листик бумажки и конверт!

Щур послал свои пятнадцать рублей, я получил газеты и письма, и мы вышли из почтовой конторы...

Мы направились к церкви. Щуренька шагал за мной, бледный и унылый, как осенний день. Сверх ожидания, его сильно встревожил разговор, в котором он старался показать себя «объективным».

В церкви трезвонили. С паперти медленно спускалась густая толпа, которой, казалось, и конца не было. Из толпы высились ветхие хоругви и темный крест, предшествовавшие крестному ходу. Солнце весело играло на ризах духовенства, а образ божьей матери испускал от себя ослепительные лучи...

— А вон и наши! — сказал доктор, указывая на наш уездный бомонд, отделившийся от толпы и стоявший в стороне.

— Ваши, а не наши, — сказал я.

— Это всё равно... Подойдемте к ним...

Я подошел к знакомым и стал раскланиваться. Мировой судья Калинин, высокий плечистый человек с седой бородой и выпуклыми рачьими глазами, стоял впереди всех и что-то шептал на ухо своей дочери. Делая вид, что он меня не замечает, он ни одним движением не ответил на мой «общий» поклон, направленный в его сторону.

— Прощай же, ангелочек, — проговорил он плачущим голосом, целуя дочь в ее бледный лоб. — Поезжай домой одна, а к вечеру я возвращусь... Визиты мои будут продолжаться очень недолго.

Поцеловав дочь еще раз и сладенько улыбнувшись бомонду, он строго нахмурил брови и круто повернулся на одном каблуке к стоявшему позади него мужику с бляхой сотского.

— Скоро же, наконец, подадут мне лошадей? — прохрипел он.

Сотский вздрогнул и замахал руками.

— Беррегись!

Толпа, шедшая за крестным ходом, раздвинулась, и лошади мирового с шиком и звоном бубенчиков подкатили к Калинину. Тот сел, величественно поклонился и, тревожа толпу своим «беррегись», скрылся из глаз, не подарив меня ни одним взглядом.

— Эдакая величественная свинья, — прошептал я на ухо доктору. — Пойдемте отсюда!

— А разве вы не хотите поговорить с Надеждой Николаевной? — спросил Павел Иваныч.

— Мне уж пора домой. Некогда.

Доктор сердито поглядел на меня, вздохнул и отошел. Я отдал общий поклон и направился к балаганам. Пробираясь сквозь густую толпу, я оглянулся и поглядел на дочь мирового. Она глядела мне вслед и словно пробовала, вынесу я или нет ее чистый, пронизывающий взгляд, полный горькой обиды и упрека.

— За что?! — говорили ее глаза.

Что-то закопошилось в моей груди, и мне стало больно и стыдно за свое глупое поведение. Мне захотелось вдруг воротиться и всеми силами своей мягкой, не совсем еще испорченной души приласкать и приголубить эту горячо меня любившую, мною обиженную девушку и сказать ей, что виноват не я, а моя проклятая гордость, не дающая мне жить, дышать, ступить шаг. Гордость, глупая, фатовская, полная суетности. Мог ли я, пустой человек, протянуть руку примирения, если я знал и видел, что за каждым моим движением следили глаза уездных кумушек и «старух зловещих»? Пусть лучше они осыплют ее насмешливыми взглядами и улыбками, чем разуверятся в «непреклонности» моего характера и гордости, которые так нравятся во мне глупым женщинам.

Говоря ранее с Павлом Иванычем о причинах, заставивших меня внезапно прекратить свои поездки к Калининым, я был неоткровенен и совсем неточен... Я скрыл настоящую причину, скрыл ее потому, что стыдился ее ничтожности... Причина была мелка, как порох... Заключалась она в следующем. Когда я в последнюю мою поездку, отдав кучеру Зорьку, входил в калининский дом, до моих ушей донеслась фраза:

— Наденька, где ты? Твой жених приехал!

Это говорил ее отец, мировой, не рассчитывая, вероятно, что я могу услышать его. Но я услышал, и самолюбие мое заговорило.

«Я жених? — подумал я. — Кто же тебе позволил называть меня женихом? На каком основании?»

И словно что оторвалось в моей груди... Гордость забушевала во мне, и я забыл всё, что помнил, едучи к Калининым... Я забыл, что я увлек девушку и сам начал уже увлекаться ею до того, что ни одного вечера не был в состоянии провести без ее общества... Я забыл ее хорошие глаза, которые день и ночь не выходили из моей памяти, ее добрую улыбку, мелодичный голос... Забыл тихие, летние вечера, которые уже никогда не повторятся ни для меня, ни для нее... Всё рухнулось под напором дьявольской гордыни, взбудораженной глупой фразой простака отца... Взбешенный, я воротился из дому, сел на Зорьку и ускакал, давая себе клятву «утереть нос» Калинину, осмелившемуся без моего дозволения записать меня в женихи своей дочери...

«Кстати же, Вознесенский любит ее... — оправдывал я свой внезапный отъезд, едучи домой. — Он ранее меня начал вертеться около нее и уже считался женихом, когда я с нею познакомился. Не стану ему мешать!»

И с тех пор я ни разу не был у Калининых, хотя и бывали минуты, когда я страдал от тоски о Наде и рвалась душа моя, рвалась к возобновлению прошлого... Но весь уезд знал о происшедшем разрыве, знал, что я «удрал от женитьбы...» Не могла же моя гордость сделать уступки!

Кто знает? Не скажи Калинин той фразы и не будь я так глупо горд и щепетилен, быть может, мне не понадобилось бы оглядываться, а ей — глядеть на меня такими глазами... Но пусть лучше такие глаза, пусть лучше это чувство обиды и упрек, чем то, что я увидел в этих глазах несколько месяцев спустя после встречи у теневской церкви! Горе, светившееся теперь в глубине этих черных глаз, было только началом того страшного несчастья, которое, как внезапно налетевший поезд, стерло с лица земли эту девушку... Что цветки перед теми ягодками, которые уже созревали для того, чтобы влить страшную отраву в ее хрупкое тело и тоскующую душу!

Выйдя из Тенева, я пошел той же дорогой, что шел и утром. Солнце показывало уже полдень... Крестьянские телеги и помещичьи брички, как и утром, услаждали мой слух своим скрипом и металлическим ворчаньем бубенчиков. Опять проехал садовник Франц с водочным бочонком, на этот раз, вероятно, полным... Опять он взглянул на меня своими кислыми глазками и сделал мне под козырек. Меня покоробило от его противной физиономии, но и на этот раз тяжелое впечатление, произведенное встречей с ним, как рукой сняла дочка лесничего Оленька, догнавшая меня на своем тяжелом шарабане...

— Подвезите меня! — крикнул я ей.

Она весело закивала мне головой и остановила возницу. Я сел рядом с ней, и шарабан с треском покатил по дороге, светлой полосой тянувшейся через трехверстную просеку теневского леса. Минуты две мы молча разглядывали друг друга.

«Какая она, в самом деле, хорошенькая! — думал я, глядя на ее шейку и пухленький подбородок. — Если бы мне предложили выбирать кого-нибудь из двух — Наденьку или ее, то я остановился бы на этой... Эта естественнее, свежей, натура у нее шире и размашистей... Попадись она в хорошие руки — из нее многое можно было бы сделать! А та угрюма, мечтательна... умна».

У ног Оленьки лежали две штуки полотна и несколько свертков.

— Сколько у вас покупок! — сказал я. — На что вам столько полотна?

— Мне еще не столько нужно!.. — ответила Оленька. — Это я так купила, между прочим... Вы не можете себе представить, сколько хлопот! Сегодня вот по ярмарке целый час ходила, а завтра придется в город ехать за покупками... А потом извольте шить... Послушайте, у вас нет таких знакомых женщин, которых можно было бы нанять шить?

— Кажется, нет... Но для чего вам столько покупок? К чему шить? Ведь у вас семья не бог весть как велика... Раз, два... да и обчелся...

— Какие вы, все мужчины, странные! И ничего вы не понимаете! Вот, когда женитесь, так сами же будете сердиться, если жена ваша после венца придет к вам растрепкой. Я знаю, Петр Егорыч не нуждается, но все-таки неловко как-то с первого же раза себя не хозяйкой показать...

— При чем же тут Петр Егорыч?

— Гм... Смеется, точно и не знает! — сказала Оленька, слегка краснея.

— Вы, барышня, говорите загадками...

— Да разве вы не слышали? Ведь я выхожу замуж за Петра Егорыча!

— Замуж? — удивился я, делая большие глаза. — За какого Петра Егорыча?

— Фу, боже мой! Да за Урбенина!

Я поглядел на ее краснеющее и улыбающееся лицо...

— Вы... замуж? За Урбенина? Этакая ведь шутница!

— Никаких тут шуток нет... Не понимаю даже, что тут шуточного...

— Вы замуж... за Урбенина... — проговорил я, бледнея, сам не зная отчего. — Если это не шутка, то что же это такое?

— Какие шутки!.. Не знаю даже, что тут такого удивительного, странного… — проговорила Оленька, надувая губки.

Минута прошла в молчании… Я глядел на красивую девушку, на ее молодое, почти детское лицо и удивлялся, как это она может так страшно шутить? Сразу я представил себе рядом с нею пожилого, толстого, краснолицего Урбенина с оттопыренными ушами и жесткими руками, прикосновение которых может только царапать молодое, только что еще начавшее жить женское тело… Неужели мысль о подобной картине не может пугать хорошенькую лесную фею, умеющую поэтически глядеть на небо, когда на нем бегают молнии и сердито ворчит гром? Я — и то испугался!

— Правда, он несколько стар, — вздохнула Оленька, — но зато ведь он меня любит… Его любовь надежная.

— Дело не в надежной любви, а в счастье…

— С ним я буду счастлива… Состояние у него — слава богу, и не голяк он какой-нибудь, не нищий, а дворянин. Я в него, конечно, не влюблена, но разве только те и счастливы, которые по любви женятся? Знаю я эти браки по любви!

— Дитя мое, — спросил я, с ужасом глядя в ее светлые глаза, — когда вы успели нафаршировать вашу бедную головку этой ужасной житейской мудростью? Допустим, что вы шутите со мной, но где вы научились так старчески грубо шутить?.. Где? Когда?

Оленька поглядела на меня с удивлением и пожала плечами…

— Я не понимаю, что вы говорите… — сказала она. — Вам неприятно, что молодая девушка выходит за старика? Да?

Оленька вдруг вспыхнула, задвигала нервно подбородком и, не дожидаясь моего ответа, проговорила быстро:

— Вам это не нравится? Так извольте вы сами идти в лес… в эту скуку, где нет никого, кроме кобчиков да сумасшедшего отца… и ждите там, пока придет молодой жених! Вам понравилось тогда вечером, а поглядели бы вы зимой, когда рада бываешь… что вот-вот смерть придет…

— Ах, всё это нелепо, Оленька, всё это незрело, глупо! Если вы не шутите, то… я уж не знаю, что и говорить! Замолчите лучше и не оскорбляйте воздуха вашим язычком! Я, на вашем бы месте, на семи осинах удавился, а вы полотно покупаете… улыбаетесь! Ах-ах!

— По крайней мере, он на свои средства отца лечить будет… — прошептала она…

— Сколько вам нужно на лечение отца? — закричал я. — Возьмите у меня! Сто?.. двести?.. тысячу? Лжете вы, Оленька! Вам не лечение отца нужно!

Новость, сообщенная мне Оленькой, так меня взволновала, что я и не заметил, как шарабан наш проехал мимо моей деревеньки, как он въехал на графский двор и остановился у крыльца управляющего… Увидев выбежавших детишек и улыбающееся лицо Урбенина, подскочившего высаживать Оленьку, я выпрыгнул из шарабана и, не простившись, побежал к графскому дому. Здесь ждала меня новая новость.

— Как кстати! Как кстати! — встретил меня граф, царапая мою щеку своими длинными, колючими усами. — Удачнее времени ты и выбрать не мог! Мы только сию минуту сели завтракать… Ты, конечно, знаком вот… Не раз уж, небось, имел столкновение по вашей судейской части… Ха-ха!

Граф обеими руками указал мне на двух мужчин, сидевших на мягких креслах и евших холодный язык. В одном я имел неудовольствие узнать мирового судью Калинина, другой же, маленький седенький старичок с большой лунообразной лысиной, был мой хороший знакомый, Бабаев, богатый помещик, занимавший в нашем уезде должность непременного члена. Раскланиваясь, я с удивлением поглядел на Калинина… Я знал, как ненавидел он графа и какие слухи пускал он по уезду про того, у которого теперь ел с таким аппетитом язык с горошком и пил десятилетнюю наливку. Как мог порядочный человек объяснить этот его визит? Мировой уловил мой взгляд и, вероятно, понял его.

— Сегодняшний день посвятил я визитам, — сказал он мне. — Весь уезд объезжаю… И к его сиятельству заехал, как видите…

Илья подал четвертый прибор. Я сел, выпил рюмку водки и стал завтракать…

— Нехорошо, ваше сиятельство… Нехорошо! — продолжал Калинин разговор, прерванный моим приходом. — Нам, маленьким людям, не грех, а вы человек знатный, богатый, блестящий… Вам грех манкировать.

— Это верно, что грех… — согласился Бабаев.

— В чем дело? — спросил я.

— Хорошую мысль подал мне Николай Игнатьич! — кивнул граф на, мирового. — Приходит он ко мне… садится завтракать, и жалуюсь я ему на скуку…

— И жалуются они мне на скуку… — перебил графа Калинин. — Скучно, грустно… то да се… Одним словом, разочарован… Онегин некоторым образом… Сами, говорю, виноваты, ваше сиятельство… Как так? Очень просто… Вы, говорю, чтобы скучно не было, служите… хозяйством занимайтесь… Хозяйство превосходное, дивное… Говорят, что они намерены заняться хозяйством, но все-таки скучно… Нет у них, так сказать, увеселяющего, возбуждающего элемента. Нет этого… как бы так выразиться… ээ… того… сильных ощущений…

— Ну, так какую же мысль вы подали?

— Собственно говоря, я не подавал никакой мысли, но только осмелился сделать его сиятельству упрек. Как это, говорю, вы, ваше сиятельство, такой молодой… образованный, блестящий, можете жить в такой замкнутости? Разве, говорю, это не грех? Вы никуда не выезжаете, сами никого не принимаете, нигде вас не видно… как старик какой-нибудь или отшельник… Что стоит, говорю, вам устроивать у себя собрания… журфиксы, так сказать?

— Для чего же ему сдались эти журфиксы? — спросил я.

— Как для чего? Во-первых, тогда его сиятельство, ежели у него будут вечера, познакомится с обществом… изучит, так сказать… Во-вторых, и общество будет иметь честь поближе познакомиться с одним из наибогатейших наших землевладельцев... Взаимный, так сказать, обмен мыслей, разговоры, веселье... А сколько у нас, ежели рассуждать, образованных барышень, кавалеров!.. Какие можно задавать музыкальные вечера, танцы, пикники — посудите только! Залы огромадные, в саду беседки и... прочее... Такие любительские спектакли и концерты можно задавать, что никому в губернии не снилось... Да ей-богу! Посудите сами!.. Теперь всё это почти пропадает даром, в землю закопано, а тогда... понять только нужно! Имей я такие средства, как у его сиятельства, я показал бы, как надо жить! А они говорят: скучно! Даже, ей-богу... слушать смешно... совестно даже...

И Калинин замигал глазами, желая показать вид, что ему действительно совестно...

— Это вполне справедливо, — сказал граф, вставая и засовывая руки в карманы. — У меня могут выходить отличные вечера... Концерты, любительские спектакли... всё это действительно можно прелестно устроить. И к тому же эти вечера будут не только веселить общество, но они будут иметь и воспитывающее влияние!.. Не правда ли?

— Ну да, — согласился я. — Как посмотрят наши барышни на твою усатую физиономию, так сразу и проникнутся духом цивилизации...

— Ты всё шутишь, Сережа, — обиделся граф, — а никогда ты мне дружески не посоветуешь! Всё тебе смешно! Пора, мой друг, оставить эти студенческие замашки!

Граф зашагал из угла в угол и в длинных, скучных предположениях начал описывать мне пользу, какую могут принести человечеству его вечера. Музыка, литература, сцена, верховая езда, охота. Одна охота может сплотить воедино все лучшие силы уезда!..

— Мы с вами поговорим еще об этом! — сказал граф Калинину, прощаясь с ним после завтрака.

— Так позволите, стало быть, уезду надеяться, ваше сиятельство? — спросил мировой.

— Конечно, конечно… Я разовью эту мысль, постараюсь… Я рад… даже очень… Так всем и скажите…

Нужно было видеть то блаженство, которое было написано на лице мирового, когда он садился в свой экипаж и говорил: «Пошел!» Он так обрадовался, что забыл даже наши с ним контры и на прощанье назвал меня голубчиком и крепко пожал мне руку.

По отъезде визитеров я и граф сели за стол и продолжали завтракать. Завтракали мы до семи часов вечера, когда с нашего стола сняли посуду и подали нам обед. Молодые пьяницы знают, как коротать длинные антракты. Мы всё время пили и ели по маленькому кусочку, чем поддерживали аппетит, который пропал бы у нас, если бы мы совсем бросили есть.

— Ты посылал сегодня кому-нибудь деньги? — спросил я графа, вспомнив те пачки сторублевок, которые видел утром в теневском почтовом отделении.

— Никому.

— Скажи, пожалуйста, а твой этот… как его?.. новый друг, Казимир Каэтаныч или Каэтан Казимирович, богатый человек?

— Нет, Сережа. Это бедняк!.. Но зато какая душа, какое сердце! Ты напрасно так презрительно говоришь о нем и… нападаешь на него… Надо, брат, научиться различать людей. Выпьем еще по рюмке?

К обеду воротился Пшехоцкий. Увидев меня, сидящего за столом и пьющего, он поморщился и, повертясь около нашего стола, нашел лучшим удалиться в свою комнату. От обеда он отказался, ссылаясь на головную боль, но не выразил ничего против, когда граф посоветовал ему пообедать в своей комнате, в постели.

Во время второго блюда вошел Урбенин. Я не узнал его. Его широкое, красное лицо сияло удовольствием. Довольная улыбка, казалось, играла даже на оттопыренных ушах и толстых пальцах, которыми он то и дело поправлял свой новый, франтоватый галстух.

— Корова у нас заболела, ваше сиятельство, — доложил он. — Посылал я за нашим ветеринаром, а оказывается, что он уехал. Не послать ли, ваше сиятельство, за городским ветеринаром? Если я пошлю, то он не послушается, не поедет, а если вы ему напишете, то тогда другое дело. Может быть, у коровы пустяк, а может, и что другое.

— Хорошо, я напишу… — пробормотал граф.

— Поздравляю вас, Петр Егорыч, — [1] вставая и протягивая управляющему руку.

— С чем-с? — прошептал он.

— Ведь вы женитесь!

— Да, да, представь себе, женится! — заговорил граф, мигая глазом на краснеющего Урбенина. — Каков? Ха-ха-ха! Молчал-молчал, да вдруг — на тебе! И знаешь, на ком он женится? Мы тогда вечером с тобой угадали! Мы, Петр Егорыч, тогда же еще порешили, что в вашем шалунишке-сердце творится что-то такое неладное. Как поглядел он на вас и Оленьку, «ну, говорит, втюрился малый!» Ха-ха! Садитесь с нами обедать, Петр Егорыч!

Урбенин осторожно и почтительно сел, позвал глазами Илью и приказал ему подать себе супу. Я налил ему рюмку водки.

— Я не пью-с, — сказал он.

— Полноте, вы еще больше нашего пьете.

— Пил-с, а теперь уж не пью, — улыбнулся управляющий. — Теперь мне нельзя пить… Незачем… Всё, слава богу, прошло благополучно, всё устроилось, и так именно, как хотело мое сердце, даже больше, чем мог я ожидать.

— Ну, на радостях хоть этого выпейте, — сказал я, наливая ему хересу.

— Этого, пожалуй. А пил я действительно много. Теперь могу покаяться перед его сиятельством. От утра до ночи, бывало. Как

---

[1] сказал я,

встанешь утром, вспомнишь это самое... ну и, естественно, к шкафчику сейчас же. Теперь, слава богу, нечего водкой заглушать.

Урбенин выпил стакан хересу. Я налил ему другой. Он выпил и этот и незаметно опьянел...

— Даже не верится... — сказал он, засмеявшись вдруг счастливым детским смехом. — Гляжу вот на это кольцо, припоминаю ее слова, которыми она выразила свое согласие, и не верю... Смешно даже... Ну, мог ли я в свои годы, при своей такой наружности, надеяться, что эта достойная девушка не побрезгует стать моей... матерью моих сироток? Ведь она красавица, как изволили вы видеть, ангел во плоти! Чудеса да и только! Вы еще мне налили?.. Пожалуй, в последний раз уж... С горя пил, выпью и на радостях. А как я мучился, господа, сколько горя вынес! Увидал ее год тому назад и — верите ли? — с той поры не было ни одной ночи, чтоб я спал спокойно, не было дня, чтоб я не заливал водкой этой... слабости глупой, не бранил себя за глупость... Бывало, гляжу на нее в окно, любуюсь и... волосы рву у себя на голове... В пору бы вешаться... Но, слава богу... рискнул, сделал предложение, и точно, знаете ли, меня обухом! Ха-ха! Слышу и ушам не верю... Она говорит: «Согласна», а мне кажется: «Убирайся ты, старый хрен, к чёрту»... После, когда уж она меня поцеловала, убедился...

Пятидесятилетний Урбенин при воспоминании о первом поцелуе с поэтической Оленькой закрыл глаза и зарделся, как мальчишка... Мне показалось это противным...

— Господа, — сказал он, глядя на нас счастливыми, ласковыми глазами. — Отчего вы не женитесь? Зачем вы тратите попусту, кидаете за окно свои жизни? Отчего вы так чуждаетесь того, что составляет лучшее благо всего живущего на земле? Ведь наслаждения, которые дает разврат, не дают и сотой доли того, что дала бы вам тихая, семейная жизнь! Молодые люди... ваше сиятельство и вы, Сергей Петрович... я счастлив теперь и... видит бог, как я люблю вас обоих! Простите мне мои глупые советы, но... счастья ведь я хочу для вас! Отчего вы не женитесь? Семейная жизнь есть благо... Она — долг всякого!..

Счастливый и умильный вид старика, женящегося на молоденькой и советующего нам переменить нашу развратную жизнь на тихую, семейную, стал мне невыносим.

— Да, — сказал я, — семейная жизнь есть долг. Я с вами согласен. Стало быть, этот долг вы исполняете уже во второй раз?

— Да, во второй. Я вообще люблю семейную жизнь. Быть холостым или вдовым для меня — жизнь наполовину. Что ни говорите, господа, а супружество — великое дело!

— Конечно... Даже и тогда, если муж чуть ли не в три раза старше своей супруги?

Урбенин покраснел. Рука, несшая ко рту ложку с супом, задрожала, и суп вылился обратно в тарелку.

— Я понимаю, что вы хотите сказать, Сергей Петрович, — пробормотал он. — Благодарю вас за откровенность. Я и сам себя спрашиваю: не подло ли? Мучаюсь! Но где тут спрашивать себя, решать разные вопросы, когда каждую минуту чувствуешь, что ты счастлив, когда ты забываешь свою старость, уродство... всё! Homo sum[1], Сергей Петрович! А когда на секундочку забегает в мою башку вопрос о неравенстве лет, я не лезу в карман за ответом и успокаиваю себя, как умею. Мне кажется, что я дал Ольге счастье. Я дал ей отца, а детям моим мать. Впрочем, всё это на роман похоже, и... у меня кружится голова. Напрасно вы меня хересом напоили.

Урбенин встал, вытер салфеткой лицо и опять сел. Через минуту он выпил залпом стакан, поглядел на меня продолжительным, умоляющим взглядом, словно прося у меня пощады, потом вдруг плечи его задрожали, и он неожиданно зарыдал, как мальчик.

— Это ничего-с... Ничего-с, — забормотал он, пересиливая рыданье. — Не беспокойтесь. Мое сердце, после ваших слов, сжало какое-то предчувствие. Но это ничего-с.

Предчувствие Урбенина сбылось, сбылось так скоро, что я не успеваю переменить перо и начать новую страницу. С следующей

[1] Человек я (лат.).

главы моя покойная муза выражение покоя на лице сменяет выражением гнева и скорби. Предисловие кончено, и начинается драма.

Преступная воля человека вступает в свои права.

Я помню хорошее воскресное утро. В окна графской церкви видно прозрачное, голубое небо, а всю церковь, от расписного купола до пола, пронизывает матовый луч, в котором весело играют клубы ладанного дыма… В открытые окна и двери несется пение ласточек и скворцов… Один воробей, по-видимому, смельчак большой руки, влетел в дверь и, покружившись с чириканьем над нашими головами, окунувшись несколько раз в матовый луч, вылетел в окно… В самой церкви тоже пение… Поют складно, с чувством и с тем увлечением, на которое способны наши певцы-малороссы, когда чувствуют себя героями минуты и когда видят, что на них то и дело оглядываются… Мотивы всё больше веселые, игривые, как светлые, солнечные «зайчики», играющие на стенах и одеждах слушающих… В необработанном, но мягком и свежем теноре мое ухо, несмотря на веселый свадебный мотив, улавливает трудную, унылую струнку, словно этому тенору жаль, что рядом с хорошенькой, поэтической Оленькой стоит тяжелый, медведеобразный и отживающий свой век Урбенин… Да и не одному тенору жалко глядеть на эту неравную пару… На многочисленных лицах, которыми усеяно мое поде зрения, как бы они ни старались казаться веселыми и беспечными, даже идиот мог бы прочесть сожаление.

Я, облеченный в новую фрачную пару, стою позади Оленьки и держу над нею венец. Я бледен и не совсем здоров… Голова трещит от вчерашней попойки и прогулки по озеру, и я то и дело поглядываю, не дрожит ли моя рука, держащая венец… На душе моей скверно и жутко, как в лесу в дождливую осеннюю ночь. Мне досадно, противно, жалко… За сердце скребут кошки, напоминающие несколько угрызения совести… Там, в глубине, на самом дне моей души, сидит бесенок и упрямо, настойчиво шепчет мне, что если брак Оленьки с неуклюжим Урбениным — грех, то и я повинен в этом грехе… Откуда могут быть такие мысли? Разве я мог спасти эту юную дурочку от ее непонятного риска и несомненной ошибки?..

— А кто знает! — шепчет бесенок. — Тебе это лучше знать! Видал я на своем веку много неравных браков, не раз стоял перед картиной Пукирева, читал много романов, построенных на несоответствии между мужем и женой, знал, наконец, физиологию, безапелляционно казнящую неравные браки, но ни разу еще в жизни не испытывал того отвратительного душевного состояния, от которого никакими силами не могу отделаться теперь, стоя за спиной Оленьки и исполняя обязанности шафера… Если мою душу волнует одно только сожаление, то отчего же я не знал этого сожаления ранее, присутствуя на других свадьбах?..

— Тут не сожаление, — шепчет бесенок. — Ревность…

Но ревновать можно только тех, кого любишь, а разве я люблю девушку в красном? Если любить всех девушек, которых я встречаю, живя под луной, то не хватит сердца, да и слишком жирно…

Мой друг, граф Карнеев, стоит позади, у самой церковной двери, за ктиторским шкафом, и продает свечи. Он прилизан, примазан и испускает из себя наркотический, удушливый запах духов. Сегодня он выглядывает таким душкой, что, здороваясь с ним утром, я не удержался, чтобы не сказать:

— Сегодня ты, Алексей, выглядываешь идеальным кадрильщиком!

Каждого входящего и выходящего он провожает слащавой улыбкой, и я слышу, какими тяжеловесными комплиментами награждает он всякую даму, покупающую у него свечку. Он, баловень судьбы, никогда не имевший медных денег и не умеющий обращаться с ними, то и дело роняет на пол пятаки и трешники. Около него, облокотившись о шкаф, стоит величественный Калинин с Станиславом на шее. Физиономия его сияет и лоснится. Он рад, что его идея о «журфиксах» пала на добрую почву и уже начинает давать плод. В глубине души он сыплет Урбенину тысячи благодарностей: его свадьба нелепость, но, тем не менее, к ней легко придраться, чтобы устроить первый журфикс.

Тщеславная Оленька должна была радоваться... От венчального аналоя до самых царских врат тянутся два ряда представительниц нашего уездного цветника... Гостьи разодеты так, как разоделись бы они, если бы женился сам граф: лучших нарядов и желать нельзя... Тут всё больше аристократки... Ни одной попадьи, ни одной купчихи... Есть даже такие, которым Оленька ранее не считала себя вправе даже кланяться... Жених Оленьки — управляющий, привилегированный слуга, но от этого не может страдать ее тщеславие... Он дворянин и имеет в соседнем уезде заложенное имение. Отец его был уездным предводителем, а сам он уже девять лет состоит мировым судьей своего родного уезда... Чего же еще нужно честолюбию дочери личного дворянина? Даже ее шафер, известный всей губернии бонвиван и Дон-Жуан, может пощекотать ее гордость... На него заглядываются все гостьи... Он эффектен, как сорок тысяч шаферов, взятых вместе, и, что немаловажное всего, не отказался быть у нее, простушки, шафером, когда известно, что он даже и аристократкам отказывает, когда они приглашают его в шафера...

Но тщеславная Оленька не радуется... Она бледна, как полотно, которое она недавно везла с теневской ярмарки. Рука ее, держащая свечу, слегка дрожит, подбородок изредка вздрагивает. В глазах какое-то отупение, словно она внезапно чему-то изумилась, испугалась... Нет и следа той веселости, которая светилась в ее глазах, когда она не дальше как вчера бегала по саду и с увлечением рассказывала, какие обои будут в ее гостиной, в какие дни она будет приглашать к себе гостей и проч. Лицо ее теперь слишком серьезно, более, чем того требует торжественность случая…

Урбенин в новой фрачной паре. Одет он прилично, но причесан так, как причесывались православные в двенадцатом году. Он, по обыкновению, красен и серьезен. Его глаза молятся, и те крестные знамения, которые делает он после каждого «Господи, помилуй», не машинальны.

Позади меня стоят дети Урбенина от первого брака — гимназист Гриша и белокурая девочка Саша. Они глядят на красный затылок и оттопыренные уши отца, и лица их изображают вопросительные знаки. Им непонятно, на что их отцу сдалась тетя Оля и зачем он берет ее к себе в дом. Саша только удивлена, четырнадцатилетний же Гриша нахмурен и глядит исподлобья. Наверное, он ответил бы отказом, если бы отец попросил у него позволения жениться…

Венчальный обряд совершают с особенной торжественностью. Служат три священника и два дьякона. Служат долго, до того долго, что рука моя устает держать венец, и дамы, любящие вообще смотреть венчанье, перестают глядеть на молодых. Благочинный читает молитвы с расстановкой, не пропуская ни одной; певчие поют что-то длинное нотное; дьячок, пользуясь случаем прихвастнуть своей октавой, читает апостола с «сугубою протяжностью»… Но вот, наконец, благочинный берет из моих рук венец… молодые целуются… Гости волнуются, расстраиваются правильные ряды, слышатся поздравления, поцелуи, аханья. Урбенин, сияющий и улыбающийся берет под руку молодую, и мы выходим на воздух…

Если кто из бывших со мною в церкви найдет это описание неполным и не совсем точным, тот пусть припишет эти промахи головной боли и названному душевному настроению, мешавшим мне наблюдать и подмечать… Конечно, знай я тогда, что мне придется писать роман, я не глядел бы в землю, как в описываемое утро, и не обратил бы внимания на головную боль!

Судьба позволяет себе иногда едкие, ядовитые шутки! Не успели молодые выйти из церкви, как навстречу им несся нежелаемый и неожиданный сюрприз… Когда свадебный кортеж, пестрея на солнце сотнями цветов и оттенков, двигался от церкви к графскому дому, Оленька вдруг сделала шаг назад, остановилась и так дернула своего мужа за локоть, что тот покачнулся…

— Его выпустили! — сказала она вслух, поглядев на меня с ужасом.

Бедняжка! Навстречу кортежу, по аллее бежал ее сумасшедший отец, лесничий Скворцов. Размахивая руками, спотыкаясь и безумно поводя глазами, он представлял из себя достаточно непривлекательную картину. Всё бы это еще, пожалуй, было прилично, если бы он не был в своем ситцевом халате и в туфлях-шлепанцах, ветхость которых плохо вязалась с роскошью венчального наряда его дочери. Лицо его было заспано, волоса развевались от ветра, ночная сорочка была расстегнута.

— Оленька! — залепетал он, поровнявшись с ними. — Зачем ты ушла?

Оленька покраснела и искоса поглядела на улыбающихся дам. Бедняжка сгорела от стыда…

— Митька дверей не запер, — продолжал лесничий, обращаясь к нам. — Трудно ли ворам забраться?.. Из кухни самовар унесли в прошлом году, так вот она хочет, чтоб и теперь нас обокрали!

— Не знаю, кто его выпустил! — шепнул мне Урбенин. — Я велел его запереть… Голубчик, Сергей Петрович, будьте милостивы, выведите нас как-нибудь из неловкого положения! Как-нибудь!

— Я знаю, кто украл у вас самовар, — обратился я к лесничему. — Пойдемте, я вам укажу.

И, обняв Скворцова за талию, я повел его к церкви… Заведя его в ограду, я поговорил с ним, и когда, по моему расчету, свадебный кортеж был уже в доме, — оставил его, не указав ему места, где находится украденный у него самовар.

Как ни неожиданна и ни экстраординарна была встреча с сумасшедшим, но, тем не менее, скоро она была забыта… Новый сюрприз, который был поднесен молодым их судьбою, был еще диковиннее…

Через час все мы сидели за длинными столами и обедали.

Кто привык к паутине, плесени и цыганскому гиканью графских аппартаментов, тому странно было глядеть на эту будничную, прозаическую толпу, нарушавшую своей обыденной болтовней тишину ветхих, оставленных покоев. Эта пестрая, шумная толпа походила на стаю Скворцов, мимолетом опустившуюся отдохнуть на заброшенное кладбище, или — да простит мне это сравнение благородная птица! — на стаю аистов, опустившихся в одни из сумерек перелетных дней на развалины заброшенного замка.

Я сидел и ненавидел эту толпу, с суетным любопытством рассматривавшую гниющее богатство графов Карнеевых. Мозаиковые стены, скульптурные потолки, роскошные персидские ковры и мебель в стиле рококо вызывали восторг и изумление. Усатая физиономия графа, не переставая, осклаблялась самодовольной улыбкой… Восторженную лесть своих гостей принимал он, как нечто заслуженное, хотя в сущности он нимало не был повинен в богатстве и роскоши своего брошенного им гнезда, а, напротив, заслуживал самых горьких упреков и даже презрения за свой варварски тупой индифферентизм по отношению к добру, собранному его отцом и дедами, собранному не днями, а десятками лет! Только душевно слепой и нищий духом на каждой посеревшей мраморной плите, в каждой картине, в каждом темном уголке графского сада не видел пота, слез и мозолей людей, дети которых ютились теперь в избенках графской деревеньки… И из большого числа людей, сидевших за свадебным столом, людей богатых, независимых, которым ничто не мешало говорить даже самую резкую правду, не нашлось ни одного человека, который сказал бы графу, что его самодовольная улыбка глупа и неуместна… Каждый находил нужным льстиво улыбаться и курить грошовый фимиам! Если это была «простая» вежливость (у нас любят многое сваливать на вежливость и приличия), то я этим франтам предпочел бы невеж, едящих руками, берущих хлеб с чужого куверта и сморкающихся посредством двух пальцев…

Урбенин улыбался, но на это у него были свои причины. Он улыбался и льстиво, и почтительно, и детски счастливо. Его широкая улыбка была суррогатом собачьего счастья. Преданную и любящую собаку приласкали, осчастливили, и теперь она в знак благодарности весело и искренно виляет хвостом…

Он, как Рислер-старший в романе Альфонса Доде, сияя и потирая от удовольствия руки, глядел на свою молодую жену и от избытка чувств не мог удержаться, чтобы не задавать вопрос за вопросом:

«Кто б мог подумать, что эта молодая красавица полюбит такого старика, как я? И неужели она не могла найти кого-нибудь помоложе и изящнее? Непостижимы эти женские сердца!»

И он даже имел храбрость обратиться ко мне и сболтнуть:

— Да и век же настал как посмотришь! Хе-хе! Старик из-под носа молодежи утаскивает этакую фею! Чего же смотрели вы? Хе-хе… Нет, нынче уже не та молодежь!

Не зная, куда деваться от избытка чувств благодарности, распиравших его широкую грудь, он то и дело поднимался, протягивал к бокалу графа свой бокал и говорил дрожащим от волнения голосом:

— Чувства мои к вам известны, ваше сиятельство… В сегодняшний же день вы столько сделали для меня, что моя любовь к вам является просто прахом… Чем я заслужил такое внимание вашего сиятельства, что вы приняли такое участие в моей радости? Так только графы да банкиры празднуют свои свадьбы! Эта роскошь, собрание именитых гостей… Ах, да что говорить!.. Верьте, ваше сиятельство, что моя память не оставит вас, как не оставит она этот лучший и счастливейший из дней моей жизни…

И так далее… Оленьке, по-видимому, была не по душе витиеватая почтительность мужа… Она заметно тяготилась его речами, вызывавшими улыбки на лицах обедавших, и даже, кажется, стыдилась их… Несмотря на выпитый бокал шампанского, она была невесела и угрюма по-прежнему... Та же бледность, что и в церкви, тот же испуг в глазах... Она молчала, лениво отвечала на все вопросы, насильно улыбалась остротам графа и едва касалась дорогих кушаний... Насколько пьянеющий Урбенин считал себя счастливейшим из смертных, настолько несчастно было ее хорошенькое личико. Мне было просто жаль глядеть на него, и я, чтобы не видеть этого личика, старался глядеть себе в тарелку.

Чем нужно было объяснить эту ее печаль? Не начало ли раскаяние грызть бедную девушку? Или, быть может, ее тщеславие ожидало еще большей помпы?

Подняв во время второго блюда на нее глаза, я был поражен до боли в сердце. Бедная девочка, отвечая на какой-то пустой вопрос графа, делала усиленные глотательные движения: в ее горле накипали рыдания. Она не отрывала платка от своего рта и робко, как испуганный зверек, поглядывала на нас: не замечаем ли мы, что ей хочется плакать?

— Чего вы такая кислая сегодня? — спросил граф. — Эге! Петр Егорыч, это вы виноваты! Извольте-ка развеселить жену! Господа, я требую поцелуя. Ха-ха!.. Не для себя поцелуя, конечно, а того... чтобы они поцеловались! Горько!

— Горько! — подхватил Калинин.

Урбенин, улыбаясь во всё свое красное лицо, поднялся и замигал глазами. Оленька, понуждаемая возгласами и гиканьем гостей, слегка привстала и подставила Урбенину свои неподвижные, безжизненные губы... Тот поцеловал... Оленька стиснула свои губы, точно боясь, чтоб их не поцеловал в другой раз, и взглянула на меня... Вероятно, мой взгляд был нехорош. Уловив его, она вдруг покраснела, потянулась за платком и стала сморкаться, желая хоть чем-нибудь скрыть свое страшное замешательство... Мне пришло в голову, что она стыдится передо мной, стыдится за этот поцелуй, за брак...

«Какое мне дело до тебя?» — думал я, но сам в то же время не спускал с нее глаз, стараясь уловить причину ее замешательства...

Бедняжка не вынесла моего взгляда. Правда, краска стыда скоро сошла с ее лица, но зато из глаз выжались слезы, настоящие слезы, каких я никогда ранее не видывал на ее лице... Прижав платок к лицу, она поднялась и выбежала из столовой...

— У Ольги Николаевны голова болит, — поспешил я объяснить ее уход. — Она мне еще утром жаловалась...

— Оставь, брат! — сострил граф. — Головная боль тут ни при чем... Поцелуй всё наделал, сконфузилась. Объявляю, господа, жениху строгий выговор! Он не приучил свою невесту к поцелуям! Ха-ха!

Гости, восхищенные графской остротой, захохотали... Но не следовало хохотать...

Прошло пять, десять минут, и молодая не возвращалась... Наступило молчание... Даже граф перестал острить... Отсутствие Оленьки было тем более заметно, что она ушла внезапно, не сказав ни слова... Не говоря уж об этикете, который был оскорблен тут прежде всего, Оленька вышла из-за стола тотчас же после поцелуя, словно она рассердилась, что ее заставили целоваться с мужем... Нельзя было допустить, что она ушла оттого, что сконфузилась... Сконфузиться можно на минуту, на две, но не на целую вечность, какою показались нам первые десять минут ее отсутствия... Сколько нехороших мыслей промелькнуло в хмельных головах мужчин и сколько сплетен было уже наготове у милых дам! Невеста встала из-за стола и ушла — какое эффектное и сценическое место для «великосветского» уездного романа!

Урбенин стал беспокойно поглядывать по сторонам.

— Нервы... — бормотал он. — Или, может, развязалось что-нибудь из туалета... Кто их знает, этих женщин! Сейчас придет... Сию минуту.

Но когда прошло еще десять минут и она не появлялась, он посмотрел на меня такими несчастными, умоляющими глазами, что мне стало жаль его...

«Ничего, если я пойду поищу ее? — говорили его глаза. — Не поможете ли вы мне, голубчик, выйти из этого ужасного положения?

Вы здесь самый умный, смелый и находчивый человек, помогите же мне!»

Я внял мольбе его несчастных глаз и решился помочь ему. Как я помог ему, читатель увидит далее... Скажу только, что крыловский медведь, оказавший услугу пустыннику, в моих глазах теряет всё свое звериное величие, бледнеет и обращается в невинную инфузорию, когда я вспоминаю себя в роли «услужливого дурака»... Сходство между мной и медведем заключается только в том, что оба мы шли на помощь искренно, не предвидя дурных последствий нашей услуги, разница же между нами громадная... Мой камень, которым я хватил по лбу Урбенина, во много раз увесистее...

— Где Ольга Николаевна? — спросил я лакея, подававшего мне салат.

— В сад вышли, — отвечал он.

— Это ни на что непохоже, mesdames! — сказал я шутливым тоном, обращаясь к дамам. — Невеста ушла, и мое вино прокисло!.. Я должен пойти ее отыскать и привести ее сюда, хотя бы у нее болели все зубы! Шафер — должностное лицо, и он идет показать свою власть!

Я встал и при громких аплодисментах моего друга графа вышел из столовой в сад. В мою разгоряченную вином голову ударили прямые, жгучие лучи полуденного солнца. В лицо пахнуло зноем и духотой. Я наудачу пошел по одной из боковых аллей и, насвистывая какой-то мотив, дал «полный пар» своим следовательским способностям в роли простой ищейки. Я осмотрел все кустики, беседки, пещеры, и когда уже меня начало помучивать раскаяние, что я пошел вправо, а не влево, я вдруг услышал странные звуки. Кто-то смеялся или плакал. Звуки исходили из одной пещеры, которую я хотел осмотреть последней. Быстро войдя в нее, я, охваченный сыростью, запахом плесени, грибов и известки, увидел ту, которую искал.

Она стояла, облокотившись о деревянную колонну, покрытую черным мохом, и, подняв на меня глаза, полные ужаса и отчаяния, рвала на себе волосы. Из ее глаз лились слезы, как из губки, когда ее жмут.

— Что я наделала? Что наделала! — бормотала она.

— Да, Оля, что вы наделали! — сказал я, ставши перед ней и скрестив руки.

— Зачем я вышла за него замуж? Где у меня были глаза? Где был мой ум?

— Да, Оля... Трудно объяснить этот ваш шаг... Объяснять его неопытностью — слишком снисходительно, объяснять испорченностью — не хочется...

— Я сегодня только поняла... сегодня! Отчего я не поняла этого вчера? Теперь всё безвозвратно, всё потеряно! Всё, всё! Я могла бы выйти за человека, которого я люблю, который меня любит!

— За кого же это, Оля? — спросил я.

— За вас! — сказала она, посмотрев на меня прямо, открыто... — Но я поспешила! Я была глупа! Вы умны, благородны, молоды... Вы богаты... Вы казались мне недоступны!

— Ну, довольно, Оля, — сказал я, беря ее за руку. — Утрем свои глазки и пойдем... Там ждут... Ну, будет плакать, будет... — Я поцеловал ее руку. — Будет, девочка! Ты сделала глупость и теперь расплачивайся за нее... Ты виновата... Ну, будет, успокойся...

— Ведь ты меня любишь? Да? Ты такой большой, красивый! Ведь любишь?

— Пора идти, душа моя... — сказал я, замечая, к своему великому ужасу, что я целую ее в лоб, беру ее за талию, что она ожигает меня своим горячим дыханием и повисает на моей шее...

— Будет тебе! — бормочу я. — Довольно!..

Когда минут через пять я вынес ее на руках из пещеры и, замученную новыми впечатлениями, поставил на землю, почти у самого порога я увидал Пшехоцкого... Он стоял, ехидно глядел на меня и тихо аплодировал... Я смерил его взглядом и, взяв Ольгу под руку, направился к дому.

— Сегодня же вас здесь не будет! — сказал я, оглянувшись, Пшехоцкому. — Ваше шпионство не пройдет вам даром!

Поцелуи мои, вероятно, были горячи, потому что лицо Ольги горело, как в огне. На нем не было и следа только что пролитых слез…

— Теперь мне, как говорится, море по колено! — бормотала она, идя со мной к дому и судорожно сжимая мой локоть. — Утром я не знала, куда деваться от ужаса, а сейчас… сейчас, мой хороший великан, я не знаю, куда деваться от счастья! Там сидит и ждет меня муж… Ха-ха! Мне-то что? Хоть бы он даже был крокодил, страшная змея… ничего не боюсь! Я тебя люблю и знать ничего не хочу.

Я поглядел на ее пылавшее счастьем лицо, на глаза, полные счастливой, удовлетворенной любви, и сердце мое сжалось от страха за будущее этого хорошенького, счастливого существа: любовь ее ко мне была только лишним толчком в пропасть… Чем кончит эта смеющаяся, не думающая о будущем женщина?.. Сердце мое сжалось и перевернулось от чувства, которое нельзя назвать ни жалостью, ни состраданием, потому что оно было сильнее этих чувств. Я остановился и взял Ольгу за плечо… Никогда в другое время я не видел ничего прекраснее, грациознее и в то же время жалче… Некогда было рассуждать, рассчитывать, думать, и я, охваченный чувством, сказал:

— Сию минуту едем ко мне, Ольга! Сейчас же!

— Как? Что ты сказал? — спросила она, не поняв моего несколько торжественного тона…

— Едем немедленно ко мне!

Ольга улыбнулась и показала мне на дом…

— Ну так что же? — сказал я. — Сегодня ли я возьму тебя или завтра — не всё ли равно? Но чем раньше, тем лучше… Идем!

— Но… это как-то странно…

— Ты, девочка, боишься скандала?.. Да, скандал будет необыкновенный, грандиозный, но лучше тысяча скандалов, чем оставаться тебе здесь! Я тебя здесь не оставлю! Я не могу тебя здесь оставить! Понимаешь, Ольга? Оставь твое малодушие, твою женскую логику и слушайся! Слушайся, если не желаешь своей гибели!

Глаза Ольги говорили, что она меня не понимала… А время между тем не ждало, шло своим чередом, и стоять нам в аллее в то время, когда нас там ждали, было некогда. Нужно было решать… Я прижал к себе «девушку в красном», которая фактически была теперь моей женой, и в эти минуты мне казалось, что я действительно люблю ее, люблю любовью мужа, что она моя и судьба ее лежит на моей совести… Я увидел, что я связан с этим созданьем навеки, бесповоротно.

— Послушай, моя дорогая, мое сокровище! — сказал я. — Шаг этот смел… Он рассорит нас с близкими людьми, вызовет на наши головы тысячи попреков, слезных жалоб. Он, быть может, даже испортит мою карьеру, причинит мне тысячи непроходимых неудобств, но, милая моя, решено! Ты будешь моей женой… Лучшей жены мне не нужно, да и бог с ними, с этими женщинами! Я сделаю тебя счастливой, буду хранить тебя, как зеницу ока, пока жив буду, я воспитаю тебя, сделаю из тебя женщину! Обещаю тебе это, и вот тебе моя честная рука!

Я говорил с искренним увлечением, с чувством, как jeune premier[1], исполняющий самое патетическое место в своей роли… Говорил я прекрасно, и недаром похлопала мне крыльями пролетевшая над нашими головами орлица. А моя Оля взяла мою протянутую руку, подержала ее в своих маленьких руках и с нежностью поцеловала. Но это не было знаком согласия… На глупеньком личике неопытной, никогда ранее не слышавшей речей женщины выражалось недоумение… Она всё еще продолжала не понимать меня.

— Ты говоришь, идти к тебе… — проговорила она, думая… — Я тебя не совсем понимаю… Разве ты не знаешь, что скажет он?

— Да какое тебе дело до того, что он скажет?

[1] первый любовник (франц.).

— Как какое? Нет, Сережа, и не говори лучше... Оставь это, пожалуйста... Ты меня любишь, и больше мне ничего не нужно. С твоей любовью хоть в аду жить...

— Но как же ты будешь, дурочка?

— Я буду жить здесь, а ты... будешь приезжать каждый день... Я буду выходить тебя встречать.

— Но я без содрогания не могу представить себе этой твоей жизни!.. Ночью — он, днем — я... Нет, это невозможно! Оля, я так люблю тебя в настоящую минуту, что... я даже безумно ревнив... Я даже и не подозревал за собой способности на такие чувства...

Но какая неосторожность! Я держал ее за талию, а она нежно гладила мою руку в то время, когда во всякую минуту можно было ждать, что кто-нибудь пройдет по аллее и увидит нас.

— Идем, — сказал я, отдергивая свои руки. — Оденься и едем!

— Но как ты всё это скоро... — промычала она плаксивым голосом. — Спешишь, словно на пожар... И бог знает что выдумал! Убежать сейчас же после венца! Что люди скажут!

И Оленька пожала плечами. На лице ее было столько недоумения, удивления и непонимания, что я махнул рукой и отложил решение ее «жизненного вопроса» до следующего раза. Да и некогда уже было продолжать нашу беседу: мы всходили по каменным ступеням террасы и слышали людской говор. Перед дверью в столовую Оля поправила свою прическу, оглядела платье и вошла. На лице ее не заметно было смущения. Вошла она, сверх ожидания моего, очень храбро.

— Возвращаю вам, господа, беглянку, — сказал я, входя и садясь на свое место. — Насилу нашел... Даже утомился... Выхожу в сад, смотрю, а она изволит прохаживаться по аллее... «Зачем вы здесь?» — спрашиваю... — «Да так, говорит, душно!..»

Оля поглядела на меня, на гостей, на мужа... и захохотала. Ей стало вдруг смешно, весело. На лице ее я прочел желание поделиться со всей этой обедающей толпой своим внезапно набежавшим на нее счастьем, и, не имея возможности передать его на словах, она вылила его в своем смехе.

— Какая я смешная! — сказала она. — Хохочу и сама не знаю, чего хохочу... Граф, смейтесь!

— Горько! — крикнул Калинин.

Урбенин кашлянул и поглядел вопросительно на Олю.

— Ну? — спросила она, на секунду нахмурив брови.

— Кричат-с — «горько», — ухмыльнулся Урбенин, поднимаясь и вытирая салфеткой губы.

Ольга поднялась и дала ему поцеловать себя в неподвижные губы... Поцелуй этот был холоден, но еще более он поджег костер, тлевший в моей груди и готовый каждую минуту вспыхнуть пламенем... Я отвернулся и, стиснув губы, стал ждать конца обеда... Конец этот наступил, к счастью, скоро, иначе бы я не выдержал...

— Поди сюда! — сказал я грубо, подходя после обеда к графу.

Граф с удивлением поглядел на меня и последовал за мной в пустую комнату, куда я повел его...

— Что тебе нужно, дружочек? — спросил он, расстегивая жилетку и отрыгнув...

— Выбирай кого-нибудь из двух... — сказал я, едва держась на ногах от охватившего меня гнева. — Или я, или Пшехоцкий! Если ты не обещаешь мне, что через час этот подлец оставит твою деревню, я к тебе более ни ногой!.. Даю тебе на ответ полминуты!

Граф выронил изо рта сигару и расставил руки...

— Что с тобой, Сережа? — спросил он, делая большие глаза. — На тебе лица нет!

— Без лишних слов, пожалуйста! Я не выношу шпиона, негодяя, подлеца и друга твоего Пшехоцкого и во имя наших хороших с тобой отношений требую, чтоб его не было здесь сейчас же!

— Но что он тебе сделал? — встревожился граф. — За что ты на него так нападаешь?

— Я тебя спрашиваю: я или он?

— Но, голубчик, ты ставишь меня в ужасно щекотливое положение... Постой, у тебя на фраке перышко... Ты требуешь от меня невозможного!

— Прощай! — сказал я. — Я с тобой больше незнаком.

И, круто повернувшись, я пошел в переднюю, оделся и быстро вышел. Проходя через сад в людскую кухню, где я хотел приказать запрячь мне лошадь, я был остановлен встречей... Навстречу мне с маленькой чашечкой кофе шла Надя Калинина. Она тоже была на свадьбе Урбенина, но какой-то неясный страх заставлял меня избегать с ней разговора, и за весь день я ни разу не подошел к ней и не сказал с нею ни одного слова...

— Сергей Петрович! — сказала она неестественно низким голосом, когда я прошел мимо нее и слегка приподнял шляпу. — Постойте!

— Что прикажете? — спросил я, подходя к ней.

— Приказывать мне нечего... да вы и не лакей, — сказала она, глядя мне в упор в лицо и страшно бледнея. — Вы куда-то спешите, но если вам не к спеху, можно задержать вас на минуту?

— Конечно... Я не знаю даже, зачем вы спрашиваете...

— В таком случае сядемте... Вы, Сергей Петрович, — продолжала она, когда мы сели, — сегодня вы всё время старались не замечать меня, обходили, словно боялись встретиться, а как нарочно сегодня-то я и порешила поговорить с вами... Я горда и самолюбива... не умею навязываться встречей... но раз в жизни можно пожертвовать гордостью.

— О чем вы это?

— Я порешила сегодня спросить вас... Вопрос унизительный, тяжелый для меня... не знаю, как и перенесу... Вы отвечайте, не глядя на меня... Неужели вам не жаль меня, Сергей Петрович?

Надя поглядела на меня и слабо покачала головой. Лицо ее еще более побледнело, верхняя губа задрожала и покривилась...

— Сергей Петрович! Мне всё кажется, что вас... отделило от меня какое-то недоразумение, каприз... Мне кажется, что выскажись мы —

и всё пойдет по-старому… Если бы мне так не казалось, то у меня не хватило бы решимости задать вам вопрос, который вы сейчас услышите… Я, Сергей Петрович, несчастна… Вы должны это видеть… Жизнь моя не в жизнь… Вся высохла… А главное — какая-то неопределенность: не знаешь, надеяться или нет… Поведение ваше по отношению ко мне так непонятно, что невозможно вывести никакого определенного заключения… Скажите мне, и я буду знать, что мне делать… Тогда моя жизнь получит хотя какое-нибудь направление… Я тогда решусь на что-нибудь.

— Вы хотите, Надежда Николаевна, спросить меня о чем-то, — сказал я, готовя мысленно ответ на вопрос, который предчувствовал.

— Да, я хочу спросить… Вопрос унизительный… Если кто подслушает, то подумает, что я навязываюсь, словно… пушкинская Татьяна… Но это вымученный вопрос…

Действительно, вопрос был вымученный. Когда Надя повернула ко мне лицо, чтобы задать этот вопрос, я испугался: Надя дрожала, судорожно сжимала свои пальцы и с тоскливой медленностью выжимала из себя роковое слово. Ее бледность была страшна.

— Могу я надеяться? — прошептала она наконец. — Вы не бойтесь говорить прямо… Какой бы ни был ответ, но он лучше неопределенности. Так как же? Могу я надеяться?

Она ждала ответа, а между тем настроение моего духа было таково, что я не был способен на разумный ответ. Пьяный, взволнованный случаем в пещере, взбешенный шпионством Пшехоцкого и нерешительностью Ольги, переживший глупую беседу с графом, я едва слушал Надю.

— Могу я надеяться? — повторила она. — Отвечайте же!

— Ах, мне не до ответов, Надежда Николаевна! — махнул я рукой, поднимаясь. — Я неспособен давать теперь какие бы то ни было ответы. Простите меня, но я вас не слышал и не понял. Я глуп и взбешен… Напрасно только вы и беспокоились, право.

Я еще раз махнул рукой и оставил Надю. Только впоследствии, придя в себя, я понял, как глуп и жесток я был, не дав девушке ответа на ее простой, незамысловатый вопрос… Отчего я не ответил?

Теперь, когда я могу глядеть беспристрастно на прошлое, я не объясняю свою жестокость состоянием души… Мне сдается, что, не давая ей ответа, я кокетничал, ломался. Трудно понять человеческую душу, но душу свою собственную понять еще трудней. Если действительно я ломался, то да простит мне бог! Хотя, впрочем, издевательство над чужими страданиями не должно быть прощаемо.

Три дня ходил я из угла в угол, как волк в клетке, и всеми силами своей недюжинной воли старался не пускать себя из дому. Я не касался груды бумаг, лежавших на столе и терпеливо ожидавших моего внимания, никого не принимал, бранился с Поликарпом, раздражался… Я не пускал себя в графскую усадьбу, и это упорство стоило мне сильной нервной работы. Я тысячу раз брался за шляпу и столько же раз бросал ее… То я решался пренебречь всем на свете и ехать к Ольге во что бы то ни стало, то окачивал себя холодом решения сидеть дома…

Рассудок мой был против поездки в графскую усадьбу. Раз я поклялся графу не бывать у него, мог ли я жертвовать своим самолюбием, гордостью? Что бы подумал этот усатый фат, если бы я, после того нашего глупого разговора, отправился к нему, как ни в чем не бывало? Не значило бы это сознаться в своей неправоте?..

Далее, как честный человек, я должен был бы порвать всякие сношения с Ольгой. Наша дальнейшая связь не могла бы ей дать ничего, кроме гибели. Выйдя замуж за Урбенина, она сделала ошибку, сойдясь же со мной, она ошиблась в другой раз. Живя с мужем-стариком и имея в то же время тайком от него любовника, не походила бы она на развратную куклу? Не говоря уже о том, как мерзка в принципе подобная жизнь, нужно было подумать и о последствиях.

Какой я трус! Я боялся и последствий, и настоящего, и прошлого… Обыкновенный человек посмеется над моими рассуждениями. Он не ходил бы из угла в угол, не хватал бы себя за голову и не строил бы всевозможных планов, а предоставил бы всё жизни, которая мелет в муку даже жёрновы. Жизнь переварила бы всё, не спрашивая ни его помощи, ни позволения... Но я мнителен до трусости... Ходил я из угла в угол, болел от сострадания к Ольге и в то же время ужасался мысли, что она поймет мое предложение, которое сделал я ей в минуты увлечения, и явится ко мне в дом, как обещал я ей, навсегда! Что было бы, если бы она послушалась меня и пошла за мной? Как долго продолжалось бы это «навсегда», и что дала бы бедной Ольге жизнь со мною? Я не дал бы ей семьи, а стало быть, не дал бы и счастья. Нет, не следовало мне ехать к Ольге!

А между тем душа моя неистово рвалась к ней... Я тосковал, как впервые влюбившийся мальчишка, которого не пускают на rendez-vous [1]. Искушенный происшествием в пещере, я жаждал нового свидания, и из головы моей ни на минуту не выходил вызывающий образ Ольги, которая, как я знал, тоже ждала меня и изнывала от тоски...

Граф слал письмо за письмом, одно другого плачевнее и унизительнее... Он умолял меня «забыть всё» и приехать, извинялся за Пшехоцкого, просил простить этого «доброго, простого, но несколько ограниченного человека», удивлялся, что я из-за пустяков решаюсь прервать старинные дружеские отношения. В одном из последних писем он обещался сам приехать и, если я пожелаю, привезти с собою Пшехоцкого, который попросит у меня извинения, «хотя и не чувствует за собой никакой вины». Я читал письма и в ответ на них просил каждого посланного оставить меня в покое. Умел я ломаться!

И в самый разгар моей нервной работы, когда я, стоя у окна, решал уже уехать куда-нибудь, помимо графской усадьбы, терзал себя рассуждениями, самопопреками и представлениями картин любви, которые ожидали меня у Ольги, моя дверь тихо отворилась, сзади меня послышались легкие шаги, и скоро шею мою обвивали две маленькие, хорошенькие руки...

[1] свидание (франц.).

— Это ты, Ольга? — спросил я, оглядываясь.

Я узнал ее по горячему дыханию, по манере, с которой она повисла на моей шее, и даже по запаху. Припав своей головкой к моей щеке, она казалась мне необыкновенно счастливой… От счастья она не могла выговорить ни слова… Я прижал ее к груди, и — куда девались тоска и вопросы, мучившие меня целых три дня! Я от удовольствия захохотал и запрыгал, как школьник.

Ольга была в голубом шёлковом платье, которое очень шло к ее бледному цвету лица и роскошным льняным волосам. Платье это было модно и ужасно дорого. Урбенину стоило оно, вероятно, четверти годового жалованья…

— Какая ты хорошенькая сегодня!.. — сказал я, поднимая Ольгу на руки и целуя ее в шею. — Ну, что? Как? Здорова?

— Как, однако, у тебя здесь нехорошо! — проговорила она, окидывая взглядом мой кабинет. — Богатый человек, жалованье большое получаешь, а как… просто живешь!

— Не всем же, душа моя, жить так роскошно, как граф, — сказал я. — Но оставим в покое мое богатство. Какой добрый гений занес тебя в мою берлогу?

— Постой, Сережа, ты помнешь мне мое платье… Опусти меня наземь… К тебе я, голубчик, на минутку! Дома я всем сказала, что поеду к Акатьихе, графской прачке, что тут живет недалеко, за три дома от тебя… Ты меня отпусти, голубчик, а то неловко… Почему ты не приезжал так долго?

Я ответил что-то, посадил ее против себя и занялся созерцанием ее красоты… Минуту мы глядели друг на друга и молчали…

— Ты очень хорошенькая, Оля! — вздохнул я. — Даже жаль и обидно, что ты такая хорошенькая!

— Почему же жаль?

— Досталась чёрт знает кому.

— Но чего же тебе еще! Ведь я твоя! Пришла вот… Послушай, Сережа… Ты мне правду скажешь, если тебя спрошу?

— Конечно, правду.

— Ты женился бы на мне, если бы я не вышла за Петра Егорыча?

«Вероятно, нет», — хотелось мне сказать, но к чему было ковырять и без того уж больную ранку, мучившую сердце бедной Оли?

— Конечно, — сказал я тоном человека, говорящего правду.

Оля вздохнула и потупилась…

— Как я ошиблась, как ошиблась! И что хуже всего, нельзя поправить! Развестись ведь с ним нельзя?

— Нельзя…

— И к чему я спешила, не понимаю! Мы, девушки, так глупы и ветрены… Бить нас некому! Впрочем, не воротишь, и рассуждать тут нечего… Ни рассуждения, ни слезы не помогут. Я, Сережа, сегодня всю ночь плакала! Он тут… около лежит, а я про тебя думаю… спать не могу… Хотела даже бежать ночью, хоть в лес к отцу… Лучше жить у сумасшедшего отца, чем с этим… как его…

— Рассуждения, Оля, не помогут… Нужно было тогда рассуждать, когда ты ехала со мной из Тенева и радовалась, что выходишь за богатого человека… Теперь же поздно упражняться в красноречии…

— Поздно… но так тому и быть! — сказала Оля, решительно махнув рукой. — Лишь бы только хуже не было, а то еще можно жить… Прощай! Пора уж идти…

— Нет, не прощай!

Я привлек к себе Олю и стал осыпать ее лицо поцелуями, словно стараясь вознаградить себя за утерянные три дня. Она жалась ко мне, как озябший барашек, грела мое лицо своим горячим дыханием… Наступила тишина…

— Муж убил свою жену! — гаркнул мой попугай…

Оля вздрогнула, высвободилась из моих объятий и вопросительно поглядела на меня…

— Это попугай, душа моя… — сказал я. — Успокойся…

— Муж убил свою жену! — повторил Иван Демьяныч.

Оля поднялась, молча надела шляпу и подала мне руку... На лице ее был написан испуг...

— А что, если Урбенин узнает? — спросила она, глядя на меня большими глазами. — Ведь он убьет меня!

— Ну, полно... — засмеялся я. — Хорош был бы я, если бы позволил ему убить тебя! Да едва ли он способен на такое необыкновенное дело, как убийство... Ты уходишь? Ну, прощай же, дитя мое... Жду... Завтра буду в лесу около домика, где ты жила... Встретимся...

Проводивши Ольгу и воротясь в кабинет, я встретил там Поликарпа. Он стоял посреди комнаты, сурово глядел на меня и презрительно покачивал головой...

— Чтобы в другой раз у меня этого не было, Сергей Петрович! — сказал он тоном строгого родителя. — Я этого не желаю...

— Чего это?

— Того самого... Вы думаете, я не видел? Всё видел... Чтоб она не смела сюда ходить! Нечего тут шуры-муры заводить! На это другие места есть...

Я был в великолепнейшем настроении духа, а потому шпионство и менторский тон Поликарпа не рассердили меня. Я засмеялся и услал его в кухню.

Не успел я еще опомниться после посещения Ольги, как ко мне пожаловал новый гость. К моей квартире подъехала с шумом карета, и Поликарп, плюя по сторонам и бормоча ругательства, доложил мне о приезде «тово... энтого, чтоб его...», т. е. графа, которого он ненавидел всеми силами своей души. Граф вошел, слезливо поглядел на меня и покачал головой...

— Ты отворачиваешься... Не хочешь говорить...

— Я не отворачиваюсь, — сказал я.

— Я так любил тебя, Сережа, а ты... из-за пустяка! За что ты меня оскорбляешь? За что?

Граф сел, вздохнул и покачал головой...

— Ну, будет тебе дурака ломать! — сказал я. — Ладно!

Сильно было мое влияние над этим слабым, тщедушным человечишкой, так же сильно, как и презрение к нему... Мой презрительный тон не оскорбил его, а напротив... Услышав мое «ладно!», он вскочил и принялся обнимать меня.

— Я привез его с собой... Он сидит в карете... хочешь, чтоб он перед тобой извинился?

— А ты знаешь его вину?

— Нет...

— И отлично. Пусть не извиняется, но только предупреди его, что если случится впредь еще раз что-либо подобное, то я уж кипятиться не стану, а приму меры.

— Стало быть, мир, Сережа? И отлично! Так бы и давно, а то чёрт знает из-за чего поссорились! Словно институтки! Ах, да, голубчик! Нет ли у тебя... полрюмки водки? Ужасно пересохло в горле!

Я приказал подать водки. Граф выпил две рюмки, развалился на диване и стал болтать.

— Сейчас я, брат, встретился с Олей... Чудо женщина! Надо тебе сказать, что я начинаю ненавидеть Урбенина... Это значит, что Оленька начинает мне нравиться... Чертовски хорошенькая! Я думаю приволокнуться за ней.

— Не следует трогать замужних! — вздохнул я.

— Ну, у старика... У Петра-то Егорыча не грех его супругу подтибрить... Она ему не пара... Он, как собака: и сам не трескает и другим не дает... Сегодня же начну свои приступы и начну систематически... Такая душонка... гм... просто шик, братец! Пальчики оближешь!

Граф выпил третью рюмку и продолжал:

— Знаешь, кто мне еще нравится из здешних?... Наденька, дочка этого дурака Калинина... Жгучая брюнетка, бледная, знаешь, с этакими глазами... Тоже нужно будет удочку закинуть... На Троицу делаю вечер... музыкально-вокально-литературный... нарочно, чтоб ее позвать... А здесь, брат, как оказывается, ничего себе, весело! И общество, и женщины... и... Можно у тебя здесь уснуть... на минутку?..

— Можно... Но как же Пшехоцкий с каретой?

— Пусть ждет, чёрт с ним!.. Я сам, брат, его не люблю.

Граф приподнялся на локоть и проговорил таинственно:

— Держу только по необходимости... по нужде... Ну, да чёрт с ним!

Локоть графа подвернулся, и голова упала на подушку. Через минуту послышался храп.

Вечером, когда граф уехал, у меня был третий гость: доктор Павел Иванович. Он приезжал известить меня о болезни Надежды Николаевны и о том, что она... окончательно отказала ему в своей руке. Бедняга был печален и походил на мокрую курицу.

Прошел поэтический май...

Отцвели сирень и тюльпаны, а с ними суждено было отцвести и восторгам любви, которая, несмотря на свою преступность и мучительность, все-таки изредка доставляла нам сладкие минуты, не изгладимые из памяти. А бывают минуты, за которые можно отдать месяцы и годы!

В один из июньских вечеров, когда солнце уже зашло, но широкий след его — багрово-золотистая полоса еще красила далекий запад и пророчила назавтра тихий и ясный день, я подъехал на Зорьке к флигелю, в котором жил Урбенин. В этот вечер у графа предполагался «музыкальный» вечер. Гости уже начали съезжаться, но графа не было дома: он поехал кататься и обещал скоро вернуться.

Немного погодя я, держа свою лошадь за повод, стоял у крылечка и беседовал с дочкой Урбенина, Сашей. Сам Урбенин сидел на ступеньке и, подперев кулаками голову, всматривался в даль, которую видно было в ворота. Он был угрюм, неохотно отвечал на мои вопросы. Я оставил его в покое и занялся Сашей.

— Где твоя новая мама? — спросил я ее.

— Поехала с графом кататься. Она каждый день с ним ездит.

— Каждый день, — пробормотал Урбенин, вздохнув.

Многое слышалось в этом вздохе. Слышалось в нем то же самое, что волновало и мою душу, что старался я объяснить себе, но не мог объяснить и терялся в догадках.

Каждый день Ольга ездила с графом кататься верхом. Но это пустяки. Ольга не могла полюбить графа, и ревность Урбенина была неосновательна. Ревновать должны были мы не к графу, а к чему-то другому, чего я не мог понять так долго. Это «что-то другое» стало между мной и Ольгой целой стеной. Она продолжала любить меня, но после того посещения, которое было описано в предыдущей главе, она была у меня еще не более двух раз, а встречаясь со мной вне моей квартиры, как-то странно вспыхивала и настойчиво уклонялась от ответов на мои вопросы. На мои ласки она отвечала горячо, но ответы ее были так порывисты и пугливы, что от наших коротких рандеву оставалось в моей памяти одно только мучительное недоумение. Совесть у нее была нечиста — это было ясно, но в чем именно — нельзя было прочесть на виноватом лице Ольги.

— Надеюсь, твоя новая мама здорова? — спросил я Сашу.

— Здолова. Но только ноцью у нее зубы болели. Она плакала.

— Плакала? — повернул Урбенин свое лицо к Саше. — Ты видела? Это тебе, милочка, приснилось.

Зубы у Ольги не болели. Если она плакала, то не от боли, а от чего-то другого... Я еще хотел поговорить с Сашей, но это мне не удалось, потому что послышался лошадиный топот, и скоро мы увидели всадника, некрасиво прыгавшего на седле, и грациозную амазонку. Чтобы скрыть от Ольги свою радость, я поднял на руки Сашу, и перебирая пальцами ее белокурые волосы, поцеловал ее в голову.

— Какая ты хорошенькая, Саша! — сказал я. — Какие у тебя славные кудряшки!

Ольга мельком взглянула на меня, молча ответила на мой поклон и, опираясь о руку графа, вошла во флигель. Урбенин поднялся и пошел за ней.

Минут через пять из флигеля вышел граф. Он был весел как никогда. Даже лицо его казалось посвежевшим.

— Поздравь! — сказал он, беря меня под руку и хихикая.

— С чем?

— С победой… Еще одна такая поездка, и, клянусь прахом моих благородных предков, с этого цветка я сорву лепестки.

— Но пока еще не сорвал?

— Пока?.. Чуть-чуть! В продолжение десяти минут «твоя рука в моей руке», — запел граф, — и… ни разу не отдернула ручки… Зацеловал! Но подождем до завтра, а теперь идем. Меня ждут. Ах, да! Мне нужно поговорить с тобой, голубчик, об одной вещи. Скажи мне, милый, правду ли говорят, что ты тово… питаешь злостные намерения относительно Наденьки Калининой?

— А что?

— Если это правда, то мешать тебе я не стану. Подставлять другому ножку не в моих правилах. Если же ты никаких видов не имеешь, то, конечно…

— Не имею.

— Merci, душа моя!

Граф мечтал убить сразу двух зайцев, вполне уверенный, что это ему удастся. И я в описываемый вечер наблюдал погоню за этими зайцами. Погоня была глупа и смешна, как хорошая карикатура. Глядя на нее, можно было только смеяться или возмущаться пошлостью графа; но никто бы не мог подумать, что эта мальчишеская погоня кончится нравственным падением одних, гибелью других и преступлением третьих!

Граф убил не двух зайцев, а больше! Он их убил, но шкура и мясо достались не ему.

Я видел, как он тайком пожимал руку Ольге, всякий раз встречавшей его дружеской улыбкой, а провожавшей презрительной гримасой. Раз даже, желая показать, что между им и мною нет тайн, он поцеловал ее руку при мне.

— Какой болван! — прошептала она мне на ухо, вытирая свою руку.

— Послушай, Ольга! — сказал я по уходе графа. — Мне кажется, что тебе хочется что-то сказать мне. Хочется?

Я пытливо взглянул на ее лицо. Она вспыхнула и пугливо замигала глазами, как кошка, пойманная в воровстве.

— Ольга, — сказал я строго, — ты должна сказать мне! Я этого требую!

— Да, я хочу тебе кое-что сказать, — зашептала она, сжимая мне руку. — Я тебя люблю, жить без тебя не могу, но… не езди ко мне, милый мой! Не люби меня больше и говори мне «вы». Я не могу уж продолжать… Нельзя… И не показывай даже виду, что ты меня любишь.

— Но почему же?

— Я так хочу. Причины знать тебе не нужно, и я их не скажу. Идут… Отойди от меня.

Я не отошел от нее, и ей самой пришлось прекратить наш разговор. Взяв под руку шедшего мимо мужа, она с лицемерной улыбкой кивнула мне головой и ушла.

Другой графский заяц — Наденька Калинина удостоилась в этот вечер особенного графского внимания. Он вертелся возле нее весь вечер, рассказывал ей анекдоты, острил, кокетничал… а она, бледная, замученная, кривила свой рот в насильственную улыбку. Мировой Калинин все время наблюдал за ними, поглаживал бороду и значительно кашлял. Ухаживанье графа было ему по нутру. У него зятем граф! Что может быть слаще этой мечты для уездного бонвивана? После того, как начались ухаживанья графа за его дочерью, он вырос в своих глазах на целый аршин. А какими величественными взглядами измерял он меня, как ехидно покашливал, когда беседовал со мною! «Ты вот, мол, поцеремонился, ушел, а мы — наплевать! — Теперь у нас граф есть!»

На другой день вечером я опять был в графской усадьбе. На этот раз я беседовал не с Сашей, а с ее братом-гимиазистом. Мальчик повел меня в сад и вылил передо мной всю свою душу. Излияния эти были вызваны моим вопросом о житье его с «новой мамашей».

— Она ваша хорошая знакомая, — начал он, нервно расстегивая свой мундирчик, — вы ей расскажете, но я не боюсь… Рассказывайте, сколько угодно! Она злая, низкая!

И он рассказал мне, что Ольга отняла у него комнату, прогнала старуху-няню, служившую у Урбенина десять лет, вечно кричит и злится.

— Вчера вы похвалили волосы сестры Саши… Ведь хорошие волосы? Настоящий лен! А она сегодня утром остригла ее!

«Это ревность!» — объяснил я себе это вторжение Ольги в чуждую ей парикмахерскую область…

— Ей словно завидно стало, что вы похвалили не ее волосы, а Сашины! — подтвердил мальчик мою мысль. — Она и папашу замучила. Папаша страшно тратится на нее, отрывается от дела… и опять начал пить! Опять! Она дурочка… Весь день плачет, что ей приходится жить в бедности, в таком маленьком флигеле. А разве папаша виноват, что у него не много денег? — Мальчик рассказал мне много печального. Он видел то, чего не видел или не хотел видеть его ослепленный отец. У бедняжки был оскорблен отец, оскорблены были сестра, старуха-няня. У него отняли его маленький очаг, где он привык возиться над установкой своих книжек и кормежкой пойманных им щеглят. Всё было обижено, над всем посмеялась глупая и полновластная мачеха! Но бедному мальчику не могло и присниться то страшное оскорбление, которое было нанесено молодой мачехой его семье и свидетелем которого я был в тот же вечер, после разговора с ним. Всё меркло перед этим оскорблением, и остриженные волосы Саши в сравнении с ним являются ничтожным пустяком.

Поздно вечером я сидел у графа. Мы, по обыкновению, пили. Граф был совершенно пьян, я же только слегка.

— Сегодня мне уже позволили нечаянно коснуться талии, — бормотал он. — Завтра, стало быть, начнем еще дальше.

— Ну, а Надя? С Надей как?

— Шествуем! С нею пока только начало. Переживаем пока еще период разговора глазами. Я брат, люблю читать в ее черных, печальных глазах. В них что-то написано этакое, чего на словах не передашь, а можешь понять только душой. Выпьем?

— Стало быть, ты ей нравишься, если она имеет терпение беседовать с тобой по целым часам. И папаше ее нравишься.

— Папаше? Это ты про того болвана? Ха-ха! Дуралей подозревает во мне честные намерения!

Граф закашлялся и выпил.

— Он думает, что я женюсь! Не говорю уж о том, что мне нельзя жениться, но если честно рассуждать, то для меня лично честнее обольстить девушку, чем жениться на ней... Вечная жизнь с пьяным, кашляющим полустарпком — бррр! Жена моя зачахла бы или убежала бы на другой день... Но что это за шум?

Мы с графом вскочили... Захлопали почти одновременно несколько дверей, и к нам в комнату вбежала Ольга. Она была бледна, как снег, и дрожала, как струна, по которой сильно ударили. Волосы ее были распущены, зрачки расширены. Она задыхалась и мяла между пальцами грудные сборки своего ночного пеньюара…

— Ольга, что с тобой? — спросил я, хватая ее за руку и бледнея.

Графа должно было удивить это нечаянно пророненное «тобой», но его он не слыхал. Весь обратившийся в большой вопросительный знак, раскрыв рот и выпуча глаза, он глядел на Ольгу, как на привидение.

— Что случилось? — спросил я.

— Он бьет меня! — проговорила Ольга и, зарыдав, упала в кресла. — Он бьет!

— Кто он?

— Муж! Я не могу с ним жить! Я ушла!

— Это возмутительно! — стукнул граф кулаком по столу. — Какое он имеет право! Это тирания… это … это чёрт знает что такое! Бить жену?! Бить! За что это он вас?

— Ни за что ни про что, — заговорила Оля, утирая слезы. — Вынимаю я из кармана носовой платок, а из кармана и выпало то письмо, что вы мне вчера прислали… Он подскочил, прочел и… стал бить… Схватил меня за руку, сдавил — посмотрите, до сих пор на руке красные пятна, — и потребовал объяснений… Я, вместо того чтоб объяснять, прибежала сюда… Хоть вы заступитесь! Он не имеет права обращаться так грубо с женой! Я не кухарка! Я дворянка!

Граф заходил из угла в угол и стал молоть пьяным, путающимся языком какую-то чушь, которая, в переводе на трезвый язык, должна была бы означать: «О положении женщин в России».

— Это варварство! Это Новая Зеландия! Не думает ли также этот мужик, что на его похоронах будет зарезана его жена? Дикари ведь, уходя на тот свет, берут с собой и своих жен!..

Я же не мог опомниться… Как нужно было понять внезапный визит Ольги в ночном пеньюаре, что нужно было думать, что решить? Если ее побили, если оскорбили ее достоинство, то почему она бежала не к отцу, не к экономке… наконец, не ко мне, который для нее был все-таки близок? Да и впрямь ли ее оскорбили? Сердце мое говорило о невинности простака Урбенина; оно, чуя правду, сжималось тою болью, которую в это время должен был чувствовать ошеломленный муж. Не задавая вопросов и не зная, с чего начать, я стал успокоивать Ольгу и предложил ей вина.

— Как я ошиблась! Как ошиблась! — вздохнула она сквозь слезы, поднося рюмку к губам. — А ведь каким тихоней прикидывался он, когда ухаживал за мной! Я думала, что это ангел, а не человек!

— А вы хотели, чтоб ему понравилось то письмо, которое выпало из кармана? — спросил я. — Хотели, чтоб он расхохотался?

— Не будем об этом говорить! — перебил меня граф, — Как бы там ни было, а его поступок подл! С женщинами так не обращаются! Я его на дуэль вызову! Я ему покажу! Верьте, Ольга Николаевна, что это не пройдет ему даром!

Граф хорохорился, как молодой индюк, хотя его никто не уполномочивал становиться между мужем и женой. Я молчал и не противоречил ему, потому что знал, что мщение за чужую жену ограничится одним только пьяным словоизвержением в четырех стенах и что о дуэли будет забыто завтра же. Но почему молчала Ольга?.. Не хотелось думать, что она была не прочь от услуг, которые предлагал ей граф. Не хотелось верить, что у этой глупой красивой кошки было так мало достоинства, что она охотно согласится, чтобы пьяный граф стал судьею мужа и жены…

— Я его с грязью смешаю! — провизжал новоиспеченный рыцарь. — Наконец я ему пощечину дам! Завтра же!

И она не зажала рта этому прохвосту, оскорблявшему спьяна человека, который был виноват только в том, что обманулся и был обманут! Урбенин сдавил сильно ей руку, и это вызвало скандальный побег в графский дом, теперь же на ее глазах пьяный нравственный недоросль давил честное имя и лил грязными помоями на человека, который в это время должен был изнывать от тоски и неизвестности, сознавать себя обманутым, а она хоть бы бровью двинула!

Пока граф изливал свой гнев, а Ольга утирала слезы, человек подал жареных куропаток. Граф положил гостье полкуропатки... Она отрицательно покачала головой, потом же как бы машинально взяла вилку и нож и начала есть. За куропаткой следовала большая рюмка вина, и скоро от слез не осталось никакого следа, кроме розовых пятен около глаз да редких глубоких вздохов.

Скоро мы услышали смех... Ольга смеялась, как утешенное, забывшее обиду дитя. Граф, глядя на нее, тоже смеялся.

— Знаете, что я надумал? — начал он, подсаживаясь к ней. — Я хочу устроить у себя любительский спектакль. Дадим пьесу с хорошими женскими ролями. А? Как вы думаете?

Начали говорить о любительском спектакле. Как эта глупая беседа не вязалась с тем недавним ужасом, который был написан на лице Ольги, когда она вбежала час тому назад, бледная, плачущая, с распущенными волосами! Как дешевы этот ужас, эти слезы!

А время между тем шло. Пробило двенадцать. Порядочные женщины в эту пору ложатся спать. Ольге пора уже была уходить. Но пробило половину первого, пробило час, а она всё сидела и беседовала с графом.

— Пора уже спать, — сказал я, взглянув на часы. — Я ухожу... Вы позволите проводить вас, Ольга Николаевна?

Ольга поглядела на меня, на графа.

— Куда же я пойду? — прошептала она. — К нему я не могу идти.

— Да, да, конечно, к нему вы уже не можете идти, — сказал граф. — Кто поручится, что он не побьет вас еще раз? Нет, нет!

Я прошелся по комнате. Наступила тишина. Я ходил из угла в угол, а мой друг и моя любовница следили за моими шагами. Мне казалось, что я понимал и эту тишину и эти взгляды. В них было что-то выжидательное, нетерпеливое. Я положил шляпу и сел на диван.

— Тэк-с, — бормотал граф, нетерпеливо потирая руки. — Тэк-с... Такие-то дела...

Пробило половину второго. Граф быстро взглянул на часы, нахмурился и зашагал по комнате. По взглядам, которые он бросал на меня, видно было, что ему хотелось что-то сказать мне, что-то нужное, но щекотливое, неприятное.

— Послушай, Сережа! — решился он наконец, садясь рядом со мной и шепча мне на ухо. — Ты, голубчик, не обижайся… Ты, конечно, поймешь мое положение, и тебе не покажется странной и дерзкой моя просьба.

— Говори поскорее! Нечего мочалу жевать!

— Видишь ли, в чем дело… тово… Уйди, голубчик! Ты нам мешаешь… Она у меня останется… Ты меня извини за то, что я тебя гоню, но… ты поймешь мое нетерпение.

— Ладно.

Друг мой был отвратителен. Не будь я брезглив, я, быть может, раздавил бы его, как жука, когда он, трясясь, как в лихорадке, просил меня оставить его с Урбениной. Поэтическую «девушку в красном», мечтавшую об эффектной смерти, воспитанную лесами и сердитым озером, хотел взять он, расслабленный анахорет, пропитанный насквозь спиртом и больной! Нет, она не должна быть даже за версту от него!

Я подошел к ней.

— Я ухожу, — сказал я.

Она кивнула головой.

— Мне уйти отсюда? Да? — спросил я, стараясь прочесть истину на ее хорошеньком, разгоревшемся личике. — Да?

Чуть заметным движением своих длинных черных ресниц она ответила: «Да».

— Ты обдумала?

Она отвернулась от меня, как отворачиваются от надоевшего ветра. Ей не хотелось говорить. Да и к чему было говорить? Нельзя на длинную тему ответить коротко, а для длинных речей не было ни места, ни времени.

Я взял шляпу и не простясь вышел. Впоследствии Ольга рассказывала мне, что тотчас же после моего ухода, как только шум от моих шагов смешался с шумом ветра и сада, пьяный граф сжимал уже ее в своих объятиях. А она, закрыв глаза, зажав себе рот и ноздри, едва стояла на ногах от чувства отвращения. Была даже минута, когда она чуть было не вырвалась из его объятий и не убежала в озеро. Были минуты, когда она рвала волосы на голове, плакала. Нелегко продаваться.

Выйдя из дома и направляясь к конюшне, где стояла моя Зорька, я должен был проходить мимо дома управляющего. Я заглянул в окно. При тусклом свете сильно пущенной, коптящей лампы за столом сидел Петр Егорыч. Лица его я не видел. Оно было закрыто руками. Но во всей его толстой, неуклюжей фигуре чудилось столько горя, тоски и отчаяния, что не нужно было видеть лица, чтобы понять состояние души. Перед ним стояли две бутылки. Одна пустая, другая только что начатая. Обе были водочные. Бедняга искал мира не в себе самом, не в людях, а в алкоголе.

Через пять минут я ехал домой. Темнота была ужасная. Озеро сердито бурлило и, казалось, гневалось, что я, такой грешник, бывший сейчас свидетелем грешного дела, дерзал нарушать его суровый покой. В потемках не видал я озера. Казалось, что ревело невидимое чудовище, ревела сама окутывавшая меня тьма.

Я остановил Зорьку, закрыл глаза и задумался под рев чудовища.

— А что если я ворочусь сейчас и уничтожу их?

Страшная злоба бушевала в душе моей... Всё то немногое хорошее и честное, что осталось во мне после продолжительной жизненной порчи, всё то, что уцелело от тления, что я берег, лелеял, чем гордился, было оскорблено, оплевано, обрызгано грязью!

Ранее знавал я продажных женщин, покупал их, изучал, но у тех не было невинного румянца и искренних голубых глаз, которые видел я в то майское утро, когда шел лесом на теневскую ярмарку... Я, сам испорченный до мозга костей, прощал, проповедовал терпимость ко всему порочному, снисходил до слабости... Был я того убеждения, что нельзя требовать от грязи, чтобы она не была грязью, и нельзя винить те червонцы, которые силою обстоятельств попадают в грязь… Но ранее не знал я, что червонцы могут растворяться в грязи и смешиваться с нею в одну массу. Растворимо, значит, и золото!

Сильный порыв ветра сорвал с меня шляпу и унес ее в окружавший мрак. Сорвавшаяся шляпа на лету шмыгнула по морде Зорьки. Она испугалась, взвилась на дыбы и понеслась по знакомой дороге.

Приехав домой, я повалился в постель. Поликарп, предложивший мне раздеваться, был ни за что ни про что обруган чёртом.

— Сам — чёрт, — проворчал Поликарп, отходя от кровати.

— Что ты сказал? Что ты сказал? — вскочил я.

— Глухому попу две обедни не служат.

— Ааа… ты еще смеешь говорить мне дерзости! — задрожал я, выливая всю свою желчь на бедного лакея. — Вон! Чтоб и духу твоего здесь не было, негодяй! Вон!

И, не дожидаясь, пока человек выйдет из комнаты, я повалился в постель и зарыдал, как мальчишка. Напряженные нервы не вынесли. Бессильная злоба, оскорбленное чувство, ревность — всё должно было вылиться так или иначе.

— Муж убил свою жену! — горланил мой попугай, ероша свои жидкие перья…

Под влиянием этого крика мне пришла в голову мысль, что Урбенин мог убить свою жену…

Засыпая, я видел убийство. Кошмар был душащий, мучительный… Мне казалось, что руки мои гладили что-то холодное и что стоило бы мне только открыть глаза, и я увидел бы труп… Мерещилось мне, что у изголовья стоит Урбенин и глядит на меня умоляющими глазами…

После описанной ночи наступило затишье.

Я засел дома, позволяя себе выходить и выезжать только по делам службы. Дел у меня накопилось пропасть, а потому скучать было невозможно. От утра до вечера я сидел за столом и усердно строчил или же допрашивал попавший в мои следовательские когти люд. В Карнеевку, в графскую усадьбу, меня более уже не тянуло.

На Ольгу я махнул рукой. Что с воза упало, то пропало; а она была именно тем, что упало с моего воза и, как я думал, безвозвратно пропало. Я не думал о ней и думать не хотел.

«Глупая, развратная дрянь!» — третировал я ее всякий раз, когда она во время моих усиленных занятий появлялась в моем воображении.

Изредка разве, когда я ложился спать или просыпался утром, мне приходили на память различные моменты из знакомства и непродолжительного житья моего с Ольгой. Мне вспоминались: Каменная Могила, лесной домик, в котором жила «девушка в красном», дорога в Тенево, свидание в пещере… и сердце мое начинало усиленно биться… Я ощущал щемящую боль… Но все это было непродолжительно. Светлые воспоминания быстро стушевывались под напором тяжелых воспоминаний. Какая поэзия прошлого могла устоять перед грязью настоящего? И теперь, покончив с Ольгой, я далеко уже не так глядел на эту «поэзию», как прежде… Теперь я глядел на нее, как на оптический обман, ложь, фарисейство… и она утратила в моих глазах половину прелести.

Граф же мне опротивел окончательно. Я рад был, что не вижу его, и меня всегда злило, когда его усатая физиономия робко появлялась в моем воображении. Он каждый день присылал мне письма, в которых умолял меня не хандрить и посетить «уже не одинокого отшельника». Послушаться его писем — значило бы сделать для себя неприятность.

«Кончено! — думал я. — И слава богу… Надоело…»

Я решил прервать с графом сношения, и эта решимость не стоила мне ни малейшей борьбы. Теперь я был уже не тот, что недели три тому назад, когда после ссоры из-за Пшехоцкого едва сидел дома. Приманки уже не было…

Посидев безвыходно дома, я заскучал и написал доктору Павлу Ивановичу письмо с просьбой приехать поболтать. Ответа на письмо я почему-то не получил и послал другое. На второе был такой же ответ, как и на первое… Очевидно, милый «щур» делал вид, что сердится… Бедняга, получив отказ от Наденьки Калининой, причиной своего несчастья считал меня. Он имел право сердиться, и если ранее никогда не сердился, то потому, что не умел.

«Когда же это он успел научиться?» — недоумевал я, не получая ответа на свои письма.

На третьей неделе моего упорного, безвыходного сиденья меня посетил граф. Побранив меня за то, что я не езжу к нему и не отвечаю на его письма, он разлегся на диване и прежде, чем захрапеть, поговорил на свою любимую тему — о женщинах…

— Я понимаю, — сказал он, томно щуря глаза и кладя под голову руки, — ты деликатен и щепетилен. Ты не ездишь ко мне из боязни нарушить наш дуэт… помешать… Гость не вовремя хуже татарина, гость же в медовый месяц хуже чёрта рогатого. Я тебя понимаю. Но, друг мой, ты забываешь, что ты друг, а не гость, что тебя любят, уважают… Да своим присутствием ты только дополнил бы гармонию… А уж и гармония, братец ты мой! Такая гармония, что и описать тебе не могу!

Граф вытащил из-под головы руку и махнул ею.

— Сам не разберу, хорошо ли мне с нею живется, или скверно. И чёрт не разберет! Бывают действительно минуты, когда полжизни бы отдал за «bis», но зато бывают деньки, когда ходишь из угла в угол, как очумелый, и реветь готов…

— Чего же ради?

— Не понимаю, брат, я этой Ольги. Какая-то лихорадка, а не женщина… В лихорадке то жар, то озноб, так вот и у нее, пять перемен на день. То ей весело, то скучно до того, что глотает слезы и молится… То любит меня, то нет… Бывают минуты, когда она ласкает меня, как отроду не ласкала меня еще ни одна женщина. Но зато бывает и так. Проснешься нечаянно, откроешь глаза и видишь обращенное на тебя лицо… этакое какое-то ужасное, дикое… Перекошено оно, это лицо, злобой, отвращением… Как увидишь этакую штуку, всё обаяние пропало... И часто она так на меня смотрит...

— С отвращением?

— Ну да!.. Не пойму никак... Сошлась со мной, как уверяет, только по любви, а между тем не проходит ночи, чтоб я этакого лица не видел. Чем объяснить? Мне начинает казаться, чему я, конечно, верить не хочу, что она меня терпеть не может, а отдалась мне только из-за тех тряпок, которые я теперь ей покупаю. Ужасно любит тряпки! В новом платье она в состоянии простоять перед зеркалом от утра до вечера; из-за испорченной оборки она в состоянии проплакать день и ночь... Ужасно суетна! Более всего во мне нравится ей то, что я граф. Не будь я графом, она не полюбила бы меня. Не проходит ни одного обеда и ужина, чтоб она не упрекнула меня со слезами, что я не окружаю себя аристократическим обществом. Ей, видишь, хотелось бы царить в этом обществе... Странная!

Граф устремил свой мутный взор в потолок и задумался. К великому моему удивлению, я заметил, что он на этот раз, сверх обыкновения, был трезв. Это меня поразило и даже тронуло.

— А ты сегодня нормален, — сказал я, — и не пьян, и водки не просишь. Что сей сон означает?

— Да так! Некогда было пить, всё время думал... Я, надо сказать тебе, Сережа, увлекся серьезно, не на шутку. Она мне понравилась страшно. Да оно и понятно... Женщина она редкая, недюжинная, не говоря уж о наружности. Умишко неособенный, но сколько чувства, изящества, свежести!.. Сравнивать ее с моими обычными Амалиями, Анжеликами да Грушами, любовью которых я доселе пользовался, невозможно. Она нечто из другого мира, мира, который мне незнаком.

— Философствуй! — засмеялся я.

— Увлекся, вроде как бы полюбил! Но теперь вижу, что напрасно я стараюсь ноль возвести в квадратную степень. То была маска, вызвавшая во мне фальшивую тревогу. Яркий румянец невинности оказывается суриком, поцелуй любви — просьбой купить новое платье... Я взял ее в дом, как жену, она же держит себя, как любовница, которой платят деньги. Но теперь шабаш! Смиряю в душе тревогу и начинаю видеть в Ольге любовницу… Шабаш!

— Ну, что? Как муж?

— Муж? Гм… А как ты думаешь, что с ним?

— Я думаю, что несчастнее его человека и вообразить теперь трудно.

— Ты думаешь? Напрасно… Это такой негодяй, такая шельма, что я нисколько его не жалею. Шельма никогда не может быть несчастлива, она всегда найдет себе выход…

— За что же ты его так ругаешь?

— За то, что он плут. Ты знаешь, что я его уважал, я ему верил, как другу… Я и даже ты — все вообще считали его человеком честным, порядочным, неспособным на обман. А между тем он меня обкрадывал, грабил! Пользуясь своим положением управляющего, он распоряжался моим добром, как хотел. Не брал только то, чего нельзя было сдвинуть с места.

Я, знавший Урбенина как человека в высшей степени честного и бескорыстного, услышав слова графа, вскочил, как ужаленный, и подошел к графу.

— Ты поймал его на воровстве? — спросил я.

— Нет, но я знаю о его воровских проделках из достоверных источников.

— Из каких же это источников, позвольте узнать?

— Не беспокойся, напрасно не стану обвинять человека. Мне Ольга всё про него рассказала. Она, еще не бывши его женой, собственными глазами видела, как он отправлял в город возы битых кур и гусей. Не раз она видела, как мои гуси и куры шли в подарок каким-то благодетелям, у которых квартирует его сын-гимназист. Мало того, она видела, как он туда же отправлял муку, просо, сало. Допустим, что всё это пустяки, но разве эти пустяки ему принадлежат? Тут дело не в стоимости, а в принципе. Принцип оскорблен! Потом-с. Она видела у него в шкафу пачку денег. На вопрос ее, чьи это деньги и откуда он их взял, он попросил ее не проболтаться, что у него есть деньги. Милый мой, ты знаешь, что он гол, как сокол! Жалованья его едва хватает на пропитание… Объясни же мне, откуда у него взялись эти деньги?

— И ты, глупец, даешь веру словам этой маленькой гадины? — закричал я, возмущенный до глубины души. — Ей мало того, что она бежала от него, опозорила его на весь уезд. Ей нужно было еще предать его! Такое маленькое, необъемистое тело, а сколько в нем таится всякой мерзости!.. Куры, гуси, просо… хозяин, хозяин! Твое политико-экономическое чувство, твоя сельскохозяйственная глупость оскорблены тем, что он к празднику посылал в подарок битую птицу, которую съели бы лисицы да хорьки, если бы ее не били да не дарили, но проверял ли ты хоть раз те громадные отчеты, которые подает тебе Урбенин? Считал ли тысячи и десятки тысяч? Нет! Да что с тобой говорить? Ты глуп и животен. Рад бы упечь мужа своей любовницы, да не знаешь как!

— Моя связь с Ольгой тут ни при чем. Муж он ей или не муж, но, раз он украл, я должен открыто назвать его вором. Но оставим плутовство в стороне. Скажи мне: честно или не честно получать жалованье и по целым дням валяться без просыпу пьяным? Он пьян каждый день! Нет того дня, чтоб я не видел, как он пишет мыслете! Гадко и низко! Так дела порядочные люди не делают.

— Потому-то он и пьет, что он порядочный, — сказал я.

— У тебя какая-то страсть заступаться за подобных господ. Но я порешил быть беспощадным. Сегодня я отослал ему расчет и попросил очистить место для другого. Терпение мое лопнуло.

Убеждать графа в том, что он несправедлив, непрактичен и глуп, я почел излишним. Не перед графом заступаться за Урбенина.

Дней через пять я услышал, что Урбенин с сыном-гимназистом и с дочкой переехал на житье в город. Говорили мне, что он ехал в город пьяный, полумертвый, и что два раза сваливался с телеги. Гимназист и Саша всю дорогу плакали.

Немного спустя после отъезда Урбенина мне, против моей воли, довелось побывать в графской усадьбе. У одной из графских конюшен воры сломали замок и утащили несколько дорогих седел. Дали знать судебному следователю, т. е. мне, и я volens-nolens должен был ехать.

Графа застал я пьяным и сердитым. Он ходил по всем комнатам, искал убежища от тоски и не находил его.

— Замучился я с этой Ольгой! — сказал он, махнув рукой. — Рассердилась на меня сегодня утром, пригрозила утопиться, ушла из дому, и вот, как видишь, до сих пор ее нет. Я знаю, что она не утопится, но все-таки скверно. Вчера целый день куксила и била посуду, третьего дня объелась шоколату. Чёрт знает что за натура!

Я утешил графа, как умел, и сел с ним обедать.

— Нет, пора бросить эти ребячества, — бормотал он во всё время обеда. — Пора, а то глупо и смешно. И к тому же, признаться, она начинает уже мне надоедать своими резкими переходами. Мне хочется чего-нибудь тихого, постоянного, скромного, вроде Наденьки Калининой, знаешь ли... Чудная девушка!

После обеда, гуляя в саду, я встретился с «утопленницей». Увидев меня, она страшно покраснела и — странная женщина — засмеялась от счастья. Стыд на ее лице смешался с радостью, горе с счастьем. Поглядев на меня искоса, она разбежалась и, не говоря ни слова, повисла мне на шею.

— Я люблю тебя, — зашептала она, сжимая мою шею. — Я по тебе так соскучилась, что если бы ты не приехал, то я бы умерла.

Я обнял ее и молча повел к беседке. Через десять минут, расставаясь с нею, я вынул из кармана четвертной билет и подал ей. Она сделала большие глаза.

— Зачем это?

— Это я плачу тебе за сегодняшнюю любовь.

Ольга не поняла и продолжала глядеть на меня с удивлением.

— Есть, видишь ли, женщины, — пояснил я, — которые любят за деньги. Они продажные. Им следует платить деньги. Бери же! Если ты берешь у других, почему же не хочешь взять от меня? Я не желаю одолжений!

Как я ни был циничен, нанося это оскорбление, но Ольга не поняла меня. Она не знала еще жизни и не понимала, что значит «продажные» женщины.

Был хороший августовский день.

Солнце грело по-летнему, голубое небо ласково манило вдаль, но в воздухе уже висело предчувствие осени. В зеленой листве задумчивых лесов уже золотились отжившие листки, а потемневшие поля глядели тоскливо и печально.

Предчувствие неизбежной тяжелой осени залегало и в нас самих. Нетрудно было предвидеть, что развязка была уже близка. Должен же был когда-нибудь ударить гром и брызнуть дождь, чтоб освежить душную атмосферу! Перед грозой, когда на небе надвигаются темные, свинцовые тучи, бывает душно, а нравственная духота уже сидела в нас. Она сказывалась во всем: в наших движениях, улыбках, речах.

Я ехал в легком шарабане. Возле меня сидела Наденька, дочь мирового. Она была бледна, как снег, подбородок и губы ее вздрагивали, как перед плачем, глубокие глаза были полны скорби, а между тем она всю дорогу смеялась и делала вид, что ей чрезвычайно весело.

Впереди и сзади нас двигались экипажи всех родов, времен и калибров. По бокам скакали всадники и амазонки. Граф Карнеев, облеченный в зеленый охотничий костюм, похожий более на шутовской, чем охотничий, согнувшись вперед и набок, немилосердно подпрыгивал на своем вороном. Глядя на его согнувшееся тело и на выражение боли, то и дело мелькавшее на его испитом лице, можно было подумать, что он ездил верхом впервые. На спине его болталась новенькая двустволка, а на боку висела сумка, в которой ворочался подстреленный кулик.

Украшением кавалькады была Оленька Урбенина. Сидя на вороном коне, подаренном ей графом, одетая в черную амазонку и с белым пером на шляпе, она уже не походила на ту девушку в красном, которая несколько месяцев тому назад встретилась нам в лесу. Теперь в ее фигуре было что-то величественное, «гран-дамское». Каждый взмах хлыстом, каждая улыбка — всё было рассчитано на аристократизм, на величественность. В ее движениях и улыбках было что-то вызывающее, зажигательное. Она надменно-фатовски поднимала вверх голову и с высоты своего коня обливала всё общество презрением, словно ей нипочем были громкие замечания, посылаемые по ее адресу нашими добродетельными дамами. Она бравировала и кокетничала своим нахальством, своим положением «при графе», словно ей было неизвестно, что она уже надоела графу и что последний каждую минуту ждал случая, чтоб отвязаться от нее.

— Меня граф хочет прогнать! — сказала мне она с громким смехом, когда кавалькада выезжала со двора, — стало быть, ей было известно ее положение, и она понимала его…

Но к чему же громкий смех? Я глядел на нее и недоумевал: откуда у этой лесной мещанки могло взяться столько прыти? Когда она успела научиться так грациозно покачиваться на седле, гордо шевелить ноздрями и щеголять повелительными жестами?

— Развратная женщина — та же свинья, — сказал мне доктор Павел Иваныч. — Когда ее сажают за стол, она и ноги на стол…

Но это объяснение слишком просто. Никто не мог быть так пристрастен к Ольге, как я, и я первый готов был бы бросить в нее камень; но смутный голос правды шептал мне, что то была не прыть, не бахвальство сытой, довольной женщины, а отчаянность, предчувствие близкой и неизбежной развязки.

Мы возвращались с охоты, на которую отправились с самого утра. Охота вышла неудачна. Около болот, на которые мы возлагали большие надежды, мы встретили компанию охотников, которые объявили нам, что дичь распугана. Нам удалось отправить на тот свет трех куликов и одного утенка — вот и всё, что выпало на долю десятка охотников. В конце концов у одной из амазонок разболелись зубы, и мы должны были поспешить обратно. Возвращались мы прекрасной дорогой по полю, на котором желтели снопы недавно сжатой ржи, в виду угрюмых лесов… На горизонте белели графская церковь и дом. Вправо от них широко расстилалась зеркальная поверхность озера, влево темнела Каменная Могила…

— Какая ужасная женщина! — шептала мне Наденька всякий раз, когда Ольга равнялась с нашим шарабаном. — Какая ужасная! Она столько же зла, сколько и красива… Давно ли вы были шафером на ее свадьбе? Не успела она еще износить с тех пор башмаков, как ходит уже в чужом шелку и щеголяет чужими бриллиантами… Не верится даже этой странной и быстрой метаморфозе… Если уж у нее такие инстинкты, то была бы хоть тактична и подождала бы год, два…

— Торопится жить! Ждать некогда! — вздохнул я.

— А знаете, что делается с ее мужем?

— Говорят, пьянствует…

— Да… Папа третьего дня был в городе и видел, как он откуда-то ехал на извозчике. Голова, знаете ли, набок, шапки нет, на лице грязь… Погиб человек! Бедность, говорят, страшная: есть нечего, за квартиру не заплачено. Бедная девочка Саша по целым дням сидит не евши. Папа описал всё это графу… Но ведь вы знаете графа! Он честный, добрый, но не любит задумываться и рассуждать. «Я, говорит, пошлю ему сто рублей». Взял и послал… Я думаю, что большего оскорбления нельзя было нанести Урбенину, как послать ему денег… Он оскорбится этой графской подачкой и станет пять еще больше…

— Да, граф глуп, — сказал я. — Он мог бы послать эти деньги через меня и от моего имени.

— Он не имел права посылать ему денег! Имею ли я право кормить вас, если я вас душу и вы меня ненавидите?

— Это правда…

Мы умолкли и задумались… Мысль о судьбе Урбенина была для меня всегда тяжела; теперь же, когда перед моими глазами гарцевала погубившая его женщина, эта мысль породила во мне целый ряд тяжелых мыслей… Что станется с ним и с его детьми? Чем в конце концов кончит она? В какой нравственной луже кончит свой век этот тщедушный, жалкий граф?

Возле меня сидело существо, единственно порядочное и достойное уважения... Двух только людей знал я в нашем уезде, которых я в силах был любить и уважать, которые одни только имели право отвернуться от меня, потому что стояли выше меня... Это были Надежда Калинина и доктор Павел Иванович... Что ожидало их?

— Надежда Николаевна! — сказал я ей. — Сам того не желая, я причинил вам немало зла и менее, чем кто-либо имею право рассчитывать на вашу откровенность. Но, клянусь вам, никто не поймет вас так, как я пойму. Ваше горе — мое горе, ваше счастье — мое счастье... Если я задам вам сейчас вопрос, то не заподозрите в нем праздное любопытство. Скажите мне, моя дорогая, зачем вы позволяете этому пигмею графу приближаться к вам? Что вам мешает гнать его от себя и не слушать его гнусных любезностей? Ведь его ухаживанья не делают чести порядочной женщине! Зачем вы даете повод этим сплетницам ставить ваше имя рядом с его именем?

Наденька поглядела на меня своими ясными глазами и, словно прочитав на моем лице искренность, весело улыбнулась.

— Что же они говорят? — спросила она.

— Они говорят, что ваш папенька и вы ловите графа и что граф, в конце концов, натянет вам нос.

— Не знают они графа, а потому так и говорят! — вспыхнула Наденька. — Бесстыдные сплетницы! Они привыкли видеть в людях одно только дурное... Хорошее недоступно их пониманию!

— А вы нашли в нем хорошее?

— Да, я нашла! Вы первый должны были бы знать, что я не допустила бы его к себе, если бы не была уверена в его честных намерениях!

— Стало быть, у вас дело дошло уже до «честных намерений»? — удивился я. — Скоро... А на что вам сдались его честные намерения?

— Вы хотите знать? — спросила она, и глаза ее заблистали. — Те сплетницы не лгут: я хочу выйти за него замуж! Не стройте удивленной физиономии и не улыбайтесь! Вы скажете, что выходить не любя нечестно и прочее, что уже тысячу раз было сказано, но...

что же мне делать? Чувствовать себя на этом свете лишнею мебелью очень тяжело... Жутко жить, не зная цели... Когда же этот человек, которого вы так не любите, сделает меня своею женою, то у меня уже будет задача жизни... Я исправлю его, я отучу его пить, научу работать... Взгляните на него! Теперь он не похож на человека, а я сделаю его человеком.

— И так далее и так далее, — сказал я. — Вы сбережете его громадное состояние, будете творить благие дела... Весь уезд будет благословлять вас и видеть в вас ангела, ниспосланного на утешение несчастных... Вы будете матерью и воспитаете его детей... Да, великая задача! Умная вы девушка, а рассуждаете, как гимназист!

— Пусть моя идея никуда не годится, пусть она смешна и наивна, но я живу ею... Под влиянием ее я стала здоровей и веселей... Не разочаровывайте же меня! Пусть я сама разочаруюсь, но не теперь, а когда-нибудь... после, в далеком будущем... Оставим этот разговор!

— Еще один нескромный вопрос: вы ждете предложения руки?

— Да... Судя по его записке, которую я сегодня получила от него, судьба моя решится вечером... сегодня... Он пишет мне, что имеет сказать что-то очень важное... От моего ответа, пишет он, будет зависеть счастье всей его жизни...

— Спасибо за откровенность, — сказал я.

Смысл записки, полученной Наденькой, для меня был ясен. Бедную девушку ожидало гнусное предложение... Я порешил избавить ее от него.

— Мы уже приехали к нашему лесу, — сказал граф, поравнявшись с нашим шарабаном. — Не желаете ли, Надежда Николаевна, устроить привал?

И, не дожидаясь ответа, он захлопал в ладоши и скомандовал громким, дребезжащим тенорком:

— Прива-а-ал!

Мы расположились на опушке леса. Солнце спряталось за деревья, крася в золотистый пурпур одни только верхушки самых высоких ольх да играя на золотом кресте видневшейся вдали графской церкви. Над нашими головами залетали встревоженные кобчики и иволги. Кто-то из мужчин выстрелил и еще более встревожил пернатое царство. Поднялся неугомонный птичий концерт. Этот концерт имеет свою прелесть весною и летом, но, когда в воздухе чувствуется приближение холодной осени, он раздражает нервы и напоминает о скором перелете.

Из чащи потянуло вечернею свежестью. Носы дам посинели, и зябкий граф стал потирать руки. Как нельзя более кстати запахло самоварной гарью и зазвякала чайная посуда. Одноглазый Кузьма, пыхтя и путаясь в высокой траве, притащил ящик с коньяком. Мы принялись греться.

Продолжительная прогулка на свежем, прохладном воздухе действует на аппетит лучше всяких аппетитных капель. После нее балык, икра, жареные куропатки и прочая снедь ласкают взоры, как розы в раннее весеннее утро.

— Ты сегодня умен, — сказал я графу, отрезывая себе кусок балыка. — Умен, как никогда. Трудно распорядиться умнее…

— Это мы вместе с графом распоряжались! — захихикал Калинин, мигнув глазом на кучеров, таскавших из шарабанов кульки с закуской, вина и посуду. — Пикничок выйдет на славу… К концу шампанея будет…

Лицо мирового на этот раз лоснилось таким довольством, как никогда. Не думал ли он, что в этот вечер его Наденьке будет сделано предложение? Не для того ли он припас и шампанского, чтобы поздравить молодых? Я пристально взглянул на его физиономию, но, по обыкновению, не прочел ничего, кроме бесшабашного довольства, сытости и тупой важности, разлитой во всей его солидной фигуре.

Мы весело набросились на закуски. К съедобной роскоши, лежавшей перед нами на коврах, отнеслись безучастно только двое: Ольга и Наденька Калинина. Первая стояла в стороне и, облокотившись о задок шарабана, неподвижно и молча глядела на ягдташ, сброшенный на землю графом. В ягдташе ворочался подстреленный кулик. Ольга следила за движением несчастной птицы и словно ждала ее смерти.

Надя сидела рядом со мною и безучастно глядела на весело жевавшие рты.

«Когда же всё это кончится?» — говорили ее утомленные глаза.

Я предложил ей бутерброд с икрой. Она поблагодарила и положила его в сторону. Очевидно, ей было не до еды.

— Ольга Николаевна! Вы же чего не садитесь? — крикнул граф Ольге.

Ольга не ответила и продолжала стоять неподвижно, как статуя, и глядеть на птицу.

— Какие есть бессердечные люди, — сказал я, подходя к Ольге. — Неужели вы, женщина, в состоянии равнодушно созерцать мучения этого кулика? Чем глядеть, как он корчится, вы бы лучше приказали его добить.

— Другие мучаются, пусть и он мучается, — сказала Ольга, не глядя на меня и хмуря брови.

— Кто же еще мучается?

— Оставь меня в покое! — прохрипела она. — Я не расположена сегодня говорить ни с тобой… ни с твоим дураком графом! Отойди от меня прочь!

Она вскинула на меня глазами, полными злобы и слез. Лицо ее было бледно, губы дрожали.

— Какая перемена! — сказал я, поднимая ягдташ и добивая кулика. — Какой тон! Поражен! Совсем поражен!

— Оставь меня в покое, говорят тебе! Мне не до шуток!

— Что же с тобой, моя прелесть?

Ольга окинула меня взором снизу вверх и отвернулась.

— Таким тоном разговаривают с развратными и продажными женщинами, — проговорила она. — Ты меня такой считаешь… ну и ступай к тем, святым!.. Я здесь хуже, подлее всех… Ты, когда ехал с этой добродетельной Наденькой, боялся глядеть на меня… Ну, и иди к ним! Чего же стоишь? Иди!

— Да, ты здесь хуже и подлее всех, — сказал я, чувствуя, как мною постепенно овладевает гнев. — Да, ты развратная и продажная.

— Да, я помню, как ты предлагал мне проклятые деньги… Тогда я не понимала значения их, теперь же понимаю…

Гнев овладел всем моим существом. И этот гнев был так же силен, как та любовь, которая начинала когда-то зарождаться во мне к девушке в красном… Да и кто бы, какой камень, остался бы равнодушен? Я видел перед собою красоту, брошенную немилосердной судьбою в грязь. Не были пощажены ни молодость, ни красота, ни грация… Теперь, когда эта женщина казалась мне прекрасней, чем когда-либо, я чувствовал, какую потерю в лице ее понесла природа, и мучительная злость на несправедливость судьбы, на порядок вещей наполняла мою душу…

В минуты гнева я не умею себя сдерживать. Не знаю, что бы еще пришлось Ольге выслушать от меня, если бы она, повернувшись ко мне спиной, не отошла. Она тихо направилась к деревьям и скоро скрылась за ними… Мне казалось, что она заплакала…

— Вы, милостивые государыни и милостивые государи! — услышал я речь Калинина. — В сей день, в который мы все соединились для… для того, чтоб объединиться… Мы здесь все в сборе, все между собою знакомы, все веселимся и этим давно желанным объединением нашим мы обязаны не кому другому, как нашему светилу, звезде нашей губернии… Вы, граф, не конфузьтесь… Дамы понимают, о ком я говорю… Хе-хе-хе!.. Ну-с, будем продолжать… Так как всем этим мы обязаны нашему просвещенному и юному… юному… графу Карнееву, то предлагаю выпить сей тост за… Но кто-то едет! Кто это?

К опушке, где мы сидели, по направлению от графской усадьбы катила коляска…

— Кто бы это мог быть? — удивился граф, направляя свой бинокль в сторону коляски. — Гм… странно… Это, должно быть, проезжие... Ах, нет! Я вижу рожу Каэтана Казимировича... С кем это он?

И граф вдруг вскочил, как ужаленный... Лицо его покрылось смертельною бледностью, из рук выпал бинокль. Глаза его забегали, как у пойманной мыши, и, словно прося о помощи, останавливались то на мне, то на Наде... Не все уловили его смущение, потому что внимание большинства было отвлечено приближавшейся коляской.

— Сережа, поди сюда на минутку! — зашептал он, хватая меня под руку и отводя в сторону. — Голубчик, умоляю тебя, как друга, как лучшего из людей... Ни вопросов, ни вопрошающих взглядов, ни удивления! Всё расскажу после! Клянусь, что ни одна йота не останется для тебя тайной... Это такое несчастье в моей жизни, такое несчастье, что и выразить тебе не могу! Всё узнаешь, а теперь без вопросов! Помоги мне!

Между тем коляска была всё ближе и ближе... Наконец она остановилась, и глупая тайна нашего графа стала достоянием уезда. Из коляски, пыхтя и улыбаясь, вылез Пшехоцкий, облеченный в новый чечунчовый костюм. За ним ловко выпрыгнула молодая дама, лет 23-х. Это была высокая стройная блондинка с правильными, но несимпатичными чертами лица и с синими глазами. Я помню только эти синие, ничего не выражающие глаза, напудренный нос, тяжелое, но роскошное платье и несколько массивных браслетов на обеих руках... Я помню, что запах вечерней сырости и пролитого коньяка уступил свое место пронзительному запаху каких-то духов.

— Как вас здесь много! — проговорила незнакомка ломаным русским языком. — Должно быть, очень весело! Здравствуй, Алексис!

Она подошла к Алексису и подставила ему свою щеку. Граф быстро чмокнул и тревожно взглянул на своих гостей.

— Моя жена, рекомендую! — забормотал он. — А это, Созя, мои хорошие знакомые... Гм... Кашель у меня.

— А я только что приехала! Каэтан говорит мне: отдохни! Но я говорю, зачем мне отдыхать, если я всю дорогу спала! И я лучше поеду на охоту! Оделась и поехала... Каэтан, где мои сигареты?

Пшехоцкий подскочил к блондинке и подал ей золотой портсигар.

— А это — брат моей жены... — продолжал граф бормотать, указывая на Пшехоцкого. — Да помоги же мне! — толкнул он меня под локоть. — Выручи, ради бога!

Говорят, что с Калининым сделалось дурно и что Надя, желая помочь ему, не могла подняться с места. Говорят, что многие поспешили сесть в свои экипажи и уехать. Я всего этого не видел. Помню, что я пошел в лес, и, ища тропинки, не глядя вперед, направился, куда ноги пойдут[1].

....

На ногах моих висели куски липкой глины, и весь я был в грязи, когда вышел из лесу. Вероятно, мне приходилось перепрыгивать через ручей, но обстоятельства этого я не помню. Словно меня сильно избили палками, до того я чувствовал себя утомленным и замученным. Нужно было отправиться в графскую усадьбу, сесть на Зорьку и ехать. Но я этого не сделал, а отправился домой пешком. Не мог я видеть ни графа, ни его проклятой усадьбы[2].

....

Дорога моя лежала по берегу озера. Водяное чудовище уже начинало реветь свою вечернюю песню. Высокие волны с белыми гребнями покрывали всю громадную поверхность. В воздухе стояли гул и рокот. Холодный, сырой ветер пронизывал меня до костей. Слева было сердитое озеро, а справа несся монотонный шум сурового леса. Я чувствовал себя с природой один на один, как на очной ставке. Казалось, весь ее гнев, весь этот шум и рев были для одной только

[1] Тут в рукописи Камышева зачеркнуто сто сорок строк. — А. Ч.

[2] На этом месте рукописи нарисована чернилами хорошенькая женская головка с искаженными от ужаса чертами. Всё написанное ниже ее старательно зачеркнуто. Верхняя половина следующей страницы тоже зачеркнута, и сквозь сплошную чернильную кляксу можно разобрать одно только слово: «висок». — А. Ч.

моей головы. При других обстоятельствах я, быть может, ощутил бы робость, но теперь я едва замечал окружавших меня великанов. Что гнев природы был в сравнении с той бурей, которая кипела во мне?[1]

....

Придя домой, я не раздеваясь повалился в постель.

— Опять, бесстыжие глаза, в озере в одёже купался! — заворчал Поликарп, стаскивая с меня мокрую и грязную одежу. — Опять, наказание мое! Еще тоже благородный, образованный, а хуже всякого трубочиста... Не знаю, чему там в нпверситете вас учили.

Я, не вынося ни человеческого голоса, ни лица, хотел крикнуть на Поликарпа, чтоб он оставил меня в покое, но слово мое застряло в горле. Язык был так же обессилен и изнеможен, как и всё тело. Как это ни мучительно было, но пришлось позволить Поликарпу стащить с меня всё, даже измокшее нижнее белье.

— И хоть бы повернулся! — ворчал мой слуга, ворочая меня с боку на бок, как маленькую куклу. — Завтра же расчет! Ни-ни... ни за какие деньги! Будет с меня, дурака! Чтобы мне провалиться, ежели останусь!

Свежее, теплое белье не согрело и не успокоило меня. Я дрожал и от гнева и от страха до того сильно, что у меня стучали зубы. Страх был необъяснимый... Не пугали меня ни привидения, ни выходцы из могил, ни даже портрет моего предшественника, Поспелова, висевший над моей головой. Он не спускал с меня своих безжизненных глаз и, казалось, мигал ими, но меня нимало не коробило, когда я глядел на него. Будущее мое было не прозрачно, но все-таки можно было с большею вероятностью сказать, что мне ничто не угрожает, что черных туч вблизи нет. Смерть не скоро, болезни мне были не страшны, личным несчастьям я не придавал значения... Чего же я боялся и отчего стучали мои зубы?

---

[1] Тут тоже зачеркнуто. — А. Ч.

Не был мне понятен и мой гнев... «Тайна» графа не могла разозлить меня так сильно. Мне не было дела ни до графа, ни до его женитьбы, которую он скрыл от меня.

Остается объяснить тогдашнее состояние моей души нервным расстройством и утомлением. Иное объяснение мне не под силу.

По уходе Поликарпа я укрылся с головой, намереваясь уснуть. Было темно и тихо... Беспокойно ворочался в своей клетке попугай, да доносилось мерное постукивание стенных часов из Поликарповой комнаты, во всем же остальном царили мир и тишина. Физическое и душевное утомление взяли свое, и я стал засыпать... Я чувствовал, как с меня постепенно спадала какая-то тяжесть, как ненавистные образы сменялись в сознании туманом... Помню, я даже начинал видеть сон. Снилось мне, что в светлое зимнее утро шел я по Невскому в Петербурге и от нечего делать засматривал в окна магазинов. На душе моей было легко, весело... Некуда было спешить, делать было нечего — свобода абсолютная... Сознание, что я далеко от своей деревни, от графской усадьбы и сердитого, холодного озера, еще более настраивало меня на мирный, веселый лад. Я остановился у самого большого окна и стал рассматривать женские шляпки... Шляпки были мне знакомы... В одной из них я видел Ольгу, в другой Надю, третью я видел в день охоты на белокурой голове внезапно приехавшей Сози... Под шляпками заулыбались знакомые физиономии... Когда я хотел им что-то сказать, они все три слились в одну большую, красную физиономию. Эта сердито задвигала своими глазами и высунула язык... Кто-то сзади сдавил мне шею...

— Муж убил свою жену! — крикнула красная физиономия. Я вздрогнул, вскрикнул и, как ужаленный, вскочил с постели... Сердце мое страшно билось, на лбу выступил холодный пот.

— Муж убил свою жену! — повторил попугай. — Дай же мне сахару! Как вы глупы! Дурак!

— Это попугай... — успокоил я себя, ложась в постель. — Слава богу...

Слышался монотонный ропот... То о кровлю стучал дождь... Тучи, которые я видел на западе, когда шел по берегу озера, заволокли теперь всё небо. Слабо блеснула молния и осветила портрет покойного Поспелова... Над самой моей головой прогремел гром...

«Последняя гроза за это лето», — подумал я.

Вспомнилась мне одна из первых гроз… Точно такой же гром гремел когда-то в лесу, когда я первый раз был в домике лесничего… Я и девушка в красном стояли тогда у окна и глядели на сосны, которые освещала молния… В глазах прекрасного создания светился страх. Она сказала мне, что мать ее умерла от молнии и что она сама жаждет эффектной смерти… Хотелось бы ей одеться так, как одеваются богатейшие аристократки уезда. Она чуяла, что к ее красоте шла роскошь наряда. И, сознавая свое суетное величие, гордая им, она хотела бы взойти на Каменную Могилу и там эффектно умереть.

Мечта ее сб. . . . . . хотя и не на Камен. . . .[1]

Потеряв всякую надежду уснуть, я поднялся и сел на кровати. Тихий ропот дождя постепенно обращался в сердитый рев, который я так любил, когда душа моя была свободна от страха и злости… Теперь же этот рев казался мне зловещим. Удар грома следовал за ударом.

— Муж убил свою жену! — каркнул попугай…

Эта была последняя его фраза… Закрыв в малодушном страхе глаза, я нащупал в темноте клетку и швырнул ее в угол…

— Черти бы тебя взяли! — крикнул я, услышав звон клетки и писк попугая…

Бедная, благородная птица! Полет в угол не обошелся ему даром… На другой день его клетка содержала в себе холодный труп. За что я убил его? Если его любимая фраза о муже, убившем свою жену, напомн . . . .[2]

Мать моего предшественника, Поспелова, уступая мне квартиру, взяла с меня деньги за всю обстановку, даже за фотографические изображения не знакомых мне людей. Но она ни копейки не взяла с

---

[1] Тут беспорядочно зачеркнута почти целая страница. Пощажены только несколько слов, не дающих ключа к уразумению зачеркнутого. — А. Ч.

[2] Тут, к сожалению, опять зачеркнуто. Заметно, что Камышев зачеркивал не во время писанья, а после… К концу повести я обращу на эти зачеркиванья особое внимание. — А. Ч.

меня за дорогого попугая. Накануне своего отъезда в Финляндию она всю ночь прощалась со своей благородной птицей. Я помню всхлипыванья и причитыванья, которыми сопровождалось это прощанье. Помню слезы, с которыми она просила меня сберечь ее друга до ее возвращения. Я дал ей честное слово, что ее попугай не пожалеет о том, что познакомился со мною. И не сдержал я этого слова. Я убил птицу. Воображаю, что сказала бы старуха, если бы узнала о судьбе своего крикуна!

Кто-то осторожно постучался в мое окно. Домишко, в котором я жил, стоял по дороге одним из крайних, и стук в окно приходилось мне слышать нередко, в особенности в дурную погоду, когда проезжие искали ночлега. На сей раз стучались ко мне не проезжие. Пройдя к окну и дождавшись, когда блеснет молния, я увидел темный силуэт какого-то высокого и тонкого человека. Он стоял перед окном и, казалось, ежился от холода. Я отворил окно.

— Кто здесь? Что нужно? — спросил я.

— Сергей Петрович, это я! — услышал я жалобный голос, каким говорят сильно иззябшие и испуганные люди. — Это я! К вам, мой дорогой!

В жалобном голосе темного силуэта узнал я, к своему великому удивлению, голос моего друга, доктора Павла Ивановича. Посещение «щура», ведущего регулярную жизнь и ложащегося спать раньше двенадцати, было непонятно. Что могло заставить его изменить своим правилам и явиться ко мне в два часа ночи да вдобавок еще в такую ужасную погоду?

— Что вам нужно? — спросил я, послав в глубине души нежданного гостя к чёрту.

— Извините, голубчик... Я хотел постучать в дверь, но ваш Поликарп, наверное, спит теперь, как мертвец. Я решился постучать в окно.

— Да что вам нужно?

Павел Иваныч подошел ближе к моему окну и забормотал что-то непонятное. Он дрожал и походил на пьяного.

— Я вас слушаю! — сказал я, теряя терпение.

— Вы… вы, я вижу, сердитесь, но… если бы вы знали всё, что случилось, то вы перестали бы сердиться на также пустяки, как прерванный сон и визит не в пору… Не до сна теперь! Господи боже мой! Жил я на свете три десятка и только впервые сегодня так страшно несчастлив! Я несчастлив, Сергей Петрович!

— Ах, да что же случилось? И какое мне дело? Я сам еле стою на ногах… Не до людей мне!

— Сергей Петрович! — проговорил «щур» плачущим голосом, протягивая в потемках к моему лицу мокрую от дождя руку. — Честный человек! Друг мой!

И засим я услышал мужской плач. Плакал доктор.

— Павел Иваныч, идите домой! — сказал я после некоторого молчания. — Сейчас я не могу с вами говорить… Я боюсь и своего и вашего настроения. Мы не поймем друг друга…

— Дорогой мой! — проговорил доктор умоляющим голосом. — Женитесь на ней.

— Вы с ума сошли! — сказал я, захлопывая окно…

После попугая доктор был второй пострадавший от моего настроения. Я не пригласил его в комнату и захлопнул перед его носом окно. Две грубые, неприличные выходки, за которые я вызвал бы на дуэль даже женщину[1]. Но кроткий и незлобный «щур» не имел понятия о дуэли. Он не знал, что значит сердиться.

Минуты через две блеснула молния, и я, взглянув на окно, увидел согнувшуюся фигуру моего гостя. Поза его на этот раз была просительная, выжидательная, как у нищего, стерегущего милостыню. Он ждал, вероятно, что я прощу его и позволю ему высказаться.

К счастью, во мне зашевелилась совесть. Мне стало жаль себя, жаль, что природа всадила в меня столько жесткости и мерзости!

---

[1] Последняя фраза написана выше зачеркнутой строки, в которой можно разобрать: «сорвал бы с плеч голову и вышиб бы все окна». — А. Ч.

Низкая душа моя была такой же кремень, как и мое здоровое тело...[1] Я подошел к окну и открыл его.

— Войдите в комнату! — сказал я.

— Некогда!.. Каждая минута дорога! Бедная Надя отравилась, и врачу нельзя отходить от нее... Едва удалось спасти бедняжку... Это ли не несчастье? И вы можете не слушать, захлопывать окно?

— Она жива все-таки?

— Все-таки... Таким тоном не говорят о несчастных, мой хороший друг! Кто бы мог подумать, что эта умная, честная натура захочет расстаться с жизнью из-за такого субъекта, как граф? Нет, друг мой, к несчастью людей, женщины не могут быть совершенны! Как бы ни была умна женщина, какими бы совершенствами она ни была одарена, в ней все-таки сидит гвоздь, мешающий жить и ей и людям... Возьмем хоть Надю... Ну к чему она это сделала? Самолюбие и самолюбие! Болезненное самолюбие! Чтобы уколоть вас, она задумала выйти за этого графа... Не нужно ей было ни его денег, ни знатности... Ей нужно было только удовлетворить свое чудовищное самолюбие... И вдруг неудача!.. Вы знаете, что приехала его жена... Оказывается, что этот развратник женат... А еще тоже говорят, что женщины выносливы, что они умеют терпеть лучше мужчин!.. Где же тут выносливость, если такая жалкая причина заставляет хвататься за фосфорные спички? Это не выносливость, а суетность!

— Вы простудитесь...

— То, что я видел сейчас, хуже всякой простуды... Глаза эти, бледность... а! К неудавшейся любви, к неудавшейся попытке насолить вам прибавилось еще неудавшееся самоубийство... Большее несчастье и вообразить себе трудно!.. Дорогой мой, если у вас есть хотя капля сострадания, если... если бы вы ее увидели... ну, отчего

---

[1] Далее следует пластически вычурное толкование о душевной выносливости автора. Вид человеческих скорбей, кровь, судебные вскрытия и пр. не производят якобы на него никакого впечатления. Всё это место носит оттенок хвастливой наивности, неискренности. Оно поражает своей грубостью, и я выпустил его. Для характеристики Камышева оно не важно. — А. Ч.

бы вам не прийти к ней? Вы любили ее! Если уже не любите, то отчего бы и не пожертвовать ей своей свободой? Жизнь человеческая дорога, и за нее можно отдать… всё! Спасите жизнь!

Кто-то сильно постучал в мою дверь. Я вздрогнул… Сердце мое обливалось кровью!.. Я не верю в предчувствие, но на этот раз тревога моя была не напрасна… Стучались ко мне с улицы…

— Кто там? — крикнул я в окно…

— К вашей милости!

— Что нужно?

— От графа письмо, ваше благородие! Человека убили!

Какая-то темная фигура, закутанная в тулуп, подошла к окну и, ропща на погоду, подала мне письмо… Я быстро отошел от окна, зажег свечу и прочел следующее:

«Забудь, ради бога, всё на свете и приезжай сейчас же. Убита Ольга. Я потерял голову и сейчас сойду с ума. Твой А. К.».

Убита Ольга! От этой короткой фразы у меня закружилась голова и потемнело в глазах… Я сел на кровать и, не имея сил соображать, опустил руки.

— Это вы, Павел Иваныч? — услышал я голос присланного мужика. — А я только что к вам хотел ехать… И к вам письмо есть.

Через пять минут я и «щур» сидели в крытом экипаже и ехали к графской усадьбе… По верху экипажа стучал дождь, впереди нас то и дело вспыхивала ослепительная молния.

Слышался рев озера…

Начиналось последнее действие драмы, и двое из действующих лиц ехали, чтобы увидеть раздирающую душу картину.

— Ну, как вы думаете, что нас ждет? — спросил я дорогой Павла Иваныча.

— Ничего я не думаю… Не знаю…

— Я тоже не знаю…

— Гамлет жалел когда-то, что господь земли и неба запретил грех самоубийства, так я теперь жалею, что судьба сделала меня врачом... Глубоко сожалею!

— Боюсь, чтобы, в свою очередь, мне не пришлось пожалеть, что я судебный следователь, — сказал я. — Если граф не смешал убийства с самоубийством и если действительно Ольга убита, то достанется моим бедным нервам!

— Вам можно отказаться от этого дела...

Я вопросительно поглядел на Павла Иваныча и, конечно, благодаря потемкам, ничего не увидел... Откуда он знал, что я могу отказаться от этого дела? Я был любовником Ольги, но кому это было известно, кроме самой Ольги да, пожалуй, еще Пшехоцкого, угостившего меня когда-то аплодисментами?..

— Почему вы думаете, что мне можно отказаться? — спросил я «щура».

— Так... Вы можете заболеть, подать в отставку... Всё это нисколько не бесчестно, потому что есть кому заменить вас, врач же поставлен совершенно в другие условия...

«Только-то?» — подумал я.

Экипаж после долгой, убийственной езды по глинистой почве остановился наконец у подъезда. Два окна над самым подъездом были ярко освещены, из крайнего правого, выходившего из спальной Ольги, слабо пробивался свет, все же остальные окна глядели темными пятнами. На лестнице нас встретила Сычиха. Она поглядела на меня своими колючими глазками, и морщинистое лицо ее наморщилось в злую, насмешливую улыбку.

— Ужо будет вам сюрприз! — говорили ее глаза.

Вероятно, она думала, что мы приехали покутить и не знали, что в доме горе.

— Рекомендую вашему вниманию, — сказал я Павлу Ивановичу, стаскивая со старухи чепец и обнажая совершенно лысую голову. — Этой ведьме девяносто лет, душа моя. Если бы нам с вами пришлось когда-нибудь вскрывать этого субъекта, то мы сильно разошлись бы во мнениях. Вы нашли бы старческую атрофию мозга, я же уверил бы вас, что это самое умное и хитрое существо во всем нашем уезде… Чёрт в юбке!

Войдя в залу, я был поражен. Картина, которую я здесь увидел, была совсем неожиданная. Все стулья и диваны были заняты людьми… В углах и около окон тоже стояли группы людей. Откуда они могли взяться? Если бы мне ранее сказал кто-нибудь, что я встречу здесь этих людей, то я бы расхохотался. До того невероятно и неуместно было их присутствие в доме графа в то время, когда, быть может, в одной из комнат лежала умершая или умиравшая Ольга. Это был цыганский хор обер-цыгана Карпова из ресторана «Лондон», тот самый хор, который известен читателю по одной из первых глав. Когда я вошел, от одной из групп отделилась моя старая приятельница Тина и, узнав меня, радостно вскрикнула. По ее бледному смуглому лицу разлилась улыбка, когда я подал ей руку, и из глаз брызнули слезы, когда она хотела мне что-то сказать… Слезы не дали ей говорить, и я не добился от нее ни одного слова. Я обратился к другим цыганам, и они объяснили мне свое присутствие таким образом. Утром граф прислал им в город телеграмму, требуя, чтобы весь хор в полном своем составе обязательно был в графской усадьбе к 9 часам вечера. Они, исполняя этот «заказ», сели на поезд и в восемь часов были уже в этой зале…

— И мы мечтали доставить его сиятельству и господам гостям удовольствие… Мы знаем так много новых романсов!.. И вдруг…

И вдруг прилетел верхом мужик с известием, что на охоте совершено зверское убийство, и с приказанием приготовить постель Ольги Николавны. Мужику не поверили, потому что мужик был пьян, «как свинья», но когда на лестнице послышался шум и через залу пронесли черное тело, сомневаться уже нельзя было…

— И теперь мы не знаем, что нам делать! Оставаться нам здесь нельзя… Когда здесь священник, веселым людям нужно убираться… Да и к тому же все певицы встревожены и плачут… Они не могут быть в том доме, где покойник… Нужно уехать, а между тем нам не хотят дать лошадей! Господин граф лежат больны и никого к себе не впускают, а прислуга на просьбу о лошадях отвечает насмешками... Не идти же нам пешком в такую погоду и в такую темную ночь! Прислуга вообще ужасно груба!.. Когда мы попросили для наших дам самовар, нас послали к чёрту...

Все эти жалобы кончились слезным обращением к моему великодушию: не выхлопочу ли я для них экипажи, чтобы они могли убраться из этого «проклятого» дома?

— Если лошади не в загоне и если кучера не разосланы, то вы уедете, — сказал я. — Я прикажу...

Беднягам, одетым в шутовские костюмы и привыкшим кокетничать своими ухарскими манерами, были очень не к лицу их постные физиономии и нерешительное позы. Своим обещанием отправить их на станцию я несколько расшевелил их. Мужской шёпот обратился в громкий говор, а женщины перестали плакать...

Затем, проходя в графский кабинет через целую анфиладу темных, неосвещенных комнат, я заглянул в одну из многочисленных дверей и увидел умиляющую душу картину. За столом около шумевшего самовара сидели Созя и ее брат Пшехоцкий... Созя, одетая в легкую блузу, но всё в тех же браслетах и перстнях, нюхала что-то из флакона и, томничая, брезгливо отхлебывала из чашки. Глаза ее были заплаканы... Вероятно, событие на охоте сильно расстроило ее нервы и надолго испортило расположение ее духа. Пшехоцкий с таким же деревянным лицом, как и прежде, хлебал большими глотками из блюдечка и что-то говорил сестре. Судя по менторскому выражению его лица и манерам, он успокоивал и убеждал не плакать.

Графа, само собою разумеется, я застал в самых разлохмаченных чувствах. Дряблый и хилый человек похудел и осунулся больше прежнего... Он был бледен, и губы его дрожали, как в лихорадке. Голова была повязана белым носовым платком, от которого на всю комнату разило острым уксусом. При моем входе он вскочил с софы, на которой лежал, и, запахнувши полы халата, бросился ко мне...

— А? а? — начал он, дрожа и захлебываясь. — Ну?

И, издав несколько неопределенных звуков, он потащил меня за рукав к софе и, дождавшись, когда я сяду, прижался ко мне, как испуганная собачонка, и принялся изливать свою жалобу…

— Кто б мог ожидать? а? Постой, голубчик, я укроюсь пледом… у меня лихорадка… Убита, бедная! И как варварски убита! Еще жива, но земский врач говорит, что сегодня ночью умрет… Ужасный день!.. Приехала ни к селу ни к городу эта… чёрт бы ее взял совсем, жена… Это моя несчастнейшая ошибка. Меня, Сережа, в Петербурге пьяного женили. Я скрывал от тебя, мне совестно было, но вот она приехала, и ты можешь ее видеть… Гляди и казнись… О, проклятая слабость! Под влиянием минуты и водки я в состоянии сделать всё, что хочешь! Приезд жены — первый подарок, скандал с Ольгой — второй… Жду третьего… Я знаю, что еще случится… Знаю! Я сойду с ума!

Всплакнувши, выпивши три рюмки водки и назвав себя ослом, негодяем и пьяницей, граф путающимся от волнения языком описал драму, имевшую место на охоте… Рассказал он мне приблизительно следующее.

Минут через 20 — 30 после моего ухода, когда удивление по поводу приезда Сози несколько поулеглось и когда Созя, познакомившись с обществом, стала изображать из себя хозяйку, компания услышала вдруг пронзительный, раздирающий душу крик. Этот крик несся со стороны леса и раза четыре был повторен эхом. Был он до того необычен, что люди, слышавшие его, вскочили на ноги, собаки залаяли, а лошади наострили уши. Крик был неестественный, но графу удалось узнать в нем женский голос… Звучали в нем отчаяние, ужас… Так должны вскрикивать женщины, когда видят привидение или внезапную смерть ребенка… Встревоженные гости поглядели на графа, граф на них… Минуты три царило гробовое молчание…

И пока господа переглядывались и молчали, кучера и лакеи побежали к тому месту, откуда был слышен крик. Первым вестником скорби был лакей, старый Илья. Он прибежал из леса к опушке и, бледный, с расширенными зрачками, хотел что-то сказать, но одышка и волнение долго мешали ему говорить. Наконец, поборов себя и перекрестившись, он выговорил:

— Убили барыню!

Какую барыню? Кто убил? Но Илья не дал ответа на эти вопросы… Роль второго вестника выпала на долю человека, которого не ожидали и появлением которого были страшно поражены. Были поразительны и нежданное появление и вид этого человека… Когда граф увидел его и вспомнил, что Ольга гуляет в лесу, то у него замерло сердце и подогнулись от страшного предчувствия ноги.

Это был Петр Егорыч Урбенин, бывший управляющий графа и муж Ольги. Сначала компания услышала тяжелые шаги и треск хвороста… Казалось, что из леса на опушку пробирался медведь. Потом же показалось массивное тело несчастного Петра Егорыча… Выйдя на опушку и увидев компанию, он сделал шаг назад и остановился как вкопанный. Минуты две он молчал и не двигался и таким образом дал себя осмотреть… На нем были его обиходные серенькие пиджак и брюки, достаточно уже поношенные… На голове шляпы не было, и всклокоченные волосы прилипли к вспотевшим лбу и вискам… Лицо его, обыкновенно багровое, а часто и багрово-синее, на этот раз было бледно… Глаза смотрели безумно, неестественно широко… Губы и руки дрожали…

Но что поразительнее всего, что прежде всего обратило на себя внимание ошеломленных зрителей, так это окровавленные руки… Обе руки и манжеты были густо покрыты кровью, словно их вымыли в кровяной ванне.

После трехминутного столбняка Урбенин, как бы очнувшись от сна, сел на траву по-турецки и простонал. Собаки, чуявшие что-то необычайное, окружили его и подняли лай… Обведя компанию мутными глазами, Урбенин закрыл обеими руками лицо, и наступил новый столбняк…

— Ольга, Ольга, что ты наделала! — простонал он.

Глухие рыдания вырвались из его груди и потрясли богатырские плечи… Когда он отнял от лица руки, то компания увидела на его щеках и на лбу кровь, перешедшую с рук на лицо…

Дойдя до этого места, граф махнул рукой, выпил судорожно рюмку водки и продолжал:

— Дальше мои воспоминания путаются. Как ты можешь себе представить, всё происшедшее так меня ошеломило, что я потерял способность мыслить… Ничего не помню, что потом было! Помню только, что мужчины принесли из лесу какое-то тело, одетое в порванное, окровавленное платье… Я не мог на него смотреть! Положили в коляску и повезли… Не слышал я ни стонов, ни плача… Говорят, что ей в бок засадили тот кинжальчик, который при ней всегда был… помнишь его? Эту вещь я ей подарил. Тупой кинжал, тупее, чем этот край стакана… Какую, стало быть, надо иметь силу, чтобы всадить его! Люблю я, братец, кавказское оружие, но теперь бог с ним, с этим оружием! Завтра же прикажу его выбросить вон!..

Граф выпил еще рюмку водки и продолжал:

— Но какой срам! Какая мерзость! Подвозим мы ее к дому… Все, знаешь, в отчаянии, в ужасе. И вдруг, чёрт бы их взял, этих цыган, слышится разудалое пение!.. Выстроились в ряд и давай, подлецы, орать!.. Хотели, видишь ли, с шиком встретить, а вышло очень некстати… Похоже на Иванушку-дурачка, который, встретивши похороны, пришел в восторг и заорал: «Таскать вам, не перетаскать!» Да, брат! хотел угодить гостям, выписал цыган, а вышла ерунда. Не цыган нужно приглашать, а докторов да духовенство. И теперь я не знаю, что делать! Что мне делать? Не знаю я этих формальностей, обычаев. Кого звать, за кем послать… Может быть, тут полиция нужна, прокурор… Ни черта я не смыслю, хоть убей!.. Спасибо, отец Иеремия, узнавши про скандал, пришел приобщить, а сам бы я не догадался его пригласить. Умоляю тебя, дружище, возьми на себя все эти хлопоты! Ей-богу, с ума схожу! Приезд жены, убийство… бррр!.. Где теперь моя жена? Ты ее не видел?

— Видел. Она с Пшехоцким чай пьет.

— С братцем, значит... Пшехоцкий — это шельма! Когда я удирал из Петербурга тайком, он пронюхал о моем бегстве и привязался... Сколько он у меня денег выжулил за всё это время, так это уму непостижимо!

Разговаривать долго с графом мне было некогда. Я поднялся и направился к двери.

— Послушай, — остановил меня граф. — Тово... а меня не пырнет этот Урбенин?

— А Ольгу разве он пырнул?

— Понятно, он... Недоумеваю только, откуда он взялся! Какие черти его принесли в лес? И почему именно в этот самый лес! Допустим, что он притаился там и поджидал нас, но почем он знал, что я захочу остановиться именно там, а не в другом месте?

— Ты ничего не понимаешь, — сказал я. — Кстати, раз навсегда прошу тебя... Если я возьму на себя это дело, то, пожалуйста, не высказывай мне своих соображений... Ты потрудишься только отвечать на мои вопросы, но не больше.

Оставив графа, я отправился в комнату, где лежала Ольга...[1]

В комнате горела маленькая голубая лампа, слабо освещавшая лица... Читать и писать при ее свете было невозможно. Ольга лежала на своей кровати. Голова ее была в повязках; видны были только чрезвычайно бледный заостренный нос да веки закрытых глаз. Грудь в то время, когда я вошел, была обнажена: на нее клали пузырь со льдом[2]. Стало быть, Ольга еще не умерла. Около нее хлопотали два врача. Когда я вошел, Павел Иваныч, щуря глаза, бесконечно сопя и пыхтя, выслушивал ее сердце.

Земский врач, чрезвычайно утомленный и на вид больной человек, сидел около кровати в кресле и, задумавшись, делал вид, что

[1] Тут зачеркнуты две строки. — А. Ч.

[2] Обращаю внимание читателя на одно обстоятельство. Камышев, любящий разглагольствовать о состоянии своей души всюду, даже в описаниях стычек своих с Поликарпом, ничего не говорит о впечатлении, произведенном на него видом умирающей Ольги. Думаю, что это пробел преднамеренный. — А. Ч.

считает пульс. Отец Иеремия, только что кончивший свое дело, заворачивал в епитрахиль крест и собирался уходить…

— А вы, Петр Егорыч, не скорбите! — говорил он, вздыхая и поглядывая в угол. — На все божья воля, к богу и прибегните.

В углу на табурете сидел Урбенин. Он до того изменился, что я едва узнал его. Безделье и пьянство последнего времени сильно сказывались как на его платье, так и на наружности: платье было изношено, лицо тоже.

Бедняга неподвижно сидел и, подперев кулаками голову, не отрывал глаз от кровати… Руки и лицо его всё еще были в крови… О мытье было забыто…

О, пророчество моей души и моей бедной птицы!

Когда моя благородная, убитая мной птица выкрикивала фразу о муже, убившем свою жену, в моем воображении всегда появлялся на сцену Урбенин. Почему?.. Я знал, что ревнивые мужья часто убивают жен-изменниц, знал в то же время, что Урбенины не убивают людей… И я отгонял мысль о возможности убийства Ольги мужем, как абсурд.

«Он или не он?» — задал я себе вопрос, поглядев на его несчастное лицо.

И, откровенно говоря, я не дал себе утвердительного ответа, несмотря даже на рассказ графа, на кровь, которую я видел на руках и лице.

«Если бы он убил, то он давно бы уже смыл с рук и лица кровь… — вспомнилось мне положение одного приятеля-следователя. — Убийцы не выносят крови своих жертв».

Если бы я захотел пошевелить мозгами, то я вспомнил бы немало сему подобных положений, но не следовало забегать вперед и набивать свою голову преждевременными заключениями.

— Мое почтение! — обратился ко мне земский врач. — Очень рад, что хоть вы пришли… Скажите, пожалуйста, кто здесь хозяин?

— Здесь нет хозяина… Здесь царит хаос… — сказал я.

— Изречение очень милое, но, тем не менее, мне нисколько не легче, — желчно закашлялся земский врач. — Три часа прошу, умоляю дать сюда бутылку портвейна или шампанского, и хоть бы кто снизошел к мольбам! Все глухи, как тетерева! Льду только что сейчас принесли, хотя я приказал достать его три часа тому назад. Что же это такое? Человек умирает, а они словно смеются! Граф изволит в своем кабинете распивать ликеры, а сюда не могут дать рюмки! Посылаю в город, в аптеку, — говорят, что лошади заморены и ехать некому, потому что все пьяны… Хочу послать к себе в больницу за лекарствами и повязками, и мне делают одолжение: дают мне какого-то пьяницу, который еле на ногах стоит. Послал его два часа тому назад, и что же? Говорят, что он только что сейчас уехал! Ну не безобразие ли это? Все пьяны, грубы, неотесаны!.. Все какие-то идиоты! Клянусь богом, первый раз в жизни вижу таких бессердечных людей!

Негодование врача было справедливо. Он нисколько не преувеличивал, а напротив… Чтоб излить желчь на все беспорядки и безобразия, имевшие место в графской усадьбе, не хватило бы целой ночи. Деморализованная бездельем и безначалием прислуга была отвратительна. Не было того лакея, который не мог бы служить типом зажившегося и зажиревшего человека.

Я отправился добывать вино. Дав две-три оплеухи, я добыл и шампанского и валерьяновых капель, чем несказанно порадовал медиков. Через час[1] приехал из больницы фельдшер и привез с собою всё необходимое.

Павлу Ивановичу удалось влить в рот Ольге столовую ложку шампанского. Она сделала глотательное движение и простонала. Затем ей впрыснули под кожу что-то вроде гофманских капель.

---

[1] Я должен обратить внимание читателя еще на одно очень важное обстоятельство. В продолжение 2 — 3-х часов г. Камышев занимается только тем, что ходит из комнаты в комнату, возмущается с врачами прислугой, щедро сыплет оплеухи и проч… Узнаёте ли вы в нем судебного следователя? Он, видимо, не спешит и старается чем-нибудь убить время. Очевидно, «ему убийца известен». Затем, описанный ниже, ничем не мотивированный, обыск у Сычихи и допрос цыган, более похожий на издевательство, чем на допрос, могут быть проделаны только для проволочки времени. — А. Ч.

— Ольга Николаевна! — крикнул земский врач, нагнувшись к ее уху. — Ольга Ни-ко-ла-евна!

— Трудно ожидать, чтоб она пришла в сознание! — вздохнул Павел Иваныч. — Крови много потеряно, да и, кроме того, удар по голове каким-то тупым орудием, наверное, сопровождался сотрясением мозга.

Было ли сотрясение мозга или нет, не мое дело решать, но только Ольга открыла глаза и попросила пить... Возбуждающие средства на нее подействовали.

— Вы теперь можете спросить, что вам нужно... — толкнул меня под локоть Павел Иваныч. — Спрашивайте.

Я подошел к кровати... Глаза Ольги были обращены на меня.

— Где я? — спрашивала она.

— Ольга Николаевна! — начал я. — Вы узнаёте меня?

Ольга несколько секунд поглядела на меня и закрыла глаза.

— Да! — простонала она. — Да!

— Я — Зиновьев, судебный следователь. Имел честь быть с вами знаком и даже, если припомните, был шафером на вашей свадьбе...

— Это ты? — прошептала Ольга, протягивая вперед левую руку. — Сядь...

— Бредит! — вздохнул «щур».

— Я — Зиновьев, следователь... — продолжал я. — Если помните, я присутствовал на охоте... Как вы себя чувствуете?

— Задавайте вопросы по существу! — шепнул мне земский врач. — Я не ручаюсь, что сознание будет продолжительно...

— Прошу, пожалуйста, не учить! — обиделся я. — Я знаю, что мне говорить... Ольга Николаевна, — продолжал я, обращаясь к Ольге, — вы потрудитесь припомнить события истекшего дня. Я помогу вам... В час дня вы сели на лошадь и поехали с компанией на охоту... Охота продолжалась часа четыре... Засим следует привал на опушке леса... Помните?

— И ты... и ты... убил.

— Кулика? После того, как я добил подстреленного кулика, вы поморщились и удалились от компании... Вы пошли в лес...[1] Теперь потрудитесь собрать все свои силы, поработать памятью. В лесу во время прогулки вы потерпели нападение от неизвестного нам лица. Спрашиваю вас как судебный следователь, это кто был?

Ольга открыла глаза и поглядела на меня.

— Назовите нам имя этого человека! Здесь, кроме меня, трое...

Ольга отрицательно покачала головой.

— Вы должны назвать его, — продолжал я. — Он понесет тяжелую кару... Закон дорого взыщет за его зверство! Он пойдет в каторжные работы...[2] Я жду.

Ольга улыбнулась и отрицательно покачала головой. Дальнейший допрос не привел ни к чему. Больше я не добился от Ольги ни одного слова, ни одного движения. В без четверти пять она скончалась.

В седьмом часу утра прибыли из деревни вытребованные мною староста и понятые. Ехать на место преступления было невозможно: дождь, начавшийся ночью, всё еще лил, как из ведра. Маленькие лужи обратились в озера. Серое небо глядело сурово и не обещало солнца; смоченные деревья, уныло свесив свои ветви, сыпали целый град крупных брызг при каждом дуновении ветра. Ехать было невозможно да и, пожалуй, незачем: следы преступления, как-то: кровяные пятна, человеческие следы и проч., вероятно, были за ночь размыты дождем. Но формальность требовала, чтобы место преступления было осмотрено, и я отложил эту поездку до приезда полиции, а пока занялся составлением начерно протокола и допросом. Прежде всего я допросил цыган. Бедные певцы всю ночь просидели в залах, ожидая, что им дадут лошадей для поездки на станцию. Но лошадей им не

---

[1] Это уклонение от вопроса первой важности имело в виду только одно: растянуть время и дождаться потери сознания, когда Ольга не могла бы уже назвать имя убийцы. Прием характерный, и удивительно, что врачи не оценили его по достоинству. — А. Ч.

[2] Всё это наивно только на первый взгляд. Очевидно, Камышеву нужно было дать понять Ольге, какие тяжелые последствия для убийцы будет иметь ее сознание. Если ей дорог убийца, ergo — она должна молчать. — А. Ч.

дали; прислуга посылала их к графу, предупреждая в то же время, что его сиятельство не велели никого «впущать». Не дали им и самовара, который они попросили утром. Это более чем странное, неопределенное положение в чужом доме, где лежала покойница, безызвестность относительно часа выезда и сырая, унылая погода — всё это вогнало бедных цыган и цыганок в такую тоску, что они за одну ночь похудели и побледнели. Они слонялись из угла в угол, словно испуганные или ожидающие строгого вердикта. Своим допросом я еще более увеличил их душевную тяжесть. Во-первых, мой продолжительный допрос надолго отсрочил их отъезд из «проклятого» дома и, во-вторых, испугал их. Простые люди, вообразив, что их сильно подозревают в убийстве, с плачем стали уверять меня, что они не виноваты и знать ничего не знают. Тина, увидав во мне официальное лицо, совсем забыла наши прежние отношения и, говоря со мной, дрожала и млела от страха, как высеченная девочка. На мою просьбу не волноваться и на уверения, что я вижу в них только свидетелей, помощников правосудия, они в один голос заявили мне, что никогда они свидетелями не были, знать ничего не знают и надеются, что бог и на будущее время избавит их от близкого знакомства с судейским людом.

Я спросил их, какою дорогою ехали они со станции, не ехали ли они через тот лес, где произошло убийство, не отделялся ли кто-нибудь из них от компании, хотя бы даже на короткое время, и не был ли им слышен раздирающий душу крик Ольги[1]. Допрос этот не привел ни к чему. Испуганные им цыгане отрядили из хора двух молодцов и послали их в деревню нанять подводы. Бедняги страстно желали уехать. К их несчастью, в деревне, где уже шли разговоры об убийстве в лесу, подозрительно взглянули на смуглых послов, и, задержав их, привели ко мне. Только вечером измученный хор избавился от кошмара и вздохнул свободно, нанявши втридорога пять мужицких подвод и выехав из графского дома. Впоследствии за их

[1] Если всё это нужно было г. Камышеву, то не легче ли было допросить кучеров, которые везли цыган? — А. Ч.

приезд было им заплачено, но никто не заплатил им за нравственные муки, которые претерпели они в графских хоромах…

Допросив их, я произвел у Сычихи обыск[1]. В ее сундуках я нашел пропасть всякого старушечьего хлама, но, перебрав все поношенные чепцы и перештопанные чулки, я не нашел ни денег, ни драгоценных вещей, которые старуха воровала у графа и его гостей… Не нашел я и вещей, которые были когда-то украдены у Тины… Очевидно, у Яги было другое складочное место, известное ей одной…

Я не привожу здесь своего протокола, предварительных сведений и осмотра… Длинен он, да и забыл я его… Сообщаю его здесь в общих чертах вкратце… Прежде всего я описал, в каком положении я застал Ольгу, и во всех подробностях изложил приведенный мною допрос ее. Из этого допроса видно было, что Ольга давала мне ответы сознательно и сознательно же скрыла от меня имя убийцы. Она не хотела, чтоб убийца понес кару, и это неминуемо наводит на предположение, что преступник был для нее дорог и близок.

Осмотр платья, произведенный мною вместе с приехавшим вскоре становым, дал очень многое… Козак от амазонки, бархатный, на шёлковой подкладке, был еще влажен… Правый бок, где находилось отверстие, сделанное кинжалом, был пропитан кровью и местами носил на себе кровяные сгустки… Кровотечение было сильное, и удивительно, как это Ольга не умерла на месте. Левый бок был тоже в крови… Левый рукав был порван на плече и у кисти руки… Верхние две пуговицы были оторваны, и при осмотре мы их не нашли. Юбка амазонки, черная кашемировая, найдена страшно измятой: ее смяли, когда несли Ольгу из лесу к экипажу и из экипажа к кровати. Потом ее стащили с Ольги и, безобразно скомкав, швырнули под кровать. У пояса она была разорвана; этот продольный разрыв, имевший в длину семь вершков, получился, вероятно, при переноске и стаскивании; он мог быть также сделан при жизни: Ольга, не любившая заниматься починками и не зная, кому отдать починить юбку, могла прятать этот

[1] К чему? Допустим, что всё это проделано судебным следователем спьяна или спросонок, тогда зачем же об этом писать? Не лучше ли скрыть от читателя эти грубые ошибки? — А. Ч.

разрыв под казакином. Думаю, что здесь ни при чем дикое остервенение преступника, на которое впоследствии напирал в своей речи товарищ прокурора. Правая часть пояса и правый карман были пропитаны кровью. Носовой платок и перчатка, лежавшие в этом кармане, представляли собой два бесформенных комочка ржавого цвета. На всей юбке, от пояса до конца шлейфа, были рассыпаны кровяные пятна различной величины и формы… Большинство из них были отпечатками окровавленных пальцев и ладоней, принадлежавших, как потом выяснилось на допросе, кучерам и лакеям, несшим Ольгу… Сорочка была окровавлена, и более всего на правой стороне, где находилась дыра, произведенная режущим орудием. Так же, как и в козаке, на левом плече и около кисти были разрывы… Манжетка была наполовину оторвана.

Вещи, бывшие при Ольге, как-то: золотые часы, длинная золотая цепочка, брошка с бриллиантом, серьги, кольца и портмоне с серебряной монетой, были найдены при одежде. Ясно, что преступником руководили не корыстные побуждения.

Судебно-медицинское вскрытие, произведенное в моем присутствии «щуром» и земским врачом, на другой день после смерти Ольги, дало в конечном результате очень длинный протокол, который привожу здесь в общих чертах. При наружном осмотре были найдены врачами следующие повреждения. На голове, на границе с левой височной и теменной костями, — рана, имеющая полтора дюйма длины и проникающая до кости. Края раны не ровны и не прямолинейны… Нанесена она тупым орудием, вероятно, как мы потом порешили, клинком кинжала. На шее, на уровне шейного позвонка, замечается красная полоса, имеющая вид полукруга и обхватывающая циркулярно заднюю половину шеи. На всем протяжении этой полосы усмотрены повреждения кожицы и незначительные кровоподтеки. На левой руке, на один вершок выше кисти, найдено четыре синих пятна: одно на тыльной стороне и другие три на ладонной. Произошли они от давления и, вероятнее всего, пальцами… Последнее подтверждается еще тем, что на одном из пятен усмотрена маленькая ссадина, произведенная ногтем…

Соответственно месту, где находились эти пятна, как припомнит читатель, был разорван левый рукав казакина и наполовину оторвана левая манжетка сорочки... Менаду четвертым и пятым ребром на линии, мысленно проведенной от середины подмышковой впадины вертикально вниз, находится большая, зияющая рана, длиною в дюйм. Края ее ровные, как бы порезанные, пропитаны жидкой и свернувшейся кровью... Рана проникающая... Произведена она режущим орудием и, как видно из собранных предварительных сведений, кинжалом, ширина которого вполне соответствовала величине раны.

Внутренний осмотр показал поранение правых легкого и плевры, воспаление легкого и кровоизлияние в полость плевры.

Врачи, насколько помню, дали приблизительно такое заключение: a) смерть произошла от малокровия, которое последовало за значительной потерей крови; потеря крови объясняется присутствием на правой стороне груди зияющей раны; b) рану головы следует отнести к тяжким повреждениям, а рану груди к безусловно смертельным; последнюю следует признать за непосредственную причину смерти; c) рана головы нанесена тупым орудием, а рана груди — режущим, и притом, вероятно, обоюдоострым; d) все вышеописанные повреждения не могли быть нанесены собственною рукою умершей и e) покушения на оскорбление женской чести, вероятно, не было.

Чтобы не откладывать в долгий ящик и потом не повторяться, передам тут же читателю картину убийства, набросанную мною под первым впечатлением осмотров, двух-трех допросов и чтения протокола вскрытия.

Ольга, отделившись от компании, гуляла в лесу. Замечтавшись или поддавшись печальным мыслям (читатель помнит ее настроение в тот злополучный вечер), она забрела далеко в чащу. Тут ей встретился убийца. Когда она стояла под деревом и думала свои думы, к ней подошел человек и заговорил с ней... Человек этот не был подозрителен, иначе бы она крикнула на помощь, но этот крик не был бы раздирающим душу. Поговорив с ней, убийца схватил ее за левую руку, и так сильно, что порвал рукав казакина и сорочки и оставил след в виде четырех пятен. Тут, вероятно, она вскрикнула тем криком, который слышала компания, — вскрикнула от боли и, вероятно, прочитав на лице и в движениях убийцы его намерение. Желая ли, чтоб она не вскрикнула еще раз, или, может быть, под влиянием злобного чувства он схватил ее за грудь около воротника, о чем свидетельствуют две оторванные верхние пуговки и красная полоса, найденная врачами на шее... Убийца, хватая за грудь и потрясая, натянул золотую цепочку, бывшую на шее... От трения и давления цепочкой произошла полоса. Затем убийца наносит ей удар по голове каким-то тупым орудием, например палкой или, быть может, даже клинком кинжала, висевшего у Ольги на поясе. Придя в азарт или найдя, что одной этой раны недостаточно, он обнажает кинжал и с силой вонзает его в правый бок, — я говорю: с силой, потому что кинжал был туп.

Таков мрачный вид картины, которую я имел право набросать на основании вышеизложенных данных. Вопрос, кто был убийцей, по-видимому, не был труден и решался сам собою. Во-первых, убийцей руководили не корыстные цели, а какие-то другие... Подозревать, стало быть, какого-нибудь заблудившегося бродягу или оборванцев, занимавшихся на озере рыбною ловлей, не было надобности. Крик жертвы не мог обезоружить грабителя: снять брошку и часы было делом одной секунды...

Во-вторых, Ольга намеренно не назвала мне убийцы, чего бы она не сделала, если бы убийца был простым грабителем. Очевидно, убийца был ей дорог, и она не хотела, чтобы его подвергали из-за нее тяжелому наказанию... Такими людьми могли быть ее сумасшедший отец, ее муж, которого она не любила, но перед которым, вероятно, чувствовала себя виноватой, граф, которому она, быть может, в душе чувствовала себя обязанной... Сумасшедший отец в вечер убийства, как показала потом прислуга, сидел у себя в лесном домике и весь вечер сочинял письмо к исправнику, прося его обуздать мнимых воров, день и ночь будто бы окружавших квартиру сумасшедшего...

Граф до и в момент убийства не отделялся от компании. Оставалось всю тяжесть подозрения взвалить на одного только несчастного Урбенина. Его внезапное появление, вид и прочее могли служить только хорошими уликами.

В-третьих, жизнь Ольги в последнее время состояла из сплошного романа. Роман этот был такого сорта, что обыкновенно оканчиваются уголовщиной. Старый, любящий муж, измена, ревность, побои, бегство к любовнику-графу через месяц-два после свадьбы... Если прекрасная героиня такого романа убита, то не ищите воров и мошенников, а поисследуйте героев романа. По этому третьему пункту самым подходящим героем-убийцей был всё тот же Урбенин...

Предварительное дознание делал я в мозаиковой гостиной, в которой любил когда-то валяться на мягких диванах и любезничать с цыганками... Первым, кого я допросил, был Урбенин. Его привели ко мне из комнаты Ольги, где он всё еще продолжал сидеть в углу на табурете и не отрывал глаз от опустевшей постели... Минуту он стоял передо мной молча, глядя на меня безучастно, потом же, догадавшись, вероятно, что я намереваюсь говорить с ним как судебный следователь, он проговорил голосом утомленного, убитого горем и тоскою человека:

— Допросите, Сергей Петрович, других свидетелей, а меня уж после... Не могу...

Урбенин считал себя свидетелем или думал, что его таковым считают...

— Нет, мне нужно допросить вас именно теперь, — сказал я. — Потрудитесь сесть...

Урбенин сел против меня и склонил голову. Он был утомлен и болен, отвечал неохотно, и я с большим трудом выжал из него показание.

Он показал, что он — Петр Егорыч Урбенин, дворянин, 50 лет, православного вероисповедания. Имеет имение в соседнем К — м уезде, где служил по выборам и два трехлетия состоял почетным мировым судьей. Разорившись, заложил имение и почел за нужное поступить на службу. В управляющие к графу поступил он шесть лет тому назад. Любя агрономию, он не стыдился служить частному лицу и находит, что только глупцы стыдятся труда. Жалованье получал он от графа исправно, и жаловаться ему не на что. От первого брака имеет сына и дочь, и т. д. и т. д.

На Ольге женился по страстной любви. С чувством своим он долго и мучительно боролся, но ни здравый смысл, ни логика практического пожилого ума — ничего не поделали: пришлось поддаться чувству и жениться. Что Ольга выходит за него не по любви, он знал, но, считая ее в высокой степени нравственной, он решил довольствоваться одной только ее верностью и дружбою, которую надеялся заслужить.

Дойдя до того места, где начинаются разочарование и оскорбление седин, Урбенин попросил позволения не говорить о «прошлом, которое ей простит господь», или же, по крайней мере, отложить разговор об этом до будущего.

— Не могу… Тяжело… Да и сами вы видели.

— Хорошо, оставим до будущего раза… Теперь только скажите мне: правда ли, что вы били вашу жену? Говорят, что, найдя однажды у нее записку графа, вы ударили ее…

— Это неправда… Я только схватил ее за руку, она же расплакалась и побежала в тот вечер с жалобой…

— Отношения ее к графу были вам известны?

— Я просил отложить этот разговор… Да и к чему он?

— Ответьте мне только на один этот вопрос, имеющий большую важность… Были ли вам известны отношения вашей жены к графу?

— Конечно…

— Я так и запишу, а об остальном, касающемся неверности вашей жены, до следующего раза… Теперь мы перейдем к другому, а именно: я попрошу вас объяснить мне, как вы попали вчера в лес, где была убита Ольга Николаевна… Ведь вы, как говорите, в городе были… Как же вы очутились в лесу?

— Да-с, я в городе живу, у двоюродной сестры, с самого того времени, как потерял место... Занимался тем, что искал место и пьянствовал с горя... Особенно сильно пил в этом месяце... Прошлой недели, например, совсем не помню, потому что пил без просыпа... Третьего дня напился тоже... одним словом, пропал... Пропал безвозвратно!..

— Вы хотели рассказать, каким образом вы очутились вчера в лесу...

— Да-с... Вчера утром проснулся я рано, часа в четыре... Голова болела от вчерашнего пьянства, тело всё ломило, словно в горячке... Лежу я на постели, вижу в окно как солнце всходит, и вспомнилось мне... разное... Тяжело стало... Захотелось вдруг увидать ее, увидать хоть раз, может, в последний. И злоба охватила и тоска... Вытащил я из кармана сто рублей, что мне граф прислал, поглядел на них и давай ногами топтать... Топтал-топтал и порешил пойти и бросить ему эту милостыню в лицо. Как бы я ни был голоден и оборван, но чести своей я продать не могу и всякую попытку купить ее считаю оскорблением моей личности. Так вот-с, захотелось взглянуть на Олю, а ему, обольстителю, швырнуть в харю деньги. И так охватило меня это желание, что я чуть с ума не сошел. Чтоб ехать сюда, денег у меня не было. Его сто рублей на себя потратить я не мог. Пошел пешком. Спасибо, на пути попался мне знакомый мужичонка, который за гривенник провез меня восемнадцать верст, а то бы я до сих пор пешком шел. Мужичок ссадил меня в Теневе. Оттуда пошел я пешком сюда и пришел этак часа в четыре.

— Вас видел кто-нибудь здесь в это время?

— Да-с. Сторож Николай сидел у ворот и сказал мне, что господ дома нет и что они на охоте. Я изнемогал от усталости, но желание видеть жену было сильнее боли. Пришлось, ни минуты не отдыхая, идти пешком к месту, где охотились. По дороге я не пошел, а отправился лесочками... Мне каждое дерево знакомо, и заблудиться в графских лесах мне так же трудно, как в своей квартире.

— Но, идя по лесу, а не по дороге, вы могли разминуться с охотниками.

— Нет-с, я всё время держался дороги, и так близко, что мог услышать не только выстрелы, но и разговор.

— Стало быть, вы не предполагали, что встретитесь в лесу с женой?

Урбенин поглядел на меня с удивлением и, подумав немного, ответил:

— Вопрос, извините, странный. Нельзя предполагать, что с волком встретишься, а предполагать страшные несчастья невозможно и подавно: бог посылает их внезапно. Взять хоть этот ужасный случай… Иду я по Ольховскому лесу, никакого горя не жду, потому что у меня и без того много горя, и вдруг слышу страшный крик. Крик был до того резкий, что мне показалось, что меня кто-то резанул в ухо… Бегу на крик…

Рот Урбенина перекосило в сторону, подбородок его задрожал. Он замигал глазами и зарыдал.

— Бегу на крик и вдруг вижу… лежит Оля. Волоса и лоб в крови, лицо ужасное. Начинаю кричать, звать ее по имени… Она не движется… Целую ее, поднимаю.

Урбенин захлебнулся и закрыл лицо рукавом. Через минуту он продолжал:

— Негодяя я не видал… когда бежал к ней, слышал чьи-то поспешные шаги… Вероятно, это он убегал.

— Всё это прекрасно придумано, Петр Егорыч, — сказал я. — Но знаете ли, следователи плохо верят в такие редкие случайности, как совпадение убийства с вашей случайной прогулкой и проч. Придумано недурно, но объясняет очень мало.

— То есть как придумано? — спросил Урбенин, делая большие глаза. — Я не придумывал-с...

Урбенин вдруг покраснел и поднялся.

— Словно вы подозреваете меня... — пробормотал он. — Подозревать, конечно, всякого можно, но вы-то, Сергей Петрович, знаете меня уже давно... Вам грех клеймить меня таким подозрением... Вы меня ведь знаете.

— Я вас знаю — это так... но мои личные мнения тут ни при чем... Личные мнения закон предоставляет только одним присяжным заседателям, в распоряжение же следователя отданы одни только улики... Улик много, Петр Егорыч.

Урбенин испуганно поглядел на меня и пожал плечами.

— Да какие ни были бы улики, — проговорил он, — вы должны понимать... Ну разве я могу... Я! И кого же?! Убить перепелку или кулика еще, пожалуй, можно, а человека... человека, который дороже мне жизни, моего спасения... одна мысль о котором просветляла мое мрачное состояние, как солнце... И вдруг вы подозреваете!

Урбенин махнул рукой и сел.

— Тут и так смерти хочется, а вы еще оскорбляете! Добро бы оскорблял незнакомый чиновник, а то вы, Сергей Петрович... Позвольте мне уйти-с!

— Можете... Еще раз я допрошу вас завтра, а пока, Петр Егорыч, я должен заключить вас под стражу... Надеюсь, что к завтрашнему допросу вы оцените всю важность имеющихся против вас улик, не станете затягивать понапрасну времени и сознаетесь. Что Ольга Николавна убита вами, я убежден... Больше я вам сегодня ничего не скажу... Можете идти.

Я проговорил это и нагнулся к бумагам... Урбенин поглядел на меня с недоумением, поднялся и как-то странно растопырил руки.

— Вы это шутите или... серьезно? — проговорил он.

— Нам с вами не до шуток... — сказал я. — Можете идти.

Урбенин всё еще продолжал стоять. Я взглянул на него. Он был бледен и растерянно глядел на мои бумаги.

— А отчего это у вас руки в крови, Петр Егорыч? — спросил я.

Он взглянул на свои руки, на которых всё еще была кровь, и пошевелил пальцами.

— Отчего кровь?.. Гм... Если это одна из улик, то это плохая улика... Поднимая окровавленную Ольгу, я не мог не опачкать рук в крови... Не в перчатках же я был.

— Вы говорили сейчас мне, что, увидев свою жену, вы кричали, звали на помощь... Отчего же никто не слыхал вашего крика?

— Не знаю, меня так ошеломил вид Оли, что я не мог громко кричать... Впрочем, ничего не знаю... Незачем мне оправдываться, да и не в моих это правилах.

— Едва ли вы кричали... Убив жену, вы побежали и были ужасно поражены, когда увидели на опушке людей.

— Я и не заметил ваших людей. Не до людей мне было.

Этим допрос Урбенина на сей раз кончился. После него Урбенин был взят под стражу и заперт в одном из графских флигелей.

На другой или на третий день прикатил из города товарищ прокурора Полуградов — человек, которого я не могу вспомнить без того, чтобы не испортить себе расположение духа. Представьте себе высокого и тощего человека, лет тридцати, гладко выбритого, завитого, как барашек, и щегольски одетого; черты лица его топки, но до того сухи и малосодержательны, что по ним нетрудно угадать пустоту и хлыщеватость изображаемого индивида: голосок тихий, слащавый и до приторности вежливый.

Приехал он рано утром в наемной коляске с двумя чемоданами. Прежде всего он, с сильно озабоченным лицом и жеманно жалуясь на утомление, справился, есть ли в графском доме для него помещение.

Ему по моей команде отвели маленькую, но очень уютную и светлую комнату, где поставили для него всё, начиная с мраморного рукомойника и кончая спичками.

— Па-аслушайте, милый! Приготовьте мне теплой воды! — начал он, расположившись в комнате и брезгливо понюхивая воздух. — Чеаэк, я вам говорю! Теплой воды, пожалуйста...

И, прежде чем приступить к делу, он долго одевался, умывался и причесывался; даже почистил себе зубы красным порошком и минуты три обрезал свои острые, розовые ногти.

— Ну-с, — приступил он, наконец, к делу, перелистывая наши протоколы, — в чем дело?

Я рассказал ему, в чем дело, не пропуская ни одной подробности...

— А на месте преступления были?

— Нет, еще не был.

Товарищ прокурора поморщился, провел своей белой, женской рукой по свежевымытому лбу и зашагал по комнате.

— Мне непонятны соображения, по которым вы еще там не были, — забормотал он: — это прежде всего нужно было сделать, полагаю. Вы забыли или не сочли нужным?

— Ни то, ни другое: вчера ждал полицию, а сегодня поеду.

— Там теперь ничего не осталось: все дни идет дождь, да и вы дали время преступнику скрыть следы. По крайней мере, вы поставили там сторожа? Нет? Н-не понимаю!

И франт авторитетно пожал плечами.

— Пейте чай, а то он простынет, — сказал я тоном равнодушного человека.

— Я люблю холодный.

Товарищ прокурора нагнулся к бумагам и, сопя на всю комнату, стал читать вполголоса, изредка вставляя свои замечания и поправки.

Раза два его рот покривился в насмешливую улыбку: гусю лапчатому[1] не нравились почему-то ни мой протокол, ни протокол врачей. В вычищенном и вымытом чиновнике сильно высказывался педант, нафаршированный самомнением и чувством собственного достоинства.

В полдень мы были на месте преступления. Шел проливной дождь. Конечно, не нашли мы ни пятен, ни следов: всё было размыто дождем. Кое-как удалось мне найти пуговицу, недостававшую на амазонке убитой Ольги, да товарищ прокурора подобрал какую-то красную мякоть, которая впоследствии оказалась красной табачной оберткой. Сначала мы было набрели на куст, у которого были надломаны две боковые веточки; товарищ прокурора обрадовался этим веточкам: они могли быть сломаны преступником, а потому указывали бы направление, по которому шел преступник, убив Ольгу. Но радость прокурора была напрасна: скоро мы нашли много кустов с поломанными ветками и ощипанными листьями; оказалось, что через место преступления проходил скот.

Набросав план местности и расспросив взятых с нами кучеров о положении, в котором была найдена Ольга, мы поехали обратно, чувствуя себя не солоно хлебавши. Когда мы исследовали место, в движениях наших посторонний наблюдатель мог бы уловить лень, вялость... Быть может, движения наши отчасти были парализованы тем обстоятельством, что преступник был уже в наших руках и, стало быть, не было надобности пускаться в лекоковские анализы.

Возвратившись из леса, Полуградов опять долго умывался и одевался, опять требовал теплой воды. Покончивши с туалетом, он изъявил желание допросить еще раз Урбенина. На этом допросе бедный Петр Егорыч не сказал ничего нового: он по-прежнему отрицал свою виновность и ни во что ставил наши улики.

---

[1] Напрасно Камышев бранит товарища прокурора. Виноват этот прокурор только в том, что его физиономия не понравилась г. Камышеву. Честнее было бы сознаться или в неопытности, или же в умышленных ошибках. — А. Ч.

— Я даже удивляюсь, как это можно меня подозревать, — сказал он, пожимая плечами, — странно!

— Не наивничайте, любезнейший! — сказал ему Полуградов, — напрасно подозревать никто не станет, а если подозревают, то, значит, имеют на то причины!

— Да какие ни были бы причины, как бы ни были тяжелы улики, но надо же ведь рассуждать по-человечески! Не могу я убить... понимаете? Не могу... Стало быть, чего же стоят ваши улики?

— Ну! — махнул рукой товарищ прокурора, — беда с этими интеллигентными преступниками: мужику втолкуешь, а извольте-ка с этим поговорить! Не могу... по-человечески... так и бьют на психологию!

— Я не преступник, — обиделся Урбенин, — прошу вас быть в ваших выражениях поосторожнее...

— Замолчите, любезнейший! Некогда нам перед вами извиняться и выслушивать ваши неудовольствия... Не угодно вам сознаваться, так и не сознавайтесь, — только позвольте уж нам считать вас лгуном...

— Как вам угодно, — проворчал Урбенин, — вы можете проделывать теперь со мной, что вам угодно... ваша власть...

Урбенин махнул рукой и продолжал, глядя в окно:

— Мне, впрочем, всё равно: жизнь пропала.

— Послушайте, Петр Егорыч, — сказал я, — вчера и третьего дня вы были так убиты горем, что еле держались на ногах, и едва выговаривали лаконические ответы; сегодня же, напротив, вы имеете такой цветущий, конечно, сравнительно, и веселый вид и даже пускаетесь в разглагольствования. Обыкновенно ведь горюющим людям не до разговоров, а вы мало того, что длинно разговариваете, но еще и высказываете мелочное неудовольствие. Чем объяснить такую резкую перемену?

— А вы чем объясняете ее? — спросил Урбенин, насмешливо щуря на меня глаза.

— Я это объясняю тем, что вы забыли свою роль. Трудно ведь долго актерствовать: или роль забудешь, или надоест.

— Это следовательское измышление, — усмехнулся Урбенин, — и оно делает честь вашей находчивости… Да, вы правы: перемена произошла во мне большая…

— Вы можете объяснить ее?

— Извольте, скрывать не нахожу нужным: вчера я был так убит и придавлен своим горем, что думал наложить на себя руки или… сойти с ума… но сегодня ночью я раздумался… мне пришла мысль, что смерть избавила Олю от развратной жизни, вырвала ее из грязных рук того шелопая, моего губителя; к смерти я не ревную: пусть Ольга лучше ей достается, чем графу; эта мысль повеселила меня и подкрепила; теперь уже в моей душе нет такой тяжести.

— Ловко придумано! — процедил сквозь зубы Полуградов, покачивая ногой. — За ответом в карман не лезет!

— Я чувствую, что я говорю искренно, и мне удивительно, что вы, образованные люди, не можете отличить искренности от притворства! Впрочем, предубеждение слишком сильное чувство, под влиянием его не ошибаться трудно; я понимаю ваше положение, воображаю, что будет, когда, поверив вашим уликам, станут меня судить… воображаю: возьмут во внимание мою зверскую физиономию, мое пьянство… у меня не зверская наружность, но предубеждение возьмет свое…

— Хорошо, хорошо, довольно, — сказал Полуградов, нагибаясь к бумагам, — ступайте…

По уходе Урбенина мы приступили к допросу графа. Его сиятельство пожаловал к допросу в халате и с уксусной повязкой на голове; познакомившись с Полуградовым, он развалился на кресле и стал давать показания:

— Я вам всё расскажу, с самого начала… Ну, что поделывает теперь ваш председатель Лионский? Всё еще не развелся с женой? Я с ним случайно в Петербурге познакомился… Господа, да что же вы не велите себе чего-нибудь подать? С коньяком как-то веселее и разговаривать... а что в этом убийстве виноват Урбенин, я не сомневаюсь...

И граф рассказал нам всё то, что уже знакомо читателю. По просьбе прокурора, он во всех подробностях рассказал свое житье с Ольгой и, описывая прелести житья с хорошенькой женщиной, так увлекся, что несколько раз причмокнул губами и подмигнул глазом. Из его показания я узнал одну очень важную подробность, которая неизвестна читателю. Я узнал, что Урбенин, живя в городе, беспрестанно бомбардировал графа письмами; в одних письмах он проклинал, в других умолял возвратить ему жену, обещая забыть все обиды и бесчестия; бедняга хватался за эти письма, как за соломинку.

Допросив двух-трех кучеров, товарищ прокурора плотно пообедал, прочел мне целую инструкцию и уехал. Перед отъездом он заходил во флигель, где содержался заключенный Урбенин, и объявил последнему, что наше подозрение в его виновности стало уверенностью. Урбенин махнул рукой и попросил позволения присутствовать на похоронах жены; последнее ему было разрешено.

Полуградов не лгал Урбенину: да, наше подозрение стало уверенностью, мы были убеждены, что нам известен преступник и что он уже в наших руках; но недолго сидела в нас эта уверенность!..

В одно прекрасное утро, когда я запечатывал пакет, чтобы отправить с ним Урбенина в город, в тюремный замок, я услышал страшный шум. Выглянув в окно, я увидел занимательное зрелище: десяток дюжих молодцов волокли из людской кухни одноглазого Кузьму.

Кузьма, бледный и растрепанный, упирался в землю ногами и, не имея возможности оборониться руками, бил своих врагов большой головой.

— Ваше благородие, пожалуйте туда! — сказал мне встревоженный Илья. — Не хочет идтить!

— Кто не хочет идти?

— Убивец.

— Какой убивец?

— Кузьма... он убил, ваше благородие... Петр Егорыч занапрасну терпит... ей-богу-с...

Я вышел на двор и направился к людской кухне, где Кузьма, вырвавшийся уже из дюжих рук, рассыпал пощечины направо и налево...

— В чем дело? — спросил я, подойдя к толпе...

И мне рассказали нечто странное и неожиданное.

— Ваше благородие, Кузьма убил!

— Врут! — завопил Кузьма, — побей бог, врут!

— А зачем же ты, чёртов сын, кровь отмывал, ежели у тебя совесть чистая? Постой, их благородие всё разберут!

Объездчик Трифон, проезжая мимо реки, заметил, что Кузьма что-то старательно мыл. Трифон думал сначала, что тот стирает белье, но, вглядевшись, он увидел поддевку и жилетку. Ему показалось это странным: суконного не стирают.

— Что ты делаешь? — крикнул Трифон.

Кузьма смутился. Вглядевшись еще пристальнее, Трифон заметил на поддевке бурые пятна...

— Я сейчас же догадался, что это кровь... пошел на кухню и рассказал нашим; те подстерегли и видели, как он ночью сушил в саду поддевку. Ну, известно, испужались. Зачем ему мыть, ежели он не виноват? Стало быть, крива душа, коли прячется... Думали мы, думали и потащили его к вашему благородию... Его тащим, а он пятится и в глаза плюет. Зачем ему пятиться, ежели он не виноват?

Из дальнейшего допроса оказалось, что Кузьма перед самым убийством, в то время, когда граф с гостями сидел на опушке и пил чай, отправился в лес. В переноске Ольги он не участвовал, а стало быть, испачкаться в крови не мог.

Приведенный ко мне в комнату, Кузьма сначала не мог выговорить от волнения ни слова; вращая белком своего единственного глаза, он крестился и бормотал божбу...

— Ты успокойся, расскажи мне, и я тебя отпущу, — сказал я ему.

Кузьма повалился мне в ноги и, заикаясь, стал божиться...

— Чтобы мне сгинуть, ежели это я... Чтобы ни отцу, ни матери моей... Ваше благородие! Убей бог мою душу...

— Ты уходил в лес?

— Это правилъно-с, я уходил... подавал господам коньяк и, извините, хлебнул малость; ударило мне в голову и захотелось полежать, пошел, лег и заснул... А кто убил и как, не знаю и ведать — не ведаю... Истинно вам говорю!

— А зачем ты отмывал кровь?

— Боялся, чтобы чего не подумали... чтобы в свидетели не забрали...

— А откуда на твоей поддевке взялась кровь?

— Не могу знать, ваше благородие.

— Как же не можешь знать? Ведь поддевка твоя?

— Это точно, что моя, но не могу знать: увидал кровь, когда уже был проснувшись.

— Так, стало быть, ты во сне запачкал поддевку в кровь?

— Точно так...

— Ну, ступай, братец, подумай... Ты несешь чепуху; подумай, завтра мне скажешь... Иди.

На другой день, когда я проснулся, мне доложили, что Кузьма желает со мной говорить. Я велел его привести.

— Надумал? — спросил я его.

— Точно так, — надумал...

— Откуда же у тебя на поддевке кровь?

— Я, вашескоблагородие, как во сне помню: припоминается что-то, как в тумане, а правда это или нет, не разберу.

— Что же тебе припоминается?

Кузьма поднял вверх свой глаз, подумал и сказал:

— Чудное... словно, как во сне или в тумане... Лежу я на траве пьяный и дремлю, не то я дремлю, не то совсем сплю... Только слышу, кто-то идет мимо и ногами сильно стучит... открываю глаз и вижу, словно как бы в беспамятстве или во сне: подходит ко мне какой-то барин, нагинается и вытирает руки о мои полы… вытер о полы, а потом рукой по жилетке мазнул… вот так.

— Какой же это барин?

— Не могу знать; помню только, что это был не мужик, а барин… в господском платье, а какой это барин, какое у него лицо, совсем не помню.

— Какого же цвета у него было платье?

— А кто его знает! Может, белое, а может, и черное… помнится только, что это был барин, а больше ничего не помню… Ах, да, вспомнил! Нагнувшись, они вытерли свои ручки и сказали: «Пьяная сволочь!»

— Это тебе снилось?

— Не знаю… может, и снилось… Только откуда же кровь взялась?

— Барин, которого ты видел, похож на Петра Егорыча?

— Словно как бы нет… а может быть, это и они были… Только они сволочью ругаться не станут.

— Ты припомни… ступай, посиди и припомни… может быть, вспомнишь как-нибудь.

— Слушаю.

Это неожиданное вторжение одноглазого Кузьмы в почти уже законченный роман произвело неосветимую путаницу. Я решительно потерялся и не знал, как понимать мне Кузьму: виновность свою он отрицал безусловно, да и предварительное следствие было против его виновности: убита была Ольга не из корыстных целей, покушения на ее честь, по мнению врачей, «вероятно, не было»; можно было разве допустить, что Кузьма убил и не воспользовался ни одною из этих целей только потому, что был сильно пьян и потерял соображение или же струсил, что не вязалось с обстановкой убийства?..

Но если Кузьма был не виноват, то почему же он не объяснял присутствия крови на его поддевке и к чему выдумывал сны и галлюцинации? К чему приплел он барина, которого он видел, слышал, но не помнит настолько, что забыл даже цвет его одежды?

Прилетал еще раз Полуградов.

— Вот видите-с! — сказал он. — Осмотри вы место преступления тотчас же, то, верьте, теперь всё было бы ясно, как на ладони! Допроси вы тотчас же всю прислугу, мы еще тогда бы знали, кто нес Ольгу Николаевну, а кто нет, а теперь мы не можем даже определить, на каком расстоянии от места происшествия лежал этот пьяница!

Часа два бился он с Кузьмой, но последний не сообщил ему ничего нового; сказал, что в полусне видел барина, что барин вытер о его полы руки и выбранил его «пьяной сволочью», но кто был этот барин, какие у него были лицо и одежда, он не сказал.

— Да ты сколько коньяку выпил?

— Я отпил полбутылки.

— Да то, может быть, был не коньяк?

— Нет-с, настоящий финь-шампань...

— Ах, ты даже и названия вин знаешь! — усмехнулся товарищ прокурора...

— Как не знать! Слава богу, при господах уж три десятка служим, пора научиться...

Товарищу прокурора для чего-то понадобилась очная ставка Кузьмы с Урбениным... Кузьма долго глядел на Урбенина, помотал головой и сказал:

— Нет, не помню... может быть, Петр Егорыч, а может, и не они... Кто его знает!

Полуградов махнул рукой и уехал, предоставив мне самому из двух убийц выбирать настоящего.

Следствие затянулось... Урбенин и Кузьма были заключены в арестантский дом, имевшийся в деревеньке, в которой находилась моя квартира. Бедный Петр Егорыч сильно пал духом; он осунулся, поседел и впал в религиозное настроение; раза два он присылал ко мне с просьбой прислать ему устав о наказаниях; очевидно, его интересовал размер предстоящего наказания.

— Как же мои дети-то будут? — спросил он меня в один из допросов. — Будь я одинок, ваша ошибка не причинила бы мне горя, но ведь мне нужно жить... жить для детей! Они погибнут без меня, да и я... не в состоянии с ними расстаться! Что вы со мной делаете?!

Когда стража стала говорить ему «ты» и когда раза два ему пришлось пройти пешком из моей деревни до города и обратно под стражей, на виду знакомого ему народа, он впал в отчаяние и стал нервничать.

— Это не юристы! — кричал он на весь арестантский дом, — это жестокие, бессердечные мальчишки, не щадящие ни людей, ни правды! Я знаю, почему я здесь сижу, знаю! Свалив на меня вину, они хотят скрыть настоящего виновника! Граф убил, а если не граф, то его наемник !

Когда ему стало известно о задержании Кузьмы, он на первых порах очень обрадовался.

— Вот и нашелся наемник! — сказал он мне, — вот и нашелся!

Но скоро, когда он увидел, что его не выпускают, и когда сообщили ему показание Кузьмы, он опять запечалился.

— Теперь я погиб, — говорил он, — окончательно погиб: чтоб выйти из заключения, этот кривой чёрт, Кузьма, рано или поздно назовет меня, скажет, что это я утирал свои руки о его полы. Но ведь видели же, что у меня руки были не вытерты!

Рано или поздно наши сомнения должны были разрешиться.

В конце ноября того же года, когда перед окнами моими кружились снежинки, а озеро глядело бесконечно белой пустыней, Кузьма пожелал меня видеть: он прислал ко мне сторожа сказать, что он «надумал». Я приказал привести его к себе.

— Я очень рад, что ты, наконец, надумал, — встретил я его, — пора уж бросить скрытничать и водить нас за нос, как малых ребят. Что же ты надумал?

Кузьма не отвечал; он стоял посреди моей комнаты и молча, не мигая глазами, глядел на меня... В глазах его светился испуг; да и сам он имел вид человека, сильно испуганного: он был бледен и дрожал, с лица его струился холодный пот.

— Ну, говори, что ты надумал? — повторил я.

— Такое, что чуднее и выдумать нельзя... — выговорил он. — Вчера я вспомнил, какой на том барине галстух был, а нынче ночью задумался и самое лицо вспомнил.

— Так кто же это был?

Кузьма болезненно усмехнулся и вытер со лба пот.

— Страшно сказать, ваше благородие, уж позвольте мне не говорить: больно чудно и удивительно, думается, что это мне снилось или причудилось...

— Но кто же тебе причудился?

— Нет, уж позвольте мне не говорить: если скажу, то засудите... Дозвольте мне подумать и завтра сказать... Боязно.

— Тьфу! — рассердился я. — Зачем же ты меня беспокоил, если не хочешь говорить? Зачем ты шел сюда?

— Думал, что скажу, а теперь вот страшно. Нет, ваше благородие, отпустите меня... лучше завтра скажу... Если я скажу, то вы так разгневаетесь, что мне пуще Сибири достанется, — засудите...

Я рассердился и велел увести Кузьму[1]. В тот же день вечером, чтобы не терять времени и покончить раз навсегда с надоевшим мне «делом об убийстве», я отправился в арестантский дом и обманул Урбенина, сказав ему, что Кузьма назвал его убийцею.

— Я ждал этого... — сказал Урбенин, махнув рукой, — мне всё равно...

Одиночное заключение сильно повлияло на медвежье здоровье Урбенина: он пожелтел и убавился в весе чуть ли не наполовину. Я

[1] Хорош следователь! Вместо того, чтобы продолжать допрос и вынудить полезное показание, он рассердился — занятие, не входящее в круг обязанностей чиновника. Впрочем, я мало верю всему этому... Если г. Камышеву были нипочем его обязанности, то продолжать допрос должно было заставить его простое человеческое любопытство. — А. Ч.

обещал ему приказать сторожам пускать его гулять по коридору днем и даже ночью.

— Нет нужды опасаться, что вы уйдете, — сказал я.

Урбенин поблагодарил меня и после моего ухода уже гулял по коридору: его дверь уж более не запиралась.

Уходя от него, я постучался в дверь, за которой сидел Кузьма.

— Ну что, надумал? — спросил я.

— Нет, барин... — послышался слабый голос, — пущай господин прокурор приезжает, ему объявлю, а вам не стану сказывать.

— Как знаешь...

Утром другого дня всё решилось.

Сторож Егор прибежал ко мне и сообщил, что одноглазый Кузьма найден в своей постели мертвым. Я отправился в арестантскую и убедился в этом... Здоровый, рослый мужик, который еще вчера дышал здоровьем и измышлял ради своего освобождения разные сказки, был неподвижен и холоден, как камень... Не стану описывать ужас мой и стражи: он понятен читателю. Для меня дорог был Кузьма как обвиняемый или свидетель, для сторожей же это был арестант, за смерть или побег которого с них дорого взыскивалось... Ужас наш был тем сильнее, что произведенное вскрытие констатировало смерть насильственную... Кузьма умер от задушения... Убедившись в том, что он задушен, я стал искать виновника и искал его недолго... Он был близко...

Я отправился в камеру Урбенина и, не имея сил сдержать себя, забыв, что я следователь, назвал его в самой резкой и жестокой форме убийцей.

— Мало вам было, негодяй, смерти вашей несчастной жены, — сказал я, — вам понадобилась еще смерть человека, который уличил вас! И вы станете после этого продолжать вашу грязную, воровскую комедию!

Урбенин страшно побледнел и покачнулся...

— Вы лжете! — крикнул он, ударяя себя кулаком по груди.

— Не лгу я! Вы проливали крокодиловы слезы на наши улики, издевались над ними... Бывали минуты, когда мне хотелось верить более вам, чем уликам... о, вы хороший актер!... Но теперь я не поверю вам, даже если из ваших глаз вместо этих актерских, фальшивых слез потечет кровь! Говорите, вы убили Кузьму?

— Вы или пьяны, или же издеваетесь надо мной! Сергей Петрович, всякое терпение и смирение имеет свои границы! Я этого не вынесу!

И Урбенин, сверкая глазами, застучал кулаком по столу.

— Вчера я имел неосторожность дать вам свободу, — продолжал я, — позволил вам то, чего не позволяют другим арестантам: гулять по коридору. И вот, словно в благодарность, вы ночью идете к двери этого несчастного Кузьмы и душите спящего человека! Знайте, что вы погубили не одного только Кузьму: из-за вас пропадут сторожа.

— Что же я сделал такое, боже мой? — проговорил Урбенин, хватая себя за голову.

— Вы хотите знать доказательства? Извольте... ваша дверь, по моему приказанию, была отперта... дурачье-прислуга отперла дверь и забыла припрятать замок... все камеры запираются одинаковыми замками... Вы ночью взяли свой ключ и, выйдя в коридор, отперли им дверь своего соседа... Задушив его, вы дверь заперли и ключ вставили в свой замок.

— За что же я мог его задушить? За что?

— За то, что он назвал вас... Не сообщи я вам вчера этой новости, он остался бы жив... Грешно и стыдно, Петр Егорыч!

— Сергей Петрович, молодой человек! — заговорил вдруг нежным, мягким голосом убийца, хватая меня за руку. — Вы честный и порядочный человек... Не губите и не пятнайте себя неправедными подозрениями и опрометчивыми обвинениями! Вы не можете только понять, как жестоко и больно вы оскорбили меня, взвалив на мою ни в чем не повинную душу новое обвинение... Я мученик, Сергей Петрович! Бойтесь обидеть мученика! Будет время, когда вам придется извиняться передо мной, и это время скоро... Не обвинят же меня в самом деле! Но извинение это не удовлетворит вас... Чем набрасываться на меня и оскорблять так ужасно, вы бы лучше по-человечески, — не говорю, по-дружески: вы уже отказались от наших хороших отношений, — вы бы лучше расспросили меня... Как свидетель и ваш помощник я для правосудия принес бы больше пользы, чем в роли обвиняемого. Взять бы хоть это новое обвинение... Я мог бы многое вам сообщить: ночью-то я не спал и всё слышал...

— Что вы слышали?

— Ночью, часа в два... были потемки... слышу, кто-то тихонько ходит по коридору и всё за дверь мою трогает... ходил-ходил, а потом отворил мою дверь и вошел.

— Кто?

— Не знаю: темно было — не видал... Постоял в моей камере минутку и вышел... и именно так, как вот вы говорите, — вынул из двери моей ключ и отпер соседскую камеру. Минутки через две я услышал хрипенье, а потом возню. Думал я, что это сторож ходит и возится, а хрипенье принял за храп, а то бы я поднял шум.

— Басни! — сказал я. — Некому тут, кроме вас, Кузьму убивать. Дежурные сторожа спали. Жена одного из них, не спавшая всю ночь, показала, что все три сторожа в течение ночи спали, как убитые, и не оставляли своих постелей ни на минуту; бедняги не знали, что в этой жалкой арестантской могут водиться такие звери. Служат они здесь уже более двадцати лет, и за всё это время у них не было ни одного случая побега, не говорю уж о такой мерзости, как убийство. Теперь жизнь их, благодаря вам, перевернута вверх дном; да и мне достанется за то, что я не отправил вас в тюремный замок и дал вам здесь свободу гулять по коридорам. Благодарю вас!

Это была последняя моя беседа с Урбениным. Больше я уж с ним никогда не беседовал, если не считать тех двух-трех вопросов, которые задал он мне как свидетелю, сидя на скамье подсудимых...

Мой роман в заголовке назван «уголовным», и теперь, когда «дело об убийстве Ольги Урбениной» осложнилось еще новым убийством, мало понятным и во многих отношениях таинственным, читатель вправе ожидать вступления романа в самый интересный и бойкий фазис. Открытие преступника и мотивов преступления составляет широкое поле для проявления остроумия и мозговой гибкости. Тут злая воля и хитрость ведут войну с знанием, войну интересную во всех своих проявлениях...

Я вел войну, и читатель вправе ожидать от меня описания средств, которые дали мне победу, и он, наверное, ждет следовательских тонкостей, которыми так блещут романы Габорио и нашего Шкляревского; и я готов оправдать ожидания читателя, но... одно из главных действующих лиц оставляет поле битвы, не дождавшись конца сражения, — его не делают участником победы; всё, что было им сделано ранее, пропадает даром, — и оно идет в толпу зрителей. Это действующее лицо — ваш покорнейший слуга. На другой день после описанной беседы с Урбениным я получил приглашение, или, вернее, приказ подать в отставку. Сплетни и разговоры наших уездных кумушек сделали свое дело... Моему увольнению много способствовали также убийство в арестантском доме, показания, взятые товарищем прокурора тайком от меня у прислуги, и, если помнит читатель, удар, нанесенный мною мужику веслом по голове в один из прошлых ночных кутежей. Мужик поднял дело. Произошла сильная перетасовка. В какие-нибудь два дня я должен был сдать дело об убийстве следователю по особо важным делам.

Благодаря толкам и газетным корреспонденциям, поднялся на ноги весь прокурорский надзор. Прокурор наезжал в графскую усадьбу через день и принимал участие в допросах. Протоколы наших врачей были отправлены во врачебную управу и далее. Поговаривали даже о вырытии трупов и новом осмотре, который, кстати сказать, ни к чему бы не повел.

Урбенина раза два таскали в губернский город для освидетельствования его умственных способностей, и оба раза он был найден нормальным. Я стал фигурировать в качестве свидетеля[1].

---

[1] Роль, конечно, более подходящая г. Камышеву, чем роль следователя: в деле Урбенина он не мог быть следователем. — А. Ч.

Новые следователи так увлеклись, что в свидетели попал даже мой Поликарп.

Год спустя после моей отставки, когда я жил в Москве, мною была получена повестка, звавшая меня на разбирательство урбенинского дела. Я обрадовался случаю повидать еще раз места, к которым меня тянула привычка, и поехал. Граф, живший в Петербурге, не поехал и послал вместо себя медицинское свидетельство.

Дело разбиралось в нашем уездном городе, в отделении окружного суда. Обвинял Полуградов, тот самый, который раза четыре на день чистил свои зубы красным порошком; защищал некий Смирняев, высокий худощавый блондин с сентиментальным лицом и длинными, гладкими волосами. Присяжные всплошную состояли из мещан и крестьян; из них только четверо были грамотные, остальные же, когда им были поданы для просмотра письма Урбенина к жене, потели и конфузились. В старшины попал лавочник Иван Демьяныч, тот самый, который дал имя моему покойному попугаю.

Войдя в зал суда, я не узнал Урбенина: он совершенно поседел и постарел телом лет на двадцать. Я ожидал прочесть на лице его равнодушие к своей судьбе и апатию, но ожидания мои были ошибочны, — Урбенин горячо отнесся к суду: он отвел трех присяжных, давал длинные объяснения и допрашивал свидетелей; вину свою отрицал он безусловно и каждого свидетеля, говорившего не за него, допрашивал очень долго.

Свидетель Пшехоцкий показал на суде, что я жил с покойной Ольгой.

— Это ложь! — крикнул Урбенин, — он лжец! Жене моей я не верю, но ему я верю!

Когда я давал показания, защитник спросил меня, в каких отношениях я находился с Ольгой, и познакомил меня с показанием Пшехоцкого, когда-то мне аплодировавшего. Сказать правду — значило бы дать показание в пользу подсудимого: чем развратнее жена, тем снисходительнее присяжные к мужу-Отелло, — я понимал это… С другой стороны, моя правда оскорбила бы Урбенина… он, услыхав ее, почувствовал бы неизлечимую боль... Я счел за лучшее солгать.

— Нет! — сказал я.

Прокурор в своей речи, описывая в ярких красках убийство Ольги, обращал особенное внимание на зверство убийцы, на его злобу... «Старый, поношенный сластолюбец увидал девушку, красивую собой и молодую. Зная весь ужас ее положения в доме сумасшедшего отца, он манит ее к себе куском хлеба, жильем и цветными покоями... Она соглашается: состоятельный муж-старик все-таки выносимое сумасшедшего отца и бедности. Но она молода, а молодость, гг. присяжные, имеет свои неотъемлемые права... Девушка, воспитанная на романах и среди природы, рано или поздно должна была полюбить...» и т. д. в том же роде. Кончается тем, что «он, не давший ей ничего, кроме своей старости и цветных тряпок, видя ускользающую добычу, впадает в ярость животного, к носу которого поднесли раскаленное железо. Любил он животно и ненавидеть должен животно» и проч.

Обвиняя Урбенина в убийстве Кузьмы, Полуградов указывал на те воровские приемы, здраво обдуманные и взвешенные, которыми сопровождалось убийство «спящего человека, имевшего неосторожность показать накануне против него. А что Кузьма хотел рассказать следователю именно против него, в этом вы, я полагаю, не сомневаетесь».

Защитник Смирняев не отрицал виновности Урбенина; он просил только признать, что Урбенин действовал под влиянием аффекта, и дать ему снисхождение. Описывая, как мучительно бывает чувство ревности, он привел в свидетели шекспировского Отелло. Взглянул он на этот «всечеловеческий тип» всесторонне, приводя цитаты из разных критиков, и забрел в такие дебри, что председатель должен был остановить его замечанием, что «знание иностранной литературы для присяжных необязательно».

Воспользовавшись последним словом, Урбенин призвал бога в свидетели, что он не виноват ни делом, ни мыслью.

— Мне лично всё равно, где ни быть: в этом ли уезде, где всё напоминает мне мой незаслуженный позор и жену, или на каторге, но меня смущает судьба моих детей.

И, повернувшись к публике, Урбенин заплакал и просил приютить его детей.

— Возьмите их. Граф, конечно, не упустит случая щегольнуть своим великодушием, но я уже предупредил детей: они не возьмут от него ни одной крохи.

Заметив меня среди публики, он поглядел на меня умоляющими глазами и сказал:

— Защитите моих детей от благодеяний графа.

Он, видимо, забыл о предстоящем вердикте и весь предался мысли о детях. Говорил он о них до тех пор, пока не был остановлен председателем.

Присяжные совещались недолго. Урбенин был признан виновным безусловно и ни на один пункт не получил снисхождения.

Приговорен он был к лишению всех прав состояния и ссылке в каторжные работы на 15 лет.

Так дорого обошлась ему встреча в майское утро с поэтической «девушкой в красном»...

Со времени описанных событий прошло уже более восьми лет. Одни участники драмы умерли и уже сгнили, другие несут наказание за свой грех, третьи влачат жизнь, борясь с будничной скукой и ожидая смерти со дня на день.

В восемь лет изменилось многое... Граф Карнеев, не перестававший питать ко мне самую искреннюю дружбу, уже окончательно спился. Усадьба его, давшая место драме, ушла от него в руки жены и Пшехоцкого. Он теперь беден и живет на мой счет. Иногда, под вечер, лежа у меня в номере на диване, он любит вспомнить былое.

— Хорошо бы теперь цыган послушать, — бормочет он, — пошли, Сережа, за коньяком!

Я тоже изменился. Силы мои оставляют меня постепенно, и я чувствую, как выходят из моего тела здоровье и молодость. Нет уж той физической силы, нет ловкости, нет выносливости, которой я щеголял когда-то, бодрствуя несколько ночей подряд и выпивая количество, которое я теперь едва ли подниму.

На лице одна за другой появляются морщины, волосы редеют, голос грубеет и слабеет… Жизнь прошла…

Прошлое я помню, как вчерашний день. Как в тумане, вижу я места и образы людей. Беспристрастно относиться к ним нет у меня сил; люблю и ненавижу я их с прежней силой, и не проходит того дня, чтобы я, охваченный чувством негодования или ненависти, не хватал бы себя за голову. Граф для меня по-прежнему гадок, Ольга отвратительна, Калинин смешон своим тупым чванством. Зло считаю я злом, грех — грехом.

Но бывают нередко минуты, когда я, вглядевшись в стоящий на моем столе портрет, чувствую непреодолимое желание пройтись с «девушкой в красном» по лесу под шумок высоких сосен и прижать ее к груди, несмотря ни на что. В эти минуты прощаю я и ложь и падение в грязную пропасть, готов простить всё для того, чтобы повторилась еще раз хотя бы частица прошлого… Утомленный городской скукой, я хотел бы еще раз послушать рев великана озера и промчаться по его берегу на моей Зорьке… Я простил и забыл бы всё, чтобы еще раз пройтись по теневской дороге и встретить садовника Франца с его водочным бочонком и жокейским картузиком… Бывают минуты, когда я готов даже пожать руку, обагренную кровью, и потолковать с благодушным Петром Егорычем о религии, урожае, народном образовании… Я хотел бы повидаться со «щуром», с его Наденькой…

Жизнь бешеная, беспутная и беспокойная, как озеро в августовскую ночь… Много жертв скрылось навсегда под ее темными волнами… На дне лежит тяжелый осадок…

Но за что я люблю ее в иные минуты? За что я прощаю ее и мчусь к ней душой, как нежный сын, как птица, выпущенная из клетки?..

Жизнь, которую я вижу сейчас сквозь номерное окно, напоминает мне серый круг: серый цвет и никаких оттенков, никаких светлых проблесков...

Но, закрыв глаза и припоминая прошлое, я вижу радугу, какую дает солнечный спектр... Да, там бурно, но там светлее...

С. Зиновьев.

Конец

Внизу рукописи написано:

Милостивый государь, г. редактор! Предлагаемый роман (или повесть, как хотите) прошу печатать, по возможности, без сокращений, урезок и вставок. Впрочем, изменения можно делать по соглашению с автором. В случае же невыгодности прошу рукопись сохранить для возвращения. Жительство (временное) имею в Москве, на Тверской, в номерах «Англия». Иван Петрович Камышев.

P. S. Гонорар — по усмотрению редакции.

Год и число.

Теперь, познакомив читателя с романом Камышева, продолжаю прерванную с ним беседу. Прежде всего я должен предупредить, что обещание, данное мною читателю в начале повести, не сдержано: роман Камышева напечатан не без пропусков, не in toto, как я обещал, а по значительном сокращении. Дело в том, что «Драма на охоте» не могла быть напечатана в газете, о которой шла речь в первой главе этой повести: газета прекратила свое существование, когда рукопись поступила в набор... Настоящая же редакция, давшая приют роману Камышева, нашла невозможным печатать его без урезок. Всякий раз, во всё время печатания, она присылала мне корректуры отдельных глав с просьбой «изменить». Я же не хотел брать греха на душу, изменять чужое, и находил лучшим и полезным совсем выпускать, чем изменять неудобное место. По соглашению со мной, редакция выпустила много мест, поражавших своим цинизмом, длиннотами и небрежностью в литературной отделке. Эти выпуски и урезки требовали осторожности и времени — причина, отчего многие главы запаздывали. Выпущены нами, между прочим, два описания ночных оргий. Одна оргия происходила в доме графа, другая на озере. Выпущено описание библиотеки Поликарпа и оригинальная манера его чтения: это место найдено слишком растянутым и утрированным.

Более всего я отстаивал и редакция более всего невзлюбила главу, в которой описывается отчаянная игра в карты, свирепствовавшая среди графской прислуги. Самыми страстными игроками были садовник Франц и старуха Сычиха; играли они преимущественно в стуколку и три листика. В период следствия Камышев, проходя однажды мимо одной из беседок и заглянув в нее, увидел сумасшедшую игру: играли Сычиха, Франц и... Пшехоцкий. Играли в стуколку, втемную, со ставкой в 90 коп.; ремиз достигал до 30 руб. Камышев подсел к игрокам и «обчистил» их, как куропаток. Обыгранный Франц, желая продолжать игру, отправился на озеро, где он прятал свои деньги. Камышев проследил его путь и, подметив, где он прячет свои деньги, обокрал садовника, не оставив ему ни одной копейки. Взятые деньги он отдал рыбаку Михею. Эта странная благотворительность прекрасно характеризует взбалмошного следователя, но описана она так небрежно и беседы партнеров пещрят такими перлами сквернословия, что редакция не согласилась даже на изменения.

Выпущено несколько описаний свиданий Ольги с Камышевым; пропущено одно объяснение его с Наденькой Калининой и т. д. Но думаю, что и напечатанного достаточно для характеристики моего героя. Sapienti sat...[1]

Ровно через три месяца редакционный сторож Андрей доложил мне о приходе «господина с кокардой».

— Проси! — сказал я.

Вошел Камышев, такой же краснощекий, здоровый и красивый, как и три месяца назад. Шаги его были по-прежнему бесшумны... Он положил на окно свою шляпу так осторожно, что можно было

[1] Умному достаточно... (лат.)

подумать, что он клал какую-нибудь тяжесть… В голубых глазах его светилось по-прежнему что-то детское, бесконечно добродушное…

— Опять я вас беспокою! — начал он, улыбаясь и осторожно садясь. — Простите, ради бога! Ну что? Какой приговор произнесен для моей рукописи?

— Виновна, но заслуживает снисхождения, — сказал я.

Камышев засмеялся и высморкался в душистый платок.

— Стало быть, ссылка в огонь камина? — спросил он.

— Нет, зачем так строго? Карательных мер она не заслуживает, мы употребим исправительные.

— Исправить нужно?

— Да, кое-что… по взаимному соглашению…

Четверть минуты мы помолчали. У меня страшно билось сердце и стучало в висках, но подавать вид, что я взволнован, не входило в мои планы.

— По взаимному соглашению, — повторил я. — В прошлый раз вы говорили мне, что фабулой своей повести вы взяли истинное происшествие.

— Да, и теперь я готов повторить это же самое. Если вы читали мой роман, то… честь имею представиться: Зиновьев.

— Стало быть, это вы были шафером у Ольги Николаевны?..

— И шафером и другом дома. Не правда ли, я симпатичен в этой рукописи? — засмеялся Камышев, поглаживая колено и краснея, — хорош? Бить бы нужно, да некому.

— Так-с… Ваша повесть мне нравится: она лучше и интереснее очень многих уголовных романов… Только нам с вами, по взаимному соглашению, придется произвести в ней кое-какие весьма существенные изменения…

— Это можно. Например, что вы находите нужным изменить?

Самый habitus[1] романа, его физиономию. В нем, как в уголовном романе, всё есть: преступление, улики, следствие, даже пятнадцатилетняя каторга на закуску, но нет самого существенного.

— Чего же именно?

— В нем нет настоящего виновника…

Камышев сделал большие глаза и приподнялся.

— Откровенно говоря, я вас не понимаю, — сказал он после некоторого молчания, — если вы не считаете настоящим виновником человека, который зарезал и задушил, то… я уж не знаю, кого следует считать. Конечно, преступник есть продукт общества, и общество виновно, но… если вдаваться в высшие соображения, то нужно бросить писать романы, а взяться за рефераты.

— Ах, какие тут высшие соображения! Не Урбенин ведь убил!

— Как же? — спросил Камышев, придвигаясь ко мне.

— Не Урбенин!

— Может быть. Humanum est errare [2] — и следователи несовершенны: судебные ошибки часты под луной. Вы находите, что мы ошиблись?

— Нет, вы не ошиблись, а пожелали ошибиться.

— Простите, я вас опять не понимаю, — усмехнулся Камышев, — если вы находите, что следствие привело к ошибке и даже, как я вас стараюсь понять, к преднамеренной ошибке, то любопытно было бы знать ваш взгляд. По вашему мнению, кто убил?

— Вы!!

Камышев поглядел на меня с удивлением, почти с ужасом, покраснел и сделал шаг назад. Затем он отвернулся, отошел к окну и засмеялся.

— Вот так клюква! — пробормотал он, дыша на окно и нервно рисуя на нем вензель.

---

[1] общий вид (лат.).
[2] Человеку свойственно ошибаться (лат.).

Я глядел на его рисующую руку и, казалось, узнавал в ней ту самую железную, мускулистую руку, которая одна только могла в один прием задушить спящего Кузьму, растерзать хрупкое тело Ольги. Мысль, что я вижу перед собой убийцу, наполняла мою душу непривычным чувством ужаса и страха... не за себя — нет! — а за него, за этого красивого и грациозного великана... вообще за человека...

— Вы убили! — повторил я.

— Если не шутите, то поздравляю вас с открытием, — засмеялся Камышев, всё еще не глядя на меня. — Впрочем, судя по дрожи вашего голоса и по вашей бледности, трудно допустить, что вы шутите. Экий вы нервный!

Камышев повернул ко мне свое пылающее лицо и, силясь улыбнуться, продолжал:

— Любопытно, откуда вам могла прийти в голову такая мысль! Не писал ли я чего-нибудь такого в своем романе, — это любопытно, ей-богу... Расскажите, пожалуйста! Раз в жизни стоит поиспытать это ощущение, когда на тебя смотрят, как на убийцу.

— Убийца вы и есть, — сказал я, — и даже скрыть этого не можете: в романе проврались, да и сейчас плохо актерствуете.

— Это совсем таки интересно — любопытно было бы послушать, честное слово.

— Коли любопытно, так слушайте.

Я вскочил и, волнуясь, заходил по комнате. Камышев заглянул за дверь и плотнее притворил ее. Эта осторожность выдала его.

— Чего же вы боитесь? — спросил я.

Камышев конфузливо закашлялся и махнул рукой.

— Ничего я не боюсь, а просто так... взял да и взглянул за дверь. А вам и это понадобилось? Ну, рассказывайте.

— Позвольте вам допрос сделать?

— Сколько угодно.

— Предупреждаю, что я не следователь и допрашивать не мастер; порядка и системы не ждите, а потому не извольте сбивать и путать.

Прежде всего скажите мне, куда вы исчезли после того, как оставили опушку, на которой кутили после охоты?

— В повести сказано: я пошел домой.

— В повести описание вашего пути старательно зачеркнуто. Вы шли тем лесом?

— Да.

— И могли, стало быть, встретиться там с Ольгой?

— Да, мог, — усмехнулся Камышев.

— И вы с ней встретились.

— Нет, не встречался.

— На следствии вы забыли допросить одного очень важного свидетеля, а именно себя... Вы слышали крик жертвы?

— Нет... Ну, батенька, допрашивать вы совсем не мастер...

Это фамильярное «батенька» меня покоробило: оно плохо вязалось с теми извинениями и смущением, которыми началась наша беседа. Скоро я заметил, что Камышев глядел на меня снисходительно, свысока и почти любовался моим неуменьем выпутаться из массы волновавших меня вопросов...

— Допустим, что в лесу вы не встретились с Ольгой, — продолжал я, — хотя, впрочем, Урбенину труднее было встретиться с Ольгой, чем вам, так как Урбенин не знал, что она в лесу, а стало быть, не искал ее, а вы, будучи пьяным и взбешенным, не могли не искать ее. Вы, наверное, искали ее — иначе зачем же вам было идти домой лесом, а не дорогой... Но допустим, что вы ее не видали... Чем объяснить ваше мрачное, почти бешеное настроение в вечер злополучного дня? Что побудило вас убить попугая, кричавшего о муже, убившем жену? Мне кажется, что он напоминал вам о вашем злодействе... Ночью вас позвали в графский дом, и вы, вместо того, чтобы тотчас же приступить к делу, медлили до приезда полиции почти целые сутки и, вероятно, сами того не замечая... Так медлят только те следователи, которым известен преступник... Вам он был известен... Далее — Ольга не назвала имени убийцы, потому что он был для нее дорог... Будь убийцей муж, она назвала бы его. Если она в состоянии была доносить на него своему любовнику-графу, то обвинить его в убийстве ей ничего бы не стоило: она его не любила, и он не был ей дорог... Любила она вас, и именно вы для нее были дороги... вас щадила она... Позвольте вас также спросить, почему это вы медлили задать ей прямой вопрос, когда она пришла в минутное сознание? К чему вы ей задавали совершенно не идущие к делу вопросы? Позвольте уж мне думать, что всё это вы делали ради проволочки времени, чтобы не дать ей назвать вас. Ольга затем умирает... В своем романе вы ни полслова не говорите о впечатлениях, которые произвела на вас ее смерть... Тут я вижу осторожность: не забываете писать о рюмках, которые выпиваете, а такое важное событие, как смерть «девушки в красном», проходит в романе бесследно... Почему?

— Продолжайте, продолжайте...

— Следствие ведете вы безобразно... Трудно допустить, что вы, умный и очень хитрый человек, делали это не нарочно. Всё ваше следствие напоминает письмо, нарочно писанное с грамматическими ошибками, — утрировка выдает вас... Почему вы не осмотрели места преступления? Не потому, что забыли об этом или считали это неважным, а потому что ждали, чтобы дождь размыл ваши следы. Вы мало пишете о допросе прислуги. Стало быть, Кузьма не был вами допрошен до тех пор, пока его не застали за мытьем поддевки... Вам, очевидно, не было надобности впутывать его в дело. Почему вы не допросили гостей, кутивших с вами на опушке? Они видели окровавленного Урбенина и слышали крик Ольги, — допросить их следовало. Но вы этого не сделали, потому что хотя бы один из них мог бы вспомнить на допросе, что вы незадолго до убийства отправились в лес и пропали. Впоследствии, вероятно, они были допрошены, но это обстоятельство было ими уже забыто...

— Ловко! — проговорил Камышев, потирая руки, — продолжайте, продолжайте!

— Неужели для вас недостаточно всего сказанного?.. Чтобы доказать окончательно, что Ольга убита именно вами, следует еще напомнить вам, что вы были ее любовником, любовником, которого променяли на презираемого вами человека!.. Муж может убить из ревности, любовник, полагаю, тоже... Засим перейдем к Кузьме... Судя по последнему допросу, бывшему накануне его смерти, он имел в виду вас; вы утерли руки об его поддевку, и вы назвали его сволочью... Если не вы, то зачем вам было прерывать допрос на самом интересном месте? Почему вы не спросили о цвете галстуха убийцы, когда Кузьма объявил вам, что он вспомнил, какого цвета этот галстух? Почему вы дали Урбенину свободу именно тогда, когда Кузьма уже вспомнил имя убийцы? Почему не раньше и не позже? Очевидно, вам нужно было взвалить на кого-нибудь вину, нужен был человек, который гулял бы ночью по коридору... Итак, Кузьму вы убили, боясь, чтоб он не назвал вас.

— Ну, довольно! — проговорил Камышев, смеясь, — будет! Вы вошли в такой азарт и так побледнели, что, того и гляди, в обморок упадете. Не продолжайте. Действительно, вы правы: я убил.

Наступило молчание. Я прошелся из угла в угол. Камышев сделал то же самое.

— Я убил, — продолжал Камышев, — вы поймали секрет за хвост, — и ваше счастье. Редкому это удастся: больше половины наших читателей ругнет старика Урбенина и удивится моему следовательскому уму-разуму.

Ко мне в кабинет вошел сотрудник и прервал нашу беседу. Заметив, что я занят и взволнован, этот сотрудник повертелся около моего стола, с любопытством поглядел на Камышева и вышел. По уходе его Камышев отошел к окну и стал дышать на стекло.

— С тех пор прошло уже восемь лет, — начал он после некоторого молчания, — и восемь лет носил я в себе тайну. Но тайна и живая кровь в организме несовместимы; нельзя безнаказанно знать то, чего не знает остальное человечество. Все восемь лет я чувствовал себя мучеником. Не совесть меня мучила, нет! Совесть — само собой… да и я не обращаю на нее внимания: она прекрасно заглушается рассуждениями на тему о ее растяжимости. Когда рассудок не работает, я заглушаю ее вином и женщинами. У женщин я имею прежний успех — это а propos. Мучило же меня другое: всё время мне казалось странным, что люди глядят на меня, как на обыкновенного человека; ни одна живая душа ни разу за все восемь лет пытливо не взглянула на меня; мне казалось странным, что мне не нужно прятаться; во мне сидит страшная тайна, и вдруг я хожу по улицам, бываю на обедах, любезничаю с женщинами! Для человека преступного такое положение неестественно и мучительно. Я не мучился бы, если бы мне приходилось прятаться и скрытничать. Психоз, батенька! В конце концов на меня напал какой-то задор… Мне вдруг захотелось излиться чем-нибудь: начхать всем на головы, выпалить во всех своей тайной… сделать что-нибудь этакое… особенное… И я написал эту повесть — акт, по которому только недалекий затруднится узнать во мне человека с тайной… Что ни страница, то ключ к разгадке… Не правда ли? Вы, небось, сразу поняли… Когда я писал, я брал в соображение уровень среднего читателя…

Нам опять помешали. Вошел Андрей и принес на подносе два стакана чая… Я поспешил выслать его…

— И теперь словно легче стало, — усмехнулся Камышев, — вы глядите на меня теперь как на необыкновенного, как на человека с тайной, — и я чувствую себя в положении естественном… Но… однако, уже три часа, и меня ждут на извозчике…

— Постойте, положите шляпу… Вы рассказали мне о том, что довело вас да авторства, теперь скажите: как вы убили?

— Это вы желаете знать в дополнение прочитанного? Извольте… Убил я под влиянием аффекта. Теперь ведь и курят и чай пьют под влиянием аффекта. Вы вот в волнении мой стакан захватили вместо своего и курите чаще обыкновенного… Жизнь есть сплошной аффект… так мне кажется… Когда я шел в лес, я далек был от мысли об убийстве; я шел туда с одною только целью: найти Ольгу и продолжать жалить ее… Когда я бываю пьян, у меня всегда является потребность жалить… Я встретил ее в двухстах шагах от опушки… Стояла она под деревом и задумчиво глядела на небо… Я окликнул ее… Увидев меня, она улыбнулась и протянула ко мне руки…

— Не брани меня, я несчастна! — сказала она.

В этот вечер она была так хороша, что я, пьяный, забыл всё на свете и сжал ее в своих объятиях… Она стала клясться мне, что никого никогда не любила, кроме меня… и это было справедливо: она любила меня… И, в самый разгар клятв, ей вздумалось вдруг сказать отвратительную фразу: «Как я несчастна! Не выйди я за Урбенина, я могла бы выйти теперь за графа!» — Эта фраза была для меня ушатом воды… Все накипевшее в груди забурлило… Меня охватило чувство отвращения, омерзения… Я схватил маленькое, гаденькое существо за плечо и бросил его оземь, как бросают мячик. Злоба моя достигла максимума… Ну… и добил ее… Взял и добил… История с Кузьмой вам понятна…

Я взглянул на Камышева. На лице его я не прочел ни раскаяния, ни сожаления. «Взял и добил» — было сказано так же легко, как «взял и покурил». В свою очередь, и меня охватило чувство злобы и омерзения… Я отвернулся.

— А Урбенин там, на каторге? — спросил я тихо.

— Да... Говорят, что умер на дороге, но это еще неизвестно... А что?

— А что... Невинно страдает человек, а вы спрашиваете: «А что?»

— А что же мне делать? Идти да сознаваться?

— Полагаю.

— Ну, это положим!.. Я не прочь сменить Урбенина, но без борьбы я не отдамся... Пусть берут, если хотят, но сам я к ним не пойду. Отчего они не брали меня, когда я был в их руках? На похоронах Ольги я так ревел и такие истерики со мной делались, что даже слепые могли бы узреть истину... Я не виноват, что они... глупы.

— Вы мне гадки, — сказал я.

— Это естественно... И сам я себе гадок...

Наступило молчание... Я открыл счетную книгу и стал машинально читать цифры... Камышев взялся за шляпу.

— Вам, я вижу, со мной душно, — сказал он, — кстати: не хотите ли поглядеть графа Карнеева? Вон он, на извозчике сидит!

Я подошел к окну и взглянул в него... На извозчике, затылком к нам, сидела маленькая, согбенная фигурка в поношенной шляпе и с полинявшим воротником. Трудно было узнать в ней участника драмы!

— Узнал я, что здесь, в Москве, в номерах Андреева, живет сын Урбенина, — сказал Камышев. — Хочу устроить так, чтобы граф принял от него подачку... Пусть хоть один будет наказан! Но, однако, adieu![1]

Камышев кивнул головой и быстро вышел. Я сел за стол и предался горьким думам.

Мне было душно.

---

[1] прощайте! (франц.).

ДУЭЛЬ

I

Было восемь часов утра — время, когда офицеры, чиновники и приезжие обыкновенно после жаркой, душной ночи купались в море и потом шли в павильон пить кофе или чай. Иван Андреич Лаевский, молодой человек лет двадцати восьми, худощавый блондин, в фуражке министерства финансов и в туфлях, придя купаться, застал на берегу много знакомых и между ними своего приятеля, военного доктора Самойленко.

С большой стриженой головой, без шеи, красный, носастый, с мохнатыми черными бровями и с седыми бакенами, толстый, обрюзглый, да еще вдобавок с хриплым армейским басом, этот Самойленко на всякого вновь приезжавшего производил неприятное впечатление бурбона и хрипуна, но проходило два-три дня после первого знакомства, и лицо его начинало казаться необыкновенно добрым, милым и даже красивым. Несмотря на свою неуклюжесть и грубоватый тон, это был человек смирный, безгранично добрый, благодушный и обязательный. Со всеми в городе он был на «ты», всем давал деньги взаймы, всех лечил, сватал, мирил, устраивал пикники, на которых жарил шашлык и варил очень вкусную уху из кефалей; всегда он за кого-нибудь хлопотал и просил и всегда чему-нибудь радовался. По общему мнению, он был безгрешен, и водились за ним только две слабости: во-первых, он стыдился своей доброты и старался маскировать ее суровым взглядом и напускною грубостью, и, во-вторых, он любил, чтобы фельдшера и солдаты называли его вашим превосходительством, хотя был только статским советником.

— Ответь мне, Александр Давидыч, на один вопрос, — начал Лаевский, когда оба они, он и Самойленко, вошли в воду по самые плечи. — Положим, ты полюбил женщину и сошелся с ней; прожил ты с нею, положим, больше двух лет и потом, как это случается, разлюбил и стал чувствовать, что она для тебя чужая. Как бы ты поступил в таком случае?

— Очень просто. Иди, матушка, на все четыре стороны — и разговор весь.

— Легко сказать! Но если ей деваться некуда? Женщина она одинокая, безродная, денег ни гроша, работать не умеет...

— Что ж? Единовременно пятьсот в зубы или двадцать пять помесячно — и никаких. Очень просто.

— Допустим, что у тебя есть и пятьсот и двадцать пять помесячно, но женщина, о которой я говорю, интеллигентна и горда. Неужели ты решился бы предложить ей деньги? И в какой форме?

Самойленко хотел что-то ответить, но в это время большая волна накрыла их обоих, потом ударилась о берег и с шумом покатилась назад по мелким камням. Приятели вышли на берег и стали одеваться.

— Конечно, мудрено жить с женщиной, если не любишь, — сказал Самойленко, вытрясая из сапога песок. — Но надо, Ваня, рассуждать по человечности. Доведись до меня, то я бы и виду ей не показал, что разлюбил, а жил бы с ней до самой смерти.

Ему вдруг стало стыдно своих слов; он спохватился и сказал:

— А по мне, хоть бы и вовсе баб не было. Ну их к лешему!

Приятели оделись и пошли в павильон. Тут Самойленко был своим человеком, и для него имелась даже особая посуда. Каждое утро ему подавали на подносе чашку кофе, высокий граненый стакан с водою и со льдом и рюмку коньяку; он сначала выпивал коньяк, потом горячий кофе, потом воду со льдом, и это, должно быть, было очень вкусно, потому что после питья глаза у него становились маслеными, он обеими руками разглаживал бакены и говорил, глядя на море:

— Удивительно великолепный вид!

После долгой ночи, потраченной на невеселые, бесполезные мысли, которые мешали спать и, казалось, усиливали духоту и мрак ночи, Лаевский чувствовал себя разбитым и вялым. От купанья и кофе ему не стало лучше.

— Будем, Александр Давидыч, продолжать наш разговор, — сказал он. — Я не буду скрывать и скажу тебе откровенно, как другу: дела мои с Надеждой Федоровной плохи… очень плохи! Извини, что я посвящаю тебя в свои тайны, но мне необходимо высказаться.

Самойленко, предчувствовавший, о чем будет речь, потупил глаза и застучал пальцами по столу.

— Я прожил с нею два года и разлюбил… — продолжал Лаевский, — то есть, вернее, я понял, что никакой любви не было… Эти два года были — обман.

У Лаевского была привычка во время разговора внимательно осматривать свои розовые ладони, грызть ногти или мять пальцами манжеты. И теперь он делал то же самое.

— Я отлично знаю, ты не можешь мне помочь, — сказал он, — но говорю тебе, потому что для нашего брата неудачника и лишнего человека все спасение в разговорах. Я должен обобщать каждый свой поступок, я должен находить объяснение и оправдание своей нелепой жизни в чьих-нибудь теориях, в литературных типах, в том, например, что мы, дворяне, вырождаемся, и прочее… В прошлую ночь, например, я утешал себя тем, что все время думал: ах, как прав Толстой, безжалостно прав! И мне было легче от этого. В самом деле, брат, великий писатель! Что ни говори.

Самойленко, никогда не читавший Толстого и каждый день собиравшийся прочесть его, сконфузился и сказал:

— Да, все писатели пишут из воображения, а он прямо с натуры…

— Боже мой, — вздохнул Лаевский, — до какой степени мы искалечены цивилизацией! Полюбил я замужнюю женщину; она меня тоже… Вначале у нас были и поцелуи, и тихие вечера, и клятвы, и Спенсер, и идеалы, и общие интересы… Какая ложь! Мы бежали, в сущности, от мужа, но лгали себе, что бежим от пустоты нашей интеллигентной жизни. Будущее наше рисовалось нам так: вначале на Кавказе, пока мы ознакомимся с местом и людьми, я надену вицмундир и буду служить, потом же на просторе возьмем себе клок земли, будем трудиться в поте лица, заведем виноградник, поле и прочее. Если бы вместо меня был ты или этот твой зоолог фон Корен, то вы, быть может, прожили бы с Надеждой Федоровной тридцать лет и оставили бы своим наследникам богатый виноградник и тысячу десятин кукурузы, я же почувствовал себя банкротом с первого дня. В городе невыносимая жара, скука, безлюдье, а выйдешь в поле, там под каждым кустом и камнем чудятся фаланги, скорпионы и змеи, а за полем горы и пустыня. Чуждые люди, чуждая природа, жалкая культура — все это, брат, не так легко, как гулять по Невскому в шубе, под ручку с Надеждой Федоровной и мечтать о теплых краях. Тут нужна борьба не на жизнь, а на смерть, а какой я боец? Жалкий неврастеник, белоручка... С первого же дня я понял, что мысли мои о трудовой жизни и винограднике — ни к черту. Что же касается любви, то я должен тебе сказать, что жить с женщиной, которая читала Спенсера и пошла для тебя на край света, так же не интересно, как с любой Анфисой или Акулиной. Так же пахнет утюгом, пудрой и лекарствами, те же папильотки каждое утро и тот же самообман...

— Без утюга нельзя в хозяйстве, — сказал Самойленко, краснея от того, что Лаевский говорит с ним так откровенно о знакомой даме. — Ты, Ваня, сегодня не в духе, я замечаю. Надежда Федоровна женщина прекрасная, образованная, ты — величайшего ума человек... Конечно, вы не венчаны, — продолжал Самойленко, оглядываясь на соседние столы, — но ведь это не ваша вина, и к тому же... надо быть без предрассудков и стоять на уровне современных идей. Я сам стою за гражданский брак, да... Но, по-моему, если раз сошлись, то надо жить до самой смерти.

— Без любви?

— Я тебе сейчас объясню, — сказал Самойленко. — Лет восемь назад у нас тут был агентом старичок, величайшего ума человек. Так вот он говаривал: в семейной жизни главное — терпение. Слышишь, Ваня? Не любовь, а терпение. Любовь продолжаться долго не может. Года два ты прожил в любви, а теперь, очевидно, твоя семейная жизнь вступила в тот период, когда ты, чтобы сохранить равновесие, так сказать, должен пустить в ход все свое терпение…

— Ты веришь своему старичку агенту, для меня же его совет — бессмыслица. Твой старичок мог лицемерить, он мог упражняться в терпении и при этом смотреть на нелюбимого человека, как на предмет, необходимый для его упражнений, но я еще не пал так низко; если мне захочется упражняться в терпении, то я куплю себе гимнастические гири или норовистую лошадь, но человека оставлю в покое.

Самойленко потребовал белого вина со льдом. Когда выпили по стакану, Лаевский вдруг спросил:

— Скажи, пожалуйста, что значит размягчение мозга?

— Это, как бы тебе объяснить… такая болезнь, когда мозги становятся мягче… как бы разжижаются.

— Излечимо?

— Да, если болезнь не запущена. Холодные души, мушка… Ну, внутрь чего-нибудь.

— Так… Так вот видишь ли, какое мое положение. Жить с нею я не могу: это выше сил моих. Пока я с тобой, я вот и философствую и улыбаюсь, но дома я совершенно падаю духом. Мне до такой степени жутко, что если бы мне сказали, положим, что я обязан прожить с нею еще хоть один месяц, то я, кажется, пустил бы себе пулю в лоб. И в то же время разойтись с ней нельзя. Она одинока, работать не умеет, денег нет ни у меня, ни у нее… Куда она денется? К кому пойдет? Ничего не придумаешь… Ну вот, скажи: что делать?

— М-да… — промычал Самойленко, не зная, что ответить. — Она тебя любит?

— Да, любит настолько, насколько ей в ее годы и при ее темпераменте нужен мужчина. Со мной ей было бы так же трудно расстаться, как с пудрой или папильотками. Я для нее необходимая составная часть ее будуара.

Самойленко сконфузился.

— Ты сегодня, Ваня, не в духе, — сказал он. — Не спал, должно быть.

— Да, плохо спал… Вообще, брат, скверно себя чувствую. В голове пусто, замирания сердца, слабость какая-то… Бежать надо!

— Куда?

— Туда, на север. К соснам, к грибам, к людям, к идеям… Я бы отдал полжизни, чтобы теперь где-нибудь в Московской губернии или в Тульской выкупаться в речке, озябнуть, знаешь, потом бродить часа три хоть с самым плохоньким студентом и болтать, болтать… А сеном-то как пахнет! Помнишь? А по вечерам, когда гуляешь в саду, из дому доносятся звуки рояля, слышно, как идет поезд…

Лаевский засмеялся от удовольствия, на глазах у него выступили слезы, и, чтобы скрыть их, он, не вставая с места, потянулся к соседнему столу за спичками.

— А я уже восемнадцать лет не был в России, — сказал Самойленко. — Забыл уж, как там. По-моему, великолепнее Кавказа и края нет.

— У Верещагина есть картина: на дне глубочайшего колодца томятся приговоренные к смерти. Таким вот точно колодцем представляется мне твой великолепный Кавказ. Если бы мне предложили что-нибудь из двух: быть трубочистом в Петербурге или быть здешним князем, то я взял бы место трубочиста.

Лаевский задумался. Глядя на его согнутое тело, на глаза, устремленные в одну точку, на бледное, вспотевшее лицо и впалые виски, на изгрызенные ногти и на туфлю, которая свесилась у пятки и обнаружила дурно заштопанный чулок, Самойленко проникся жалостью и, вероятно, потому, что Лаевский напомнил ему беспомощного ребенка, спросил:

— Твоя мать жива?

— Да, но мы с ней разошлись. Она не могла мне простить этой связи.

Самойленко любил своего приятеля. Он видел в Лаевском доброго малого, студента, человека-рубаху, с которым можно было и выпить, и посмеяться, и потолковать по душе. То, что он понимал в нем, ему крайне не нравилось. Лаевский пил много и не вовремя, играл в карты, презирал свою службу, жил не по средствам, часто употреблял в разговоре непристойные выражения, ходил по улице в туфлях и при посторонних ссорился с Надеждой Федоровной — и это не нравилось Самойленку. А то, что Лаевский был когда-то на филологическом факультете, выписывал теперь два толстых журнала, говорил часто так умно, что только немногие его понимали, жил с интеллигентной женщиной — всего этого не понимал Самойленко, и это ему нравилось, и он считал Лаевского выше себя и уважал его.

— Еще одна подробность, — сказал Лаевский, встряхивая головой. — Только это между нами. Я пока скрываю от Надежды Федоровны, не проболтайся при ней... Третьего дня я получил письмо, что ее муж умер от размягчения мозга.

— Царство небесное... — вздохнул Самойленко. — Почему же ты от нее скрываешь?

— Показать ей это письмо значило бы: пожалуйте в церковь венчаться. А надо сначала выяснить наши отношения. Когда она убедится, что продолжать жить вместе мы не можем, я покажу ей письмо. Тогда это будет безопасно.

— Знаешь что, Ваня? — сказал Самойленко, и лицо его вдруг приняло грустное и умоляющее выражение, как будто он собирался просить о чем-то очень сладком и боялся, что ему откажут. — Женись, голубчик!

— Зачем?

— Исполни свой долг перед этой прекрасной женщиной! Муж у нее умер, и таким образом само провидение указывает тебе, что делать!

— Но пойми, чудак, что это невозможно. Жениться без любви так же подло и недостойно человека, как служить обедню не веруя.

— Но ты обязан!

— Почему же я обязан? — спросил с раздражением Лаевский.

— Потому что ты увез ее от мужа и взял на свою ответственность.

— Но тебе говорят русским языком: я не люблю!

— Ну, любви нет, так почитай, ублажай...

— Почитай, ублажай... — передразнил Лаевский. — Точно она игуменья... Плохой ты психолог и физиолог, если думаешь, что, живя с женщиной, можно выехать на одном только почтении да уважении. Женщине прежде всего нужна спальня.

— Ваня, Ваня... — сконфузился Самойленко.

— Ты — старый ребенок, теоретик, а я — молодой старик и практик, и мы никогда не поймем друг друга. Прекратим лучше этот разговор. Мустафа! — крикнул Лаевский человеку. — Сколько с нас следует?

— Нет, нет... — испугался доктор, хватая Лаевского за руку. — Это я заплачу. Я требовал. Запиши за мной! — крикнул он Мустафе.

Приятели встали и молча пошли по набережной. У входа на бульвар они остановились и на прощанье пожали друг другу руки.

— Избалованы вы очень, господа! — вздохнул Самойленко. — Послала тебе судьба женщину, молодую, красивую, образованную, — и ты отказываешься, а мне бы дал бог хоть кривобокую старушку, только ласковую и добрую, и как бы я был доволен! Жил бы я с ней на своем винограднике и...

Самойленко спохватился и сказал:

— И пускай бы она там, старая ведьма, самовар ставила.

Простившись с Лаевским, он пошел по бульвару. Когда он, грузный, величественный, со строгим выражением на лице, в своем белоснежном кителе и превосходно вычищенных сапогах, выпятив вперед грудь, на которой красовался Владимир с бантом, шел по бульвару, то в это время он очень нравился себе самому, и ему казалось, что весь мир смотрит на него с удовольствием. Не поворачивая головы, он посматривал по сторонам и находил, что бульвар вполне благоустроен, что молодые кипарисы, эвкалипты и некрасивые, худосочные пальмы очень красивы и будут со временем давать широкую тень, что черкесы — честный и гостеприимный народ. «Странно, что Кавказ Лаевскому не нравится, — думал он, —

очень странно». Встретились пять солдат с ружьями и отдали ему честь. По правую сторону бульвара по тротуару прошла жена одного чиновника с сыном-гимназистом.

— Марья Константиновна, доброе утро! — крикнул ей Самойленко, приятно улыбаясь. — Купаться ходили? Ха-ха-ха... Почтение Никодиму Александрычу!

И он пошел дальше, продолжая приятно улыбаться, но, увидев идущего навстречу военного фельдшера, вдруг нахмурился, остановил его и спросил:

— Есть кто-нибудь в лазарете?

— Никого, ваше превосходительство.

— А?

— Никого, ваше превосходительство.

— Хорошо, ступай...

Величественно покачиваясь, он направился к лимонадной будке, где за прилавком сидела старая, полногрудая еврейка, выдававшая себя за грузинку, и сказал ей так громко, как будто командовал полком:

— Будьте так любезны, дайте мне содовой воды!

II

Нелюбовь Лаевского к Надежде Федоровне выражалась главным образом в том, что все, что она говорила и делала, казалось ему ложью или похожим на ложь, и все, что он читал против женщин и любви, казалось ему, как нельзя лучше подходило к нему, к Надежде Федоровне и ее мужу. Когда он вернулся домой, она, уже одетая и причесанная, сидела у окна и с озабоченным лицом пила кофе и перелистывала книжку толстого журнала, и он подумал, что питье кофе — не такое уж замечательное событие, чтобы из-за него стоило делать озабоченное лицо, и что напрасно она потратила время на модную прическу, так как нравиться тут некому и не для чего. И в книжке журнала он увидел ложь. Он подумал, что одевается она и причесывается, чтобы казаться красивой, и читает для того, чтобы казаться умной.

— Ничего, если я сегодня пойду купаться? — спросила она.

— Что ж? Пойдешь или не пойдешь, от этого землетрясения не будет, полагаю…

— Нет, я потому спрашиваю, что как бы доктор не рассердился.

— Ну и спроси у доктора. Я не доктор.

На этот раз Лаевскому больше всего не понравилась у Надежды Федоровны ее белая, открытая шея и завитушки волос на затылке, и он вспомнил, что Анне Карениной, когда она разлюбила мужа, не нравились прежде всего его уши, и подумал: «Как это верно! как верно!» Чувствуя слабость и пустоту в голове, он пошел к себе в кабинет, лег на диван и накрыл лицо платком, чтобы не надоедали мухи. Вялые, тягучие мысли все об одном и том же потянулись в его мозгу, как длинный обоз в осенний ненастный вечер, и он впал в сонливое, угнетенное состояние. Ему казалось, что он виноват перед Надеждой Федоровной и перед ее мужем и что муж умер по его вине. Ему казалось, что он виноват перед своею жизнью, которую испортил, перед миром высоких идей, знаний и труда, и этот чудесный мир представлялся ему возможным и существующим не здесь, на берегу, где бродят голодные турки и ленивые абхазцы, а там, на севере, где опера, театры, газеты и все виды умственного труда. Честным, умным, возвышенным и чистым можно быть только там, а не здесь. Он обвинял себя в том, что у него нет идеалов и руководящей идеи в жизни, хотя смутно понимал теперь, что это значит. Два года тому назад, когда он полюбил Надежду Федоровну, ему казалось, что стоит ему только сойтись с Надеждой Федоровной и уехать с нею на Кавказ, как он будет спасен от пошлости и пустоты жизни; так и теперь он был уверен, что стоит ему только бросить Надежду Федоровну и уехать в Петербург, как он получит все, что ему нужно.

— Бежать! — пробормотал он, садясь и грызя ногти. — Бежать!

Воображение его рисовало, как он садится на пароход и потом завтракает, пьет холодное пиво, разговаривает на палубе с дамами, потом в Севастополе садится в поезд и едет. Здравствуй, свобода! Станции мелькают одна за другой, воздух становится все холоднее и жестче, вот березы и ели, вот Курск, Москва... В буфетах щи, баранина с кашей, осетрина, пиво, одним словом, не азиатчина, а Россия, настоящая Россия. Пассажиры в поезде говорят о торговле, новых певцах, о франко-русских симпатиях; всюду чувствуется живая, культурная, интеллигентная, бодрая жизнь... Скорей, скорей! Вот, наконец, Невский, Большая Морская, а вот Ковенский переулок, где он жил когда-то со студентами, вот милое серое небо, моросящий дождик, мокрые извозчики...

— Иван Андреич! — позвал кто-то из соседней комнаты. — Вы дома?

— Я здесь! — отозвался Лаевский. — Что вам?

— Бумаги!

Лаевский поднялся лениво, с головокружением, и, зевая, шлепая туфлями, пошел в соседнюю комнату. Там у открытого окна на улице стоял один из его молодых сослуживцев и раскладывал на подоконнике казенные бумаги.

— Сейчас, голубчик, — мягко сказал Лаевский и пошел отыскивать чернильницу; вернувшись к окну, он, не читая, подписал бумаги и сказал: — Жарко!

— Да-с. Вы придете сегодня?

— Едва ли… Нездоровится что-то. Скажите, голубчик, Шешковскому, что после обеда я зайду к нему.

Чиновник ушел. Лаевский опять лег у себя на диване и начал думать:

«Итак, надо взвесить все обстоятельства и сообразить. Прежде чем уехать отсюда, я должен расплатиться с долгами. Должен я около двух тысяч рублей. Денег у меня нет… Это, конечно, неважно; часть теперь заплачу как-нибудь, а часть вышлю потом из Петербурга. Главное, Надежда Федоровна… Прежде всего надо выяснить наши отношения… Да».

Немного погодя он соображал: не пойти ли лучше к Самойленко посоветоваться?

«Пойти можно, — думал он, — но какая польза от этого? Опять буду говорить ему некстати о будуаре, о женщинах, о том, что честно или нечестно. Какие тут, черт подери, могут быть разговоры о честном или нечестном, если поскорее надо спасать жизнь мою, если я задыхаюсь в этой проклятой неволе и убиваю себя?.. Надо же, наконец, понять, что продолжать такую жизнь, как моя, — это подлость и жестокость, пред которой все остальное мелко и ничтожно. Бежать! — бормотал он, садясь. — Бежать!»

Пустынный берег моря, неутолимый зной и однообразие дымчатых лиловатых гор, вечно одинаковых и молчаливых, вечно одиноких, нагоняли на него тоску и, как казалось, усыпляли и обкрадывали его. Быть может, он очень умен, талантлив, замечательно честен; быть может, если бы со всех сторон его не замыкали море и горы, из него вышел бы превосходный земский деятель, государственный человек, оратор, публицист, подвижник. Кто знает! Если так, то не глупо ли толковать, честно это или нечестно, если даровитый и полезный человек, например, музыкант или художник, чтобы бежать из плена, ломает стену и обманывает своих тюремщиков? В положении такого человека все честно.

В два часа Лаевский и Надежда Федоровна сели обедать. Когда кухарка подала им рисовый суп с томатами, Лаевский сказал:

— Каждый день одно и то же. Отчего бы не сварить щей?

— Капусты нет.

— Странно. И у Самойленка варят щи с капустой, и у Марьи Константиновны щи, один только я почему-то обязан есть эту сладковатую бурду. Нельзя же так, голубка.

Как это бывает у громадного большинства супругов, раньше у Лаевского и у Надежды Федоровны ни один обед не обходился без капризов и сцен, но с тех пор, как Лаевский решил, что он уже не любит, он старался во всем уступать Надежде Федоровне, говорил с нею мягко и вежливо, улыбался, называл голубкой.

— Этот суп похож вкусом на лакрицу, — сказал он, улыбаясь; он делал над собою усилия, чтобы казаться приветливым, но не удержался и сказал: — Никто у нас не смотрит за хозяйством... Если уж ты так больна или занята чтением, то, изволь, я займусь нашей кухней.

Раньше она ответила бы ему: «Займись» или «Ты, я вижу, хочешь из меня кухарку сделать», — но теперь только робко взглянула на него и покраснела.

— Ну, как ты чувствуешь себя сегодня? — спросил он ласково.

— Сегодня ничего. Так, только маленькая слабость.

— Надо беречься, голубка. Я ужасно боюсь за тебя.

Надежда Федоровна была чем-то больна. Самойленко говорил, что у нее перемежающаяся лихорадка, и кормил ее хиной; другой же доктор, Устимович, высокий, сухощавый, нелюдимый человек, который днем сидел дома, а по вечерам, заложив назад руки и вытянув вдоль спины трость, тихо разгуливал по набережной и кашлял, находил, что у нее женская болезнь, и прописывал согревающие компрессы. Прежде, когда Лаевский любил, болезнь Надежды Федоровны возбуждала в нем жалость и страх, теперь же и в болезни он видел ложь. Желтое, сонное лицо, вялый взгляд и зевота, которые бывали у Надежды Федоровны после лихорадочных припадков, и то, что она во время припадка лежала под пледом и была похожа больше на мальчика, чем на женщину, и что в ее комнате было душно и нехорошо пахло, — все это, по его мнению, разрушало иллюзию и было протестом против любви и брака.

На второе блюдо ему подали шпинат с крутыми яйцами, а Надежде Федоровне, как больной, кисель с молоком. Когда она с озабоченным лицом сначала потрогала ложкой кисель и потом стала лениво есть его, запивая молоком, и он слышал ее глотки, им овладела такая тяжелая ненависть, что у него даже зачесалась голова. Он сознавал, что такое чувство было бы оскорбительно даже в отношении собаки, но ему было досадно не на себя, а на Надежду Федоровну за то, что она возбуждала в нем это чувство, и он понимал, почему иногда любовники убивают своих любовниц. Сам бы он не убил, конечно, но, доведись ему теперь быть присяжным, он оправдал бы убийцу.

— Merci, голубка, — сказал он после обеда и поцеловал Надежду Федоровну в лоб.

Придя к себе в кабинет, он минут пять ходил из угла в угол, искоса поглядывая на сапоги, потом сел на диван и пробормотал:

— Бежать, бежать! Выяснить отношения и бежать!

Он лег на диван и опять вспомнил, что муж Надежды Федоровны, быть может, умер по его вине.

— Обвинять человека в том, что он полюбил или разлюбил, это глупо, — убеждал он себя, лежа и задирая ноги, чтобы надеть сапоги. — Любовь и ненависть не в нашей власти. Что же касается мужа, то я, быть может, косвенным образом был одною из причин его смерти, но опять-таки виноват ли я в том, что полюбил его жену, а жена — меня?

Затем он встал и, отыскав свою фуражку, отправился к своему сослуживцу Шешковскому, у которого каждый день собирались чиновники играть в винт и пить холодное пиво.

«Своею нерешительностью я напоминаю Гамлета, — думал Лаевский дорогой. — Как верно Шекспир подметил! Ах, как верно!»

III

Чтобы скучно не было и снисходя к крайней нужде вновь приезжавших и несемейных, которым, за неимением гостиницы в городе, негде было обедать, доктор Самойленко держал у себя нечто вроде табльдота. В описываемое время у него столовались только двое: молодой зоолог фон Корен, приезжавший летом к Черному морю, чтобы изучать эмбриологию медуз, и дьякон Победов, недавно выпущенный из семинарии и командированный в городок для исполнения обязанностей дьякона-старика, уехавшего лечиться. Оба они платили за обед и за ужин по двенадцать рублей в месяц, и Самойленко взял с них честное слово, что они будут являться обедать аккуратно к двум часам.

Первым обыкновенно приходил фон Корен. Он молча садился в гостиной и, взявши со стола альбом, начинал внимательно рассматривать потускневшие фотографии каких-то неизвестных мужчин в широких панталонах и цилиндрах и дам в кринолинах и в чепцах; Самойленко только немногих помнил по фамилии, а про тех, кого забыл, говорил со вздохом: «Прекраснейший, величайшего ума человек!» Покончив с альбомом, фон Корен брал с этажерки пистолет и, прищурив левый глаз, долго прицеливался в портрет князя Воронцова или же становился перед зеркалом и рассматривал свое смуглое лицо, большой лоб и черные, курчавые, как у негра, волоса, и свою рубаху из тусклого ситца с крупными цветами, похожего на персидский ковер, и широкий кожаный пояс вместо жилетки. Самосозерцание доставляло ему едва ли не большее удовольствие, чем осмотр фотографий или пистолета в дорогой оправе. Он был очень доволен и своим лицом, и красиво подстриженной бородкой, и широкими плечами, которые служили очевидным доказательством его хорошего здоровья и крепкого сложения. Он был доволен и своим франтовским костюмом, начиная с галстука, подобранного под цвет рубахи, и кончая желтыми башмаками.

Пока он рассматривал альбом и стоял перед зеркалом, в это время в кухне и около нее, в сенях, Самойленко, без сюртука и без жилетки, с голой грудью, волнуясь и обливаясь потом, суетился около столов, приготовляя салат, или какой-нибудь соус, или мясо, огурцы и лук для окрошки, и при этом злобно таращил глаза на помогавшего ему денщика и замахивался на него то ножом, то ложкой.

— Подай уксус! — приказывал он. — То бишь не уксус, а прованское масло! — кричал он, топая ногами. — Куда же ты пошел, скотина?

— За маслом, ваше превосходительство, — говорил оторопевший денщик надтреснутым тенором.

— Скорее! Оно в шкапу! Да скажи Дарье, чтоб она в банку с огурцами укропу прибавила! Укропу! Накрой сметану, раззява, а то мухи налезут!

И от его крика, казалось, гудел весь дом. Когда до двух часов оставалось десять или пятнадцать минут, приходил дьякон, молодой человек лет двадцати двух, худощавый, длинноволосый, без бороды и с едва заметными усами. Войдя в гостиную, он крестился на образ, улыбался и протягивал фон Корену руку.

— Здравствуйте, — холодно говорил зоолог. — Где были?

— На пристани бычков ловил.

— Ну конечно… По-видимому, дьякон, вы никогда не будете заниматься делом.

— Отчего же? Дело не медведь, в лес не уйдет, — говорил дьякон, улыбаясь и засовывая руки в глубочайшие карманы своего белого подрясника.

— Бить вас некому! — вздыхал зоолог.

Проходило еще пятнадцать-двадцать минут, а обедать не звали, и все еще слышно было, как денщик, бегая из сеней в кухню и обратно, стучал сапогами и как Самойленко кричал:

— Поставь на стол! Куда суешь? Помой сначала!

Проголодавшиеся дьякон и фон Корен начинали стучать о пол каблуками, выражая этим свое нетерпение, как зрители в театральном райке. Наконец дверь отворялась и замученный денщик объявлял: «Кушать готово!» В столовой встречал их багровый, распаренный в кухонной духоте и сердитый Самойленко; он злобно глядел на них и с выражением ужаса на лице поднимал крышку с супника и наливал обоим по тарелке и, только когда убеждался, что они едят с аппетитом и что кушанье им нравится, легко вздыхал и садился в свое глубокое кресло. Лицо его становилось томным, масленым… Он не спеша наливал себе рюмку водки и говорил:

— За здоровье молодого поколения!

После разговора с Лаевским Самойленко все время от утра до обеда, несмотря на прекраснейшее настроение, чувствовал в глубине души некоторую тяжесть; ему было жаль Лаевского и хотелось помочь ему. Выпив перед супом рюмку водки, он вздохнул и сказал:

— Видел я сегодня Ваню Лаевского. Трудно живется человеку. Материальная сторона жизни неутешительна, а главное — психология одолела. Жаль парня.

— Вот уж кого мне не жаль! — сказал фон Корен. — Если бы этот милый мужчина тонул, то я бы еще палкой подтолкнул: тони, братец, тони…

— Неправда. Ты бы этого не сделал.

— Почему ты думаешь? — пожал плечами зоолог. — Я так же способен на доброе дело, как и ты.

— Разве утопить человека — доброе дело? — спросил дьякон и засмеялся.

— Лаевского? Да.

— В окрошке, кажется, чего-то недостает… — сказал Самойленко, желая переменить разговор.

— Лаевский безусловно вреден и так же опасен для общества, как холерная микроба, — продолжал фон Корен. — Утопить его — заслуга.

— Не делает тебе чести, что ты так выражаешься о своем ближнем. Скажи: за что ты его ненавидишь?

— Не говори, доктор, пустяков. Ненавидеть и презирать микробу — глупо, а считать своим ближним во что бы то ни стало всякого встречного без различия — это, покорно благодарю, это значит не рассуждать, отказаться от справедливого отношения к людям, умыть руки, одним словом. Я считаю твоего Лаевского мерзавцем, не скрываю этого и отношусь к нему, как к мерзавцу, с полною моею добросовестностью. Ну, а ты считаешь его своим ближним — и поцелуйся с ним; ближним считаешь, а это значит, что к нему ты относишься так же, как ко мне и дьякону, то есть никак. Ты одинаково равнодушен ко всем.

— Называть человека мерзавцем! — пробормотал Самойленко, брезгливо морщась. — Это до такой степени нехорошо, что и выразить тебе не могу!

— О людях судят по их поступкам, — продолжал фон Корен. — Теперь судите же, дьякон… Я, дьякон, буду с вами говорить. Деятельность господина Лаевского откровенно развернута перед вами, как длинная китайская грамота, и вы можете читать ее от начала до конца. Что он сделал за эти два года, пока живет здесь? Будем считать по пальцам. Во-первых, он научил жителей городка играть в винт; два года тому назад эта игра была здесь неизвестна, теперь же в винт играют от утра до поздней ночи все, даже женщины и подростки; во-вторых, он научил обывателей пить пиво, которое тоже здесь не было известно; ему же обыватели обязаны сведениями по части разных сортов водок, так что с завязанными глазами они могут теперь отличить водку Кошелева от Смирнова номер двадцать один. В-третьих, прежде здесь жили с чужими женами тайно, по тем же побуждениям, по каким воры воруют тайно, а не явно; прелюбодеяние считалось чем-то таким, что стыдились выставлять на общий показ; Лаевский же явился в этом отношении пионером; он живет с чужой женой открыто. В-четвертых…

Фон Корен быстро съел свою окрошку и отдал денщику тарелку.

— Я понял Лаевского в первый же месяц нашего знакомства, — продолжал он, обращаясь к дьякону. — Мы в одно время приехали сюда. Такие люди, как он, очень любят дружбу, сближение, солидарность и тому подобное, потому что им всегда нужна компания для винта, выпивки и закуски; к тому же они болтливы и им нужны слушатели. Мы подружились, то есть он шлялся ко мне каждый день, мешал мне работать и откровенничал насчет своей содержанки. На первых же порах он поразил меня своею необыкновенною лживостью, от которой меня просто тошнило. В качестве друга я журил его, зачем он много пьет, зачем живет не по средствам и делает долги, зачем ничего не делает и не читает, зачем он так мало культурен и мало знает, — и в ответ на все мои вопросы он горько улыбался, вздыхал и говорил: «Я неудачник, лишний человек», или: «Что вы хотите, батенька, от нас, осколков крепостничества?», или «Мы вырождаемся…» Или начинал нести длинную галиматью об Онегине, Печорине, байроновском Каине, Базарове, про которых говорил: «Это наши отцы по плоти и духу». Понимайте так, мол, что не он виноват в том, что казенные пакеты по неделям лежат нераспечатанными и что сам он пьет и других спаивает, а виноваты в этом Онегин, Печорин и Тургенев, выдумавший неудачника и лишнего человека. Причина крайней распущенности и безобразия, видите ли, лежит не в нем самом, а где-то вне, в пространстве. И притом — ловкая штука! — распутен, лжив и гадок не он один, а мы… «мы люди восьмидесятых годов», «мы вялое, нервное отродье крепостного права», «нас искалечила цивилизация»… Одним словом, мы должны понять, что такой великий человек, как Лаевский, и в падении своем велик; что его распутство, необразованность и нечистоплотность составляют явление естественно-историческое, освященное необходимостью, что причины тут мировые, стихийные и что перед Лаевским надо лампаду повесить, так как он — роковая жертва времени, веяний, наследственности и прочее. Все чиновники и дамы, слушая его, охали и ахали, а я долго не мог понять, с кем я имею дело: с циником или с ловким мазуриком? Такие субъекты, как он, с виду интеллигентные, немножко воспитанные и говорящие много о собственном благородстве, умеют прикидываться необыкновенно сложными натурами.

— Замолчи! — вспыхнул Самойленко. — Я не позволю, чтобы в моем присутствии говорили дурно о благороднейшем человеке!

— Не перебивай, Александр Давидыч, — холодно сказал фон Корен. — Я сейчас кончу. Лаевский — довольно несложный организм. Вот его нравственный остов: утром туфли, купанье и кофе, потом до обеда туфли, моцион и разговоры, в два часа туфли, обед и вино, в пять часов купанье, чай и вино, затем винт и лганье, в десять часов ужин и вино, а после полуночи сон и la femme[1]. Существование его заключено в эту тесную программу, как яйцо в скорлупу. Идет ли он, сидит ли, сердится, пишет, радуется — все сводится к вину, картам, туфлям и женщине. Женщина играет в его жизни роковую, подавляющую роль. Он сам повествует, что тринадцати лет он уже был влюблен; будучи студентом первого курса, он жил с дамой, которая имела на него благотворное влияние и которой он обязан своим музыкальным образованием. На втором курсе он выкупил из публичного дома проститутку и возвысил ее до себя, то есть взял в содержанки, а она пожила с ним полгода и убежала назад к хозяйке, и это бегство причинило ему немало душевных страданий. Увы, он так страдал, что должен был оставить университет и два года жить дома без дела. Но это к лучшему. Дома он сошелся с одной вдовой, которая посоветовала ему оставить юридический факультет и поступить на филологический. Он так и сделал. Кончив курс, он страстно полюбил теперешнюю свою… как ее?.. замужнюю, и должен был бежать с нею сюда на Кавказ, за идеалами якобы… Не сегодня-завтра он разлюбит ее и убежит назад в Петербург, и тоже за идеалами.

— А ты почем знаешь? — проворчал Самойленко, со злобой глядя на зоолога. — Ешь-ка лучше.

Подали отварных кефалей с польским соусом. Самойленко положил обоим нахлебникам по целой кефали и собственноручно полил соусом. Минуты две прошли в молчании.

— Женщина играет существенную роль в жизни каждого человека, — сказал дьякон. — Ничего не поделаешь.

— Да, но в какой степени? У каждого из нас женщина есть мать, сестра, жена, друг, у Лаевского же она — всё, и притом только

---

[1] Женщина (франц.).

любовница. Она, то есть сожительство с ней, — счастье и цель его жизни; он весел, грустен, скучен, разочарован — от женщины; жизнь опостылела — женщина виновата; загорелась заря новой жизни, нашлись идеалы — и тут ищи женщину... Удовлетворяют его только те сочинения или картины, где есть женщина. Наш век, по его мнению, плох и хуже сороковых и шестидесятых годов только потому, что мы не умеем до самозабвения отдаваться любовному экстазу и страсти. У этих сладострастников, должно быть, в мозгу есть особый нарост вроде саркомы, который сдавил мозг и управляет всею психикой. Понаблюдайте-ка Лаевского, когда он сидит где-нибудь в обществе. Вы заметьте: когда при нем поднимаешь какой-нибудь общий вопрос, например, о клеточке или инстинкте, он сидит в стороне, молчит и не слушает; вид у него томный, разочарованный, ничто для него не интересно, все пошло и ничтожно, но как только вы заговорили о самках и самцах, о том, например, что у пауков самка после оплодотворения съедает самца, — глаза у него загораются любопытством, лицо проясняется, и человек оживает, одним словом. Все его мысли, как бы благородны, возвышенны или безразличны они ни были, имеют всегда одну и ту же точку общего схода. Идешь с ним по улице и встречаешь, например, осла... «Скажите, пожалуйста, спрашивает, что произойдет, если случить ослицу с верблюдом?» А сны! Он рассказывал вам свои сны? Это великолепно! То ему снится, что его женят на луне, то будто зовут его в полицию и приказывают ему там, чтобы он жил с гитарой...

Дьякон звонко захохотал; Самойленко нахмурился и сердито сморщил лицо, чтобы не засмеяться, но не удержался и захохотал.

— И все врет! — сказал он, вытирая слезы. — Ей-богу, врет!

IV

Дьякон был очень смешлив и смеялся от каждого пустяка до колотья в боку, до упаду. Казалось, что он любил бывать среди людей только потому, что у них есть смешные стороны и что им можно давать смешные прозвища. Самойленка он прозвал тарантулом, его денщика селезнем и был в восторге, когда однажды фон Корен обозвал Лаевского и Надежду Федоровну макаками. Он жадно всматривался в лица, слушал не мигая, и видно было, как глаза его наполнялись смехом и как напрягалось лицо в ожидании, когда можно будет дать себе волю и покатиться со смеху.

— Это развращенный и извращенный субъект, — продолжал зоолог, а дьякон, в ожидании смешных слов, впился ему в лицо. — Редко где можно встретить такое ничтожество. Телом он вял, хил и стар, а интеллектом ничем не отличается от толстой купчихи, которая только жрет, пьет, спит на перине и держит в любовниках своего кучера.

Дьякон опять захохотал.

— Не смейтесь, дьякон, — сказал фон Корен, — это глупо, наконец. Я бы не обратил внимания на его ничтожество, — продолжал он, выждав, когда дьякон перестал хохотать, — я бы прошел мимо него, если бы он не был так вреден и опасен. Вредоносность его заключается прежде всего в том, что он имеет успех у женщин и таким образом угрожает иметь потомство, то есть подарить миру дюжину Лаевских, таких же хилых и извращенных, как он сам. Во-вторых, он заразителен в высшей степени. Я уже говорил вам о винте и пиве. Еще год-два и — он завоюет все кавказское побережье. Вы знаете, до какой степени масса, особенно ее средний слой, верит в интеллигентность, В университетскую образованность, в благородство манер и литературность языка. Какую бы он ни сделал мерзость, все верят, что это хорошо, что это так и быть должно, так как он интеллигентный, либеральный и университетский человек. К тому же он неудачник, лишний человек, неврастеник, жертва времени, а это значит, что ему все можно. Он милый малый, душа-человек, он так сердечно снисходит к человеческим слабостям; он сговорчив, податлив, покладист, не горд, с ним и выпить можно, и посквернословить, и посудачить… Масса, всегда склонная к антропоморфизму в религии и морали, больше всего любит тех божков, которые имеют такие же слабости, как она сама. Судите же, какое у него широкое поле для заразы! К тому же он недурной актер и ловкий лицемер и отлично знает, где раки зимуют. Возьмите-ка его увертки и фокусы, например, хотя бы его отношение к цивилизации. Он и не нюхал цивилизации, а между тем: «Ах, как мы искалечены цивилизацией! Ах, как я завидую этим дикарям, этим детям природы, которые не знают цивилизации!» Надо понимать, видите ли, что он когда-то, во времена о́ны, всей душой был предан цивилизации, служил ей, постиг ее насквозь, но она утомила, разочаровала, обманула его; он, видите ли, Фауст, второй Толстой… А Шопенгауэра и Спенсера он третирует, как мальчишек, и отечески хлопает их по плечу: ну что, брат Спенсер? Он Спенсера, конечно, не читал, но как бывает мил, когда с легкой, небрежной иронией говорит про свою барыню: «Она читала Спенсера!» И его слушают, и никто не хочет понять, что этот шарлатан не имеет права не только выражаться о Спенсере в таком тоне, но даже целовать подошву Спенсера! Рыться под цивилизацию, под авторитеты, под чужой алтарь, брызгать грязью, шутовски подмигивать на них только для того, чтобы оправдать и скрыть свою хилость и нравственную убогость, может только очень самолюбивое, низкое и гнусное животное.

— Я не знаю, Коля, чего ты добиваешься от него, — сказал Самойленко, глядя на зоолога уже не со злобой, а виновато. — Он такой же человек, как и все. Конечно, не без слабостей, но он стоит на уровне современных идей, служит, приносит пользу отечеству. Десять лет назад здесь служил агентом старичок, величайшего ума человек… Так вот он говаривал…

— Полно, полно! — перебил зоолог. — Ты говоришь: он служит. Но как служит? Разве оттого, что он явился сюда, порядки стали лучше, а чиновники исправнее, честнее и вежливее? Напротив, своим авторитетом интеллигентного, университетского человека он только санкционировал их распущенность. Бывает он исправен двадцатого числа, когда получает жалованье, в остальные же числа он только шаркает у себя дома туфлями и старается придать себе такое выражение, как будто делает русскому правительству большое одолжение тем, что живет на Кавказе. Нет, Александр Давидыч, не вступайся за него. Ты неискренен от начала до конца. Если бы ты в самом деле любил его и считал своим ближним, то прежде всего ты не был бы равнодушен к его слабостям, не снисходил бы к ним, а для его же пользы постарался бы обезвредить его.

— То есть?

— Обезвредить. Так как он неисправим, то обезвредить его можно только одним способом...

Фон Корен провел пальцем около своей шеи.

— Или утопить, что ли... — добавил он. — В интересах человечества, в своих собственных интересах такие люди должны быть уничтожаемы. Непременно.

— Что ты говоришь?! — пробормотал Самойленко, поднимаясь и с удивлением глядя на спокойное, холодное лицо зоолога. — Дьякон, что он говорит? Да ты в своем уме?

— Я не настаиваю на смертной казни, — сказал фон Корен. — Если доказано, что она вредна, то придумайте что-нибудь другое. Уничтожить Лаевского нельзя, ну так изолируйте его, обезличьте, отдайте в общественные работы...

— Что ты говоришь? — ужаснулся Самойленко. — С перцем, с перцем! — закричал он отчаянным голосом, заметив, что дьякон ест фаршированные кабачки без перца. — Ты, величайшего ума человек, что ты говоришь?! Нашего друга, гордого, интеллигентного человека, отдавать в общественные работы!!

— А если горд, станет противиться — в кандалы!

Самойленко не мог уж выговорить ни одного слова и только шевелил пальцами; дьякон взглянул на его ошеломленное, в самом деле смешное лицо и захохотал.

— Перестанем говорить об этом, — сказал зоолог. — Помни только одно, Александр Давидыч, что первобытное человечество было охраняемо от таких, как Лаевский, борьбой за существование и подбором; теперь же наша культура значительно ослабила борьбу и подбор, и мы должны сами позаботиться об уничтожении хилых и негодных, иначе, когда Лаевские размножатся, цивилизация погибнет и человечество выродится совершенно. Мы будем виноваты.

— Если людей топить и вешать, — сказал Самойленко, — то к черту твою цивилизацию, к черту человечество! К черту! Вот что я тебе скажу: ты ученейший, величайшего ума человек и гордость отечества, но тебя немцы испортили. Да, немцы! Немцы!

Самойленко, с тех пор как уехал из Дерпта, в котором учился медицине, редко видел немцев и не прочел ни одной немецкой книги, но, по его мнению, все зло в политике и науке происходило от немцев. Откуда у него взялось такое мнение, он и сам не мог сказать, но держался его крепко.

— Да, немцы! — повторил он еще раз. — Пойдемте чай пить.

Все трое встали и, надевши шляпы, пошли в палисадник и сели там под тенью бледных кленов, груш и каштана. Зоолог и дьякон сели на скамью около столика, а Самойленко опустился в плетеное кресло с широкой, покатой спинкой. Денщик подал чай, варенье и бутылку с сиропом.

Было очень жарко, градусов тридцать в тени. Знойный воздух застыл, был неподвижен, и длинная паутина, свесившаяся с каштана до земли, слабо повисла и не шевелилась.

Дьякон взял гитару, которая постоянно лежала на земле около стола, настроил ее и запел тихо, тонким голоском: «Отроцы семинарстии у кабака стояху…», но тотчас же замолк от жары, вытер со лба пот и взглянул вверх на синее горячее небо. Самойленко задремал; от зноя, тишины и сладкой послеобеденной дремоты, которая быстро овладела всеми его членами, он ослабел и опьянел; руки его отвисли, глаза стали маленькими, голову потянуло на грудь. Он со слезливым умилением поглядел на фон Корена и дьякона и забормотал:

— Молодое поколение… Звезда науки и светильник церкви… Гляди, длиннополая аллилуйя в митрополиты выскочит, чего доброго, придется ручку целовать… Что ж… дай бог…

Скоро послышалось храпенье. Фон Корен и дьякон допили чай и вышли на улицу.

— Вы опять на пристань бычков ловить? — спросил зоолог.

— Нет, жарковато.

— Пойдемте ко мне. Вы упакуете у меня посылку и кое-что перепишете. Кстати, потолкуем, чем бы вам заняться. Надо работать, дьякон. Так нельзя.

— Ваши слова справедливы и логичны, — сказал дьякон, — но леность моя находит себе извинение в обстоятельствах моей настоящей жизни. Сами знаете, неопределенность положения значительно способствует апатичному состоянию людей. На время ли меня сюда прислали или навсегда, богу одному известно; я здесь живу в неизвестности, а дьяконица моя прозябает у отца и скучает. И, признаться, от жары мозги раскисли.

— Все вздор, — сказал зоолог. — И к жаре можно привыкнуть, и без дьяконицы можно привыкнуть. Не следует баловаться. Надо себя в руках держать.

V

Надежда Федоровна шла утром купаться, а за нею с кувшином, медным тазом, с простынями и губкой шла ее кухарка Ольга. На рейде стояли два каких-то незнакомых парохода с грязными белыми трубами, очевидно, иностранные грузовые. Какие-то мужчины в белом, в белых башмаках, ходили по пристани и громко кричали по-французски, и им откликались с этих пароходов. В маленькой городской церкви бойко звонили в колокола.

«Сегодня воскресенье!» — с удовольствием вспомнила Надежда Федоровна.

Она чувствовала себя совершенно здоровой и была в веселом, праздничном настроении. В новом просторном платье из грубой мужской чечунчи и в большой соломенной шляпе, широкие поля которой сильно были загнуты к ушам, так что лицо ее глядело как будто из коробочки, она казалась себе очень миленькой. Она думала о том, что во всем городе есть только одна молодая, красивая, интеллигентная женщина — это она, и что только она одна умеет одеться дешево, изящно и со вкусом. Например, это платье стоит только двадцать два рубля, а между тем так мило! Во всем городе только она одна может нравиться, а мужчин много, и потому все они волей-неволей должны завидовать Лаевскому.

Она радовалась, что Лаевский в последнее время был с нею холоден, сдержанно-вежлив и временами даже дерзок и груб; на все его выходки и презрительные, холодные или странные, непонятные взгляды она прежде отвечала бы слезами, попреками и угрозами уехать от него или уморить себя голодом, теперь же в ответ она только краснела, виновато поглядывала на него и радовалась, что он не ласкается к ней. Если бы он бранил ее или угрожал, то было бы еще лучше и приятнее, так как она чувствовала себя кругом виноватою перед ним. Ей казалось, что она виновата в том, во-первых, что не сочувствовала его мечтам о трудовой жизни, ради которой он бросил Петербург и приехал сюда на Кавказ, и была она уверена, что сердился он на нее в последнее время именно за это. Когда она ехала на Кавказ, ей казалось, что она в первый же день найдет здесь укромный уголок на берегу, уютный садик с тенью, птицами и ручьями, где можно будет садить цветы и овощи, разводить уток и кур, принимать соседей, лечить бедных мужиков и раздавать им книжки; оказалось же, что Кавказ — это лысые горы, леса и громадные долины, где надо долго выбирать, хлопотать, строиться, и что никаких тут соседей нет, и очень жарко, и могут ограбить. Лаевский не торопился приобретать участок; она была рада этому, и оба они точно условились мысленно никогда не упоминать о трудовой жизни. Он молчал, думала она, значит, сердился на нее за то, что она молчит.

Во-вторых, она без его ведома за эти два года набрала в магазине Ачмианова разных пустяков рублей на триста. Брала она понемножку то материи, то шелку, то зонтик, и незаметно скопился такой долг.

— Сегодня же скажу ему об этом... — решила она, но тотчас же сообразила, что при теперешнем настроении Лаевского едва ли удобно говорить ему о долгах.

В-третьих, она уже два раза в отсутствие Лаевского принимала у себя Кирилина, полицейского пристава: раз утром, когда Лаевский уходил купаться, и в другой раз в полночь, когда он играл в карты. Вспомнив об этом, Надежда Федоровна вся вспыхнула и оглянулась на кухарку, как бы боясь, чтобы та не подслушала ее мыслей. Длинные, нестерпимо жаркие, скучные дни, прекрасные томительные вечера, душные ночи, и вся эта жизнь, когда от утра до вечера не знаешь, на что употребить ненужное время, и навязчивые мысли о том, что она самая красивая и молодая женщина в городе, и что молодость ее проходит даром, и сам Лаевский, честный, идейный, но однообразный, вечно шаркающий туфлями, грызущий ногти и наскучающий своими капризами, — сделали то, что ею мало-помалу овладели желания и она как сумасшедшая день и ночь думала об одном и том же. В своем дыхании, во взглядах, в тоне голоса и в походке она чувствовала только желание; шум моря говорил ей, что надо любить, вечерняя темнота — то же, горы — то же... И когда Кирилин стал ухаживать за нею, она была не в силах и не хотела, не могла противиться и отдалась ему…

Теперь иностранные пароходы и люди в белом напомнили ей почему-то огромную залу; вместе с французским говором зазвенели у нее в ушах звуки вальса, и грудь ее задрожала от беспричинной радости. Ей захотелось танцевать и говорить по-французски.

Она с радостью соображала, что в ее измене нет ничего страшного. В ее измене душа не участвовала: она продолжала любить Лаевского, и это видно из того, что она ревнует его, жалеет и скучает, когда он не бывает дома. Кирилин же оказался так себе, грубоватым, хотя и красивым, с ним все уже порвано и больше ничего не будет. Что было, то прошло, никому до этого нет дела, а если Лаевский узнает, то не поверит.

На берегу была только одна купальня для дам, мужчины же купались под открытым небом. Войдя в купальню, Надежда Федоровна застала там пожилую даму, Марью Константиновну Битюгову, жену чиновника, и ее пятнадцатилетнюю дочь Катю, гимназистку; обе они сидели на лавочке и раздевались. Марья Константиновна была добрая, восторженная и деликатная особа, говорившая протяжно и с пафосом. До тридцати двух лет она жила в гувернантках, потом вышла за чиновника Битюгова, маленького, лысого человека, зачесывавшего волосы на виски и очень смирного. До сих пор она была влюблена в него, ревновала, краснела при слове «любовь» и уверяла всех, что она очень счастлива.

— Дорогая моя! — сказала она восторженно, увидев Надежду Федоровну и придавая своему лицу выражение, которое все ее знакомые называли миндальным. — Милая, как приятно, что вы пришли! Мы будем купаться вместе — это очаровательно!

Ольга быстро сбросила с себя платье и сорочку и стала раздевать свою барыню.

— Сегодня погода не такая жаркая, как вчера, не правда ли? — сказала Надежда Федоровна, пожимаясь от грубых прикосновений голой кухарки. — Вчера я едва не умерла от духоты!

— О да, моя милая! Я сама едва не задохнулась. Верите ли, я вчера купалась три раза... представьте, милая, три раза! Даже Никодим Александрыч беспокоился.

«Ну, можно ли быть такими некрасивыми?» — подумала Надежда Федоровна, поглядев на Ольгу и на чиновницу; она взглянула на Катю и подумала: «Девочка недурно сложена».

— Ваш Никодим Александрыч очень, очень мил! — сказала она. — Я в него просто влюблена.

— Ха-ха-ха! — принужденно засмеялась Марья Константиновна. — Это очаровательно!

Освободившись от одежи, Надежда Федоровна почувствовала желание лететь. И ей казалось, что если бы она взмахнула руками, то непременно бы улетела вверх. Раздевшись, она заметила, что Ольга брезгливо смотрит на ее белое тело. Ольга, молодая солдатка, жила с законным мужем и потому считала себя лучше и выше ее. Надежда Федоровна чувствовала также, что Марья Константиновна и Катя не уважают и боятся ее. Это было неприятно, и, чтобы поднять себя в их мнении, она сказала:

— У нас в Петербурге дачная жизнь теперь в разгаре. У меня и у мужа столько знакомых! Надо бы съездить повидаться.

— Ваш муж, кажется, инженер? — робко спросила Марья Константиновна.

— Я говорю о Лаевском. У него очень много знакомых. Но, к сожалению, его мать, гордая аристократка, недалекая...

Надежда Федоровна не договорила и бросилась в воду; за нею полезли Марья Константиновна и Катя.

— У нас в свете очень много предрассудков, — продолжала Надежда Федоровна, — и живется не так легко, как кажется.

Марья Константиновна, служившая гувернанткою в аристократических семействах и знавшая толк в свете, сказала:

— О да! Верите ли, милая, у Гаратынских и к завтраку и к обеду требовался непременно туалет, так что я, точно актриса, кроме жалованья, получала еще и на гардероб.

Она стала между Надеждой Федоровной и Катей, как бы загораживая свою дочь от той воды, которая омывала Надежду Федоровну. В открытую дверь, выходившую наружу в море, было видно, как кто-то плыл в ста шагах от купальни.

— Мама, это наш Костя! — сказала Катя.

— Ах, ах! — закудахтала Марья Константиновна в испуге. — Ах! Костя, — закричала она, — вернись! Костя, вернись!

Костя, мальчик лет четырнадцати, чтобы похвастать своею храбростью перед матерью и сестрой, нырнул и поплыл дальше, но утомился и поспешил назад, и по его серьезному, напряженному лицу видно было, что он не верил в свои силы.

— Беда с этими мальчиками, милая! — сказала Марья Константиновна, успокаиваясь. — Того и гляди свернет себе шею. Ах, милая, как приятно и в то же время как тяжело быть матерью! Всего боишься.

Надежда Федоровна надела свою соломенную шляпу и бросилась наружу в море. Она отплыла сажени на четыре и легла на спину. Ей были видны море до горизонта, пароходы, люди на берегу, город, и все это вместе со зноем и прозрачными нежными волнами раздражало ее и шептало ей, что надо жить, жить... Мимо нее быстро, энергически разрезывая волны и воздух, пронеслась парусная лодка; мужчина, сидевший у руля, глядел на нее, и ей приятно было, что на нее глядят...

Выкупавшись, дамы оделись и пошли вместе.

— У меня через день бывает лихорадка, а между тем я не худею, — говорила Надежда Федоровна, облизывая свои соленые от купанья губы и отвечая улыбкой на поклоны знакомых. — Я всегда была полной и теперь, кажется, еще больше пополнела.

— Это, милая, от расположения. Если кто не расположен к полноте, как я, например, то никакая пища не поможет. Однако, милая, вы измочили свою шляпу.

— Ничего, высохнет.

Надежда Федоровна опять увидела людей в белом, которые ходили по набережной и разговаривали по-французски; и почему-то опять в груди у нее заволновалась радость и смутно припомнилась ей какая-то большая зала, в которой она когда-то танцевала или которая, быть может, когда-то снилась ей. И что-то в самой глубине души смутно и глухо шептало ей, что она мелкая, пошлая, дрянная, ничтожная женщина...

Марья Константиновна остановилась около своих ворот и пригласила ее зайти посидеть.

— Зайдите, моя дорогая! — сказала она умоляющим голосом и в то же время поглядела на Надежду Федоровну с тоской и с надеждой: авось откажется и не зайдет!

— С удовольствием, — согласилась Надежда Федоровна. — Вы знаете, как я люблю бывать у вас!

И она вошла в дом. Марья Константиновна усадила ее, дала кофе, накормила сдобными булками, потом показала ей фотографии своих бывших воспитанниц — барышень Гаратынских, которые уже повыходили замуж, показала также экзаменационные отметки Кати и Кости; отметки были очень хорошие, но чтобы они показались еще лучше, она со вздохом пожаловалась на то, как трудно теперь учиться в гимназии... Она ухаживала за гостьей и в то же время жалела ее и страдала от мысли, что Надежда Федоровна своим присутствием может дурно повлиять на нравственность Кости и Кати, и радовалась, что ее Никодима Александрыча не было дома. Так как, по ее мнению, все мужчины любят «таких», то Надежда Федоровна могла дурно повлиять и на Никодима Александрыча.

Разговаривая с гостьей, Марья Константиновна все время помнила, что сегодня вечером будет пикник и что фон Корен убедительно просил не говорить об этом макакам, то есть Лаевскому и Надежде Федоровне, но она нечаянно проговорилась, вся вспыхнула и сказала в смущении:

— Надеюсь, и вы будете!

VI

Условились ехать за семь верст от города по дороге к югу, остановиться около духана, при слиянии двух речек — Черной и Желтой, и варить там уху. Выехали в начале шестого часа. Впереди всех, в шарабане, ехали Самойленко и Лаевский, за ними в коляске, заложенной в тройку, Марья Константиновна, Надежда Федоровна, Катя и Костя; при них была корзина с провизией и посуда. В следующем экипаже ехали пристав Кирилин и молодой Ачмианов, сын того самого купца Ачмианова, которому Надежда Федоровна была должна триста рублей, и против них на скамеечке, скорчившись и поджав ноги, сидел Никодим Александрыч, маленький, аккуратненький, с зачесанными височками. Позади всех ехали фон Корен и дьякон; у дьякона в ногах стояла корзина с рыбой.

— Пррава! — кричал во все горло Самойленко, когда попадалась навстречу арба или абхазец верхом на осле.

— Через два года, когда у меня будут готовы средства и люди, я отправлюсь в экспедицию, — рассказывал фон Корен дьякону. — Я пройду берегом от Владивостока до Берингова пролива и потом от пролива до устья Енисея. Мы начертим карту, изучим фауну и флору и обстоятельно займемся геологией, антропологическими и этнографическими исследованиями. От вас зависит, поехать со мною или нет.

— Это невозможно, — сказал дьякон.

— Почему?

— Я человек зависимый, семейный.

— Дьяконица вас отпустит. Мы ее обеспечим. Еще лучше, если бы вы убедили ее, для общей пользы, постричься в монахини; это дало бы вам возможность самому постричься и поехать в экспедицию иеромонахом. Я могу вам устроить это.

Дьякон молчал.

— Вы свою богословскую часть хорошо знаете? — спросил зоолог.

— Плоховато.

— Гм... Я вам не могу сделать никаких указаний на этот счет, потому что я сам мало знаком с богословием. Вы дайте мне списочек книг, какие вам нужны, и я вышлю вам зимою из Петербурга. Вам также нужно будет прочесть записки духовных путешественников; между ними попадаются хорошие этнологи и знатоки восточных языков. Когда вы ознакомитесь с их манерой, вам легче будет приступить к делу. Ну, а пока книг нет, не теряйте времени попусту, ходите ко мне, и мы займемся компасом, пройдем метеорологию. Все это необходимо.

— Так-то так... — пробормотал дьякон и засмеялся. — Я просил себе места в средней России, и мой дядя-протоиерей обещал мне поспособствовать. Если я поеду с вами, то выйдет, что я их даром беспокоил.

— Не понимаю я ваших колебаний. Продолжая быть обыкновенным дьяконом, который обязан служить только по праздникам, а в остальные дни почивать от дел, вы и через десять лет останетесь все таким же, какой вы теперь, и прибавятся у вас разве только усы и бородка, тогда как, вернувшись из экспедиции, через эти же десять лет вы будете другим человеком, вы обогатитесь сознанием, что вами кое-что сделано.

Из дамского экипажа послышались крики ужаса и восторга. Экипажи ехали по дороге, прорытой в совершенно отвесном скалистом берегу, и всем казалось, что они скачут по полке, приделанной к высокой стене, и что сейчас экипажи свалятся в пропасть. Направо расстилалось море, налево — была неровная коричневая стена с черными пятнами, красными жилами и ползучими корневищами, а сверху, нагнувшись, точно со страхом и любопытством, смотрели вниз кудрявые хвои. Через минуту опять визг и смех: пришлось ехать под громадным нависшим камнем.

— Не понимаю, за каким таким чертом я еду с вами, — сказал Лаевский. — Как глупо и пошло! Мне надо ехать на север, бежать, спасаться, а я почему-то еду на этот дурацкий пикник.

— А ты посмотри, какая панорама! — сказал ему Самойленко, когда лошади повернули влево и открылась долина Желтой речки и блеснула сама речка — желтая, мутная, сумасшедшая…

— Ничего я, Саша, не вижу в этом хорошего, — ответил Лаевский. — Восторгаться постоянно природой — это значит показывать скудость своего воображения. В сравнении с тем, что мне может дать мое воображение, все эти ручейки и скалы — дрянь и больше ничего.

Коляски ехали уже по берегу речки. Высокие гористые берега мало-помалу сходились, долина суживалась и представлялась впереди ущельем; каменистая гора, около которой ехали, была сколочена природою из громадных камней, давивших друг друга с такой страшной силой, что при взгляде на них Самойленко всякий раз невольно кряхтел. Мрачная и красивая гора местами прорезывалась узкими трещинами и ущельями, из которых веяло на ехавших влагой и таинственностью; сквозь ущелья видны были другие горы, бурые, розовые, лиловые, дымчатые или залитые ярким светом. Слышалось изредка, когда проезжали мимо ущелий, как где-то с высоты падала вода и шлепала по камням.

— Ах, проклятые горы, — вздыхал Лаевский, — как они мне надоели!

В том месте, где Черная речка впадала в Желтую и черная вода, похожая на чернила, пачкала желтую и боролась с ней, в стороне от дороги стоял духан татарина Кербалая с русским флагом на крыше и с вывеской, написанной мелом: «Приятный духан»; около него был небольшой садик, обнесенный плетнем, где стояли столы и скамьи и среди жалкого колючего кустарника возвышался один-единственный кипарис, красивый и темный.

Кербалай, маленький, юркий татарин, в синей рубахе и белом фартуке, стоял на дороге и, взявшись за живот, низко кланялся навстречу экипажам и, улыбаясь, показывал свои белые блестящие зубы.

— Здорово, Кербалайка! — крикнул ему Самойленко. — Мы отъедем немножко дальше, а ты тащи туда самовар и стулья! Живо!

Кербалай кивал своей стриженой головой и что-то бормотал, и только сидевшие в заднем экипаже могли расслышать: «Есть форели, ваше превосходительство».

— Тащи, тащи! — сказал ему фон Корен.

Отъехав шагов пятьсот от духана, экипажи остановились. Самойленко выбрал небольшой лужок, на котором были разбросаны камни, удобные для сидения, и лежало дерево, поваленное бурей, с вывороченным мохнатым корнем и с высохшими желтыми иглами. Тут через речку был перекинут жидкий бревенчатый мост, и на другом берегу, как раз напротив, на четырех невысоких сваях стоял сарайчик, сушильня для кукурузы, напоминавшая сказочную избушку на курьих ножках; от ее двери вниз спускалась лесенка.

Первое впечатление у всех было такое, как будто они никогда не выберутся отсюда. Со всех сторон, куда ни посмотришь, громоздились и надвигались горы, и быстро, быстро со стороны духана и темного кипариса набегала вечерняя тень, и от этого узкая кривая долина Черной речки становилась уже, а горы выше. Слышно было, как ворчала река и без умолку кричали цикады.

— Очаровательно! — сказала Марья Константиновна, делая глубокие вдыхания от восторга. — Дети, посмотрите, как хорошо! Какая тишина!

— Да, в самом деле хорошо, — согласился Лаевский, которому понравился вид и почему-то, когда он посмотрел на небо и потом на синий дымок, выходивший из трубы духана, вдруг стало грустно. — Да, хорошо! — повторил он.

— Иван Андреич, опишите этот вид! — сказала слезливо Марья Константиновна.

— Зачем? — спросил Лаевский. — Впечатление лучше всякого описания. Это богатство красок и звуков, какое всякий получает от природы путем впечатлений, писатели выбалтывают в безобразном, неузнаваемом виде.

— Будто бы? — холодно спросил фон Корен, выбрав себе самый большой камень около воды и стараясь взобраться на него и сесть. —

Будто бы? — повторил он, глядя в упор на Лаевского. — А Ромео и Джульетта? А, например, Украинская ночь Пушкина? Природа должна прийти и в ножки поклониться.

— Пожалуй... — согласился Лаевский, которому было лень соображать и противоречить. — Впрочем, — сказал он немного погодя, — что такое Ромео и Джульетта в сущности? Красивая, поэтическая, святая любовь — это розы, под которыми хотят спрятать гниль. Ромео — такое же животное, как и все.

— О чем с вами ни заговоришь, вы все сводите к...

Фон Корен оглянулся на Катю и не договорил.

— К чему я свожу? — спросил Лаевский.

— Вам говоришь, например, «как красива кисть винограда!», а вы: «да, но как она безобразна, когда ее жуют и переваривают в желудках». К чему это говорить? Не ново и... вообще странная манера.

Лаевский знал, что его не любит фон Корен, и потому боялся его и в его присутствии чувствовал себя так, как будто всем было тесно и за спиной стоял кто-то. Он ничего не ответил, отошел в сторону и пожалел, что поехал.

— Господа, марш за хворостом для костра! — скомандовал Самойленко.

Все разбрелись куда попало, и на месте остались только Кирилин, Ачмианов и Никодим Александрыч. Кербалай принес стулья, разостлал на земле ковер и поставил несколько бутылок вина. Пристав Кирилин, высокий, видный мужчина, во всякую погоду носивший сверх кителя шинель, своею горделивою осанкою, важной походкой и густым, несколько хриплым голосом напоминал провинциальных полицеймейстеров из молодых. Выражение у него было грустное и сонное, как будто его только что разбудили против его желания.

— Ты что же это, скотина, принес? — спросил он у Кербалая, медленно выговаривая каждое слово. — Я приказывал тебе подать кварели, а ты что принес, татарская морда? А? Кого?

— У нас много своего вина, Егор Алексеич, — робко и вежливо заметил Никодим Александрыч.

— Что-с? Но я желаю, чтобы и мое вино было. Я участвую в пикнике и, полагаю, имею полное право внести свою долю. По-ла-гаю! Принести десять бутылок кварели!

— Для чего так много? — удивился Никодим Александрыч, знавший, что у Кирилина не было денег.

— Двадцать бутылок! Тридцать! — крикнул Кирилин.

— Ничего, пусть, — шепнул Ачмианов Никодиму Александрычу, — я заплачу.

Надежда Федоровна была в веселом, шаловливом настроении. Ей хотелось прыгать, хохотать, кричать, дразнить, кокетничать. В своем дешевом платье из ситчика с голубыми глазками, в красных туфельках и в той же самой соломенной шляпе она казалась себе маленькой, простенькой, легкой и воздушной, как бабочка. Она пробежала по жидкому мостику и минуту глядела в воду, чтобы закружилась голова, потом вскрикнула и со смехом побежала на ту сторону к сушильне, и ей казалось, что все мужчины и даже Кербалай любовались ею. Когда в быстро наступавших потемках деревья сливались с горами, лошади с экипажами и в окнах духана блеснул огонек, она по тропинке, которая вилась между камнями и колючими кустами, взобралась на гору и села на камень. Внизу уже горел костер. Около огня с засученными рукавами двигался дьякон, и его длинная черная тень радиусом ходила вокруг костра; он подкладывал хворост и ложкой, привязанной к длинной палке, мешал в котле. Самойленко, с медно-красным лицом, хлопотал около огня, как у себя в кухне, и кричал свирепо:

— Где же соль, господа? Небось забыли? Что же это все расселись, как помещики, а я один хлопочи?

На поваленном дереве рядышком сидели Лаевский и Никодим Александрыч и задумчиво смотрели на огонь. Марья Константиновна, Катя и Костя вынимали из корзин чайную посуду и тарелки. Фон Корен, скрестив руки и поставив одну ногу на камень, стоял на берегу около самой воды и о чем-то думал. Красные пятна от костра вместе с тенями ходили по земле около темных человеческих фигур, дрожали на горе, на деревьях, на мосту, на сушильне; на другой стороне обрывистый, изрытый бережок весь был освещен, мигал и отражался в речке, и быстро бегущая бурливая вода рвала на части его отражение.

Дьякон пошел за рыбой, которую на берегу чистил и мыл Кербалай, но на полдороге остановился и посмотрел вокруг.

«Боже мой, как хорошо! — подумал он. — Люди, камни, огонь, сумерки, уродливое дерево — ничего больше, но как хорошо!»

На том берегу около сушильни появились какие-то незнакомые люди. Оттого, что свет мелькал и дым от костра несло на ту сторону, нельзя было рассмотреть всех этих людей сразу, а видны были по частям то мохнатая шапка и седая борода, то синяя рубаха, то лохмотья от плеч до колен и кинжал поперек живота, то молодое смуглое лицо с черными бровями, такими густыми и резкими, как будто они были написаны углем. Человек пять из них сели в кружок на земле, а остальные пять пошли в сушильню. Один стал в дверях спиною к костру и, заложив руки назад, стал рассказывать что-то, должно быть очень интересное, потому что, когда Самойленко подложил хворосту и костер вспыхнул, брызнул искрами и ярко осветил сушильню, было видно, как из дверей глядели две физиономии, спокойные, выражавшие глубокое внимание, и как те, которые сидели в кружок, обернулись и стали прислушиваться к рассказу. Немного погодя сидевшие в кружок тихо запели что-то протяжное, мелодичное, похожее на великопостную церковную песню… Слушая их, дьякон вообразил, что будет с ним через десять лет, когда он вернется из экспедиции: он — молодой иеромонах-миссионер, автор с именем и великолепным прошлым; его посвящают в архимандриты, потом в архиереи; он служит в кафедральном соборе обедню; в золотой митре, с панагией выходит на амвон и, осеняя массу народа трикирием и дикирием, возглашает: «Призри с небесе, боже, и виждь и посети виноград сей, его же насади десница твоя!» А дети ангельскими голосами поют в ответ: «Святый боже…»

— Дьякон, где же рыба? — послышался голос Самойленка.

Вернувшись к костру, дьякон вообразил, как в жаркий июльский день по пыльной дороге идет крестный ход; впереди мужики несут хоругви, а бабы и девки — иконы, за ними мальчишки-певчие и дьячок с подвязанной щекой и с соломой в волосах, потом, по порядку, он, дьякон, за ним поп в скуфейке и с крестом, а сзади пылит толпа мужиков, баб, мальчишек; тут же в толпе попадья и дьяконица в платочках. Поют певчие, ревут дети, кричат перепела, заливается жаворонок... Вот остановились и покропили святой водой стадо... Пошли дальше и с коленопреклонением попросили дождя. Потом закуска, разговоры...

«И это тоже хорошо...» — подумал дьякон.

VII

Кирилин и Ачмианов взбирались на гору по тропинке. Ачмианов отстал и остановился, а Кирилин подошел к Надежде Федоровне.

— Добрый вечер! — сказал он, делая под козырек.

— Добрый вечер.

— Да-с! — сказал Кирилин, глядя на небо и думая.

— Что — да-с? — спросила Надежда Федоровна, помолчав немного и замечая, что Ачмианов наблюдает за ними обоими.

— Итак, значит, — медленно выговорил офицер, — наша любовь увяла, не успев расцвесть, так сказать. Как прикажете это понять? Кокетство это с вашей стороны в своем роде или же вы считаете меня шалопаем, с которым можно поступать как угодно?

— Это была ошибка! Оставьте меня! — сказала резко Надежда Федоровна, в этот прекрасный, чудесный вечер глядя на него со страхом и спрашивая себя в недоумении: неужели в самом деле была минута, когда этот человек нравился ей и был близок?

— Так-с! — сказал Кирилин; он молча постоял немного, подумал и сказал: — Что ж? Подождем, когда вы будете в лучшем настроении, а пока смею вас уверить, я человек порядочный и сомневаться в этом никому не позволю. Мной играть нельзя! Adieu![1]

Он сделал под козырек и пошел в сторону, пробираясь меж кустами. Немного погодя нерешительно подошел Ачмианов.

— Хороший вечер сегодня! — сказал он с легким армянским акцентом.

Он был недурен собой, одевался по моде, держался просто, как благовоспитанный юноша, но Надежда Федоровна не любила его за то, что была должна его отцу триста рублей; ей неприятно было также, что на пикник пригласили лавочника, и было неприятно, что он

---

[1] Прощайте! (франц.)

подошел к ней именно в этот вечер, когда на душе у нее было так чисто.

— Вообще пикник удался, — сказал он, помолчав.

— Да, — согласилась она и, как будто только что вспомнив про свой долг, сказала небрежно: — Да, скажите в своем магазине, что на днях зайдет Иван Андреич и заплатит там триста... или не помню сколько.

— Я готов дать еще триста, только чтобы вы каждый день не напоминали об этом долге. К чему проза?

Надежда Федоровна засмеялась; ей пришла в голову смешная мысль, что если бы она была недостаточно нравственной и пожелала, то в одну минуту могла бы отделаться от долга. Если бы, например, этому красивому, молодому дурачку вскружить голову! Как бы это, в сущности, было смешно, нелепо, дико! И ей вдруг захотелось влюбить, обобрать, бросить, потом посмотреть, что из этого выйдет.

— Позвольте дать вам один совет, — робко сказал Ачмианов. — Прошу вас, остерегайтесь Кирилина. Он всюду рассказывает про вас ужасные вещи.

— Мне неинтересно знать, что рассказывает про меня всякий дурак, — сказала холодно Надежда Федоровна, и ею овладело беспокойство, и смешная мысль поиграть молодым, хорошеньким Ачмиановым вдруг потеряла свою прелесть.

— Надо вниз идти, — сказала она. — Зовут.

Внизу уже была готова уха. Ее разливали по тарелкам и ели с тем священнодействием, с каким это делается только на пикниках; и все находили, что уха очень вкусна и что дома они никогда не ели ничего такого вкусного. Как это водится на всех пикниках, теряясь в массе салфеток, свертков, ненужных, ползающих от ветра сальных бумаг, не знали, где чей стакан и где чей хлеб, проливали вино на ковер и себе на колени, рассыпали соль, и кругом было темно, и костер горел уже не так ярко, и каждому было лень встать и подложить хворосту. Все пили вино, и Косте и Кате дали по полустакану. Надежда Федоровна выпила стакан, потом другой, опьянела и забыла про Кирилина.

— Роскошный пикник, очаровательный вечер, — сказал Лаевский, веселея от вина, — но я предпочел бы всему этому хорошую зиму. «Морозной пылью серебрится его бобровый воротник».

— У всякого свой вкус, — заметил фон Корен.

Лаевский почувствовал неловкость: в спину ему бил жар от костра, а в грудь и в лицо — ненависть фон Корена; эта ненависть порядочного, умного человека, в которой таилась, вероятно, основательная причина, унижала его, ослабляла, и он, не будучи в силах противостоять ей, сказал заискивающим тоном:

— Я страстно люблю природу и жалею, что я не естественник. Я завидую вам.

— Ну, а я не жалею и не завидую, — сказала Надежда Федоровна. — Я не понимаю, как это можно серьезно заниматься букашками и козявками, когда страдает народ.

Лаевский разделял ее мнение. Он был совершенно незнаком с естественными науками и потому никогда не мог помириться с авторитетным тоном и ученым, глубокомысленным видом людей, которые занимаются муравьиными усиками и тараканьими лапками, и ему всегда было досадно, что эти люди на основании усиков, лапок и какой-то протоплазмы (он почему-то воображал ее в виде устрицы) берутся решать вопросы, охватывающие собою происхождение и жизнь человека. Но в словах Надежды Федоровны ему послышалась ложь, и он сказал только для того, чтобы противоречить ей:

— Дело не в козявках, а в выводах!

VIII

Стали садиться в экипажи, чтобы ехать домой, поздно, часу в одиннадцатом. Все сели, и недоставало только Надежды Федоровны и Ачмианова, которые по ту сторону реки бегали вперегонки и хохотали.

— Господа, поскорей! — крикнул им Самойленко.

— Не следовало бы дамам давать вино, — тихо сказал фон Корен.

Лаевский, утомленный пикником, ненавистью фон Корена и своими мыслями, пошел к Надежде Федоровне навстречу, и когда она, веселая, радостная, чувствуя себя легкой, как перышко, запыхавшись и хохоча, схватила его за обе руки и положила ему голову на грудь, он сделал шаг назад и сказал сурово:

— Ты ведешь себя, как… кокотка.

Это вышло уж очень грубо, так что ему даже стало жаль ее. На его сердитом, утомленном лице она прочла ненависть, жалость, досаду на себя и вдруг пала духом. Она поняла, что пересолила, вела себя слишком развязно, и, опечаленная, чувствуя себя тяжелой, толстой, грубой и пьяною, села в первый попавшийся пустой экипаж вместе с Ачмиановым. Лаевский сел с Кирилиным, зоолог с Самойленком, дьякон с дамами, и поезд тронулся.

— Вот они каковы, макаки… — начал фон Корен, кутаясь в плащ и закрывая глаза. — Ты слышал, она не хотела бы заниматься букашками и козявками, потому что страдает народ. Так судят нашего брата все макаки. Племя рабское, лукавое, в десяти поколениях запуганное кнутом и кулаком; оно трепещет, умиляется и курит фимиамы только перед насилием, но впусти макаку в свободную область, где ее некому брать за шиворот, там она развертывается и дает себя знать. Посмотри, как она смела на картинных выставках, в музеях, в театрах или когда судит о науке: она топорщится, становится на дыбы, ругается, критикует… И непременно критикует — рабская черта! Ты прислушайся: людей свободных профессий ругают чаще, чем мошенников, — это оттого, что общество на три четверти состоит из рабов, из таких же вот макак. Не случается, чтобы раб протянул тебе руку и сказал искренно спасибо за то, что ты работаешь.

— Не знаю, что ты хочешь! — сказал Самойленко, зевая. — Бедненькой по простоте захотелось поговорить с тобой об умном, а ты уж заключение выводишь. Ты сердит на него за что-то, ну и на нее за компанию. А она прекрасная женщина!

— Э, полно! Обыкновенная содержанка, развратная и пошлая. Послушай, Александр Давидыч, когда ты встречаешь простую бабу, которая не живет с мужем, ничего не делает и только хи-хи да ха-ха, ты говоришь ей: ступай работать. Почему же ты тут робеешь и боишься говорить правду? Потому только, что Надежда Федоровна живет на содержании не у матроса, а у чиновника?

— Что же мне с ней делать? — рассердился Самойленко. — Бить ее, что ли?

— Не льстить пороку. Мы проклинаем порок только за глаза, а это похоже на кукиш в кармане. Я зоолог, или социолог, что одно и то же, ты — врач; общество нам верит; мы обязаны указывать ему на тот страшный вред, каким угрожает ему и будущим поколениям существование госпож вроде этой Надежды Ивановны.

— Федоровны, — поправил Самойленко. — А что должно делать общество?

— Оно? Это его дело. По-моему, самый прямой и верный путь, это — насилие. Manu militari[1] ее следует отправить к мужу, а если муж не примет, то отдать ее в каторжные работы или какое-нибудь исправительное заведение.

— Уф! — вздохнул Самойленко; он помолчал и спросил тихо: — Как-то на днях ты говорил, что таких людей, как Лаевский, уничтожать надо... Скажи мне, если бы того... положим, государство или общество поручило тебе уничтожить его, то ты бы... решился?

— Рука бы не дрогнула.

---

[1] Военною силою (лат.).

IX

Приехав домой, Лаевский и Надежда Федоровна вошли в свои темные, душные, скучные комнаты. Оба молчали. Лаевский зажег свечу, а Надежда Федоровна села и, не снимая манто и шляпы, подняла на него печальные, виноватые глаза.

Он понял, что она ждет от него объяснения; но объясняться было бы скучно, бесполезно и утомительно, и на душе было тяжело оттого, что он не удержался и сказал ей грубость. Случайно он нащупал у себя в кармане письмо, которое каждый день собирался прочесть ей, и подумал, что если показать ей теперь это письмо, то оно отвлечет ее внимание в другую сторону.

«Пора уж выяснить отношения, — подумал он. — Дам ей; что будет, то будет».

Он вынул письмо и подал ей.

— Прочти. Это тебя касается.

Сказавши это, он пошел к себе в кабинет и лег на диван в потемках, без подушки. Надежда Федоровна прочла письмо, и показалось ей, что потолок опустился и стены подошли близко к ней. Стало вдруг тесно, темно и страшно. Она быстро перекрестилась три раза и проговорила:

— Упокой господи… упокой господи…

И заплакала.

— Ваня! — позвала она. — Иван Андреич!

Ответа не было. Думая, что Лаевский вошел и стоит у нее за стулом, она всхлипывала, как ребенок, и говорила:

— Зачем ты раньше не сказал мне, что он умер? Я бы не поехала на пикник, не хохотала бы так страшно… Мужчины говорили мне пошлости. Какой грех, какой грех! Спаси меня, Ваня, спаси меня… Я обезумела… Я пропала…

Лаевский слышал ее всхлипыванья. Ему было нестерпимо душно, и сильно стучало сердце. В тоске он поднялся, постоял посреди комнаты, нащупал в потемках кресло около стола и сел.

«Это тюрьма… — подумал он. — Надо уйти… Я не могу…»

Идти играть в карты было уже поздно, ресторанов в городе не было. Он опять лег и заткнул уши, чтобы не слышать всхлипываний, и вдруг вспомнил, что можно пойти к Самойленку. Чтобы не проходить мимо Надежды Федоровны, он через окно пробрался в садик, перелез через палисадник и пошел по улице. Было темно. Только что пришел какой-то пароход, судя по огням — большой пассажирский… Загремела якорная цепь. От берега по направлению к пароходу быстро двигался красный огонек: это плыла таможенная лодка.

«Спят себе пассажиры в каютах…» — подумал Лаевский и позавидовал чужому покою.

Окна в доме Самойленка были открыты. Лаевский поглядел в одно из них, потом в другое: в комнатах было темно и тихо.

— Александр Давидыч, ты спишь? — позвал он. — Александр Давидыч!

Послышался кашель и тревожный окрик:

— Кто там? Какого черта?

— Это я, Александр Давидыч. Извини.

Немного погодя отворилась дверь; блеснул мягкий свет от лампадки, и показался громадный Самойленко, весь в белом и в белом колпаке.

— Что тебе? — спросил он, тяжело дыша спросонок и почесываясь. — Погоди, я сейчас отопру.

— Не трудись, я в окно…

Лаевский влез в окошко и, подойдя к Самойленку, схватил его за руку.

— Александр Давидыч, — сказал он дрожащим голосом, — спаси меня! Умоляю тебя, заклинаю, пойми меня! Положение мое мучительно. Если оно продолжится еще хотя день-два, то я задушу себя, как... как собаку!

— Постой... Ты насчет чего, собственно?

— Зажги свечу.

— Ох, ох... — вздохнул Самойленко, зажигая свечу. — Боже мой, боже мой... А уже второй час, брат.

— Извини, но я не могу дома сидеть, — сказал Лаевский, чувствуя большое облегчение от света и присутствия Самойленка. — Ты, Александр Давидыч, мой единственный, мой лучший друг... Вся надежда на тебя. Хочешь не хочешь, бога ради выручай. Во что бы то ни стало я должен уехать отсюда. Дай мне денег взаймы!

— Ох, боже мой, боже мой!.. — вздохнул Самойленко, почесываясь. — Засыпаю и слышу: свисток, пароход пришел, а потом ты... Много тебе нужно?

— По крайней мере рублей триста. Ей нужно оставить сто и мне на дорогу двести... Я тебе должен уже около четырехсот, но я всё вышлю... всё...

Самойленко забрал в одну руку оба бакена, расставил ноги и задумался.

— Так... — пробормотал он в раздумье. — Триста... Да... Но у меня нет столько. Придется занять у кого-нибудь.

— Займи, бога ради! — сказал Лаевский, видя по лицу Самойленка, что он хочет дать ему денег и непременно даст. — Займи, а я непременно отдам. Вышлю из Петербурга, как только приеду туда. Это уж будь покоен. Вот что, Саша, — сказал он, оживляясь, — давай выпьем вина!

— Так... Можно и вина.

Оба пошли в столовую.

— А как же Надежда Федоровна? — спросил Самойленко, ставя на стол три бутылки и тарелку с персиками. — Она останется разве?

— Все устрою, все устрою... — сказал Лаевский, чувствуя неожиданный прилив радости. — Я потом вышлю ей денег, она и приедет ко мне… Там уж мы и выясним наши отношения. За твое здоровье, друже.

— Погоди! — сказал Самойленко. — Сначала ты этого выпей… Это из моего виноградника. Это вот бутылка из виноградника Наваридзе, а это Ахатулова… Попробуй все три сорта и скажи откровенно… Мое как будто с кислотцой. А? Не находишь?

— Да. Утешил ты меня, Александр Давидыч. Спасибо… Я ожил.

— С кислотцой?

— А черт его знает, не знаю. Но ты великолепный, чудный человек!

Глядя на его бледное, возбужденное, доброе лицо, Самойленко вспомнил мнение фон Корена, что таких уничтожать нужно, и Лаевский показался ему слабым, беззащитным ребенком, которого всякий может обидеть и уничтожить.

— А ты, когда поедешь, с матерью помирись, — сказал он. — Нехорошо.

— Да, да, непременно.

Помолчали немного. Когда выпили первую бутылку, Самойленко сказал:

— Помирился бы ты и с фон Кореном. Оба вы прекраснейшие, умнейшие люди, а глядите друг на дружку, как волки.

— Да, он прекраснейший, умнейший человек, — согласился Лаевский, готовый теперь всех хвалить и прощать. — Он замечательный человек, но сойтись с ним для меня невозможно. Нет! Наши натуры слишком различны. Я натура вялая, слабая, подчиненная; быть может, в хорошую минуту и протянул бы ему руку, но он отвернулся бы от меня… с презрением.

Лаевский хлебнул вина, прошелся из угла в угол и продолжал, стоя посреди комнаты:

— Я отлично понимаю фон Корена. Это натура твердая, сильная, деспотическая. Ты слышал, он постоянно говорит об экспедиции, и это не пустые слова. Ему нужна пустыня, лунная ночь; кругом в палатках и под открытым небом спят его голодные и больные, замученные тяжелыми переходами казаки, проводники, носильщики, доктор, священник, и не спит только один он и, как Стенли, сидит на складном стуле и чувствует себя царем пустыни и хозяином этих людей. Он идет, идет, идет куда-то, люди его стонут и мрут один за другим, а он идет и идет, в конце концов погибает сам и все-таки остается деспотом и царем пустыни, так как крест у его могилы виден караванам за тридцать-сорок миль и царит над пустыней. Я жалею, что этот человек не на военной службе. Из него вышел бы превосходный, гениальный полководец. Он умел бы топить в реке свою конницу и делать из трупов мосты, а такая смелость на войне нужнее всяких фортификаций и тактик. О, я его отлично понимаю! Скажи: зачем он проедается здесь? Что ему тут нужно?

— Он морскую фауну изучает.

— Нет. Нет, брат, нет! — вздохнул Лаевский. — Мне на пароходе один проезжий ученый рассказывал, что Черное море бедно фауной и что на глубине его, благодаря изобилию сероводорода, невозможна органическая жизнь. Все серьезные зоологи работают на биологических станциях в Неаполе или Villefranche[1]. Но фон Корен самостоятелен и упрям: он работает на Черном море, потому что никто здесь не работает; он порвал с университетом, не хочет знать ученых и товарищей, потому что он прежде всего деспот, а потом уж зоолог. И из него, увидишь, выйдет большой толк. Он уж и теперь мечтает, что когда вернется из экспедиции, то выкурит из наших университетов интригу и посредственность и скрутит ученых в бараний рог. Деспотия и в науке так же сильна, как на войне. А живет он второе лето в этом вонючем городишке, потому что лучше быть первым в деревне, чем в городе вторым. Он здесь король и орел; он держит всех жителей в ежах и гнетет их своим авторитетом. Он прибрал к рукам всех, вмешивается в чужие дела, все ему нужно, и все боятся его. Я ускользаю из-под его лапы, он чувствует это и ненавидит меня. Не говорил ли он тебе, что меня нужно уничтожить или отдать в общественные работы?

— Да, — засмеялся Самойленко.

---

[1] Вильфранш (франц.) — небольшой город во Франции.

Лаевский тоже засмеялся и выпил вина.

— И идеалы у него деспотические, — сказал он, смеясь и закусывая персиком. — Обыкновенные смертные, если работают на общую пользу, то имеют в виду своего ближнего: меня, тебя, одним словом, человека. Для фон Корена же люди — щенки и ничтожества, слишком мелкие для того, чтобы быть целью его жизни. Он работает, пойдет в экспедицию и свернет себе там шею не во имя любви к ближнему, а во имя таких абстрактов, как человечество, будущие поколения, идеальная порода людей. Он хлопочет об улучшении человеческой породы, и в этом отношении мы для него только рабы, мясо для пушек, вьючные животные; одних бы он уничтожил или законопатил на каторгу, других скрутил бы дисциплиной, заставил бы, как Аракчеев, вставать и ложиться по барабану, поставил бы евнухов, чтобы стеречь наше целомудрие и нравственность, велел бы стрелять во всякого, кто выходит за круг нашей узкой, консервативной морали, и все это во имя улучшения человеческой породы... А что такое человеческая порода? Иллюзия, мираж... Деспоты всегда были иллюзионистами. Я, брат, отлично понимаю его. Я ценю его и не отрицаю его значения; на таких, как он, этот мир держится, и если бы мир был предоставлен только одним нам, то мы, при всей своей доброте и благих намерениях, сделали бы из него то же самое, что вот мухи из этой картины. Да.

Лаевский сел рядом с Самойленком и сказал с искренним увлечением:

— Я пустой, ничтожный, падший человек! Воздух, которым дышу, это вино, любовь, одним словом, жизнь я до сих пор покупал ценою лжи, праздности и малодушия. До сих пор я обманывал людей и себя, я страдал от этого, и страдания мои были дешевы и пошлы. Перед ненавистью фон Корена я робко гну спину, потому что временами сам ненавижу и презираю себя.

Лаевский опять в волнении прошелся из угла в угол и сказал:

— Я рад, что ясно вижу свои недостатки и сознаю их. Это поможет мне воскреснуть и стать другим человеком. Голубчик мой, если б ты знал, как страстно, с какою тоской я жажду своего обновления. И, клянусь тебе, я буду человеком! Буду! Не знаю, вино ли во мне заговорило, или оно так и есть на самом деле, но мне кажется, что я давно уже не переживал таких светлых, чистых минут, как сейчас у тебя.

— Пора, братец, спать… — сказал Самойленко.

— Да, да… Извини. Я сейчас.

Лаевский засуетился около мебели и окон, ища своей фуражки.

— Спасибо… — бормотал он, вздыхая. — Спасибо… Ласка и доброе слово выше милостыни. Ты оживил меня.

Он нашел свою фуражку, остановился и виновато посмотрел на Самойленка.

— Александр Давидыч! — сказал он умоляющим голосом.

— Что?

— Позволь, голубчик, остаться у тебя ночевать!

— Сделай милость… отчего же?

Лаевский лег спать на диване и еще долго разговаривал с доктором.

X

Дня через три после пикника к Надежде Федоровне неожиданно пришла Марья Константиновна и, не здороваясь, не снимая шляпы, схватила ее за обе руки, прижала их к своей груди и сказала в сильном волнении:

— Дорогая моя, я взволнована, поражена. Наш милый, симпатичный доктор вчера передавал моему Никодиму Александрычу, что будто скончался ваш муж. Скажите, дорогая... Скажите, это правда?

— Да, правда, он умер, — ответила Надежда Федоровна.

— Это ужасно, ужасно, дорогая! Но нет худа без добра. Ваш муж был, вероятно, дивный, чудный, святой человек, а такие на небе нужнее, чем на земле.

На лице у Марьи Константиновны задрожали все черточки и точечки, как будто под кожей запрыгали мелкие иголочки, она миндально улыбнулась и сказала восторженно, задыхаясь:

— Итак, вы свободны, дорогая. Вы можете теперь высоко держать голову и смело глядеть людям в глаза. Отныне бог и люди благословят ваш союз с Иваном Андреичем. Это очаровательно. Я дрожу от радости, не нахожу слов. Милая, я буду вашею свахой... Мы с Никодимом Александрычем так любили вас, вы позволите нам благословить ваш законный, чистый союз? Когда, когда вы думаете венчаться?

— Я и не думала об этом, — сказала Надежда Федоровна, освобождая свои руки.

— Это невозможно, милая. Вы думали, думали!

— Ей-богу, не думала, — засмеялась Надежда Федоровна. — К чему нам венчаться? Я не вижу в этом никакой надобности. Будем жить, как жили.

— Что вы говорите! — ужаснулась Марья Константиновна. — Ради бога, что вы говорите!

— Оттого, что мы повенчаемся, не станет лучше. Напротив, даже хуже. Мы потеряем свою свободу.

— Милая! Милая, что вы говорите! — вскрикнула Марья Константиновна, отступая назад и всплескивая руками. — Вы экстравагантны! Опомнитесь! Угомонитесь!

— То есть как угомониться? Я еще не жила, а вы — угомонитесь!

Надежда Федоровна вспомнила, что она в самом деле еще не жила. Кончила курс в институте и вышла за нелюбимого человека, потом сошлась с Лаевским и все время жила с ним на этом скучном, пустынном берегу в ожидании чего-то лучшего. Разве это жизнь?

«А повенчаться бы следовало...» — подумала она, но вспомнила про Кирилина и Ачмианова, покраснела и сказала:

— Нет, это невозможно. Если бы даже Иван Андреич стал просить меня об этом на коленях, то и тогда бы я отказалась.

Марья Константиновна минуту сидела молча на диване, печальная, серьезная, и глядела в одну точку, потом встала и проговорила холодно:

— Прощайте, милая! Извините, что побеспокоила. Хотя это для меня и не легко, но я должна сказать вам, что с этого дня между нами все кончено и, несмотря на мое глубокое уважение к Ивану Андреичу, дверь моего дома для вас закрыта.

Она проговорила это с торжественностью, и сама же была подавлена своим торжественным тоном; лицо ее опять задрожало, приняло мягкое, миндальное выражение, она протянула испуганной, сконфуженной Надежде Федоровне обе руки и сказала умоляюще:

— Милая моя, позвольте мне хотя одну минуту побыть вашею матерью или старшей сестрой! Я буду откровенна с вами, как мать.

Надежда Федоровна почувствовала в своей груди такую теплоту, радость и сострадание к себе, как будто в самом деле воскресла ее мать и стояла перед ней. Она порывисто обняла Марью Константиновну и прижалась лицом к ее плечу. Обе заплакали. Они сели на диван и несколько минут всхлипывали, не глядя друг на друга и будучи не в силах выговорить ни одного слова.

— Милая, дитя мое, — начала Марья Константиновна, — я буду говорить вам суровые истины, не щадя вас.

— Ради бога, ради бога!

— Доверьтесь мне, милая. Вы вспомните, из всех здешних дам только я одна принимала вас. Вы ужаснули меня с первого же дня, но я была не в силах отнестись к вам с пренебрежением, как все. Я страдала за милого, доброго Ивана Андреича, как за сына. Молодой человек на чужой стороне, неопытен, слаб, без матери, и я мучилась, мучилась… Муж был против знакомства с ним, но я уговорила… убедила… Мы стали принимать Ивана Андреича, а с ним, конечно, и вас, иначе бы он оскорбился. У меня дочь, сын… Вы понимаете, нежный детский ум, чистое сердце… аще кто соблазнит единого из малых сих… Я принимала вас и дрожала за детей. О, когда вы будете матерью, вы поймете мой страх. И все удивлялись, что я принимаю вас, извините, как порядочную, намекали мне… ну конечно, сплетни, гипотезы… В глубине моей души я осудила вас, но вы были несчастны, жалки, экстравагантны, и я страдала от жалости.

— Но почему? Почему? — спросила Надежда Федоровна, дрожа всем телом. — Что я кому сделала?

— Вы страшная грешница. Вы нарушили обет, который дали мужу перед алтарем. Вы соблазнили прекрасного молодого человека, который, быть может, если бы не встретился с вами, взял бы себе законную подругу жизни из хорошей семьи своего круга и был бы теперь, как все. Вы погубили его молодость. Не говорите, не говорите, милая! Я не поверю, чтобы в наших грехах был виноват мужчина. Всегда виноваты женщины. Мужчины в домашнем быту легкомысленны, живут умом, а не сердцем, не понимают многого, но женщина все понимает. От нее все зависит. Ей много дано, с нее много и взыщется. О милая, если бы она была в этом отношении глупее или слабее мужчины, то бог не вверил бы ей воспитания мальчиков и девочек. И затем, дорогая, вы вступили на стезю порока, забыв всякую стыдливость; другая в вашем положении укрылась бы от людей, сидела бы дома запершись, и люди видели бы ее только в храме божием, бледную, одетую во все черное, плачущую, и каждый бы в искреннем сокрушении сказал: «Боже, это согрешивший ангел опять возвращается к тебе...» Но вы, милая, забыли всякую скромность, жили открыто, экстравагантно, точно гордились грехом, вы резвились, хохотали, и я, глядя на вас, дрожала от ужаса и боялась, чтобы гром небесный не поразил нашего дома в то время, когда вы сидите у нас. Милая, не говорите, не говорите! — вскрикнула Марья Константиновна, заметив, что Надежда Федоровна хочет говорить. — Доверьтесь мне, я не обману вас и не скрою от взоров вашей души ни одной истины. Слушайте же меня, дорогая... Бог отмечает великих грешников, и вы были отмечены. Вспомните, костюмы ваши всегда были ужасны!

Надежда Федоровна, бывшая всегда самого лучшего мнения о своих костюмах, перестала плакать и посмотрела на нее с удивлением.

— Да, ужасны! — продолжала Марья Константиновна. — По изысканности и пестроте ваших нарядов всякий может судить о вашем поведении. Все, глядя на вас, посмеивались и пожимали плечами, а я страдала, страдала... И, простите меня, милая, вы нечистоплотны! Когда мы встречались в купальне, вы заставляли меня трепетать. Верхнее платье еще туда-сюда, но юбка, сорочка... милая, я краснею! Бедному Ивану Андреичу тоже никто не завяжет галстука как следует, и по белью, и по сапогам бедняжки видно, что дома за ним никто не смотрит. И всегда он у вас, мой голубчик, голоден, и в самом деле, если дома некому позаботиться насчет самовара и кофе, то поневоле будешь проживать в павильоне половину своего жалованья. А дома у вас просто ужас, ужас! Во всем городе ни у кого нет мух, а у вас от них отбою нет, все тарелки и блюдечки черны. На окнах и на столах, посмотрите, пыль, дохлые мухи, стаканы... К чему тут стаканы? И, милая, до сих пор у вас со стола не убрано. А в спальню к вам войти стыдно: разбросано везде белье, висят на стенах эти ваши разные каучуки, стоит какая-то посуда... Милая! Муж ничего не должен знать, и жена должна быть перед ним чистой, как ангельчик! Я каждое утро просыпаюсь чуть свет и мою холодной водой лицо, чтобы мой Никодим Александрыч не заметил, что я заспанная.

— Это все пустяки, — зарыдала Надежда Федоровна. — Если бы я была счастлива, но я так несчастна!

— Да, да, вы очень несчастны! — вздохнула Марья Константиновна, едва удерживаясь, чтобы не заплакать. — И вас ожидает в будущем страшное горе! Одинокая старость, болезни, а потом ответ на Страшном судилище... Ужасно, ужасно! Теперь сама судьба протягивает вам руку помощи, а вы неразумно отстраняете ее. Венчайтесь, скорее венчайтесь!

— Да, надо, надо, — сказала Надежда Федоровна, — но это невозможно!

— Почему же?

— Невозможно! О, если б вы знали!

Надежда Федоровна хотела рассказать про Кирилина и про то, как она вчера вечером встретилась на пристани с молодым, красивым Ачмиановым и как ей пришла в голову сумасшедшая, смешная мысль отделаться от долга в триста рублей, ей было очень смешно, и она вернулась домой поздно вечером, чувствуя себя бесповоротно падшей и продажной. Она сама не знала, как это случилось. И ей хотелось теперь поклясться перед Марьей Константиновной, что она непременно отдаст долг, но рыдания и стыд мешали ей говорить.

— Я уеду, — сказала она. — Иван Андреич пусть остается, а я уеду.

— Куда?

— В Россию.

— Но чем вы будете там жить? Ведь у вас ничего нет.

— Я буду переводами заниматься или... или открою библиотечку...

— Не фантазируйте, моя милая. На библиотечку деньги нужны, Ну, я вас теперь оставлю, а вы успокойтесь и подумайте, а завтра приходите ко мне веселенькая. Это будет очаровательно! Ну, прощайте, мой ангелочек. Дайте я вас поцелую.

Марья Константиновна поцеловала Надежду Федоровну в лоб, перекрестила ее и тихо вышла. Становилось уже темно, и Ольга в кухне зажгла огонь. Продолжая плакать, Надежда Федоровна пошла в спальню и легла на постель. Ее стала бить сильная лихорадка. Лежа, она разделась, смяла платье к ногам и свернулась под одеялом клубочком. Ей хотелось пить, и некому было подать.

— Я отдам! — говорила она себе, и ей в бреду казалось, что она сидит возле какой-то больной и узнает в ней самое себя. — Я отдам. Было бы глупо думать, что я из-за денег... Я уеду и вышлю ему деньги из Петербурга. Сначала сто... потом сто... и потом — сто...

Поздно ночью пришел Лаевский.

— Сначала сто... — сказала ему Надежда Федоровна, — потом сто...

— Ты бы приняла хины, — сказал он и подумал: «Завтра среда, отходит пароход, и я не еду. Значит, придется жить здесь до субботы».

Надежда Федоровна поднялась в постели на колени.

— Я ничего сейчас не говорила? — спросила она, улыбаясь и щурясь от свечи.

— Ничего. Надо будет завтра утром за доктором послать. Спи.

Он взял подушку и пошел к двери. После того как он окончательно решил уехать и оставить Надежду Федоровну, она стала возбуждать в нем жалость и чувство вины; ему было в ее присутствии немножко совестно, как в присутствии больной или старой лошади, которую решили убить. Он остановился в дверях и оглянулся на нее.

— На пикнике я был раздражен и сказал тебе грубость. Ты извини меня, бога ради.

Сказавши это, он пошел к себе в кабинет, лег и долго не мог уснуть.

Когда на другой день утром Самойленко, одетый, по случаю табельного дня, в полную парадную форму с эполетами и орденами, пощупав у Надежды Федоровны пульс и поглядев ей на язык, выходил из спальни, Лаевский, стоявший у порога, спросил его с тревогой:

— Ну, что? Что?

Лицо его выражало страх, крайнее беспокойство и надежду.

— Успокойся, ничего опасного, — сказал Самойленко. — Обыкновенная лихорадка.

— Я не о том, — нетерпеливо поморщился Лаевский. — Достал денег?

— Душа моя, извини, — зашептал Самойленко, оглядываясь на дверь и конфузясь. — Бога ради, извини! Ни у кого нет свободных денег, и я собрал пока по пяти да по десяти рублей — всего-навсе сто десять. Сегодня еще кое с кем поговорю. Потерпи.

— Но крайний срок суббота! — прошептал Лаевский, дрожа от нетерпения. — Ради всех святых, до субботы! Если я в субботу не уеду, то ничего мне не нужно... ничего! Не понимаю, как это у доктора могут не быть деньги!

— Да, господи, твоя воля, — быстро и с напряжением зашептал Самойленко, и что-то даже пискнуло у него в горле, — у меня всё разобрали, должны мне семь тысяч, и я кругом должен. Разве я виноват?

— Значит, к субботе достанешь? Да?

— Постараюсь.

— Умоляю, голубчик! Так, чтобы в пятницу утром деньги у меня в руках были.

Самойленко сел и прописал хину в растворе kalii bromati, ревенной настойки, tincturae gentianae aquae foeniculi — все это в водной микстуре, прибавил розового сиропу, чтобы горько не было, и ушел.

XI

— У тебя такой вид, как будто ты идешь арестовать меня, — сказал фон Корен, увидев входившего к нему Самойленка в парадной форме.

— А я иду мимо и думаю: дай-ка зайду, зоологию проведаю, — сказал Самойленко, садясь у большого стола, сколоченного самим зоологом из простых досок. — Здравствуй, святой отец! — кивнул он дьякону, который сидел у окна и что-то переписывал. — Посижу минуту и побегу домой распорядиться насчет обеда. Уже пора... Я вам не помешал?

— Нисколько, — ответил зоолог, раскладывая по столу мелко исписанные бумажки. — Мы перепиской занимаемся.

— Так... Ох, боже мой, боже мой... — вздохнул Самойленко; он осторожно потянул со стола запыленную книгу, на которой лежала мертвая сухая фаланга, и сказал: — Однако! Представь, идет по своим делам какой-нибудь зелененький жучок и вдруг по дороге встречает такую анафему. Воображаю, какой ужас!

— Да, полагаю.

— Ей яд дан, чтобы защищаться от врагов?

— Да, защищаться и самой нападать.

— Так, так, так... И все в природе, голубчики мои, целесообразно и объяснимо, — вздохнул Самойленко. — Только вот чего я не понимаю. Ты, величайшего ума человек, объясни-ка мне, пожалуйста. Бывают, знаешь, зверьки, не больше крысы, на вид красивенькие, но в высочайшей степени, скажу я тебе, подлые и безнравственные. Идет такой зверек, положим, по лесу; увидел птичку, поймал и съел. Идет дальше и видит в траве гнездышко с яйцами; жрать ему уже не хочется, сыт, но все-таки раскусывает яйцо, а другие вышвыривает из гнезда лапкой. Потом встречает лягушку и давай с ней играть. Замучил лягушку, идет и облизывается, а навстречу ему жук. Он жука лапкой... И все он портит и разрушает на своем пути... Залезает и в чужие норы, разрывает зря муравейники, раскусывает улиток… Встретится крыса — он с ней в драку; увидит змейку или мышонка — задушить надо. И так целый день. Ну, скажи, для чего такой зверь нужен? Зачем он создан?

— Я не знаю, про какого зверька ты говоришь, — сказал фон Корен, — вероятно, про какого-нибудь из насекомоядных. Ну, что ж? Птица попалась ему, потому что неосторожна; он разрушил гнездо с яйцами, потому что птица не искусна, дурно сделала гнездо и не сумела замаскировать его. У лягушки, вероятно, какой-нибудь изъян в цветовой окраске, иначе бы он не увидел ее, и так далее. Твой зверь сокрушает только слабых, неискусных, неосторожных — одним словом, имеющих недостатки, которые природа не находит нужным передавать в потомство. Остаются в живых только более ловкие, осторожные, сильные и развитые. Таким образом, твой зверек, сам того не подозревая, служит великим целям усовершенствования.

— Да, да, да… Кстати, брат, — сказал Самойленко развязно, — дай-ка мне взаймы рублей сто.

— Хорошо. Между насекомоядными попадаются очень интересные субъекты. Например, крот. Про него говорят, что он полезен, так как истребляет вредных насекомых. Рассказывают, что будто какой-то немец прислал императору Вильгельму Первому шубу из кротовых шкурок и будто император приказал сделать ему выговор за то, что он истребил такое множество полезных животных. А между тем крот в жестокости нисколько не уступит твоему зверьку и к тому же очень вреден, так как страшно портит луга.

Фон Корен отпер шкатулку и достал оттуда сторублевую бумажку.

— У крота сильная грудная клетка, как у летучей мыши, — продолжал он, запирая шкатулку, — страшно развитые кости и мышцы, необыкновенное вооружение рта. Если бы он имел размеры слона, то был бы всесокрушающим, непобедимым животным. Интересно, когда два крота встречаются под землей, то они оба, точно сговорившись, начинают рыть площадку; эта площадка нужна им для того, чтобы удобнее было сражаться. Сделав ее, они вступают в жестокий бой и дерутся до тех пор, пока не падает слабейший. Возьми же сто рублей, — сказал фон Корен, понизив тон, — но с условием, что ты берешь не для Лаевского.

— А хоть бы и для Лаевского! — вспыхнул Самойленко. — Тебе какое дело?

— Для Лаевского я не могу дать. Я знаю, ты любишь давать взаймы. Ты дал бы и разбойнику Кериму, если бы он попросил у тебя, но, извини, помогать тебе в этом направлении я не могу.

— Да, я прошу для Лаевского! — сказал Самойленко, вставая и размахивая правой рукой. — Да! Для Лаевского! И никакой ни черт, ни дьявол не имеет права учить меня, как я должен распоряжаться своими деньгами. Вам не угодно дать? Нет?

Дьякон захохотал.

— Ты не кипятись, а рассуждай, — сказал зоолог. — Благодетельствовать господину Лаевскому так же неумно, по-моему, как поливать сорную траву или прикармливать саранчу.

— А по-моему, мы обязаны помогать нашим ближним! — крикнул Самойленко.

— В таком случае помоги вот этому голодному турку, что лежит под забором! Он работник и нужнее, полезнее твоего Лаевского. Отдай ему эти сто рублей. Или пожертвуй мне сто рублей на экспедицию!

— Ты дашь или нет, я тебя спрашиваю?

— Ты скажи откровенно: на что ему нужны деньги?

— Это не секрет. Ему нужно в субботу в Петербург ехать.

— Вот как! — сказал протяжно фон Корен. — Ага... Понимаем. А она с ним поедет или как?

— Она пока здесь остается. Он устроит в Петербурге свои дела и пришлет ей денег, тогда и она поедет.

— Ловко!.. — сказал зоолог и засмеялся коротким теноровым смехом. — Ловко! Умно придумано.

Он быстро подошел к Самойленку и, став лицом к лицу, глядя ему в глаза, спросил:

— Ты говори откровенно: он разлюбил? Да? Говори: разлюбил? Да?

— Да, — выговорил Самойленко и вспотел.

— Как это отвратительно! — сказал фон Корен, и по лицу его видно было, что он чувствовал отвращение. — Что-нибудь из двух, Александр Давидыч: или ты с ним в заговоре, или же, извини, ты простофиля. Неужели ты не понимаешь, что он проводит тебя, как мальчишку, самым бессовестным образом? Ведь ясно как день, что он хочет отделаться от нее и бросить ее здесь. Она останется на твоей шее, и ясно как день, что тебе придется отправлять ее в Петербург на свой счет. Неужели твой прекрасный друг до такой степени ослепил тебя своими достоинствами, что ты не видишь даже самых простых вещей?

— Это одни только предположения, — сказал Самойленко, садясь.

— Предположения? Но почему он едет один, а не вместе с ней? И почему, спроси его, не поехать бы ей вперед, а ему после? Продувная бестия!

Подавленный внезапными сомнениями и подозрениями насчет своего приятеля, Самойленко вдруг ослабел и понизил тон.

— Но это невозможно! — сказал он, вспоминая ту ночь, когда Лаевский ночевал у него. — Он так страдает!

— Что ж из этого? Воры и поджигатели тоже страдают!

— Положим даже, что ты прав... — сказал в раздумье Самойленко. — Допустим... Но он молодой человек, на чужой стороне... студент, мы тоже студенты, и, кроме нас, тут некому оказать ему поддержку.

— Помогать ему делать мерзости только потому, что ты и он в разное время были в университете и оба там ничего не делали! Что за вздор!

— Постой, давай хладнокровно рассудим. Можно будет, полагаю, устроить вот как... — соображал Самойленко, шевеля пальцами. — Я, понимаешь, дам ему деньги, но возьму с него честное благородное слово, что через неделю же он пришлет Надежде Федоровне на дорогу.

— И он даст тебе честное слово, даже прослезится и сам себе поверит, но цена-то этому слову? Он его не сдержит, и когда через год-два ты встретишь его на Невском под ручку с новой любовью, то он будет оправдываться тем, что его искалечила цивилизация и что он сколок с Рудина. Брось ты его, бога ради! Уйди от грязи и не копайся в ней обеими руками!

Самойленко подумал минуту и сказал решительно:

— Но я все-таки дам ему денег. Как хочешь. Я не в состоянии отказать человеку на основании одних только предположений.

— И превосходно. Поцелуйся с ним.

— Так дай же мне сто рублей, — робко попросил Самойленко.

— Не дам.

Наступило молчание. Самойленко совсем ослабел; лицо его приняло виноватое, пристыженное и заискивающее выражение, как-то странно было видеть это жалкое, детски-сконфуженное лицо у громадного человека с эполетами и орденами.

— Здешний преосвященный объезжает свою епархию не в карете, а верхом на лошади, — сказал дьякон, кладя перо. — Вид его, сидящего на лошадке, до чрезвычайности трогателен. Простота и скромность его преисполнены библейского величия.

— Он хороший человек? — спросил фон Корен, который рад был переменить разговор.

— А то как же? Если б не был хорошим, то разве его посвятили бы в архиереи?

— Между архиереями встречаются очень хорошие и даровитые люди, — сказал фон Корен. — Жаль только, что у многих из них есть слабость — воображать себя государственными мужами. Один занимается обрусением, другой критикует науки. Это не их дело. Они бы лучше почаще в консисторию заглядывали.

— Светский человек не может судить архиереев.

— Почему же, дьякон? Архиерей такой же человек, как и я.

— Такой, да не такой, — обиделся дьякон, принимаясь за перо. — Ежели бы вы были такой, то на вас почила бы благодать и вы сами были бы архиереем, а ежели вы не архиерей, то, значит, не такой.

— Не мели, дьякон! — сказал Самойленко с тоской. — Послушай, вот что я придумал, — обратился он к фон Корену. — Ты мне этих ста рублей не давай. Ты у меня до зимы будешь столоваться еще три месяца, так вот дай мне вперед за три месяца.

— Не дам.

Самойленко замигал глазами и побагровел; он машинально потянул к себе книгу с фалангой и посмотрел на нее, потом встал и взялся за шапку. Фон Корену стало жаль его.

— Вот извольте жить и дело делать с такими господами! — сказал зоолог и в негодовании швырнул ногой в угол какую-то бумагу. — Пойми же, что это не доброта, не любовь, а малодушие, распущенность, яд! Что делает разум, то разрушают ваши дряблые, никуда не годные сердца! Когда я гимназистом был болен брюшным тифом, моя тетушка из сострадания обкормила меня маринованными грибами, и я чуть не умер. Пойми ты вместе с тетушкой, что любовь к человеку должна находиться не в сердце, не под ложечкой и не в пояснице, а вот здесь!

Фон Корен хлопнул себя по лбу.

— Возьми! — сказал он и швырнул сторублевую бумажку.

— Напрасно ты сердишься, Коля, — кротко сказал Самойленко, складывая бумажку. — Я тебя отлично понимаю, но... войди в мое положение.

— Баба ты старая, вот что!

Дьякон захохотал.

— Послушай, Александр Давидыч, последняя просьба! — горячо сказал фон Корен. — Когда ты будешь давать тому прохвосту деньги, то предложи ему условие: пусть уезжает вместе со своей барыней или же отошлет ее вперед, а иначе не давай. Церемониться с ним нечего. Так ему и скажи, а если не скажешь, то даю тебе честное слово, я пойду к нему в присутствие и спущу его там с лестницы, а с тобою знаться не буду. Так и знай!

— Что ж? Если он уедет вместе с ней или вперед ее отправит, то для него же удобнее, — сказал Самойленко. — Он даже рад будет. Ну, прощай.

Он нежно простился и вышел, но, прежде чем затворить за собою дверь, оглянулся на фон Корена, сделал страшное лицо и сказал:

— Это тебя, брат, немцы испортили! Да! Немцы!

XII

На другой день, в четверг, Марья Константиновна праздновала день рождения своего Кости. В полдень все были приглашены кушать пирог, а вечером пить шоколад. Когда вечером пришли Лаевский и Надежда Федоровна, зоолог, уже сидевший в гостиной и пивший шоколад, спросил у Самойленка:

— Ты говорил с ним?

— Нет еще.

— Смотри же, не церемонься. Не понимаю я наглости этих господ! Ведь отлично знают взгляд здешней семьи на их сожительство, а между тем лезут сюда.

— Если обращать внимание на каждый предрассудок, — сказал Самойленко, — то придется никуда не ходить.

— Разве отвращение массы к внебрачной любви и распущенности предрассудок?

— Конечно. Предрассудок и ненавистничество. Солдаты, как увидят девицу легкого поведения, то хохочут и свищут, а спроси-ка их: кто они сами?

— Недаром они свищут. То, что девки душат своих незаконноприжитых детей и идут на каторгу, и что Анна Каренина бросилась под поезд, и что в деревнях мажут ворота дегтем, и что нам с тобой, неизвестно почему, нравится в Кате ее чистота, и то, что каждый смутно чувствует потребность в чистой любви, хотя знает, что такой любви нет, — разве все это предрассудок? Это, братец, единственное, что уцелело от естественного подбора, и, не будь этой темной силы, регулирующей отношения полов, господа Лаевские показали бы тебе, где раки зимуют, и человечество выродилось бы в два года.

Лаевский вошел в гостиную; со всеми поздоровался и, пожимая руку фон Корену, заискивающе улыбнулся. Он выждал удобную минуту и сказал Самойленку:

— Извини, Александр Давидыч, мне нужно сказать тебе два слова.

Самойленко встал, обнял его за талию, и оба пошли в кабинет Никодима Александрыча.

— Завтра пятница... — сказал Лаевский, грызя ногти. — Ты достал, что обещал?

— Достал только двести десять. Остальные сегодня достану или завтра. Будь покоен.

— Слава богу!.. — вздохнул Лаевский, и руки задрожали у него от радости. — Ты меня спасаешь, Александр Давидыч, и, клянусь тебе богом, своим счастьем и чем хочешь, эти деньги я вышлю тебе тотчас же по приезде. И старый долг вышлю.

— Вот что, Ваня... — сказал Самойленко, беря его за пуговицу и краснея. — Ты извини, что я вмешиваюсь в твои семейные дела, но... почему бы тебе не уехать вместе с Надеждой Федоровной?

— Чудак, но разве это можно? Одному из нас непременно надо остаться, иначе кредиторы завопиют. Ведь я должен по лавкам рублей семьсот, если не больше. Погоди, вышлю им деньги, заткну зубы, тогда и она выедет отсюда.

— Так... Но почему бы тебе не отправить ее вперед?

— Ах, боже мой, разве это возможно? — ужаснулся Лаевский. — Ведь она женщина, что она там одна сделает? Что она понимает? Это только проволочка времени и лишняя трата денег.

«Резонно...» — подумал Самойленко, но вспомнил разговор с фон Кореном, потупился и сказал угрюмо:

— С тобою я не могу согласиться. Или поезжай вместе с ней, или же отправь ее вперед, иначе... иначе я не дам тебе денег. Это мое последнее слово...

Он попятился назад, навалился спиною на дверь и вышел в гостиную красный, в страшном смущении.

«Пятница... пятница, — думал Лаевский, возвращаясь в гостиную. — Пятница...»

Ему подали чашку шоколаду. Он ожег губы и язык горячим шоколадом и думал:

«Пятница... пятница...»

Слово «пятница» почему-то не выходило у него из головы; он ни о чем, кроме пятницы, не думал, и для него ясно было только, но не в голове, а где-то под серднем, что в субботу ему не уехать. Перед ним стоял Никодим Александрыч, аккуратненький, с зачесанными височками, и просил:

— Кушайте, покорнейше прошу-с...

Марья Константиновна показывала гостям отметки Кати и говорила протяжно:

— Теперь ужасно, ужасно трудно учиться! Так много требуют...

— Мама! — стонала Катя, не зная, куда спрятаться от стыда и похвал.

Лаевский тоже посмотрел в отметки и похвалил. Закон божий, русский язык, поведение, пятерки и четверки запрыгали в его глазах, и все это вместе с привязавшейся к нему пятницей, с зачесанными височками Никодима Александрыча и с красными щеками Кати представилось ему такой необъятной, непобедимой скукой, что он едва не вскрикнул с отчаяния и спросил себя: «Неужели, неужели я не уеду?»

Поставили рядом два ломберных стола и сели играть в почту. Лаевский тоже сел.

«Пятница... пятница... — думал он, улыбаясь и вынимая из кармана карандаш. — Пятница...»

Он хотел обдумать свое положение и боялся думать. Ему страшно было сознаться, что доктор поймал его на обмане, который он так долго и тщательно скрывал от самого себя. Всякий раз, думая о своем будущем, он не давал своим мыслям полной свободы. Он сядет в вагон и поедет — этим решался вопрос его жизни, и дальше он не пускал своих мыслей. Как далекий тусклый огонек в поле, так изредка в голове его мелькала мысль, что где-то в одном из переулков Петербурга, в отдаленном будущем, для того чтобы разойтись с Надеждой Федоровной и уплатить долги, ему придется прибегнуть к маленькой лжи; он солжет только один раз, и затем наступит полное обновление. И это хорошо: ценою маленькой лжи он купит большую правду.

Теперь же, когда доктор своим отказом грубо намекнул ему на обман, ему стало понятно, что ложь понадобится ему не только в отдаленном будущем, но и сегодня, и завтра, и через месяц, и, быть может, даже до конца жизни. В самом деле, чтобы уехать, ему нужно будет солгать Надежде Федоровне, кредиторам и начальству; затем, чтобы добыть в Петербурге денег, придется солгать матери, сказать ей, что он уже разошелся с Надеждой Федоровной; и мать не даст ему больше пятисот рублей, — значит, он уже обманул доктора, так как будет не в состоянии в скором времени прислать ему денег. Затем, когда в Петербург приедет Надежда Федоровна, нужно будет употребить целый ряд мелких и крупных обманов, чтобы разойтись с ней; и опять слезы, скука, постылая жизнь, раскаяние, и, значит, никакого обновления не будет. Обман, и больше ничего. В воображении Лаевского выросла целая гора лжи. Чтобы перескочить ее в один раз, а не лгать по частям, нужно было решиться на крутую меру — например, ни слова не говоря, встать с места, надеть шапку и тотчас же уехать без денег, не говоря ни слова, но Лаевский чувствовал, что для него это невозможно.

«Пятница, пятница... — думал он. — Пятница...»

Писали записки, складывали их вдвое и клали в старый цилиндр Никодима Александрыча, и, когда скоплялось достаточно записок, Костя, изображавший почтальона, ходил вокруг стола и раздавал их. Дьякон, Катя и Костя, получавшие смешные записки и старавшиеся писать посмешнее, были в восторге.

«Нам надо поговорить», — прочла Надежда Федоровна на записочке. Она переглянулась с Марьей Константиновной, и та миндально улыбнулась и закивала ей головой.

«О чем же говорить? — подумала Надежда Федоровна. — Если нельзя рассказать всего, то и говорить незачем».

Перед тем как идти в гости, она завязала Лаевскому галстук, и это пустое дело наполнило ее душу нежностью и печалью. Тревога на его лице, рассеянные взгляды, бледность и непонятная перемена, происшедшая с ним в последнее время, и то, что она имела от него страшную, отвратительную тайну, и то, что у нее дрожали руки, когда она завязывала галстук, — все это почему-то говорило ей, что им обоим уже недолго осталось жить вместе. Она глядела на него, как на икону, со страхом и раскаянием, и думала: «Прости, прости...» Против нее за столом сидел Ачмианов и не отрывал от нее своих черных влюбленных глаз; ее волновали желания, она стыдилась себя и боялась, что даже тоска и печаль не помешают ей уступить нечистой страсти, не сегодня, так завтра, — и что она, как запойный пьяница, уже не в силах остановиться.

Чтобы не продолжать этой жизни, позорной для нее и оскорбительной для Лаевского, она решила уехать. Она будет с плачем умолять его, чтобы он отпустил ее, и если он будет противиться, то она уйдет от него тайно. Она не расскажет ему о том, что произошло. Пусть он сохранит о ней чистое воспоминание.

«Люблю, люблю, люблю», — прочла она. — Это от Ачмианова.

Она будет жить где-нибудь в глуши, работать и высылать Лаевскому «от неизвестного» деньги, вышитые сорочки, табак и вернется к нему только в старости и в случае, если он опасно заболеет и понадобится ему сиделка. Когда в старости он узнает, по каким причинам она отказалась быть его женой и оставила его, он оценит ее жертву и простит.

«У вас длинный нос». — Это, должно быть, от дьякона или от Кости.

Надежда Федоровна вообразила, как, прощаясь с Лаевским, она крепко обнимет его, поцелует ему руку и поклянется, что будет любить его всю, всю жизнь, а потом, живя в глуши, среди чужих людей, она будет каждый день думать о том, что где-то у нее есть друг, любимый человек, чистый, благородный и возвышенный, который хранит о ней чистое воспоминание.

«Если вы сегодня не назначите мне свидания, то я приму меры, уверяю честным словом. Так с порядочными людьми не поступают, надо это понять». — Это от Кирилина.

XIII

Лаевский получил две записки; он развернул одну и прочел: «Не уезжай, голубчик мой».

«Кто бы это мог написать? — подумал он. — Конечно, не Самойленко… И не дьякон, так как он не знает, что я хочу уехать. Фон Корен разве?»

Зоолог нагнулся к столу и рисовал пирамиду. Лаевскому показалось, что глаза его улыбаются.

«Вероятно, Самойленко проболтался…» — подумал Лаевский.

На другой записке тем же самым изломанным почерком с длинными хвостами и закорючками было написано: «А кто-то в субботу не уедет».

«Глупое издевательство, — подумал Лаевский. — Пятница, пятница…»

Что-то подступило у него к горлу. Он потрогал воротничок и кашлянул, но вместо кашля из горла вырвался смех.

— Ха-ха-ха! — захохотал он. — Ха-ха-ха! — «Чему это я?» — подумал он. — Ха-ха-ха!

Он попытался удержать себя, закрыл рукою рот, но смех давил ему грудь и шею, и рука не могла закрыть рта.

«Как это, однако, глупо! — думал он, покатываясь со смеху. — Я с ума сошел, что ли?»

Хохот становился все выше и выше и обратился во что-то похожее на лай болонки. Лаевский хотел встать из-за стола, но ноги его не слушались, и правая рука как-то странно, помимо его воли, прыгала по столу, судорожно ловила бумажки и сжимала их. Он увидел удивленные взгляды, серьезное, испуганное лицо Самойленка и взгляд зоолога, полный холодной насмешки и гадливости, и понял, что с ним истерика.

«Какое безобразие, какой стыд, — думал он, чувствуя на лице теплоту от слез... — Ах, ах, какой срам! Никогда со мною этого не было...»

Вот взяли его под руки и, поддерживая сзади голову, повели куда-то; вот стакан блеснул перед глазами и стукнул по зубам, и вода пролилась на грудь; вот маленькая комната, посреди две постели рядом, покрытые чистыми, белыми, как снег, покрывалами. Он повалился на одну постель и зарыдал.

— Ничего, ничего... — говорил Самойленко. — Это бывает... Это бывает...

Похолодевшая от страха, дрожа всем телом и предчувствуя что-то ужасное, Надежда Федоровна стояла у постели и спрашивала:

— Что с тобой? Что? Ради бога, говори...

«Не написал ли ему чего-нибудь Кирилин?» — думала она.

— Ничего... — сказал Лаевский, смеясь и плача. — Уйди отсюда... голубка.

Лицо его не выражало ни ненависти, ни отвращения; значит, он ничего не знает; Надежда Федоровна немного успокоилась и пошла в гостиную.

— Не волнуйтесь, милая! — сказала ей Марья Константиновна, садясь рядом и беря ее за руку. — Это пройдет. Мужчины так же слабы, как и мы, грешные. Вы оба теперь переживаете кризис... это так понятно! Ну, милая, я жду ответа. Давайте поговорим.

— Нет, не будем говорить... — сказала Надежда Федоровна, прислушиваясь к рыданиям Лаевского. — У меня тоска... Позвольте мне уйти.

— Что вы, что вы, милая! — испугалась Марья Константиновна. — Неужели вы думаете, что я отпущу вас без ужина? Закусим, тогда и с богом.

— У меня тоска... — прошептала Надежда Федоровна и, чтобы не упасть, взялась обеими руками за ручку кресла.

— У него родимчик! — сказал весело фон Корен, входя в гостиную, но, увидев Надежду Федоровну, смутился и вышел.

Когда кончилась истерика, Лаевский сидел на чужой постели и думал:

«Срам, разревелся, как девчонка! Должно быть, я смешон и гадок. Уйду черным ходом… Впрочем, это значило бы, что я придаю своей истерике серьезное значение. Следовало бы ее разыграть в шутку…»

Он посмотрелся в зеркало, посидел немного и вышел в гостиную.

— А вот и я! — сказал он, улыбаясь: ему было мучительно стыдно, и он чувствовал, что и другим стыдно в его присутствии. — Бывают же такие истории, — сказал он, садясь. — Сидел я и вдруг, знаете ли, почувствовал страшную колющую боль в боку… невыносимую, нервы не выдержали, и… и вышла такая глупая штука. Наш нервный век, ничего не поделаешь!

За ужином он пил вино, разговаривал и изредка, судорожно вздыхая, поглаживал себе бок, как бы показывая, что боль еще чувствуется. И никто, кроме Надежды Федоровны, не верил ему, и он видел это.

В десятом часу пошли гулять на бульвар. Надежда Федоровна, боясь, чтобы с нею не заговорил Кирилин, все время старалась держаться около Марии Константиновны и детей. Она ослабела от страха и тоски и, предчувствуя лихорадку, томилась и еле передвигала ноги, но не шла домой, так как была уверена, что за нею пойдет Кирилин или Ачмианов, или оба вместе. Кирилин шел сзади, рядом с Никодимом Александрычем, и напевал вполголоса:

— Я игра-ать мной не позво-олю! Не позво-олю!

С бульвара повернули к павильону и пошли по берегу и долго смотрели, как фосфорится море. Фон Корен стал рассказывать, отчего оно фосфорится.

XIV

— Однако мне пора винтить... Меня ждут, — сказал Лаевский. — Прощайте, господа.

— И я с тобой, погоди, — сказала Надежда Федоровна и взяла его под руку.

Они простились с обществом и пошли. Кирилин тоже простился, сказал, что ему по дороге, и пошел рядом с ними.

«Что будет, то будет... — думала Надежда Федоровна. — Пусть...»

Ей казалось, что все нехорошие воспоминания вышли из ее головы и идут в потемках рядом с ней и тяжело дышат, а она сама, как муха, попавшая в чернила, ползет через силу по мостовой и пачкает в черное бок и руку Лаевского. Если Кирилин, думала она, сделает что-нибудь дурное, то в этом будет виноват не он, а она одна. Ведь было время, когда ни один мужчина не разговаривал с нею так, как Кирилин, и сама она порвала это время, как нитку, и погубила его безвозвратно — кто же виноват в этом? Одурманенная своими желаниями, она стала улыбаться совершенно незнакомому человеку только потому, вероятно, что он статен и высок ростом, в два свидания он наскучил ей, и она бросила его, и разве поэтому, — думала она теперь, — он не имеет права поступить с нею, как ему угодно?

— Тут, голубка, я с тобой прощусь, — сказал Лаевский, останавливаясь. — Тебя проводит Илья Михайлыч.

Он поклонился Кирилину и быстро пошел поперек бульвара, прошел через улицу к дому Шешковского, где светились окна, и слышно было затем, как он стукнул калиткой.

— Позвольте мне объясниться с вами, — начал Кирилин. — Я не мальчишка, не какой-нибудь Ачкасов или Лачкасов, Зачкасов... Я требую серьезного внимания!

У Надежды Федоровны сильно забилось сердце. Она ничего не ответила.

— Вашу резкую перемену в обращении со мной я объяснял сначала кокетством, — продолжал Кирилин, — теперь же вижу, что вы просто не умеете обращаться с порядочными людьми. Вам просто хотелось поиграть мной, как с этим мальчишкой-армянином, но я порядочный человек и требую, чтобы со мной поступали, как с порядочным человеком. Итак, я к вашим услугам…

— У меня тоска… — сказала Надежда Федоровна и заплакала и, чтобы скрыть слезы, отвернулась.

— У меня тоже тоска, но что же из этого следует?

Кирилин помолчал немного и сказал отчетливо, с расстановкой:

— Я повторяю, сударыня, что если вы не дадите мне сегодня свидания, то сегодня же я сделаю скандал.

— Отпустите меня сегодня, — сказала Надежда Федоровна и не узнала своего голоса, до такой степени он был жалобен и тонок.

— Я должен проучить вас… Извините за грубый тон, но мне необходимо проучить вас. Да-с, к сожалению, я должен проучить вас. Я требую два свидания: сегодня и завтра. Послезавтра вы совершенно свободны и можете идти на все четыре стороны с кем вам угодно. Сегодня и завтра.

Надежда Федоровна подошла к своей калитке и остановилась.

— Отпустите меня! — шептала она, дрожа всем телом и не видя перед собою в потемках ничего, кроме белого кителя. — Вы правы, я ужасная женщина… я виновата, но отпустите… Я вас прошу… — она дотронулась до его холодной руки и вздрогнула, — я вас умоляю…

— Увы! — вздохнул Кирилин. — Увы! Не в моих планах отпускать вас, я только хочу проучить вас, дать понять, и к тому же, мадам, я слишком мало верю женщинам.

— У меня тоска…

Надежда Федоровна прислушалась к ровному шуму моря, поглядела на небо, усыпанное звездами, и ей захотелось скорее покончить все и отделаться от проклятого ощущения жизни с ее морем, звездами, мужчинами, лихорадкой…

— Только не у меня дома... — сказала она холодно. — Уведите меня куда-нибудь.

— Пойдемте к Мюридову. Самое лучшее.

— Где это?

— Около старого вала.

Она быстро пошла по улице и потом повернула в переулок, который вел к горам. Было темно. Кое-где на мостовой лежали бледные световые полосы от освещенных окон, и ей казалось, что она, как муха, то попадает в чернила, то опять выползает из них на свет. Кирилин шел за нею. На одном месте он споткнулся, едва не упал и засмеялся.

«Он пьян... — подумала Надежда Федоровна. — Все равно... все равно... Пусть».

Ачмианов тоже скоро простился с компанией и пошел вслед за Надеждой Федоровной, чтобы пригласить ее покататься на лодке. Он подошел к ее дому и посмотрел через палисадник: окна были открыты настежь, огня не было.

— Надежда Федоровна! — позвал он.

Прошла минута. Он опять позвал.

— Кто там? — послышался голос Ольги.

— Надежда Федоровна дома?

— Нету. Еще не приходила.

«Странно... Очень странно, — подумал Ачмианов, начиная чувствовать сильное беспокойство. — Она пошла домой...»

Он прошелся по бульвару, потом по улице и заглянул в окна к Шешковскому. Лаевский без сюртука сидел у стола и внимательно смотрел в карты.

— Странно, странно... — пробормотал Ачмианов, и при воспоминании об истерике, которая была с Лаевским, ему стало стыдно. — Если она не дома, то где же?

Он опять пошел к квартире Надежды Федоровны и посмотрел на темные окна.

«Это обман, обман...» — думал он, вспоминая, что она же сама, встретясь с ним сегодня в полдень у Битюговых, обещала вместе кататься вечером на лодке.

Окна в том доме, где жил Кирилин, были темны, и у ворот на лавочке сидел городовой и спал. Ачмианову, когда он посмотрел на окна и на городового, стало все ясно. Он решил идти домой и пошел, но очутился опять около квартиры Надежды Федоровны. Тут он сел на лавочку и снял шляпу, чувствуя, что его голова горит от ревности и обиды.

В городской церкви били часы только два раза в сутки: в полдень и в полночь. Вскоре после того, как они пробили полночь, послышались торопливые шаги.

— Значит, завтра вечером опять у Мюридова! — услышал Ачмианов и узнал голос Кирилина. — В восемь часов. До свиданья-с!

Около палисадника показалась Надежда Федоровна. Не замечая, что на лавочке сидит Ачмианов, она прошла тенью мимо него, отворила калитку и, оставив ее отпертою, вошла в дом. У себя в комнате она зажгла свечу, быстро разделась, но не легла в постель, а опустилась перед стулом на колени, обняла его и припала к нему лбом.

Лаевский вернулся домой в третьем часу.

XV

Решив лгать не сразу, а по частям, Лаевский на другой день, во втором часу, пошел к Самойленку попросить денег, чтобы уехать непременно в субботу. После вчерашней истерики, которая к тяжелому состоянию его души прибавила еще острое чувство стыда, оставаться в городе было немыслимо. Если Самойленко будет настаивать на своих условиях, думал он, то можно будет согласиться на них и взять деньги, а завтра, в самый час отъезда, сказать, что Надежда Федоровна отказалась ехать; с вечера ее можно будет уговорить, что все это делается для ее же пользы. Если же Самойленко, находящийся под очевидным влиянием фон Корена, совершенно откажет в деньгах или предложит какие-нибудь новые условия, то он, Лаевский, сегодня же уедет на грузовом пароходе или даже на паруснике, в Новый Афон или Новороссийск, пошлет оттуда матери унизительную телеграмму и будет жить там до тех пор, пока мать не вышлет ему на дорогу.

Придя к Самойленку, он застал в гостиной фон Корена. Зоолог только что пришел обедать и, по обыкновению, раскрыв альбом, рассматривал мужчин в цилиндрах и дам в чепцах.

«Как некстати, — подумал Лаевский, увидев его. — Он может помешать».

— Здравствуйте!

— Здравствуйте, — ответил фон Корен, не глядя на него.

— Александр Давидыч дома?

— Да. В кухне.

Лаевский пошел в кухню, но, увидев в дверь, что Самойленко занят салатом, вернулся в гостиную и сел. В присутствии зоолога он всегда чувствовал неловкость, а теперь боялся, что придется говорить об истерике. Прошло больше минуты в молчании. Фон Корен вдруг поднял глаза на Лаевского и спросил:

— Как вы себя чувствуете после вчерашнего?

— Превосходно, — ответил Лаевский, краснея. — В сущности, ведь ничего не было особенного...

— До вчерашнего дня я полагал, что истерика бывает только у дам, и потому думал сначала, что у вас пляска святого Витта.

Лаевский заискивающе улыбнулся и подумал:

«Как это неделикатно с его стороны. Ведь он отлично знает, что мне тяжело...»

— Да, смешная была история, — сказал он, продолжая улыбаться. — Я сегодня все утро смеялся. Курьезно в истерическом припадке то, что знаешь, что он нелеп, и смеешься над ним в душе и в то же время рыдаешь. В наш нервный век мы рабы своих нервов; они наши хозяева и делают с нами, что хотят. Цивилизация в этом отношении оказала нам медвежью услугу...

Лаевский говорил, и ему было неприятно, что фон Корен серьезно и внимательно слушает его и глядит на него внимательно, не мигая, точно изучает; и досадно ему было на себя за то, что, несмотря на свою нелюбовь к фон Корену, он никак не мог согнать со своего лица заискивающей улыбки.

— Хотя, надо сознаться, — продолжал он, — были ближайшие причины для припадка, и довольно-таки основательные. В последнее время мое здоровье сильно пошатнулось. Прибавьте к этому скуку, постоянное безденежье... отсутствие людей и общих интересов... Положение хуже губернаторского.

— Да, ваше положение безвыходно, — сказал фон Корен.

Эти спокойные, холодные слова, содержавшие в себе не то насмешку, не то непрошеное пророчество, оскорбили Лаевского. Он вспомнил вчерашний взгляд зоолога, полный насмешки и гадливости, помолчал немного и спросил, уже не улыбаясь:

— А вам откуда известно мое положение?

— Вы только что говорили о нем сами, да и ваши друзья принимают в вас такое горячее участие, что целый день только и слышишь что о вас.

— Какие друзья? Самойленко, что ли?

— Да, и он.

— Я попросил бы Александра Давидыча и вообще моих друзей поменьше обо мне заботиться.

— Вот идет Самойленко, попросите его, чтобы он о вас поменьше заботился.

— Я не понимаю вашего тона... — пробормотал Лаевский; его охватило такое чувство, как будто он сейчас только понял, что зоолог ненавидит его, презирает и издевается над ним и что зоолог самый злейший и непримиримый враг его. — Приберегите этот тон для кого-нибудь другого, — сказал он тихо, не имея сил говорить громко от ненависти, которая уже теснила ему грудь и шею, как вчера желание смеяться.

Вошел Самойленко, без сюртука, потный и багровый от кухонной духоты.

— А, ты здесь? — сказал он. — Здравствуй, голубчик. Ты обедал? Не церемонься, говори: обедал?

— Александр Давидыч, — сказал Лаевский, вставая, — если я обращался к тебе с какой-нибудь интимной просьбой, то это не значило, что я освобождал тебя от обязанности быть скромным и уважать чужие тайны.

— Что такое? — удивился Самойленко.

— Если у тебя нет денег, — продолжал Лаевский, возвышая голос и от волнения переминаясь с ноги на ногу, — то не давай, откажи, но зачем благовестить в каждом переулке о том, что мое положение безвыходно и прочее? Этих благодеяний и дружеских услуг, когда делают на копейку, а говорят на рубль, я терпеть не могу! Можешь хвастать своими благодеяниями, сколько тебе угодно, но никто не давал тебе права разоблачать мои тайны!

— Какие тайны? — спросил Самойленко, недоумевая и начиная сердиться. — Если ты пришел ругаться, то уходи. После придешь!

Он вспомнил правило, что когда гневаешься на ближнего, то начни мысленно считать до ста и успокоишься; и он начал быстро считать.

— Прошу вас обо мне не заботиться! — продолжал Лаевский. — Не обращайте на меня внимания. И кому какое дело до меня и до того, как я живу? Да, я хочу уехать! Да, я делаю долги, пью, живу с чужой женой, у меня истерика, я пошл, не так глубокомыслен, как некоторые, но кому какое дело до этого? Уважайте личность!

— Ты, братец, извини, — сказал Самойленко, сосчитав до тридцати пяти, — но...

— Уважайте личность! — перебил его Лаевский. — Эти постоянные разговоры на чужой счет, охи да ахи, постоянные выслеживания, подслушивания, эти сочувствия дружеские... к черту! Мне дают деньги взаймы и предлагают условия, как мальчишке! Меня третируют, как черт знает что! Ничего я не желаю! — крикнул Лаевский, шатаясь от волнения и боясь, как бы с ним опять не приключилась истерика. «Значит, в субботу я не уеду», — мелькнуло у него в мыслях. — Ничего я не желаю! Только прошу, пожалуйста, избавить меня от опеки. Я не мальчишка и не сумасшедший и прошу снять с меня этот надзор!

Вошел дьякон и, увидев Лаевского, бледного, размахивающего руками и обращающегося со своею странною речью к портрету князя Воронцова, остановился около двери как вкопанный.

— Постоянные заглядывания в мою душу, — продолжал Лаевский, — оскорбляют во мне человеческое достоинство, и я прошу добровольных сыщиков прекратить свое шпионство! Довольно!

— Что ты... что ты сказал? — спросил Самойленко, сосчитав до ста, багровея и подходя к Лаевскому.

— Довольно! — повторил Лаевский, задыхаясь и беря фуражку.

— Я русский врач, дворянин и статский советник! — сказал с расстановкой Самойленко. — Шпионом я никогда не был и никому не позволю себя оскорблять! — крикнул он дребезжащим голосом, делая ударение на последнем слове. — Замолчать!

Дьякон, никогда не видавший доктора таким величественным, надутым, багровым и страшным, зажал рот, выбежал в переднюю и покатился там со смеху. Словно в тумане, Лаевский видел, как фон

Корен встал и, заложив руки в карманы панталон, остановился в такой позе, как будто ждал, что будет дальше; эта покойная поза показалась Лаевскому в высшей степени дерзкой и оскорбительной.

— Извольте взять ваши слова назад! — крикнул Самойленко.

Лаевский, уже не помнивший, какие он слова говорил, отвечал:

— Оставьте меня в покое! Я ничего не хочу! Я хочу только, чтобы вы и немецкие выходцы из жидов оставили меня в покое! Иначе я приму меры! Я драться буду!

— Теперь понятно, — сказал фон Корен, выходя из-за стола. — Господину Лаевскому хочется перед отъездом поразвлечься дуэлью. Я могу доставить вам это удовольствие. Господин Лаевский, я принимаю ваш вызов.

— Вызов? — проговорил тихо Лаевский, подходя к зоологу и глядя с ненавистью на его смуглый лоб и курчавые волосы. — Вызов? Извольте! Я ненавижу вас! Ненавижу!

— Очень рад. Завтра утром пораньше около Кербалая, со всеми подробностями в вашем вкусе. А теперь убирайтесь.

— Ненавижу! — говорил Лаевский тихо, тяжело дыша. — Давно ненавижу! Дуэль! Да!

— Убери его, Александр Давидыч, а то я уйду, — сказал фон Корен. — Он меня укусит.

Покойный тон фон Корена охладил доктора; он как-то вдруг пришел в себя, образумился, взял обеими руками Лаевского за талию и, отводя его от зоолога, забормотал ласковым, дрожащим от волнения голосом:

— Друзья мои... хорошие, добрые... Погорячились, и будет... и будет... Друзья мои...

Услышав мягкий, дружеский голос, Лаевский почувствовал, что в его жизни только что произошло что-то небывалое, чудовищное, как будто его чуть было не раздавил поезд; он едва не заплакал, махнул рукой и выбежал из комнаты.

«Испытать на себе чужую ненависть, выказать себя перед ненавидящим человеком в самом жалком, презренном, беспомощном виде, — боже мой, как это тяжело! — думал он немного погодя, сидя в павильоне и чувствуя точно ржавчину на теле от только что испытанной чужой ненависти. — Как это грубо, боже мой!»

Холодная вода с коньяком подбодрила его. Он с ясностью представил себе покойное, надменное лицо фон Корена, его вчерашний взгляд, рубаху, похожую на ковер, голос, белые руки, и тяжелая ненависть, страстная, голодная, заворочалась в его груди и потребовала удовлетворения. В мыслях он повалил фон Корена на землю и стал топтать его ногами. Он вспомнил в мельчайших подробностях все происшедшее и удивлялся, как это он мог заискивающе улыбаться ничтожному человеку и вообще дорожить мнением мелких, никому не известных людишек, живущих в ничтожнейшем городе, которого, кажется, нет даже на карте и о котором в Петербурге не знает ни один порядочный человек. Если бы этот городишко вдруг провалился или сгорел, то телеграмму об этом прочли бы в России с такою же скукой, как объявление о продаже подержанной мебели. Убить завтра фон Корена или оставить его в живых — это все равно, одинаково бесполезно и неинтересно. Выстрелить в ногу или в руку, ранить, потом посмеяться над ним, и как насекомое с оторванной ножкой теряется в траве, так пусть он со своим глухим страданием затеряется после в толпе таких же ничтожных людей, как он сам.

Лаевский пошел к Шешковскому, рассказал ему обо всем и пригласил его в секунданты; потом оба они отправились к начальнику почтово-телеграфной конторы, пригласили и его в секунданты и остались у него обедать. За обедом много шутили и смеялись; Лаевский подтрунивал над тем, что он почти совсем не умеет стрелять, и называл себя королевским стрелком и Вильгельмом Теллем.

— Надо этого господина проучить... — говорил он.

После обеда сели играть в карты. Лаевский играл, пил вино и думал, что дуэль вообще глупа и бестолкова, так как она не решает вопроса, а только осложняет его, но что без нее иногда нельзя обойтись. Например, в данном случае: ведь не подашь же на фон

Корена мировому! И предстоящая дуэль еще тем хороша, что после нее ему уж нельзя будет оставаться в городе. Он слегка опьянел, развлекся картами и чувствовал себя хорошо.

Но когда зашло солнце и стало темно, им овладело беспокойство. Это был не страх перед смертью, потому что в нем, пока он обедал и играл в карты, сидела почему-то уверенность, что дуэль кончится ничем; это был страх перед чем-то неизвестным, что должно случиться завтра утром первый раз в его жизни, и страх перед наступающей ночью... Он знал, что ночь будет длинная, бессонная и что придется думать не об одном только фон Корене и его ненависти, но и о той горе лжи, которую ему предстояло пройти и обойти которую у него не было сил и уменья. Похоже было на то, как будто он заболел внезапно; он потерял вдруг всякий интерес к картам и людям, засуетился и стал просить, чтобы его отпустили домой. Ему хотелось поскорее лечь в постель, не двигаться и приготовить свои мысли к ночи. Шешковский и почтовый чиновник проводили его и отправились к фон Корену, чтобы поговорить насчет дуэли.

Около своей квартиры Лаевский встретил Ачмианова. Молодой человек запыхался и был возбужден.

— А я вас ищу, Иван Андреич! — сказал он. — Прошу вас, пойдемте скорее...

— Куда?

— Вас желает видеть один незнакомый вам господин, который имеет до вас очень важное дело. Он убедительно просит вас прийти на минутку. Ему нужно о чем-то поговорить с вами... Для него это все равно как жизнь или смерть...

Волнуясь, Ачмианов проговорил это с сильным армянским акцентом, так что у него вышло не «жизнь», а «жизень».

— Кто он такой? — спросил Лаевский.

— Он просил не говорить его имени.

— Скажите ему, что я занят. Завтра, если угодно...

— Как можно! — испугался Ачмианов. — Он хочет сказать вам такое очень важное для вас... очень важное! Если не пойдете, то случится несчастье.

— Странно... — пробормотал Лаевский, не понимая, почему Ачмианов так возбужден и какие это тайны могут быть в скучном, никому не нужном городишке. — Странно, — повторил он в раздумье. — Впрочем, пойдемте. Все равно.

Ачмианов быстро пошел вперед, а он за ним. Прошли по улице, потом переулком.

— Как это скучно, — сказал Лаевский.

— Сейчас, сейчас... Близко.

Около старого вала они прошли узким переулком между двумя огороженными пустырями, затем вошли в какой-то большой двор и направились к небольшому домику...

— Это дом Мюридова, что ли? — спросил Лаевский.

— Да.

— Но зачем мы идем задворками, не понимаю? Могли бы и улицей. Там ближе...

— Ничего, ничего...

Лаевскому показалось также странным, что Ачмианов повел его к черному ходу и замахал ему рукой, как бы приглашая его идти потише и молчать.

— Сюда, сюда... — сказал Ачмианов, осторожно отворяя дверь и входя в сени на цыпочках. — Тише, тише, прошу вас... Могут услышать.

Он прислушался, тяжело перевел дух и сказал шепотом:

— Отворите вот эту дверь и войдите... Не бойтесь.

Лаевский, недоумевая, отворил дверь и вошел в комнату с низким потолком и занавешенными окнами. На столе стояла свеча.

— Кого нужно? — спросил кто-то в соседней комнате. — Ты, Мюридка?

Лаевский повернул в эту комнату и увидел Кирилина, а рядом с ним Надежду Федоровну.

Он не слышал, что ему сказали, попятился назад и не заметил, как очутился на улице. Ненависть к фон Корену и беспокойство — все исчезло из души. Идя домой, он неловко размахивал правой рукой и внимательно смотрел себе под ноги, стараясь идти по гладкому. Дома, в кабинете, он, потирая руки и угловато поводя плечами и шеей, как будто ему было тесно в пиджаке и сорочке, прошелся из угла в угол, потом зажег свечу и сел за стол…

XVI

— Гуманитарные науки, о которых вы говорите, тогда только будут удовлетворять человеческую мысль, когда в движении своем они встретятся с точными науками и пойдут с ними рядом. Встретятся ли они под микроскопом, или в монологах нового Гамлета, или в новой религии, я не знаю, но думаю, что земля покроется ледяной корой раньше, чем это случится. Самое стойкое и живучее из всех гуманитарных знаний, это, конечно, учение Христа, но посмотрите, как даже оно различно понимается! Одни учат, чтобы мы любили всех ближних, и делают при этом исключение для солдат, преступников и безумных: первых они разрешают убивать на войне, вторых изолировать или казнить, а третьим запрещают вступление в брак. Другие толкователи учат любить всех ближних без исключения, не различая плюсов и минусов. По их учению, если к вам приходит бугорчатный, или убийца, или эпилептик и сватает вашу дочь — отдавайте; если кретины идут войной на физически и умственно здоровых — подставляйте головы. Эта проповедь любви ради любви, как искусства для искусства, если бы могла иметь силу, в конце концов привела бы человечество к полному вымиранию, и таким образом совершилось бы грандиознейшее из злодейств, какие когда-либо бывали на земле. Толкований очень много, а если их много, то серьезная мысль не удовлетворяется ни одним из них, и к массе всех толкований спешит прибавить свое собственное. Поэтому никогда не ставьте вопроса, как вы говорите, на философскую или так называемую христианскую почву; этим вы только отдаляетесь от решения вопроса.

Дьякон внимательно выслушал зоолога, подумал и спросил:

— Нравственный закон, который свойственен каждому из людей, философы выдумали или же его бог создал вместе с телом?

— Не знаю. Но этот закон до такой степени общ для всех народов и эпох, что, мне кажется, его следует признать органически связанным с человеком. Он не выдуман, а есть и будет. Я не скажу вам, что его увидят когда-нибудь под микроскопом, но органическая связь его уже доказывается очевидностью: серьезное страдание мозга и все так называемые душевные болезни выражаются прежде всего в извращении нравственного закона, насколько мне известно.

— Хорошо-с. Значит, как желудок хочет есть, так нравственное чувство хочет, чтобы мы любили своих ближних. Так? Но естественная природа наша по себялюбию противится голосу совести и разума, и потому возникает много головоломных вопросов. К кому же мы должны обращаться за разрешением этих вопросов, если вы не велите ставить их на философскую почву?

— Обратитесь к тем немногим точным знаниям, какие у нас есть. Доверьтесь очевидности и логике фактов. Правда, это скудно, но зато не так зыбко и расплывчато, как философия. Нравственный закон, положим, требует, чтобы вы любили людей. Что ж? Любовь должна заключаться в устранении всего того, что так или иначе вредит людям и угрожает им опасностью в настоящем и будущем. Наши знания и очевидность говорят вам, что человечеству грозит опасность со стороны нравственно и физически ненормальных. Если так, то боритесь с ненормальными. Если вы не в силах возвысить их до нормы, то у вас хватит силы и уменья обезвредить их, то есть уничтожить.

— Значит, любовь в том, чтобы сильный побеждал слабого?

— Несомненно.

— Но ведь сильные распяли господа нашего Иисуса Христа! — сказал горячо дьякон.

— В том-то и дело, что распяли его не сильные, а слабые. Человеческая культура ослабила и стремится свести к нулю борьбу за существование и подбор; отсюда быстрое размножение слабых и преобладание их над сильными. Вообразите, что вам удалось внушить пчелам гуманные идеи в их неразработанной, рудиментарной форме. Что произойдет от этого? Трутни, которых нужно убивать, останутся в живых, будут съедать мед, развращать и душить пчел — в результате преобладание слабых над сильными и вырождение последних. То же самое происходит теперь и с человечеством: слабые гнетут сильных. У дикарей, которых еще не коснулась культура, самый сильный, мудрый и самый нравственный идет впереди; он вождь и владыка. А мы, культурные, распяли Христа и продолжаем его распинать. Значит, у нас чего-то недостает... И это «что-то» мы должны восстановить у себя, иначе конца не будет этим недоразумениям.

— Но какой у вас есть критериум для различения сильных и слабых?

— Знание и очевидность. Бугорчатных и золотушных узнают по их болезням, а безнравственных и сумасшедших по поступкам.

— Но ведь возможны ошибки!

— Да, но нечего бояться промочить ноги, когда угрожает потоп.

— Это философия, — засмеялся дьякон.

— Нисколько. Вы до такой степени испорчены вашей семинарской философией, что во всем хотите видеть один только туман. Отвлеченные науки, которыми набита ваша молодая голова, потому и называются отвлеченными, что они отвлекают ваш ум от очевидности. Смотрите в глаза черту прямо, и если он черт, то и говорите, что это черт, а не лезьте к Канту или к Гегелю за объяснениями.

Зоолог помолчал и продолжал:

— Дважды два есть четыре, а камень есть камень. Завтра вот у нас дуэль. Мы с вами будем говорить, что это глупо и нелепо, что дуэль уже отжила свой век, что аристократическая дуэль ничем, по существу, не отличается от пьяной драки в кабаке, а все-таки мы не остановимся, поедем и будем драться. Есть, значит, сила, которая сильнее наших рассуждений. Мы кричим, что война — это разбой, варварство, ужас, братоубийство, мы без обморока не можем видеть крови; но стоит только французам или немцам оскорбить нас, как мы тотчас же почувствуем подъем духа, самым искренним образом закричим «ура» и бросимся на врага, вы будете призывать на наше оружие благословение божие, и наша доблесть будет вызывать всеобщий, и притом искренний, восторг. Опять-таки, значит, есть сила, которая если не выше, то сильнее нас и нашей философии. Мы не можем остановить ее так же, как вот этой тучи, которая подвигается из-за моря. Не лицемерьте же, не показывайте ей кукиша в кармане и не говорите: «Ах, глупо! ах, устарело! ах, не согласно с Писанием!», а глядите ей прямо в глаза, признавайте ее разумную законность, и когда она, например, хочет уничтожить хилое, золотушное, развращенное племя, то не мешайте ей вашими пилюлями и цитатами из дурно понятого Евангелия. У Лескова есть совестливый Данила, который нашел за городом прокаженного и кормит и греет его во имя любви и Христа. Если бы этот Данила в самом деле любил людей, то он оттащил бы прокаженного подальше от города и бросил его в ров, а сам пошел бы служить здоровым. Христос, надеюсь, заповедал нам любовь разумную, осмысленную и полезную.

— Экой вы какой! — засмеялся дьякон. — В Христа же вы не веруете, зачем же вы его так часто упоминаете?

— Нет, верую. Но только, конечно, по-своему, а не по-вашему. Ах, дьякон, дьякон! — засмеялся зоолог; он взял дьякона за талию и сказал весело: — Ну, что ж? Поедем завтра на дуэль?

— Сан не позволяет, а то бы поехал.

— А что значит — сан?

— Я посвященный. На мне благодать.

— Ах, дьякон, дьякон, — повторил фон Корен смеясь. — Люблю я с вами разговаривать.

— Вы говорите — у вас вера, — сказал дьякон. — Какая это вера? А вот у меня есть дядька-поп, так тот так верит, что когда в засуху идет в поле дождя просить, то берет с собой дождевой зонтик и кожаное пальто, чтобы его на обратном пути дождик не промочил. Вот это вера! Когда он говорит о Христе, так от него сияние идет и все бабы и мужики навзрыд плачут. Он бы и тучу эту остановил и всякую бы вашу силу обратил в бегство. Да… Вера горами двигает.

Дьякон засмеялся и похлопал зоолога по плечу.

— Так-то… — продолжал он. — Вот вы всё учите, постигаете пучину моря, разбираете слабых да сильных, книжки пишете и на дуэли вызываете — и все остается на своем месте; а глядите, какой-нибудь слабенький старец святым духом пролепечет одно только слово, или из Аравии прискачет на коне новый Магомет с шашкой, и полетит у вас все вверх тарамашкой, и в Европе камня на камне не останется.

— Ну, это, дьякон, на небе вилами писано!

— Вера без дел мертва есть, а дела без веры — еще хуже, одна только трата времени, и больше ничего.

На набережной показался доктор. Он увидел дьякона и зоолога и подошел к ним.

— Кажется, все готово, — сказал он, запыхавшись. — Секундантами будут Говоровский и Бойко. Заедут утром в пять часов. Наворотило-то как! — сказал он, посмотрев на небо. — Ничего не видать. Сейчас дождик будет.

— Ты, надеюсь, поедешь с нами? — спросил фон Корен.

— Нет, боже меня сохрани, я и так замучился. Вместо меня Устимович поедет. Я уже говорил с ним.

Далеко над морем блеснула молния, и послышались глухие раскаты грома.

— Как душно перед грозой! — сказал фон Корен. — Бьюсь об заклад, что ты уже был у Лаевского и плакал у него на груди.

— Зачем я к нему пойду? — ответил доктор, смутившись. — Вот еще!

До захода солнца он несколько раз прошелся по бульвару и по улице в надежде встретиться с Лаевским. Ему было стыдно за свою вспышку и за внезапный порыв доброты, который последовал за этой вспышкой. Он хотел извиниться перед Лаевским в шуточном тоне, пожурить его, успокоить и сказать ему, что дуэль — остатки средневекового варварства, но что само провидение указало им на дуэль как на средство примирения: завтра оба они, прекраснейшие, величайшего ума люди, обменявшись выстрелами, оценят благородство друг друга и сделаются друзьями. Но Лаевский ни разу не встретился.

— Зачем я к нему пойду? — повторил Самойленко. — Не я его оскорбил, а он меня. Скажи на милость, за что он на меня набросился? Что я ему дурного сделал? Вхожу в гостиную и вдруг, здорово живешь: шпион! Вот те на! Ты скажи: с чего у вас началось? Что ты ему сказал?

— Я ему сказал, что его положение безвыходно. И я был прав. Только честные и мошенники могут найти выход из всякого положения, а тот, кто хочет в одно и то же время быть честным и мошенником, не имеет выхода. Однако, господа, уж одиннадцать часов, а завтра нам рано вставать.

Внезапно налетел ветер; он поднял на набережной пыль, закружил ее вихрем, заревел и заглушил шум моря.

— Шквал! — сказал дьякон. — Надо идти, а то глаза запорошило.

Когда пошли, Самойленко вздохнул и сказал, придерживая фуражку:

— Должно быть, я не буду нынче спать.

— А ты не волнуйся, — засмеялся зоолог. — Можешь быть покоен, дуэль ничем не кончится. Лаевский великодушно в воздух выстрелит, он иначе не может, а я, должно быть, и совсем стрелять не буду. Попадать под суд из-за Лаевского, терять время — не стоит игра свеч. Кстати, какая ответственность полагается за дуэль?

— Арест, а в случае смерти противника заключение в крепости до трех лет.

— В Петропавловской?

— Нет, в военной, кажется.

— Хотя следовало бы проучить этого молодца!

Позади на море сверкнула молния и на мгновение осветила крыши домов и горы. Около бульвара приятели разошлись. Когда доктор исчез в потемках и уже стихали его шаги, фон Корен крикнул ему:

— Как бы погода не помешала нам завтра!

— Чего доброго! А дал бы бог!

— Спокойной ночи!

— Что — ночь? Что ты говоришь?

За шумом ветра и моря и за раскатами грома трудно было расслышать.

— Ничего! — крикнул зоолог и поспешил домой.

XVII

... в уме, подавленном тоской,
Теснится тяжких дум избыток;
Воспоминание безмолвно предо мной
Свой длинный развивает свиток;
И, с отвращением читая жизнь мою,
Я трепещу и проклинаю,
И горько жалуюсь и горько слезы лью,
Но строк печальных не смываю.

Пушкин

Убьют ли его завтра утром или посмеются над ним, то есть оставят ему эту жизнь, он все равно погиб. Убьет ли себя с отчаяния и стыда эта опозоренная женщина или будет влачить свое жалкое существование, она все равно погибла...

Так думал Лаевский, сидя за столом поздно вечером и все еще продолжая потирать руки. Окно вдруг отворилось и хлопнуло, в комнату ворвался сильный ветер, и бумаги полетели со стола. Лаевский запер окно и нагнулся, чтобы собрать с полу бумаги. Он чувствовал в своем теле что-то новое, какую-то неловкость, которой раньше не было, и не узнавал своих движений; ходил он несмело, тыча в стороны локтями и подергивая плечами, а когда сел за стол, то опять стал потирать руки. Тело его потеряло гибкость.

Накануне смерти надо писать к близким людям. Лаевский помнил об этом. Он взял перо и написал дрожащим почерком:

«Матушка!»

Он хотел написать матери, чтобы она во имя милосердного бога, в которого она верует, дала бы приют и согрела лаской несчастную, обесчещенную им женщину, одинокую, нищую и слабую, чтобы она забыла и простила все, все, все и жертвою хотя отчасти искупила страшный грех сына; но он вспомнил, как его мать, полная, грузная старуха, в кружевном чепце, выходит утром из дома в сад, а за нею идет приживалка с болонкой, как мать кричит повелительным голосом на садовника и на прислугу и как гордо, надменно ее лицо, — он вспомнил об этом и зачеркнул написанное слово.

Во всех трех окнах ярко блеснула молния, и вслед за этим раздался оглушительный, раскатистый удар грома, сначала глухой, а потом грохочущий и с треском, и такой сильный, что зазвенели в окнах стекла. Лаевский встал, подошел к окну и припал лбом к стеклу. На дворе была сильная, красивая гроза. На горизонте молнии белыми лентами непрерывно бросались из туч в море и освещали на далекое пространство высокие черные волны. И справа, и слева, и, вероятно, также над домом сверкали молнии.

— Гроза! — прошептал Лаевский; он чувствовал желание молиться кому-нибудь или чему-нибудь, хотя бы молнии или тучам. — Милая гроза!

Он вспомнил, как в детстве во время грозы он с непокрытой головой выбегал в сад, а за ним гнались две беловолосые девочки с голубыми глазами, и их мочил дождь; они хохотали от восторга, но когда раздавался сильный удар грома, девочки доверчиво прижимались к мальчику, он крестился и спешил читать: «Свят, свят, свят...» О, куда вы ушли, в каком вы море утонули, зачатки прекрасной, чистой жизни? Грозы уж он не боится и природы не любит, бога у него нет, все доверчивые девочки, каких он знал когда-либо, уже сгублены им и его сверстниками, в родном саду он за всю свою жизнь не посадил ни одного деревца и не вырастил ни одной травки, а живя среди живых, не спас ни одной мухи, а только разрушал, губил и лгал, лгал...

«Что в моем прошлом не порок?» — спрашивал он себя, стараясь уцепиться за какое-нибудь светлое воспоминание, как падающий в пропасть цепляется за кусты.

Гимназия? Университет? Но это обман. Он учился дурно и забыл то, чему его учили. Служение обществу? Это тоже обман, потому что на службе он ничего не делал, жалованье получал даром и служба его — это гнусное казнокрадство, за которое не отдают под суд.

Истина не нужна была ему, и он не искал ее, его совесть, околдованная пороком и ложью, спала или молчала; он, как чужой или нанятый с другой планеты, но участвовал в общей жизни людей, был равнодушен к их страданиям, идеям, религиям, знаниям, исканиям, борьбе, он не сказал людям ни одного доброго слова, не написал ни одной полезной, непошлой строчки, не сделал людям ни на один грош, а только ел их хлеб, пил их вино, увозил их жен, жил их мыслями и, чтобы оправдать свою презренную, паразитную жизнь перед ними и самим собой, всегда старался придавать себе такой вид, как будто он выше и лучше их. Ложь, ложь и ложь…

Он ясно вспомнил то, что видел вечером в доме Мюридова, и ему было невыносимо жутко от омерзения и тоски. Кирилин и Ачмианов отвратительны, но ведь они продолжали то, что он начал; они его сообщники и ученики. У молодой, слабой женщины, которая доверяла ему больше, чем брату, он отнял мужа, круг знакомых и родину и завез ее сюда — в зной, в лихорадку и в скуку; изо дня в день она, как зеркало, должна была отражать в себе его праздность, порочность и ложь — и этим, только этим наполнялась ее жизнь, слабая, вялая, жалкая; потом он пресытился ею, возненавидел, но не хватило мужества бросить, и он старался все крепче опутать ее лганьем, как паутиной… Остальное доделали эти люди.

Лаевский то садился у стола, то опять отходил к окну; он то тушил свечу, то опять зажигал ее. Он вслух проклинал себя, плакал, жаловался, просил прощения; несколько раз в отчаянии подбегал он к столу и писал: «Матушка!»

Кроме матери, у него не было никого родных и близких; но как могла помочь ему мать? И где она? Он хотел бежать к Надежде Федоровне, чтобы пасть к ее ногам, целовать ее руки и ноги, умолять о прощении, но она была его жертвой, и он боялся ее, точно она умерла.

— Погибла жизнь! — бормотал он, потирая руки. — Зачем же я еще жив, боже мой!..

Он столкнул с неба свою тусклую звезду, она закатилась, и след ее смешался с ночною тьмой; она уже не вернется на небо, потому что жизнь дается только один раз и не повторяется. Если бы можно было вернуть прошлые дни и годы, он ложь в них заменил бы правдой, праздность — трудом, скуку — радостью, он вернул бы чистоту тем, у кого взял ее, нашел бы бога и справедливость, но это так же невозможно, как закатившуюся звезду вернуть опять на небо. И оттого что это невозможно, он приходил в отчаяние.

Когда прошла гроза, он сидел у открытого окна и покойно думал о том, что будет с ним. Фон Корен, вероятно, убьет его. Ясное, холодное миросозерцание этого человека допускает уничтожение хилых и негодных; если же оно изменит в решительную минуту, то помогут ему ненависть и чувство гадливости, какие возбуждает в нем Лаевский. Если же он промахнется, или, для того чтобы посмеяться над ненавистным противником, только ранит его, или выстрелит в воздух, то что тогда делать? Куда идти?

— Ехать в Петербург? — спрашивал себя Лаевский. — Но это значило бы снова начать старую жизнь, которую я проклинаю. И кто ищет спасения в перемене места, как перелетная птица, тот ничего не найдет, так как для него земля везде одинакова. Искать спасения в людях? В ком искать и как? Доброта и великодушие Самойленка так же мало спасительны, как смешливость дьякона или ненависть фон Корена. Спасения надо искать только в себе самом, а если не найдешь, то к чему терять время, надо убить себя, вот и все...

Послышался шум экипажа. Уже светало. Коляска проехала мимо, повернула и, скрипя колесами по мокрому песку, остановилась около дома. В коляске сидели двое.

— Погодите, я сейчас! — сказал им Лаевский в окно. — Я не сплю. Разве уже пора?

— Да. Четыре часа. Пока доедем...

Лаевский надел пальто и фуражку, взял в карман папирос и остановился в раздумье; ему казалось, что нужно было сделать еще что-то. На улице тихо разговаривали секунданты и фыркали лошади, и эти звуки в раннее сырое утро, когда все спят и чуть брезжит небо, наполнили душу Лаевского унынием, похожим на дурное предчувствие. Он постоял немного в раздумье и пошел в спальню.

Надежда Федоровна лежала в своей постели, вытянувшись, окутанная с головою в плед; она не двигалась и напоминала, особенно головою, египетскую мумию. Глядя на нее молча, Лаевский мысленно попросил у нее прощения и подумал, что если небо не пусто и в самом деле там есть бог, то он сохранит ее; если же бога нет, то пусть она погибнет, жить ей незачем.

Она вдруг вскочила и села в постели. Подняв свое бледное лицо и глядя с ужасом на Лаевского, она спросила:

— Это ты? Гроза прошла?

— Прошла.

Она вспомнила, положила обе руки на голову и вздрогнула всем телом.

— Как мне тяжело! — проговорила она. — Если б ты знал, как мне тяжело! Я ждала, — продолжала она, жмурясь, — что ты убьешь меня или прогонишь из дому под дождь и грозу, а ты медлишь... медлишь...

Он порывисто и крепко обнял ее, осыпал поцелуями ее колени и руки, потом, когда она что-то бормотала ему и вздрагивала от воспоминаний, он пригладил ее волосы и, всматриваясь ей в лицо, понял, что эта несчастная, порочная женщина для него единственный близкий, родной и незаменимый человек.

Когда он, выйдя из дому, садился в коляску, ему хотелось вернуться домой живым.

XVIII

Дьякон встал, оделся, взял свою толстую суковатую палку и тихо вышел из дому. Было темно, и дьякон в первые минуты, когда пошел по улице, не видел даже своей белой палки; на небе не было ни одной звезды, и походило на то, что опять будет дождь. Пахло мокрым песком и морем.

«Пожалуй, не напали бы чеченцы», — думал дьякон, слушая, как его палка стучала о мостовую и как звонко и одиноко раздавался в ночной тишине этот стук.

Выйдя за город, он стал видеть и дорогу, и свою палку; на черном небе кое-где показались мутные пятна и скоро выглянула одна звезда и робко заморгала своим одним глазом. Дьякон шел по высокому каменистому берегу и не видел моря; оно засыпало внизу, и невидимые волны его лениво и тяжело ударялись о берег и точно вздыхали: уф! И как медленно! Ударилась одна волна, дьякон успел сосчитать восемь шагов, тогда ударилась другая, через шесть шагов третья. Так же точно не было ничего видно, и в потемках слышался ленивый, сонный шум моря, слышалось бесконечно далекое, невообразимое время, когда бог носился над хаосом.

Дьякону стало жутко. Он подумал о том, как бы бог не наказал его за то, что он водит компанию с неверующими и даже идет смотреть на их дуэль. Дуэль будет пустяковая, бескровная, смешная, но как бы то ни было, она — зрелище языческое и присутствовать на ней духовному лицу совсем неприлично. Он остановился и подумал: не вернуться ли? Но сильное, беспокойное любопытство взяло верх над сомнениями, и он пошел дальше.

«Они хотя неверующие, но добрые люди и спасутся», — успокаивал он себя.

— Обязательно спасутся! — сказал он вслух, закуривая папиросу.

Какою мерою нужно измерять достоинства людей, чтобы судить о них справедливо? Дьякон вспомнил своего врага, инспектора духовного училища, который и в бога веровал, и на дуэлях не дрался, и жил в целомудрии, но когда-то кормил дьякона хлебом с песком и однажды едва не оторвал ему уха. Если человеческая жизнь сложилась так немудро, что этого жестокого и нечестного инспектора, кравшего казенную муку, все уважали и молились в училище о здравии его и спасении, то справедливо ли сторониться таких людей, как фон Корен и Лаевский, только потому, что они неверующие? Дьякон стал решать этот вопрос, но ему вспомнилось, какая смешная фигура была сегодня у Самойленка, и это прервало течение его мыслей. Сколько завтра будет смеху! Дьякон воображал, как он засядет под куст и будет подсматривать, а когда завтра за обедом фон Корен начнет хвастать, то он, дьякон, со смехом станет рассказывать ему все подробности дуэли.

«Откуда вы все знаете?» — спросит зоолог. «То-то вот и есть. Дома сидел, а знаю».

Хорошо бы описать дуэль в смешном виде. Тесть будет читать и смеяться, тестя же кашей не корми, а только расскажи или напиши ему что-нибудь смешное.

Открылась долина Желтой речки. От дождя речка стала шире и злее, и уж она не ворчала, как прежде, а ревела. Начинался рассвет. Серое тусклое утро, и облака, бежавшие на запад, чтобы догнать грозовую тучу, и горы, опоясанные туманом, и мокрые деревья — все показалось дьякону некрасивым и сердитым. Он умылся из ручья, прочел утренние молитвы, и захотелось ему чаю и горячих пышек со сметаной, которые каждое утро подают у тестя к столу. Вспомнилась ему дьяконица и «Невозвратное», которое она играет на фортепиано. Что она за женщина? Дьякона познакомили, сосватали и женили на ней в одну неделю; пожил он с нею меньше месяца, и его командировали сюда, так что он и не разобрал до сих пор, что она за человек. А все-таки без нее скучновато.

«Надо ей письмишко написать...» — думал он.

Флаг на духане размок от дождя и повис, и сам духан с мокрой крышей казался темнее и ниже, чем он был раньше. Около дверей стояла арба; Кербалай, каких-то два абхазца и молодая татарка в шароварах, должно быть жена или дочь Кербалая, выносили из духана мешки с чем-то и клали их в арбу на кукурузовую солому. Около арбы, опустив головы, стояла пара ослов. Уложив мешки, абхазцы и татарка стали накрывать их сверху соломой, а Кербалай принялся поспешно запрягать ослов.

«Контрабанда, пожалуй», — подумал дьякон.

Вот поваленное дерево с высохшими иглами, вот черное пятно от костра. Припомнился пикник со всеми его подробностями, огонь, пение абхазцев, сладкие мечты об архиерействе и крестном ходе... Черная речка от дождя стала чернее и шире. Дьякон осторожно прошел по жидкому мостику, до которого уже дохватывали грязные волны своими гривами, и взобрался по лесенке в сушильню.

«Славная голова! — думал он, растягиваясь на соломе и вспоминая о фон Корене. — Хорошая голова, дай бог здоровья. Только в нем жестокость есть...»

За что он ненавидит Лаевского, а тот его? За что они будут драться на дуэли? Если бы они с детства знали такую нужду, как дьякон, если бы они воспитывались в среде невежественных, черствых сердцем, алчных до наживы, попрекающих куском хлеба, грубых и неотесанных в обращении, плюющих на пол и отрыгивающих за обедом и во время молитвы, если бы они с детства не были избалованы хорошей обстановкой жизни и избранным кругом людей, то как бы они ухватились друг за друга, как бы охотно прощали взаимно недостатки и ценили бы то, что есть в каждом из них. Ведь даже внешне порядочных людей так мало на свете! Правда, Лаевский шалый, распущенный, странный, но ведь он не украдет, не плюнет громко на пол, не попрекнет жену: «Лопаешь, а работать не хочешь», — не станет бить ребенка вожжами или кормить своих слуг вонючей солониной, — неужели этого недостаточно, чтобы относиться к нему снисходительно? К тому же ведь он первый страдает от своих недостатков, как больной от своих ран. Вместо того чтобы от скуки и по какому-то недоразумению искать друг в друге вырождения, вымирания, наследственности и прочего, что мало понятно, не лучше ли им спуститься пониже и направить ненависть и гнев туда, где стоном гудят целые улицы от грубого невежества, алчности, попреков, нечистоты, ругани, женского визга…

Послышался стук экипажа и прервал мысли дьякона. Он выглянул в дверь и увидел коляску, а в ней троих: Лаевского, Шешковского и начальника почтово-телеграфной конторы.

— Стоп! — сказал Шешковский.

Все трое вылезли из коляски и посмотрели друг на друга.

— Их еще нет, — сказал Шешковский, стряхивая с себя грязь. — Что ж? Пока суд да дело, пойдем поищем удобного места. Здесь повернуться негде.

Они пошли дальше вверх по реке и скоро скрылись из виду. Кучер-татарин сел в коляску, склонил голову на плечо и заснул. Подождав минут десять, дьякон вышел из сушильни и, снявши черную шляпу, чтобы его не заметили, приседая и оглядываясь, стал пробираться по берегу меж кустами и полосами кукурузы; с деревьев и с кустов сыпались на него крупные капли, трава и кукуруза были мокры.

— Срамота! — бормотал он, подбирая свои мокрые и грязные фалды. — Знал бы, не пошел.

Скоро он услышал голоса и увидел людей. Лаевский, засунув руки в рукава и согнувшись, быстро ходил взад и вперед по небольшой поляне; его секунданты стояли у самого берега и крутили папиросы.

«Странно… — подумал дьякон, не узнавая походки Лаевского. — Будто старик».

— Как это невежливо с их стороны! — сказал почтовый чиновник, глядя на часы. — Может быть, по-ученому и хорошо опаздывать, но, по-моему, это свинство.

Шешковский, толстый человек с черной бородой, прислушался и сказал:

— Едут!

XIX

— Первый раз в жизни вижу! Как славно! — сказал фон Корен, показываясь на поляне и протягивая обе руки к востоку. — Посмотрите: зеленые лучи!

На востоке из-за гор вытянулись два зеленых луча, и это в самом деле было красиво. Восходило солнце.

— Здравствуйте! — продолжал зоолог, кивнув головой секундантам Лаевского. — Я не опоздал?

За ним шли его секунданты, два очень молодых офицера одинакового роста, Бойко и Говоровскнй, в белых кителях, и тощий, нелюдимый доктор Устимович, который в одной руке нес узел с чем-то, а другую заложил назад; по обыкновению, вдоль спины у него была вытянута трость. Положив узел на землю и ни с кем не здороваясь, он отправил и другую руку за спину и зашагал по поляне.

Лаевский чувствовал утомление и неловкость человека, который, быть может, скоро умрет и поэтому обращает на себя общее внимание. Ему хотелось, чтобы его поскорее убили или же отвезли домой. Восход солнца он видел теперь первый раз в жизни; это раннее утро, зеленые лучи, сырость и люди в мокрых сапогах казались ему лишними в его жизни, ненужными и стесняли его; все это не имело никакой связи с пережитою ночью, с его мыслями и с чувством вины, и потому он охотно бы ушел, не дожидаясь дуэли.

Фон Корен был заметно возбужден и старался скрыть это, делая вид, что его больше всего интересуют зеленые лучи. Секунданты были смущены и переглядывались друг с другом, как бы спрашивая, зачем они тут и что им делать.

— Я полагаю, господа, что идти дальше нам незачем, — сказал Шешковский. — И здесь ладно.

— Да, конечно, — согласился фон Корен.

Наступило молчание. Устимович, шагая, вдруг круто повернул к Лаевскому и сказал вполголоса, дыша ему в лицо:

— Вам, вероятно, еще не успели сообщить моих условий. Каждая сторона платит мне по пятнадцати рублей, а в случае смерти одного из противников оставшийся в живых платит все тридцать.

Лаевский был раньше знаком с этим человеком, но только теперь в первый раз отчетливо увидел его тусклые глаза, жесткие усы и тощую, чахоточную шею: ростовщик, а не доктор! Дыхание его имело неприятный, говяжий запах.

«Каких только людей не бывает на свете», — подумал Лаевский и ответил:

— Хорошо.

Доктор кивнул головой и опять зашагал, и видно было, что ему вовсе не нужны были деньги, а спрашивал он их просто из ненависти. Все чувствовали, что пора уже начинать или кончать то, что уже начато, но не начинали и не кончали, а ходили, стояли и курили. Молодые офицеры, которые первый раз в жизни присутствовали на дуэли и теперь плохо верили в эту штатскую, по их мнению, ненужную дуэль, внимательно осматривали свои кителя и поглаживали рукава. Шешковский подошел к ним и сказал тихо:

— Господа, мы должны употребить все усилия, чтобы эта дуэль не состоялась. Нужно помирить их.

Он покраснел и продолжал:

— Вчера у меня был Кирилин и жаловался, что Лаевский застал его вчера с Надеждой Федоровной и всякая штука.

— Да, нам тоже это известно, — сказал Бойко.

— Ну, вот видите ли... У Лаевского дрожат руки и всякая штука... Он и пистолета теперь не поднимет. Драться с ним так же нечеловечно, как с пьяным или с тифозным. Если примирение не состоится, то надо, господа, хоть отложить дуэль, что ли... Такая чертовщина, что не глядел бы.

— Вы поговорите с фон Кореном.

— Я правил дуэли не знаю, черт их подери совсем, и знать не желаю; может быть, он подумает, что Лаевский струсил и меня подослал к нему. А впрочем, как ему угодно, я поговорю.

Шешковский нерешительно, слегка прихрамывая, точно отсидел ногу, направился к фон Корену, и, пока он шел и покрякивал, вся его фигура дышала ленью.

— Вот что я должен вам сказать, сударь мой, — начал он, внимательно рассматривая цветы на рубахе зоолога. — Это конфиденциально… Я правил дуэли не знаю, черт их побери совсем, и знать не желаю и рассуждаю не как секундант и всякая штука, а как человек, и всё.

— Да. Ну?

— Когда секунданты предлагают мириться, то их обыкновенно не слушают, смотрят, как на формальность. Самолюбие, и все. Но я прошу вас покорнейше обратить внимание на Ивана Андреича. Он сегодня не в нормальном состоянии, так сказать, не в своем уме и жалок. У него произошло несчастие. Терпеть я не могу сплетен, — Шешковский покраснел и оглянулся, — но ввиду дуэли я нахожу нужным сообщить вам. Вчера вечером он в доме Мюридова застал свою мадам с… одним господином.

— Какая гадость! — пробормотал зоолог; он побледнел, поморщился и громко сплюнул. — Тьфу!

Нижняя губа у него задрожала; он отошел от Шешковского, не желая дальше слушать, и, как будто нечаянно попробовал чего-то горького, опять громко сплюнул и с ненавистью первый раз за все утро взглянул на Лаевского. Его возбуждение и неловкость прошли, он встряхнул головой и сказал громко:

— Господа, что же это мы ждем, спрашивается? Почему не начинаем?

Шешковский переглянулся с офицерами и пожал плечами.

— Господа! — сказал он громко, ни к кому не обращаясь. — Господа! Мы предлагаем вам помириться!

— Покончим скорее с формальностями, — сказал фон Корен. — О примирении уже говорили. Теперь еще какая следующая формальность? Поскорее бы, господа, а то время не ждет.

— Но мы все-таки настаиваем на примирении, — сказал Шешковский виноватым голосом, как человек, который вынужден вмешиваться в чужие дела; он покраснел, приложил руку к сердцу и продолжал: — Господа, мы не видим причинной связи между оскорблением и дуэлью. У обиды, какую мы иногда по слабости человеческой наносим друг другу, и у дуэли нет ничего общего. Вы люди университетские и образованные и, конечно, сами видите в дуэли одну только устарелую, пустую формальность и всякая штука. Мы так на нее и смотрим, иначе бы не поехали, так как не можем допустить, чтобы в нашем присутствии люди стреляли друг в друга, и все. — Шешковский вытер с лица пот и продолжал: — Покончите же, господа, ваше недоразумение, подайте друг другу руки и поедем домой пить мировую. Честное слово, господа!

Фон Корен молчал. Лаевский, заметив, что на него смотрят, сказал:

— Я ничего не имею против Николая Васильевича. Если он находит, что я виноват, то я готов извиниться перед ним.

Фон Корен обиделся.

— Очевидно, господа, — сказал он, — вам угодно, чтобы господин Лаевский вернулся домой великодушным и рыцарем, но я не могу доставить вам и ему этого удовольствия. И не было надобности вставать рано и ехать из города за десять верст для того только, чтобы пить мировую, закусывать и объяснять мне, что дуэль устарелая формальность. Дуэль есть дуэль, и не следует делать ее глупее и фальшивее, чем она есть на самом деле. Я желаю драться!

Наступило молчание. Офицер Бойко достал из ящика два пистолета: один подали фон Корену, другой Лаевскому, и затем произошло замешательство, которое ненадолго развеселило зоолога и секундантов. Оказалось, что из всех присутствовавших ни один не был на дуэли ни разу в жизни и никто не знал точно, как нужно становиться и что должны говорить и делать секунданты. Но потом Бойко вспомнил и, улыбаясь, стал объяснять.

— Господа, кто помнит, как описано у Лермонтова? — спросил фон Корен смеясь. — У Тургенева также Базаров стрелялся с кем-то там…

— К чему тут помнить? — сказал нетерпеливо Устимович, останавливаясь. — Отмерьте расстояние — вот и все.

И он раза три шагнул, как бы показывая, как надо отмеривать. Бойко отсчитал шаги, а его товарищ обнажил шашку и поцарапал землю на крайних пунктах, чтобы обозначить барьер.

Противники, при всеобщем молчании, заняли свои места.

«Кроты», — вспомнил дьякон, сидевший в кустах.

Что-то говорил Шешковский, что-то объяснял опять Бойко, но Лаевский не слышал, или, вернее, слышал, но не понимал. Он, когда настало для этого время, взвел курок и поднял тяжелый холодный пистолет дулом вверх. Он забыл расстегнуть пальто, и у него сильно сжимало в плече и под мышкой, и рука поднималась с такою неловкостью, как будто рукав был сшит из жести. Он вспомнил свою вчерашнюю ненависть к смуглому лбу и курчавым волосам и подумал, что даже вчера, в минуту сильной ненависти и гнева, он не смог бы выстрелить в человека. Боясь, чтобы пуля как-нибудь невзначай не попала в фон Корена, он поднимал пистолет все выше и выше и чувствовал, что это слишком показное великодушие неделикатно и невеликодушно, но иначе не умел и не мог. Глядя на бледное, насмешливо улыбавшееся лицо фон Корена, который, очевидно, с самого начала был уверен, что его противник выстрелит в воздух, Лаевский думал, что сейчас, слава богу, все кончится и что вот только нужно надавить покрепче собачку…

Сильно отдало в плечо, раздался выстрел, и в горах ответило эхо: пах-тах!

И фон Корен взвел курок и посмотрел в сторону Устимовича, который по-прежнему шагал, заложив руки назад и не обращая ни на что внимания.

— Доктор, — сказал зоолог, — будьте добры, не ходите, как маятник. У меня от вас мелькает в глазах.

Доктор остановился. Фон Корен стал прицеливаться в Лаевского.

«Кончено!» — подумал Лаевский.

Дуло пистолета, направленное прямо в лицо, выражение ненависти и презрения в позе и во всей фигуре фон Корена, и это убийство, которое сейчас совершит порядочный человек среди бела дня в присутствии порядочных людей, и эта тишина, и неизвестная сила, заставляющая Лаевского стоять, а не бежать, — как все это таинственно, и непонятно, и страшно! Время, пока фон Корен прицеливался, показалось Лаевскому длиннее ночи. Он умоляюще взглянул на секундантов; они не шевелились и были бледны.

«Скорей же стреляй!» — думал Лаевский и чувствовал, что его бледное, дрожащее, жалкое лицо должно возбуждать в фон Корене еще большую ненависть.

«Я его сейчас убью, — думал фон Корен, прицеливаясь в лоб и уже ощущая пальцем собачку. — Да, конечно, убью...»

— Он убьет его! — послышался вдруг отчаянный крик где-то очень близко.

Тотчас же раздался выстрел. Увидев, что Лаевский стоит на месте, а не упал, все посмотрели в ту сторону, откуда послышался крик, и увидели дьякона. Он, бледный, с мокрыми, прилипшими ко лбу и к щекам волосами, весь мокрый и грязный, стоял на том берегу в кукурузе, как-то странно улыбался и махал мокрой шляпой. Шешковский засмеялся от радости, заплакал и отошел в сторону...

XX

Немного погодя фон Корен и дьякон сошлись около мостика. Дьякон был взволнован, тяжело дышал и избегал смотреть в глаза. Ему было стыдно и за свой страх, и за свою грязную, мокрую одежду.

— Мне показалось, что вы хотели его убить... — бормотал он. — Как это противно природе человеческой! До какой степени это противоестественно!

— Как вы сюда попали, однако? — спросил зоолог.

— Не спрашивайте! — махнул рукой дьякон. — Нечистый попутал: иди да иди... Вот и пошел, и чуть в кукурузе не помер от страха. Но теперь, слава богу, слава богу... Я весьма вами доволен, — бормотал дьякон. — И наш дедка-тарантул будет доволен... Смеху-то, смеху! А только я прошу вас убедительно, никому не говорите, что я был тут, а то мне, пожалуй, влетит в загривок от начальства. Скажут: дьякон секундантом был.

— Господа! — сказал фон Корен. — Дьякон просит вас никому не говорить, что вы видели его здесь. Могут выйти неприятности.

— Как это противно природе человеческой! — вздохнул дьякон. — Извините меня великодушно, но у вас такое было лицо, что я думал, что вы непременно его убьете.

— У меня было сильное искушение прикончить этого мерзавца, — сказал фон Корен, — но вы крикнули мне под руку, и я промахнулся. Вся эта процедура, однако, противна с непривычки и утомила меня, дьякон. Я ужасно ослабел. Поедемте...

— Нет, уж дозвольте мне пешком идти. Мне просохнуть надо, а то я измок и прозяб.

— Ну, как знаете, — сказал томным голосом ослабевший зоолог, садясь в коляску и закрывая глаза. — Как знаете...

Пока ходили около экипажей и усаживались, Кербалай стоял у дороги и, взявшись обеими руками за живот, низко кланялся и показывал зубы; он думал, что господа приехали наслаждаться природой и пить чай, и не понимал, почему это они садятся в экипажи. При общем безмолвии поезд тронулся, и около духана остался один только дьякон.

— Ходил духан, пил чай, — сказал он Кербалаю. — Мой хочет кушать.

Кербалай хорошо говорил по-русски, но дьякон думал, что татарин скорее поймет его, если он будет говорить с ним на ломаном русском языке.

— Яичницу жарил, сыр давал…

— Иди, иди, поп, — сказал Кербалай, кланяясь. — Все дам… И сыр есть, и вино есть… Кушай чего хочешь.

— Как по-татарски — бог? — спрашивал дьякон, входя в духан.

— Твой бог и мой бог все равно, — сказал Кербалай, не поняв его. — Бог у всех один, а только люди разные. Которые русские, которые турки или которые английски — всяких людей много, а бог один.

— Хорошо-с. Если все народы поклоняются единому богу, то почему же вы, мусульмане, смотрите на христиан, как на вековечных врагов своих?

— Зачем сердишься? — сказал Кербалай, хватаясь обеими руками за живот. — Ты поп, я мусульман, ты говоришь — кушать хочу, я даю… Только богатый разбирает, какой бог твой, какой мой, а для бедного все равно. Кушай, пожалуста.

Пока в духане происходил богословский разговор, Лаевский ехал домой и вспоминал, как жутко ему было ехать на рассвете, когда дорога, скалы и горы были мокры и темны и неизвестное будущее представлялось страшным, как пропасть, у которой не видно дна, а теперь дождевые капли, висевшие на траве и на камнях, сверкали от солнца, как алмазы, природа радостно улыбалась и страшное будущее оставалось позади. Он посматривал на угрюмое, заплаканное лицо Шешковского и вперед на две коляски, в которых сидели фон Корен, его секунданты и доктор, и ему казалось, как будто они все возвращались из кладбища, где только что похоронили тяжелого, невыносимого человека, который мешал всем жить.

«Все кончено», — думал он о своем прошлом, осторожно поглаживая пальцами шею.

У него в правой стороне шеи, около воротничка, вздулась небольшая опухоль, длиною и толщиною с мизинец, и чувствовалась боль, как будто кто провел по шее утюгом. Это контузила пуля.

Затем, когда он приехал домой, для него потянулся длинный, странный, сладкий и туманный, как забытье, день. Он, как выпущенный из тюрьмы или больницы, всматривался в давно знакомые предметы и удивлялся, что столы, окна, стулья, свет и море возбуждают в нем живую, детскую радость, какой он давно-давно уже не испытывал. Бледная и сильно похудевшая Надежда Федоровна не понимала его кроткого голоса и странной походки; она торопилась рассказать ему все, что с нею было… Ей казалось, что он, вероятно, плохо слышит и не понимает ее и что если он все узнает, то проклянет ее и убьет, а он слушал ее, гладил ей лицо и волоса, смотрел ей в глаза и говорил:

— У меня нет никого, кроме тебя…

Потом они долго сидели в палисаднике, прижавшись друг к другу, и молчали или же, мечтая вслух о своей будущей счастливой жизни, говорили короткие, отрывистые фразы, и ему казалось, что он никогда раньше не говорил так длинно и красиво.

XXI

Прошло три месяца с лишним.

Наступил день, назначенный фон Кореном для отъезда. С раннего утра шел крупный, холодный дождь, дул норд-остовый ветер, и на море развело сильную волну. Говорили, что в такую погоду пароход едва ли зайдет на рейд. По расписанию он должен был прийти в десятом часу утра, но фон Корен, выходивший на набережную в полдень и после обеда, не увидел в бинокль ничего, кроме серых волн и дождя, застилавшего горизонт.

К концу дня дождь перестал и ветер начал заметно стихать. Фон Корен уже помирился с мыслью, что ему сегодня не уехать, и сел играть с Самойленком в шахматы; но когда стемнело, денщик доложил, что на море показались огни и что видели ракету.

Фон Корен заторопился. Он надел сумочку через плечо, поцеловался с Самойленком и с дьяконом, без всякой надобности обошел все комнаты, простился с денщиком и с кухаркой и вышел на улицу с таким чувством, как будто забыл что-то у доктора или у себя на квартире. На улице шел он рядом с Самойленком, за ними дьякон с ящиком, а позади всех денщик с двумя чемоданами. Только Самойленко и денщик различали тусклые огоньки на море, остальные же смотрели в потемки и ничего не видели. Пароход остановился далеко от берега.

— Скорее, скорее, — торопился фон Корен. — Я боюсь, что он уйдет!

Проходя мимо трехоконного домика, в который перебрался Лаевский вскоре после дуэли, фон Корен не удержался и заглянул в окно. Лаевский, согнувшись, сидел за столом, спиною к окну, и писал.

— Я удивляюсь, — тихо сказал зоолог. — Как он скрутил себя!

— Да, удивления достойно, — вздохнул Самойленко. — Так с утра до вечера сидит, все сидит и работает. Долги хочет выплатить. А живет, брат, хуже нищего!

Прошло полминуты в молчании. Зоолог, доктор и дьякон стояли у окна и все смотрели на Лаевского.

— Так и не уехал отсюда, бедняга, — сказал Самойленко. — А помнишь, как он хлопотал?

— Да, сильно он скрутил себя, — повторил фон Корен. — Его свадьба, эта целодневная работа из-за куска хлеба, какое-то новое выражение на его лице и даже его походка — все это до такой степени необыкновенно, что я и не знаю, как назвать это. — Зоолог взял Самойленко за рукав и продолжал с волнением в голосе: — Ты передай ему и его жене, что, когда я уезжал, я удивлялся им, желал всего хорошего… и попроси его, чтобы он, если это можно, не поминал меня лихом. Он меня знает. Он знает, что если бы я мог тогда предвидеть эту перемену, то я мог бы стать его лучшим другом.

— Ты зайди к нему, простись.

— Нет. Это неудобно.

— Отчего? Бог знает, может, больше уж никогда не увидишься с ним.

Зоолог подумал и сказал:

— Это правда.

Самойленко тихо постучал пальцем в окно. Лаевский вздрогнул и оглянулся.

— Ваня, Николай Васильич желает с тобой проститься, — сказал Самойленко. — Он сейчас уезжает.

Лаевский встал из-за стола и пошел в сени, чтобы отворить дверь. Самойленко, фон Корен и дьякон вошли в дом.

— Я на одну минутку, — начал зоолог, снимая в сенях калоши и уже жалея, что он уступил чувству и вошел сюда без приглашения. «Я как будто навязываюсь, — подумал он, — а это глупо». — Простите, что я беспокою вас, — сказал он, входя за Лаевским в его комнату, — но я сейчас уезжаю, и меня потянуло к вам. Бог знает, увидимся ли когда еще.

— Очень рад... Покорнейше прошу, — сказал Лаевский и неловко подставил гостям стулья, точно желая загородить им дорогу, и остановился посреди комнаты, потирая руки.

«Напрасно я не оставил свидетелей на улице», — подумал фон Корен и сказал твердо:

— Не поминайте меня лихом, Иван Андреич. Забыть прошлого, конечно, нельзя, оно слишком грустно, и я не затем пришел сюда, чтобы извиняться или уверять, что я не виноват. Я действовал искренно и не изменил своих убеждений с тех пор... Правда, как вижу теперь, к великой моей радости, я ошибся относительно вас, но ведь спотыкаются и на ровной дороге, и такова уж человеческая судьба: если не ошибаешься в главном, то будешь ошибаться в частностях. Никто не знает настоящей правды.

— Да, никто не знает правды... — сказал Лаевский.

— Ну, прощайте... Дай бог вам всего хорошего.

Фон Корен подал Лаевскому руку; тот пожал ее и поклонился.

— Не поминайте же лихом, — сказал фон Корен. — Поклонитесь вашей жене и скажите ей, что я очень жалел, что не мог проститься с ней.

— Она дома.

Лаевский подошел к двери и сказал в другую комнату:

— Надя, Николай Васильевич желает с тобой проститься.

Вошла Надежда Федоровна; она остановилась около двери и робко взглянула на гостей. Лицо у нее было виноватое и испуганное, и руки она держала, как гимназистка, которой делают выговор.

— Я сейчас уезжаю, Надежда Федоровна, — сказал фон Корен, — и пришел проститься.

Она нерешительно протянула ему руку, а Лаевский поклонился.

«Как они, однако, оба жалки! — подумал фон Корен. — Недешево достается им эта жизнь».

— Я буду в Москве и в Петербурге, — спросил он, — не нужно ли вам что-нибудь прислать оттуда?

— Что же? — сказала Надежда Федоровна и встревоженно переглянулась с мужем. — Кажется, ничего…

— Да, ничего… — сказал Лаевский, потирая руки. — Кланяйтесь.

Фон Корен не знал, что еще можно и нужно сказать, а раньше, когда входил, то думал, что скажет очень много хорошего, теплого и значительного. Он молча пожал руки Лаевскому и его жене и вышел от них с тяжелым чувством.

— Какие люди! — говорил дьякон вполголоса, идя сзади. — Боже мой, какие люди! Воистину десница божия насадила виноград сей! Господи, господи! Один победил тысячи, а другой тьмы. Николай Васильич, — сказал он восторженно, — знайте, что сегодня вы победили величайшего из врагов человеческих — гордость!

— Полно, дьякон! Какие мы с ним победители? Победители орлами смотрят, а он жалок, робок, забит, кланяется, как китайский болванчик, а мне… мне грустно.

Сзади послышались шаги. Это догонял Лаевский, чтобы проводить. На пристани стоял денщик с двумя чемоданами, а несколько поодаль — четыре гребца.

— Однако подувает… бррр! — сказал Самойленко. — В море, должно быть, теперь штормяга — ой, ой! Не в пору ты едешь, Коля.

— Я не боюсь морской болезни.

— Не в том… Не опрокинули бы тебя эти дураки. Следовало бы на агентской шлюпке доехать. Где агентская шлюпка? — крикнул он гребцам.

— Ушла, ваше превосходительство.

— А таможенная?

— Тоже ушла.

— Отчего же не доложили? — рассердился Самойленко. — Остолопы!

— Все равно, не волнуйся… — сказал фон Корен. — Ну, прощай. Храни вас бог.

Самойленко обнял фон Корена и перекрестил его три раза.

— Не забывай же, Коля… Пиши… Будущей весной ждать будем.

— Прощайте, дьякон, — сказал фон Корен, пожимая дьякону руку. — Спасибо вам за компанию и за хорошие разговоры. Насчет экспедиции подумайте.

— Да, господи, хоть на край света! — засмеялся дьякон. — Разве я против?

Фон Корен узнал в потемках Лаевского и молча протянул ему руку. Гребцы уже стояли внизу и придерживали лодку, которая билась о сваи, хотя мол загораживал ее от большой зыби. Фон Корен спустился по трапу, прыгнул в лодку и сел у руля.

— Пиши! — крикнул ему Самойленко. — Здоровье береги!

«Никто не знает настоящей правды», — думал Лаевский, поднимая воротник своего пальто и засовывая руки в рукава.

Лодка бойко обогнула пристань и вышла на простор. Она исчезла в волнах, но тотчас же из глубокой ямы скользнула на высокий холм, так что можно было различить и людей и даже весла. Лодка прошла сажени три, и ее отбросило назад сажени на две.

— Пиши! — крикнул Самойленко. — Понесла тебя нелегкая в такую погоду!

«Да, никто не знает настоящей правды…» — думал Лаевский, с тоскою глядя на беспокойное темное море.

«Лодку бросает назад, — думал он, — делает она два шага вперед и шаг назад, но гребцы упрямы, машут неутомимо веслами и не боятся высоких волн. Лодка идет все вперед и вперед, вот уже ее и не видно, а пройдет с полчаса, и гребцы ясно увидят пароходные огни, а через час будут уже у пароходного трапа. Так и в жизни… В поисках за правдой люди делают два шага вперед, шаг назад. Страдания, ошибки и скука жизни бросают их назад, но жажда правды и упрямая воля гонят вперед и вперед. И кто знает? Быть может, доплывут до настоящей правды…»

— Проща-а-ай! — крикнул Самойленко.

— Не видать и не слыхать, — сказал дьякон. — Счастливой дороги!

Стал накрапывать дождь.

1891

ОГЛАВЛЕНИЕ